KB120380

문학을 보는 열다섯 개의 시선

문학의 해부

김한식

충북 청원군 북이면 산촌에서 출생하여 서울에서 학교를 다녔다. 고려대학교 국어
국문학과 및 동 대학원에서 현대 소설을 전공하였으며 1997년에는 평론으로 『작가
세계』 신인상을 받았다. 고려대학교 강사를 거쳐 현재는 상명대학교 한국어문학과
에서 문학을 가르치고 있다. 지은 책으로는 『현대소설과 일상성』, 『현대소설의 이
론』, 『서정시의 운명』, 『고전의 이유』, 『세계문학여행 1, 2』 등이 있다. 문학으로 세
상과 소통하는 방법을 모색하는 과정에서 문학 이론서 『문학의 해부』와 『소설의 시
대』를 출간하였고 현재는 세계 여러 나라의 소설들을 읽고 정리하는 작업을 하고
있다.

문학의 해부

초판 1쇄   2009년 2월 23일
초판 3쇄   2020년 3월 26일

지은이   김한식
펴낸이   류종렬
펴낸곳   미다스북스

등 록 2000년 12월 12일 제10-2085
주소 서울 마포구 양화로 133 서교타워 711호
전화 02-322-7802~4
팩스 02 -6007-1845
E-mail midasbooks@hanmail.net

ISBN 978-89-89548-79-9 93800
값 13,000원

문학을 보는 열다섯 개의 시선

문학의 해부

김한식 지음

미다스북스

책머리에

전공자가 아닌 일반인들이 문학을 접할 수 있는 기회는 그리 많지 않다. 일 년에 몇 권의 소설이나 시집을 읽더라도 대부분은 일시적인 흥미나 유행을 따르게 된다. 지적으로나 감성적으로 소외되지 않기 위해 노력하는 사람들에게 문학이 가진 매력이 아직도 작지 않지만, 그들에게도 문학에 대해 본격적으로 고민하는 일은 일종의 사치이다. 문학이 일상적인 인간 활동에 미치는 미미한 영향력을 생각하면 이는 당연한 일인지도 모른다.

일반인들이 체계적으로 문학에 접근할 수 있는 기회는 학생 시절이 전부라고 해도 지나친 말이 아니다. 비록 교과서나 수업을 통해서이지만 좋은 작품을 과정과 단계에 따라 만나는 시기는 이때가 유일하다. 그런데 학교의 문학 수업이란 구체적인 작품을 읽고 감상을 이야기하고 그것의 의미나 의의에 대해 토론하는 정도에 그치는 경우가 많다. 이런 수업은 문학 작품에 대한 이해를 높이는 데 효과적이기는 하지만 문학을 보는 거시적인 관점을 제공해 주지는 못한다. 문학이 단순히 개별 작품만을 의미하는 것이 아니라면 작품을 자세히 읽는 데서 문학 활동이 그쳐서는 안 된다. 작품을 말하되 각각의 작품을 넘어서는 문학 정신의 핵심을 만나야 한다고 생각한다.

이러한 문제의식이 이 책을 쓰게 된 직접적인 동기이다. 조금 거창하기는 하지만 이 책을 통해 문학의 존재 방식과 존재 의미에 대해 생각해 보고 싶었다. 그러면서도 문학의 재미를 느낄 수 있는 다양한 작품을 골라보고 싶었다. 이런 의욕 때문인지 이 책은 작품에 대한 친절한 해설서가 되지는 못했다.

문학을 보는 중요한 관점을 하나의 주제로 삼아 각 장을 정리하였다. 각각의 글은 서로 이어지기도 하지만 독립되어 있기도 하다. 순서를 무시하고 읽어도 문제는 없다. 문학을 주제에 따라 분석하려고 했기 때문에 양식을 나누고 그 안에 작품을 배치하는 기존의 문학론과는 다른 목차를 꾸몄다. 양식이 중요하기는 하지만 그것들을 관통할 수 있는 내용들을 설명하는 것이 좋다고 생각했다. 물론 설명 과정에서 특정 양식에 치우치는 경향을 발견할 수도 있다. 역사를 다루게 되면 아무래도 서사 양식을 이야기 하게 되고, 언어를 주제로 삼으면 서정 양식 이야기가 많아지게 된다. 이는 단지 논의의 편의를 위해서였다.

이 책에서는 작품 자체의 완결성이나 작가적 재능 등을 애써 강조하지는 않았다. 작가나 시인의 이력도 자세히 언급하지 않았다. 문학은 작품으로 존재하지만 작품의 안과 밖에는 그것보다 더 큰 세계가 존재한다는 것이 평소의 생각이다. 그래서 작품의 정서와 일상의 정서를, 작품 내의 갈등과 세계 내의 갈등을 연결시키려 하였다. 문학이 역사 등의 다른 학문과 맺는 관계도 염두에 두었다. 다른 모든 영역에도 해당되겠지만, 문학만이 독특한 자신의 영역을 가지고 있다고 생각하는 것은 오만이다. 문학은 다양한 인간 활동의 하나이며 그런 한에서 문학은 현재 존재하는 모습 이상도 이하도 아니라고 생각한다.

각 장에 수록한 작품들은 나름대로 신중을 기하여 뽑았다. 기본적으로 주제에 적합한 작품을 골랐지만 문학적 평가도 함께 고려하였다. 한국문학 작품을 우선 싣고자 했지만, 필요하다면 번역된 외국의 작품도 실었다. 개략적인 설명을 먼저 하고 작품을 분석하는 방식을 취했기 때문에 작품이 설명을 구체화하기는 할지언정 작품으로 설명의 내용을 모두 소화할 수는 없었다. 한 두 작품으로 각 장의 주제를 모두 담아내기는 어려웠다.

직접적으로 드러내지는 않았지만 이 책에는 최근 문학 경향에 대한 비판적인 관점이 녹아있다. 일상의 표면적 스케치에 그치는 경향이나 진지함이 부족한 문학을 경계해야 한다고 생각한다. 시대에 따라 문학이 변하는 것은 자연스러운 일일 터이지만, 문학의 겉모습이 아니라 존재 의미까지 손상되는 것은 바람직하지 않다. 문학이 최소한의 진지성을 유지하지 못한다면 결국 문학은 자신의 고유한 장점을 잃어버리게 된다. 각 장의 주제나 수록된 작품들이 다소 무겁게 느껴진다면 필자의 이러한 생각 때문이다.

사회에서 문학이 차지하는 자리가 점점 좁아진다는 말을 한다. 사실이겠지만 그렇다고 거기에 섣불리 위기라는 말을 붙일 필요는 없다. 19세기가 끝나면서 문학은 늘 위기였다. 문학의 위기는 대중성의 상실에서 오는 것이 아니라 고유한 장점을 잃을 때 온다고 믿는다. 잠시 문학이 문화를 주도한 시기기 있었다고 해도 그것은 예외적인 일이었다. 문학은 스스로 소수가 될 수 있는 각오를 해야 살아남을 수 있다. 사회에서 문학이 담당하는 기능이 영화나 드라마처럼 위안을 주는 데 그쳐서는 안 된다. 삶의 부정성을 온몸으로 드러낼 때 문학은 대중성과 상관없이 자기를 지킬 수 있다.

좋은 문학은 삶의 거짓과 허위를 드러내는 일을 자신의 업으로 삼아 왔다. 문학의 입지가 좁아지는 것을 안타까워하기 위해서는 문학이 존재할만한 가치가 있어야 한다. 스스로의 위치를 분명히 보여주지 못한다면 우리가 그것의 생멸에 대해 특별히 관심을 가질 이유가 없다. 문학은 자신의 존재 의의를 지키기 위해 노력해야 하며, 변화하는 사회에 맞는 의미의 재생산을 위해 노력해야 한다. 그렇지 않다면 그것이 역사의 뒷길로 사라진다고 해서 무엇이 아쉽겠는가.

이러한 생각이 이 책에 얼마나 충실하게 담겼는지는 독자들의 판단에 맡길 수밖에 없다. 글을 쓰고 나면 언제나 그렇지만, 이번에도 기대보다 한 뼘 부족한 내 키를 확인하게 된다. 다음에는 조금 더 발전한 모습을 볼 수 있을지…….

바람이 점점 거칠어진다. 봄은 멀어 보이지만 모두들 잘 견뎌내기 바란다.

2009년을 맞으며 안서동에서 저자 씀.

|차 례|

감명

범주 範疇 category

눈앞에 있는 예술작품들을 근거로 한 예술품들의 수집을 통하여 예술의 본
질을 인식할 수 없듯이, 상위개념으로부터의 연역에 의해서도 예술의 본질
은 인식될 수 없다. 왜냐하면 이러한 연역은 우리가 예술작품이라고 간주하
고 있는 것을 제시하기에 충분해야만 하는 규정들을 미리 인정하고 있기 때
문이다. 눈앞에 있는 작품들로부터의 특징의 수집도, 또한 근본원리로부터
의 연역도, 지금은 똑같이 부질없는 짓이며, 만일 이와 같은 일이 행해진다
면, 그것은 자기기만일 뿐이다.

(말틴 하이데거, 『예술작품의 근원』)

예술과 예술 아닌 것

우리는 예술과 예술 아닌 것을 쉽게 나눌 수 있다고 생각한다. 감각적
아름다움을 전해 주는 대상을 예술이라 부르든, 지적인 자극을 주는
대상을 예술이라고 말하든 우리는 나름대로 예술에 대한 기준을 가지
고 있다고 생각한다. 혹은 그렇게 믿고 있다. 우리는 〈몽유도원도〉나
〈모나리자〉를 예술로 여기지만, 길거리에서 나누어주는 전단지에 실
린 정체불명의 인물사진을 예술로 여기지는 않는다.

사람들은 예술에는 가치나 의미가 포함되어 있다고 생각한다. 또
예술 작품은 실용적인 쓸모보다는 미적인 쓸모를 가지고 있다고 생각
한다. 상식보다는 창의를 모방보다는 창조를 예술의 중요한 덕목으로
여긴다. 순수예술이 아닌 대중예술이라 하여도 예술에는 그것에 당
연히 포함되어 있어야 할 필요조건이 분명히 있다고 생각한다. 사람

들은 비록 구체적인 언어로 정리해서 설명하지 못할지라도 자신들이
예술을 보는 분명한 관점을 가지고 있다고 믿는다.

그런데, 예술을 판단하는 능력에 대한 이런 자신감은 실제 예술사
를 돌아보면 그리 신뢰할만한 것이
못된다. 예술에 대한 사람들의 생
각이 시대와 환경에 따라 변덕스러
우리만큼 심하게 변해 왔다는 사실
은 최근 백년 정도의 역사만 살펴보
아도 쉽게 알 수 있다. 이 기간 동안
예술로 취급받지 못하던 것들이 예
술 안으로 들어온 예는 셀 수 없이
많다. 그러한 예를 대표하는 작품
으로 마르셀 뒤샹의 〈샘fountain〉을
들수 있다.

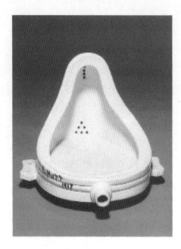

마르셀 뒤샹 샘fountain

'샘'이라는 이름이 붙은 왼쪽 사
진의 '물건'은 1917년 뉴욕 그랜드
센트럴 갤러리에 출품되었다. 이 전시회는 젊은 작가들을 위해 6달러
의 참가비만 내면 누구나 참여할 수 있게 기획되었다. 뒤샹은 이 전시
회에 가명으로 '샘'을 출품하였다. 모양을 보아 알 수 있듯이 이 물건
은 평범한 남자 소변기를 뉘어 놓은 것에 불과하다. 그림 왼쪽 아래에
적힌 'R. MUTT'는 유명한 화장실 용품 제조업체의 이름이다.

이 '사건'으로 당시 미술계는 발칵 뒤집혔다. 전시회의 운영위원들
사이에서는 일상에서 흔히 볼 수 있는 평범한 남자의 소변기를 '예술'
이라는 이름으로 전시할 수 있는가를 놓고 논란이 벌어졌다. 결국 〈샘〉
은 전시 기간 동안 일반인들이 볼 수 없는 장소로 '철수'되고 말았다. 재
미있는 사실은 익명으로 이 작품을 내놓은 뒤샹이 이 전시회 운영위

원 중에 한 사람이었다는 점이다. 당시 많은 사람들이 이 작품의 출품 자체를 예술에 대한 모독으로 여겼다.[1]

그러나 오늘날 〈샘〉은 피카소의 〈게르니카〉나 〈아비뇽의 처녀들〉을 제치고 가장 영향력 있는 현대 미술 작품으로 평가된다. 이 작품은 평범한 사물에 다른 의미를 부여함으로서 미적 가치의 새로운 패러다임을 만든 기념비가 되었다. 시장에 나올 경우 현재 판매가는 백만 달러를 넘어선다고 한다.

뒤샹은 〈샘〉을 통해 특별하고 제한된 표현 방식을 사용하던 기존 회화나 조각 전통에서 탈피하여 일상생활에서 사용되는 사물에 새로운 의미를 부여하는 방식으로 예술을 발전시켰다는 평가를 받는다. 그는 표현 매체의 선택은 순수하게 미적인 기준에 의해 이루어지는 것이 아니며, 우연에 의한 발견이 중요한 역할을 한다고 생각했다. 그는 이를 '발견된 오브제'라고 불렀다. 〈샘〉 외에도 뒤샹은 이런 식의 '레디메이드' 작품을 여럿 발표하였다.

〈샘〉을 계기로 손으로 만들어진 작품 뿐 아니라 예술가의 '인상적인' 아이디어들도 예술 작품의 영역으로 들어올 수 있었다. 이 밖에도 예술사 속에서는 기존의 관점을 뒤집는 새로운 시도들이 여러 번 있었다. 이런 시도를 한 사람들은 처음에 이단이나 괴물 정도로 취급되었고 그들의 작품은 무가치한 것 심지어 쓰레기로 여겨졌다. 그러나 시간과 환경의 변화는 이들을 뛰어난 예술가로 이들의 작품을 불후의 명작으로 바꾸어 놓기도 하였다.

....

1) 〈샘〉에 대한 평가는 최근 들어 많이 달라졌다. 예술계에 던진 충격 자체가 아니라 변기가 갖는 미적인 아름다움에 주목하기도 한다. 평론가들은 변기의 부드러운 곡선이 여성의 몸을 닮았다고 보고, 아름다움보다는 추함과 가까웠던 변기에서 관능미를 발견한 작품이라고 평가한다. 뒤샹은 위치를 전도시킨 소변기를 통해 샘물과 같은 생명력을 지닌 아름다운 여성의 몸을 암시했다는 것이다. 여성의 몸과 남성의 변기 사이에 놓인 거리가 이 작품을 아름답게 한다는 평가이다.

알타미라 동굴 벽화, 들소

현대 예술 이야기를 했으니 이제 아주 오래된 예술 작품에 대해 살펴보자. 알타미라 동굴에서 벽화가 발견된 것은 19세기 후반이다. 일만 년에서 일 만 칠천년 전에 살았던 구석기 시대 사람들의 그림으로 짐작되는 이 벽화는 안료를 사용한 프레스코화로 최근 벽화의 예술성에 별반 뒤지지 않는다. 완벽한 보존 상태 때문에 처음에는 구석기 시대 벽화라는 사실이 인정되지 않다가 20세기 초 라스코의 동굴 벽화가 발견되면서 구석기 시대 작품인 것으로 인정되기 시작하였다. 발견 당시 알타미라 동굴에는 벽화 말고도 거기에 살았던 사람들이 사용하던 막대기와 짐승 무늬를 새긴 칼, 뼈, 부싯돌 등 선사시대 유물들이 널려 있었다.

  그런데 지금은 경이로운 눈으로 보게 되는 인류사의 이 걸작을 당시 사람들도 예술 작품으로 여겼을까? 구석기 시대에 예술이라는 관념이 있기는 했을까? 여기에 대한 답은 부정적이다. 물론 당시에도 자연을 그럴듯하게 그려야 한다는 생각이 있었던 것은 분명하다. 그러나 그림을 그리는 목적이 현재 우리가 생각하는 것처럼 그것을 미적인 대상으로 감상하려는 데 있지는 않았다고 한다. 그림 그리기에는 수렵의 성공을 기원하는 주술의 의미가 더 컸다고 알려져 있다. 동물보다 그리 뛰어난 능력을 갖지 않았던 인간들이 예술이라는 사치스러운 관념을 갖기에 구석기 시대는 너무 이른 때였다고 할 수 있다. [2]

----

2) 예술 특히 순수 예술에 대한 사람들의 관념이 생겨난 것은 그리 오래 되지 않았다

일반적 의미에서 예술과 예술 아닌 것에 대해 합의하기는 그리 어렵지 않다. 그러나 앞서 살펴본 바와 같이 구체적으로 어디까지가 예술이고 어디까지가 예술이 아닌가를 논의하자면 그 경계가 애매한 경우가 많다. 지금도 대중 영화(또는 실험 영화)를 예술로 볼 것인지 아닌지에 대해서는 논란이 많다. 전위 예술에 대해서도 '전위'를 보는 관점에 따라 평가가 달라지곤 한다.

사실 어디까지 예술이고 어디서부터는 예술이 아닌가를 따지는 일이 꼭 필요한 것은 아니다. 굳이 엄격한 기준을 갖지 않더라도 일상적으로 예술을 감상하고 이해하는 데 큰 어려움이 없기 때문이다. 여기서는 단지 예술을 보는 우리의 기준이 확실하다는 믿음을 의심하는 정도에서 만족했으면 한다. 예술에 대한 아무런 상도 없이 작품에 접근하는 것도 문제지만 예술에 대한 고정된 관념으로 작품에 접근하는 것 역시 그리 바람직하지 못하다. 예술이란 관념이 시대나 환경에 따라 달라질 수 있다는 유연한 생각을 갖는 것이 중요하다.

문학과 문학 아닌 것

정의내리기 어려운 것은 예술만이 아니다. 문학과 문학 아닌 것을 나누는 일 역시 그리 녹녹한 작업은 아니다. 이는 좋은 문학과 나쁜 문학을 나누기 이전의 문제이다. 문학에 대한 다른 견해 때문에 생긴 문학사의 재미있는 장면이 있다.

1930년대 중반 이상(李箱)은 당시 유력 일간지였던 『조선중앙일

고 한다. 일과 여가가 확실히 분리 되고 전문적으로 예술을 직업으로 삼는 사람들이 생겨난 것도 비교적 최근의 일이다. 오래된 예술품은 그 실용성을 떼어서 생각할 수 없고, 오래 전 예술가들은 그들이 가진 '기능'과 떼어 생각할 수 없다.

보』에 「오감도(烏瞰圖)」 연작을 연재하기 시작했다. 몇 일간 시가 연재되자 빗발치는 항의 편지가 신문사에 쏟아져 들어왔다고 한다. 연재를 중단하지 않으면 구독을 중단하겠다는 등의 내용이 많았을 것이다. 「오감도」 연작은 지금도 이해하기 어려운 작품으로 꼽힌다. 그러니 당시 독자들은 문학이라 부를 수 없는 '이상한' 시들이 신문에 실리는 것이 못마땅했을 것이다. 모욕감은 느끼는 독자가 있었는지도 모른다. 「오감도」 연작은 당시 이 신문의 학예부장을 맡고 있던 선배 작가 이태준에 의해 근근이 연재가 유지되었지만 결국 예정된 횟수를 채우지 못하고 중간에 연재를 중단해야 했다.

다음은 많은 중등학교 문학 교과서에 실려 있는 「오감도」 연작의 첫 편이다.

13의兒孩가道路로疾走하오.
(길은막다른골목이適當하오.)
第1의兒孩가무섭다고그리오.
第2의兒孩도무섭다고그리오.
第3의兒孩도무섭다고그리오.
第4의兒孩도무섭다고그리오.
第5의兒孩도무섭다고그리오.
第6의兒孩도무섭다고그리오.
第7의兒孩도무섭다고그리오.
第8의兒孩도무섭다고그리오.
第9의兒孩도무섭다고그리오.
第10의兒孩도무섭다고그리오.

第11의兒孩가무섭다고그리오.
第12의兒孩도무섭다고그리오.
第13의兒孩도무섭다고그리오.

13人의兒孩는무서운兒孩와무서워하는兒孩와그렇게뿐이모였소.
(다른事情은없는것이차라리나았소)

그中에1人의兒孩가무서운兒孩라도좋소.
그中에2人의兒孩가무서운兒孩라도좋소.
그中에2人의兒孩가무서워하는兒孩라도좋소.
그中에1人의兒孩가무서워하는兒孩라도좋소.

(길은뚫린골목이라도適當하오.)
13人의兒孩가道路로疾走하지아니하여도좋소.[3)]

　위 시는 한두 번 읽어서는 그 의미를 이해하기 어려운 작품이다. 의미 없어 보이는 구절이 지나치게 자주 반복되고 있다는 느낌도 준다. 처음 전제한 상황을 마지막 부분에서 부정하고 있고, 정황에 대한 구체적인 설명을 해주지 않는다. 띄어쓰기 없는 문장은 편안한 읽기를 방해하고, 시 안에 사용된 괄호 역시 눈에 거슬린다.
　그러나 시대를 앞서가는 시인 이상이 자신의 시에 대한 독자들의 부정적 반응을 순순히 인정하고 만 것은 아니다. 자신의 시를 이해하지 못하는 어리석은 사람들에 대해 약간은 조소어린 목소리로 항의에 대응하는 글을 쓴다.

　왜 미쳤다고들 그러는지 대체 우리는 남보다 數十年씩 떨어져도 마음 놓고 지낼 作定이냐. 모르는 것은 내 재주도 모자랐겠지만 게을러빠지게 놀고만 지내던 일도 좀 뉘우쳐 보아도 아니하느냐. 여남은 개쯤 써보고서 詩 만들 줄 안다고 잔뜩 믿고 굴러다니는 패들과는 물건이 다르다. 二千點에서 三十點을 고르는 데 땀을

3) 이상, 「시제일호(詩第一號)」, 『오감도』, 미래사, 1991, 11-12쪽.

흘렸다. 三十一年 三十二年 일에서 龍 대가리를 떡 꺼내어 놓고 하도들 야단에 배암꼬랑지커녕 쥐꼬랑지도 못 달고 그만두니 서운하다. [4]

위 글을 통해 이상은 세상의 바보스러움을 한탄한다. 또 자신의 천재를 은근히 드러내려 한다. 내용을 정리하면 자신의 시는 앞서 있는데 시를 보는 일반인들의 수준이 너무 낮아 연재를 중단하게 되었고, 중단으로 인해 제대로 자기 시를 보여주지 못하게 되어 서운하다는 정도가 된다. 이삼천 점의 시가 실제로 존재했는지는 확인할 수 없지만 이상의 토로는 새로운 문학을 주장하는 사람들이 세상의 벽에 부딪혔을 때 자주 하는 말이기는 하다.

문학과 문학 아님의 논란은 문학성을 윤리의 잣대로 잴 때 가장 흔하게 벌어진다. 해방 이후부터 보아도 우리 문학에서는 외설이라는 이유로 판매 금지된 소설이 많았다. 90년대 출간되었고 이후에 영화로도 제작된 소설『내게 거짓말을 해봐』는 출판된 지 몇 달이 지나지 않아 판매 금지 조치를 당하였다. 이 소설이 문학의 이름을 빌어 외설스러운 내용을 대중에게 전파했다는 것이 판매 금지를 시킨 쪽의 판단이었다. 이후 이 조치에 대한 찬반 의견이 신문 지면을 뜨겁게 달구기도 했다. 표현의 자유를 해친다는 의견과 윤리적인 문제에 관한 한 최소한의 규제는 필요하다는 의견으로 나뉘었다.

비슷한 일은 1950년대에도 있었는데, 정비석의 소설『자유부인』이 사회의 풍속을 해친다는 평가를 받고 문학 밖으로 쫓겨날 뻔했던 사건이다. 대학 교수 부인이 춤바람이 나서 젊은 청년과 연애를 한다는 지금으로 보면 흔한 드라마 소재에 불과한 소설의 내용이 당시 사람들에게는 충격적으로 받아들여졌던 모양이다. 염재만의 소설『반노』

4) 이상, 「오감도 작가의 말」, 『이상문학전집』 3, 문학사상사, 1993, 353쪽

에 대해서도 유사한 논란이 있었다.

그러나 문학을 윤리적 기준으로 판단하려는 시도는 대부분 실패로 끝나고 말았다. 윤리의 기준이 사람마다 다를 뿐 아니라 문학의 윤리는 현실의 윤리를 그대로 옮겨 놓은 것이 아니기 때문이다. 오히려 일부 논쟁은 독자들의 판단을 흐리게 하거나 출판사에 상업적 이익만 안겨주는 부작용을 낳기도 하였다.

정치적 판단에 의해 문학과 문학 아닌 것을 나누는 경우도 있다. 미술에서는 선전 포스터를 미술로 볼 것인가 말 것인가의 논쟁이 있었는데, 문학에서도 정치적 의도가 노골적으로 드러난 작품을 문학으로 볼 것인가 말 것인가가 논쟁거리가 된다. 문학작품을 정치에서 상대적으로 자유로운 것으로 보는 사람들은 정치적 의도를 노골적으로 드러내는 작품을 문학으로 취급하지 않는다.

이러한 관점은 순수문학을 주장하던 이들에게서 두드러진다. 문학에서 정치적 의도를 불순하게 생각하는 사람들은 노동자들과 농민 계급 문학을 '저급한' 또는 '미달된' 문학으로 보는 관점을 퍼뜨리곤 했다. 이런 관점에서 본다면 사회주의 이념과 관계된 소설이나 북에서 창작된 〈불멸의 역사 총서〉 시리즈는 문학으로 평가될 수 없다.

그러나 반대 입장에서 문학을 보려는 사람들도 많다. 이들은 문학이 현실적 삶에 기여할 수 있어야 한다는 생각을 가지고 있다. 이들은 귀족적이고 난해한 문학 경향을 비판함은 물론 창작 주체를 노동자·농민으로 확대하자는 운동을 벌이기도 한다. 대표적인 운동으로 집단 창작과 기록문학의 창작을 들 수 있다. 집단 창작이란 한 사람이 아니라 집단이 공동으로 하나의 작품을 창작하는 방법을 말한다. 이들은 감동적인 삶의 기록물들을 허구로 창작된 기존의 문학 작품보다 높이 평가하기도 한다. 흔히 소설보다 더 소설 같은 이야기라는 말을 쓰는데 이들은 실제로 허구보다 더 기가 막힌 이야기들을 '수기'라는 양식으로 구분한다. 수기는 개인의 경험을 다룬 문학이고, 특히 노동자·농민 등 하층민의 세계관을 담고 있는 문학이다.

문자로 기록된 것

예술과 예술 아닌 것의 구분이나 문학과 문학 아닌 것의 구분은 분명한 기준에 의해 획일적이고 확실하게 이루어질 수 없다. 그 범주는 이동하는 것이며 대체로 넓어지는 방향으로 변화하고 있다. 그렇다고 해서 사람들이 모든 예술과 문학을 동일한 가치로 평가하는 것은 아니다. 대상에 대해 느끼는 우리의 감정은 분명히 다르기 때문이다. 잠정적으로 좋은 문학과 그렇지 못한 문학을 나누는 것이 일단 가능하다. 그러나 이 역시도 선호에 객관적 기준을 세우기 어려우므로 모든 사람의 동의를 얻기는 불가능하다.

범주를 넓히면 우리는 문자로 된 모든 텍스트를 문학으로 보는 관점을 가질 수 있다. 글자 그대로 '文學'을 문자와 학문의 합으로 보는 관점이다. 문학을 뜻하는 영어 Literature도 문자와 떼어 생각할 수 없는 단어이다. 문자로 된 텍스트를 문학으로 보는 관점은 문학의 범주를 넓히자는 의도를 가지고 있으며, 문자가 보편적 표현 수단으로 자리 잡은 상황에서는 그것을 기준으로 삼는 것이 합당하다고 여긴다.

문자로 된 모든 텍스트로 문학의 범주를 정하면 구비문학을 문학에서 제외해야 하는 문제가 생긴다. 비록 예전 같지는 않지만 지금도 입에서 입으로 전해지는 이야기나 노래가 존재하는 것이 사실이고 보면 이들을 문학의 영역에서 추방하는 것은 옳지 못해 보인다. 그러나 새롭게 만들어지는 구비문학이 많지 않다는 사실과, 대부분의 구비문학이 문자화 과정을 겪게 있다는 점도 인정해야 한다.

문학을 이렇게 정의하면 인문과학과 사회과학의 광범위한 텍스트가 문학의 범주 안으로 들어올 수 있다. 허구로 된 글 외에 사실과 사색의 기록을 문학 안으로 끌어들일 수도 있게 된다. 특히 철학이나 역사와 관계된 글이 문학으로 읽힐 가능성이 크다. 정치 연설이나 칼럼, 과학 서적 역시 문학으로 읽히지 말라는 법은 없다.

몇 편의 글을 통해 이를 확인해 보자.

그리스인들이 형이상학적 삶을 누리던 원은 우리들의 그것보다 훨씬 작다. 그렇기 때문에 우리는 그 원 속에서 우리가 머물러 살아갈 장소를 결코 발견할 수 없는 것이다. 좀 더 정확히 말하자면, 그 자체의 완결성이 그리스인들의 삶의 선험적 본질을 이루고 있던 그 원은 우리들에게는 이미 폭파되어 버리고 만 것이다. 따라서 우리는 완결된 하나의 세계에서 더 이상 숨을 쉴 수가 없게 되었다. 우리는 정신의 생산성을 만들어 낸 것이다. 그렇기 때문에 그리스의 원형적 이미지가, 우리가 이를 다시 회복할 수 없을 정도로 그 자체의 객관적 자명성을 상실하게 된 것은 바로 이러한 이유 때문이다. 그리고 우리들의 사고가 끝없이 원형적 이미지에 가까이 가려고 하지만 결코 완전히 접근할 수 없는 이유도 이 때문이다.[5]

위 글은 소설이라는 근대문학 양식의 기원과 구조를 설명하고 있다. 복잡한 각주가 붙어있지는 않지만 읽기는 만만치 않다. 문학에 대해 말한다는 느낌보다는 철학이나 역사에 대해 말하고 있다는 느낌을 준다. 형이상학적, 선험적 본질, 객관적 자명성 등의 용어는 매우 낯설게 들린다. 구체적인 예가 없어 뜬구름 잡는 듯한 추상적인 내용으로 가득 차 있다는 느낌도 준다.

---

5) G.루카치, 『소설의 이론』, 심설당, 1985, 36-37쪽.

위 예문은 소설에 대한 존재론적 해석을 시도하고 있는데, 근대문학을 대표하는 소설이 고대 문학을 대표했던 그리스의 서사시와 어떻게 다른가를 그 시대적 조건을 통해 비교하고 있다. 인간이 삶을 누리던 범위가 어떻게 다른지를 주된 비교 대상으로 한다. 그리스의 서사시가 '완결된 하나의 세계'에 머물 수 있었다면 현대의 문학은 그렇게 되고자 하는 욕망은 가지고 있으나 결코 그렇게 될 수 없는 조건에 놓여 있다고 한다. 현대의 정신이 가진 생산성이 과거의 완벽한 세계를 파괴해 버렸다고도 한다.

이런 논리는 매우 비극적으로 들리기도 한다. 위 글은 소설이 원하는 삶에 끝없이 다가가려고 하지만 결코 거기에 접근할 수 없다고 주장하기 때문이다. 또, 이는 소설만이 아니라 현대인들의 일반적 운명이라고 말하기도 한다. 저자는 역사철학적 관점에서 시대의 변화와 문학 양식의 변화를 함께 아우르고 있다고 할 수 있다.

무엇보다 이 글의 통찰을 빛나게 해주는 표현은 고대나 현대의 비유에 있다. 이러한 비유는 단지 사실을 말한다는 느낌보다는 피할 수 없는 어떤 운명을 비장한 기분으로 밝혀내고 있다는 느낌을 준다. 이 글은 완결된 세상의 상실을 '발견할 수 없을 것이다.', '이미 폭파되어 버리고 만 것', '더 이상 숨을 쉴 수가 없게 되었다.', '결코 완전히 접근할 수 없'다와 같은 말들을 반복하고 있다. 비장한 느낌은 절망이나 좌절의 감정까지 불러낸다. 이러한 감정은 독자가 글의 내용에 동의하느냐 않느냐의 문제를 넘어서기까지 한다.

다음 글은 짧은 전(傳)이다.

오기(吳起)는 위(衛)나라 사람으로 용병(用兵)을 좋아하였다. 일찍이 증자(曾子)에게서 배우고 노(魯)나라 군주를 섬겼다. 제나라가 노나라를 공격하자, 노나라에서는 오기를 장군으로 삼으려 하였으나 오기의 아내가 제나라 여자였기 때문에 노나라에서 그를 의심쩍게 생각하였다. 그러자 오기는 출세하기 위하여 그의 아내를 죽여 제나라 편을 들지 않을 것임을 밝혔다. 노나라는 마침내 그를 장군으로 삼았다. 오기는 병사들을 이끌고 제나라를 공격하여 크게 무찔렀다.[중략]

오기는 장군이 되자 가장 신분이 낮은 사졸들과 같은 옷을 입고 식사를 함께 하였다. 잠을 잘 때에는 자리를 깔지 않았으며 행군할 때에는 말이나 수레를 타지 않고 자기가 먹을 식량을 친히 가지고 다니는 등 사졸들과 수고로움을 함께 나누었다. 언제인가 사졸 중에 독창(毒瘡)이 난 자가 있었는데 오기가 그를 빨아주었다. 사졸의 어머니가 그 소식을 듣고는 통곡하였다. 어떤 사람이 "그대의 아들은 일개 사졸인데 장군이 친히 그 독창을 빨아주었거늘, 어찌하여 통곡하는 것이오?"라고 하자, 그 어머니는 "그렇지 않소. 예전에 오공(吳公), 즉 오기가 그 애 아버지의 독창을 빨아준 적이 있었는데 그이는 (감격한 나머지 전쟁터에서) 물러설 줄 모르고 용감히 싸우다가 적에게 죽음을 당하고 말았습니다. 오공이 지금 또 내 자식의 독창을 빨아주었다니 난 이제 그 애가 어디서 죽게 될 줄 모르게 되었습니다. 그래서 통곡하는 것입니다."라고 하였다. [6]

사마천이 지은 역사서 『史記』는 크게 세 부분으로 나뉘는데 『列傳』은 왕이나 제후가 아닌 보통 사람들의 행적을 기록한 책이다. 역사에 기록할 만한 인물이니 이들도 평범한 사람은 아니겠지만 『本紀』나 『世家』에서 다루는 인물들에 비해 역사적 비중은 떨어진다. 한 인물에 대해 다루는 양도 상대적으로 적은 편이다. 반면에 『열전』에는 다른 편에 비해 성격이 독특한 인물이나 흥미로운 서사가 많이 수록되어 있다.

---

6) 사마천, 『史記 列傳』 上, 까치, 1995, 41쪽.

위 첫 문단은 오기라는 사람에 대한 소개에 해당한다. 짧은 문단이지만 독자들은 그가 어느 나라 출신이고 직업은 무엇이고 누구에게 배웠는지 알 수 있다. 그의 성격은 사실 기술에 압축된 내용을 통해 충분히 알 수 있다. "출세하기 위하여 그의 아내를 죽"였다면 그가 얼마나 출세에 눈이 먼 사람인지, 목표에 얼마나 집착하는지, 얼마나 잔인한 성격인지 짐작할 수 있다. 그가 용병에 뛰어나다는 사실은 두 번에 걸쳐 서술된다.

둘째 문단은 재미있는 사건과 인생에 대한 해석을 담고 있다. 독자들은 사건과 사건에 따른 인물의 반응을 보고, 그것을 통해 삶의 아이러니를 느낄 수 있다. 서술자는 오기가 어떻게 전장에 임하는가를 먼저 말한다. 이어 독창이 난 병사를 어떻게 대했는지, 그에 대한 병사어머니의 반응이 어떠했는지를 차례로 이야기한다. 병사와 함께 생활하고 병사의 고통을 자기 고통처럼 여기는 장군은 '훌륭한' 장군임에 틀림이 없다. 그런데 이렇게 훌륭한 장군아래 아들을 보낸 어머니는 왜 우는 것일까? 병사의 어머니는 오기의 은혜를 입은 아들이 목숨을 아끼지 않고 전투에 임할 것을 짐작하고, 언젠가 죽음을 맞게 되리라는 것이 슬펐던 것이다. 병사가 오기의 은혜를 입은 것은 틀림없지만 그런 작은 은혜가 가져올 결과는 너무나 감당하기 어렵다. 병사의 아버지 역시 이러한 상황 아래에서 죽음을 맞이했다면 어머니는 얼마나 기가 막히겠는가? 그러나 기가 막혀도 어찌할 수도 없는 것이, 장군을 위해 싸운 아들의 마음은 진심임에 틀림이 없기 때문이다. 이 부분에서는 첫 문단에서 말한 오기가 '용병(用兵)을 좋아하였다'는 말이 새삼 떠오르기도 한다. 어머니의 눈물 속에서 생의 진실 한 장면을 발견할 수 있다.

내겐 이런 꿈이 있습니다. 어느 날엔가 이 나라는 각성할 것이고, 자신의 신조, "우리는 모든 인간이 동등하게 창조되었다는 신념을 자명한 것으로 여긴다."는 신조의 참뜻을 온전히 실현할 것입니다.

내겐 이런 꿈이 있습니다. 어느 날엔가 조지아의 붉은 언덕에서는 농장노예의 아들들과 농장 노예 주인의 아들들이 형제애의 식탁에 함께 마주 앉게 될 것입니다.

내겐 이런 꿈이 있습니다. 어느 날엔가는 불의와 억압의 열기로 푹푹 찌는 저 사막 같은 주, 미시시피조차도 자유와 정의의 오아시스로 바뀔 것입니다.

내겐 이런 꿈이 있습니다. 내 어린 자식 넷은 어느 날엔가 피부색이 아니라 인간 됨됨이로 평가받는 나라에서 살게 될 것입니다. [중략]

오늘 내게는 꿈이 있습니다.

내겐 이런 꿈이 있습니다. 어느 날엔가 모든 골짜기가 솟아오르고 모든 언덕과 산이 평평해질 것입니다. 거친 땅이 평평해지고 구부러진 곳은 곧게 뻗을 것입니다. 주님의 영광이 실현될 것이고, 모든 피조물이 함께 이를 보게 될 것입니다.

이것이 우리의 희망입니다. 이것이 내가 남부에 돌려보낼 믿음입니다. 이 믿음으로 우리는 절망의 산 속에서 희망의 광석을 캐낼 수 있을 것입니다. 이 믿음으로 우리는 우리나라의 시끄러운 불협화음을 형제애의 아름다운 교향곡으로 바꿀 수 있을 것입니다. 이 믿음으로 우리는 일할 수 있을 것이고, 함께 감옥에 갈 수 있을 것이며, 함께 자유의 편에 설 수 있을 것입니다. 언젠가 우리는 자유롭게 되리라는 확신 속에서 말입니다.[7]

미국 흑인 운동가 마틴 루터 킹 목사의 연설문이다. 자신의 생각을 매우 '절실하게' 표현하고 있다는 인상을 준다. 그런 인상을 주는 가장 큰 이유는 반복 때문이다. '꿈이 있습니다.'로 시작하는 문장들은 자신이 바라는 미래상을 현재와 대비하여 반복해 보여주고 있다. 이를 통

7) 마틴 루터 킹, 「내겐 꿈이 있습니다」, 『혁명을 꿈꾼 시대』, 살림, 2007, 203-204쪽.

해 자신의 꿈이 얼마나 절실한가를 독자나 청중에게 전달할 수 있게 된다. 꿈이나 희망은 그의 믿음과 연결되면서 의심할 수 없는 미래나 흔들릴 수 없는 신념으로 발전하게 된다.

이 연설문은 '모든 인간이 동등하게 창조되었다는 신념'에서 출발하지만 그것이 실현되지 못하는 현실에 대해서도 연설자는 잘 알고 있다. 그럼에도 그는 '조지아의 붉은 언덕'에서 벌어진 일과 '사막 같은 주, 미시시피'에서 벌어진 차별에 대해 직접 성토하지 않는다. 언젠가 농장노예의 아들과 노예주인의 아들이 같은 식탁에 함께 앉을 날이 오리라고 희망을 이야기한다. 미시시피의 사막은 사랑과 자유의 오아시스로 바뀌리라 예상한다. 피부색이 아니라 사람의 됨됨이로 평가받는 차별 없는 사회가 '올 것'이라고 그는 말한다.

이러한 수사는 '절망의 산 속에서 희망의 광석'을 찾고 싶어 하는 연설자의 의지를 드러내고, 청중을 설득하는데 큰 효과를 거둔다. 문맥상 '거친 땅이 평평해지고 구부러진 곳은 곧게 뻗을 것'이 무엇을 의미하는 지 청중은 쉽게 알 수 있다. 마지막으로 그가 강조하는 내용은, 자신의 이러한 믿음은 단순히 개인의 이익이 아니라 더 높은 공동의 가치인 '자유'의 실현과 관계된다는 점이다.

이상 세 편의 글을 통해 우리는 문학이 될 수 있는 '글'의 가능성을 탐색해보았다. 그러나 문자로 된 글을 모두 문학으로 본다고 해도 실용적인 의도로 써진 글은 제외할 수밖에 없다. 작업 공정을 기록한 건축 관련 문서나, 행정 명령을 전달하기 위한 공문서를 문학으로 보기는 어렵기 때문이다. 문자로 된 모든 것을 문학으로 본다고 범주를 매우 넓게 잡아보았지만 결국 문학이 되는 최소한의 기준은 존재하는 셈이다. 그 핵심에는 '정서적인 글' 또는 '인간의 정서가 담긴 글'이라는 조건이 놓인다.

정서로 소통 되는 글

잠정적으로 정의하자면, 문학은 정서적인 글이다. 세상에는 자신을 표현하는 다양한 방법이 있고, 인간과 세계를 이해하는 다양한 관점이 존재한다. 이들 중 문학은 특히 정서를 통한 접근(표현·감각·이해)을 중시하는 분야라 할 수 있다. 정서는 이성이나 논리와 구분되는 정신적·심리적 작용이다.

우리나라에서 문학과 다른 영역의 구분에 대해 본격적으로 고민하기 시작한 시기는 1900년 전후이다. 이전에는 문학이 하나의 독립된 영역으로 대접받기보다 넓은 의미의 학문 안에 속하였다. 문학이라는 단어 안에 다른 많은 것들이 포함되어 있었다고 볼 수도 있다.

다음은 문학에 대한 근대적 사고를 볼 수 있는 글이다.

문학은 실로 학(學)이 아니니, 대개 학이라 하면 어떤 일, 혹은 어떤 물건을 대상으로 하여 그 일이나 물건의 구조·성질·기원·발전을 연구하는 것이지만 문학은 그 일이나 물건을 연구함이 아니라 감각(感覺)함이니, 고로 문학자라 하면 사람에게 그 일이나 물건에 관한 지식을 가르치는 자가 아니요, 사람으로 하여금 미감(美感)과 쾌감(快感)을 불러낼 만한 서적을 짓는 사람이니, 과학이 사람의 지(知)를 만족케 하는 학문이라 하면 문학은 사람의 정(情)을 만족케 하는 서적이니라.

이상에서 말한 바와 같이 문학은 정에 기초하고 있으니, 정과 사람들의 관계를 따라 문학의 경중(輕重)이 생긴다. 예전에는 어느 나라에서나 정을 천하게 여기고, 이지(理智)만을 중요하게 여겼나니, 이는 아직 인류에게 개성의 인식이 명료치 아니하였음이라.

근세에 이르러 사람의 마음은 지·정·의(知·情·意) 셋으로 작용되는 줄을 알고 이 셋에 우수하고 열등함이 없이 평등하게 사람들의 정신을 구성함을 깨달았으며, 정의 지위가 높아졌나니, 일

찍 지(知)와 의(意)의 노예에 불과하던 자가 지와 동등한 권력을
얻어, 지가 제반과학으로 만족을 구하려 함에 정(情)도 문학·음
악·미술 등으로 자기의 만족을 구하려 하도다.[8]

　　예문은 1916년 11월 이광수가 『매일신보』에 쓴 글 중 일부이다.
1916년은 그의 대표작 『무정』이 연재되기 일 년 전이다. 우선 위 글은
문학을 설명하기 위해 문학과 문학 아닌 다른 분야를 구분한다. 다른
학문 분야와 문학은 연구와 감각으로 구분한다. 대상에 대한 탐구를
통해 이해로 나아가는 것이 연구라면 문학은 느낌을 통해 대상을 알
아가는 것이라 한다. 문학자는 학자와 구분되는데, 지식을 전달해주
지 않고 미감과 쾌감을 일으키게 하는 책을 만드는 사람이 문학자이
다. 과학이 지(知)를 만족케 한다면 문학은 정(情)을 만족케 한다고도
말한다. 또, 이전에는 동서양 어디서나 정이 높은 대우를 받지 못하고
이지(理智)만이 중요하게 대접 받았는데 요즈음에는 그렇지 않다고
한다.
　　문학은 학문의 한 분야가 아니라 예술의 한 분야로 이야기된다. 사
람의 마음은 지정의(知情意)로 작용하는데, 이들 사이에는 열등하거
나 우등한 것이 없다고 한다. 정(情)의 만족을 얻는 대표적인 분야로
음악·미술·문학을 든다. 정리하면 문학은 학문처럼 문자로 되어 있다
는 점에서는 같지만, 작용하는 원리는 지의(志意)나 이지(理智)가 아
니라 정서(情緒)라는 주장이다. 앞서 말한 미감이나 쾌감 역시 정서의
울림과 관계된다.
　　물론 위에서 말한 정은 매우 주관적인 감각이다. 미감이나 쾌감에
도 개인차가 크다. 위 글의 주장처럼 지정의(知情意)가 엄격히 구분될

----

8) 이광수, 「文學이란 何오」, 『이광수 전집』 1권, 삼중당, 1962, 507-508쪽.(한자어는
인용자가 현대어로 바꾸었음.)

수 있는지도 의심스럽다. 따라서 정서의 중요성을 강조한다고 문학에 대한 정의가 분명해진다고 할 수는 없다. 이런 정의를 구체적으로 적용할 때는 생각지 못한 어려움에 부딪칠 수도 있다. 형식도 제대로 갖추지 못한 짧은 글들이 정서가 담겨 있다면 모두 문학이 되는지, 정서를 담고 있지만 선정적이고 과장된 표현은 어떻게 보아야 하는지 모두 문젯거리가 될 수 있다.

개인의 정서가 타고나는 것이 아니라는 점도 문제이다. 우리의 다른 정신 활동과 마찬가지로 정서 역시 구성된 것이다. 문학에 대한 생각은 연역적으로 주어지기 보다는 귀납적으로 형성된다고 할 수 있다. 작품으로 한정하면 이전에 읽은 작품들의 총합이 현재의 문학 개념을 만들어내고 지금 형성된 문학에 대한 상이 미래의 문학에 영향을 미친다. 우리가 문학이라고 설정한 범주는 어린 시절의 독서나 방송 등 매체의 영향 아래에서 자연스럽게 만들어진 결과물이다.

이런 여러 문제점에도 불구하고 대상을 대하는 태도나 작품에 접근하는 수단이 정서라는 점은 문학을 정의하는 데 매우 중요하다. 어차피 객관적 구획이 가능하지 않다고 생각한다면 중심을 세우고 주변을 아우르는 일이 바람직하지, 모두를 포괄할 수 있는 추상적인 개념에 집착하는 길을 고집할 필요가 없기 때문이다. 지나치게 엄격한 기준을 세우는 일도 마찬가지이다.

표현 表現 expression

직관적 지식은 표현적 지식이다. 지성적 기능으로부터 독립적이며 자율적
이다. 추후의 경험적 구분과 무관하게 존재하는 것, 존재하지 않는 것과도
무관하고 역시 추후적인 시간과 공간의 지각, 그것에 의한 형식 부여와도
무관하다. 직관, 혹은 표상은 형식이기 때문에 그저 느끼는 것, 경험된 것,
감각의 파동이나 흐름, 심리적인 질료 등과는 구분된다. 그리고 이러한 형
식 이러한 점유가 바로 표현이다. 직관한다는 것은 표현한다는 것이다. 그
리고 표현 이외의 어떤 것일 수도 없다.

(베네데토 크로체, 『크로체의 미학』)

경험 내용과 표현 방법

예술은 창작자가 감상자에게 정서를 통해 무언가를 전달하는 소통 행
위이다. 이때 전달되는 '무엇'은 창작자의 경험이다. 경험을 정확하고
효과적으로 전달하기 위해서는 수단과 방법을 잘 선택해야 한다. 예
술에 있어 표현이란 경험을 어떤 방식으로 전달하느냐의 문제이고 감
상이란 창작자의 경험이 작품에 어떻게 표현되었는가를 보는 일이다.
크게 보면 표현 수단의 차이는 양식을 나누는 기준이 된다. 음악이
소리를 통해 표현하고 회화가 색을 통해 표현한다면 문학은 언어를
통해 경험 내용을 표현한다. 연극은 배우의 대사와 동작, 영화는 영상
이 표현 수단이라 할 수 있다. 작게 보면 표현 방법의 차이는 같은 양
식 내에서 작은 양식이 나누어지는 기준이 된다. 발라드라는 대중가
요 양식은 유사한 속도와 리듬 그리고 가사로 이루어진다. 록 역시 유
사한 비트와 창법 그리고 메시지를 담고 있다. 반복되고 변화하며 끊

어질듯 이어지는 재즈 역시 마찬가지이다. 이별을 중요한 주제로 다루는 트로트와 발라드는 창법에 따라 구분된다. 랩이나 댄스 음악 역시 무엇을 어떻게 표현하느냐에 따라 분류된 작은 양식이다.

무엇을 선택하느냐와 어떻게 전달하느냐는 분리될 수 없는 문제이다. 만약 작품에서 양자의 분리가 느껴진다면 십중팔구 그 작품은 높은 예술적 성취를 이루었다고 평가받기 어렵다. 경험 내용에 어울리는 표현 방법이 선택될 때 높은 작품성을 갖는 것이 보통이다. 물론 주의할 점은 이러한 결합이 주어진 이념형을 따른 것이 아니라 존재하는 작품을 두고 종합한 특성이라는 사실이다. 하나의 작품을 놓고본다면, 하나의 경험 내용을 다른 방법으로 전달할 경우 어떤 효과가 발생할 지 아무도 예측할 수 없다. 표현의 방법에 따라 경험 내용은 이미 새로운 의미를 부여 받은 것이며 그러한 관계는 환원 불가능한 성질을 띠기 때문이다.

예술사를 일별해 보면 경험 내용과 전달 방법의 결합이 때로 반복되거나 유행한다고 느껴지는 때가 있다. 양식의 특성, 혹은 인물의 성격 등은 이러한 결합이 굳어진 결과라 할 수 있다. 이는 때로 사조와 같은 시대 조류가 되기도 하고, 시대를 초월한 유형이 되기도 한다.

문학의 경우도 사조에 따라 다루는 내용과 표현 방법이 매우 다르다. 그러나 각각의 사조에 속한 작가들은 유사한 경험 내용을 유사한 방법으로 전달한다. 사조를 넘어 유사한 성격으로 반복되는 인물을 발견할 수도 있다.

낭만주의와 사실주의는 경험을 표현하는 상반된 인식을 보여주는 대표적인 예이다. 낭만주의에서 표현하고자 하는 경험은 개인적인 데 초점이 맞추어져 있는데 비해 사실주의에서 표현하고자 하는 경험은 개인을 둘러싼 사회적 환경과 연관된다. 낭만주의는 감정, 감상, 감각과 관계된 경험을 중시하고 무엇보다 개성을 중요한 미덕으로 내세운다. 이에 비해 사실주의는 이해, 이성, 구조와 관련된 경험을 중시하고 전형적인 상황을 만들어내고자 한다. 또, 자연주의는 사실주의의 현실 관찰 의지를 극단으로 몰고 가 작가의 개입을 최소화하고 현상을 과학적으로 관찰해 보여주는 데 주력한다. 리얼리즘과 모더니즘을 대조해서 살펴본다면 더욱 분명한 차이를 느낄 수 있다.

신데렐라형 인물은 자주 반복되어 이미 유형으로 굳어져 있다. 인물이 유형화되면 그에 따르는 서사도 이전 이야기와 비슷해지기 쉽다. 그녀는 왕자의 선택을 받아 갑자기 부와 명예를 누리게 되는 아름다운 여인을 대표한다. 그녀는 타고난 장점-미모라든지 도덕 등-의 덕으로 계급 상승의 꿈을 이룬 인물이다. 허리우드 영화 중 〈프리티 우먼pretty woman〉의 주인공은 전형적인 신데렐라 유형의 인물이라 할 수 있다.

반대로 평범한 남성(어리석기까지 한)이 우월한(외모나 지위 등) 여성을 만나 성공한 인물의 유형도 자주 반복된다. 설화 속에 등장하는 공주와 결혼하게 되는 어리석은 총각 이야기나 '바보 온달' 이야기가 여기에 속한다. 햄릿처럼 충분히 사고하지만 행동에는 소극적인 인물과 돈키호테처럼 적극적으로 행동하지만 시대착오적인 인물들도 여러 작품에서 발견할 수 있다.

걸작이란 경험 내용 혹은 전달 방법이 주는 감동이 특별한 작품들이라 할 수 있다. 그 특별함에는 '새로움'이 결정적인 요인으로 작용하곤 한다. 이전의 전통을 고수하지 않고 새로운 경험 내용을 표현하거나, 새로운 표현 방법을 발견한 이들에게 우리는 거장이라는 이름을 붙이고, 그런 작품을 걸작이라 부른다.

조선 전기 시조는 유교적 이상에 대한 경험 내용을 그 못지않게 안정된 방법으로 표현하였고, 19세기 프랑스 소설은 근대라는 새로운 경험을 산문이라는 대중적인 형식으로 전달해 주었다. 유교적 이상이 흔들리는 시기에 사설시조는 변화된 세태와 경험을 담아내기 위해 새로운 표현 방법을 시도하였다. 20세기 초 서구 소설은 내면의 흐름이나 소외에서 오는 공포를 새로운 방식으로 표현해 내기 위해 형식적 실험을 계속하였다. 새로움이 하나의 흐름을 주도하고 그것이 다시 새로운 흐름에 자리를 내주는 것이 문학사의 자연스러운 전개이다.

따라서 경험 내용의 새로움과 표현 방법의 새로움은 문학을 평가하는 기준이 된다. 경험 내용의 새로움이 선정성으로 흐르고 표현 방법의 새로움이 난삽함으로 흐르는 경우가 없지는 않지만 현실이 변하는 만큼 문학은 변할 수밖에 없고 그러한 변화는 감상자들에게 신선한 자극이 된다. 반복해 말하지만 우리가 작품을 감상한다는 것은 작품에 '무엇'이 '어떻게' 표현되었는가를 본다는 의미이다.

좋은 표현에 대해 생각

어떤 경험 내용이 예술의 대상이 될 수 있는지에 대한 생각은 역사적으로 조금씩 변해왔다. 현대로 오면서 대상에 대한 제약은 거의 없어진 편이지만 풍경이나 정서들의 가치에 차이를 두는 경향은 완전히 없어졌다고 보기 어렵다. 대표적으로 그것이 사회적인 의미를 가지는 것인지 인간의 원형적 감수성에 관계된 것인지를 구분하는 사람들이 있다. 표현해야 할 경험 내용이 주어져 있다고 할 때 그것을 어떻게 표현하는 것이 미학적인가 또는 바람직한가에 대한 생각 역시 단순하지 않다. 시대에 따라 지역에 따라 때로는 개인에 따라서도 다양한 태도가 나타난다.

각 시대나 세대는 나름대로 예술을 느끼는 독특한 감각의 구조(the

structure of feeling)⁹⁾를 가지고 있다. 시대에 따라 소통 가능한 감각이 형성되고 거기에 맞는 문화가 형성된다는 의미인데, 예술적 표현에도 이러한 설명이 가능하다. 현실을 드러내거나 감정을 드러내는데 지배적인 표현 수단이 존재하는, 그 수단을 통할 때 예술적인 정서의 소통이 원활해지는 시기가 있다. 그러나 시간이 지나면 기존의 표현 수단이 시대의 감각적 동의를 얻기 어려워지고, 때로는 낡은 것으로 떨어질 수도 있다.

그 차이가 분명히 드러나는 예를 미술사에서 찾을 수 있다. 서양 회화의 역사는 알고 있는 바를 그리거나, 보이는 바대로 그리거나, 느낀 대로 그리는 방법의 변화였다고 단순화할 수 있다. 단선적인 변화는 아니지만 고대 이집트나 중세 성화(聖畵)가 주로 아는 바를 충실히 그리는 데 주력했다면 그리스 미술이나 근대 회화는 보는 이의 시선을 중시했고, 그 각도를 존중했다. 이에 비해 현대 회화에 올수록 강렬한 인상이나 정렬 등이 중요한 표현 가치가 되었다.

이집트벽화

서양 미술사의 첫 자리에 놓이는 이집트 미술에서 우리는 현대 회화와는 다른 인물 모습을 볼 수 있다. 파라오나 아누비스 등 이집트

---

9) 레이몬드 윌리엄스는 우리 자신이 공유하고 있는 생활방식이나 삶에 대한 특수한 감각을 '감각의 구조'라고 표현했다. 이것은 우리 생활 방식의 특성들이 관통하면서 그들에게 특수하고도 개성 있는 색깔을 부여한다.(레이몬드 윌리엄스, 『기나긴 혁명』, 문학동네, 2007, 92쪽.)

벽화의 인물들은 머리(동물의 머리 모양까지 포함하여)를 옆으로 돌리고 있다. 따라서 정면에서는 확인하기 어려운 주둥이나 입 모양이 분명하게 드러난다. 다리는 주로 옆으로 선 모양으로 그려져 있어서 한 방향을 향해 걸어가고 있는 듯한 인상을 준다. 그런데 같은 그림에서도 몸통과 팔은 옆으로 선 모양이 아니다. 옆에서 본 그림이라면 팔은 하나가 보이거나 둘이라도 많이 가려진 상태로 표현되어야 하는데 이집트 미술에서 그런 그림은 거의 없다. 몸통 역시 가슴의 폭이 분명히 느껴지도록 정면을 향하고 있다. 마치 입체파의 그림처럼 현실 세계에게서는 보기 어려운 인물의 모습이다. 이를 통해 이집트 사람들의 시각에 문제가 있었다고 판단한다면 그것은 우스운 일이다. 대상을 어떻게 표현해야 할 것인가에 대한 이집트 사람들의 생각이 지금 사람들의 생각과 달랐을 뿐이다.

이에 대해 E. H. 곰브리치는 이집트 사람들이 그림을 통해 지향한 것이 아름다움이 아니라 완전함이었다고 말한다. 가능한 완전한 모습을 그리는 것이 목적이었기 때문에 그들은 우연한 각도에 의해 발견된 사물의 모습을 표현하는 그림에 대해 부족함을 느꼈다고 한다. 그들은 그림에 들어가야 할 모든 것이 극명하게 나타나도록 보장해주는 엄격한 규칙에 따라서 기억을 더듬어 그렸을 뿐이다. [10]

이러한 경향은 중세 종교화에서도 발견할 수 있는데, 머리에서 발끝까지 전체 모습을 구도를 맞추어 화폭의 중앙에 그리는 관습이 유행하였다. 이 시기 그림에서는 아무것도 신지 않고 허공에 떠 있는 인물의 발을 자주 볼 수 있다. 이 시대 성자의 모습은 실재의 모습이 아니라 이상적 상상의 모습이어야 했다.

이집트 미술의 표현을 더 알아보기 위해 잘 알려진 그림 〈네바문의 정원〉에 대한 설명을 들어 보자.

---

10) E.H.곰브리치, 『서양미술사』, 예경, 1997, 60쪽.

나무들의 생김새와 특징은 측면에서 보아야만 명확할 것이고 연못의 형태는 위에서 보아야만 분명해질 것이다. 이집트의 미술가들은 이러한 문제에 대해서는 아무런 거리낌이 없었다. 그들은 연못은 위에서 내려다본 것처럼, 그리고 나무들은 옆에서 본 것처럼 그리면 그만이었다. 반면 연못 속에 있는 물고기와 새들은 위에서 본대로 그린다면 쉽게 알아볼 수 없으므로 옆모습으로 그렸다.[11]

네바문의정원

현재 우리의 관점에서 보면 단일한 시선 없이 그린 그림이 괴이해 보일 수 있지만 그 그림이 그려질 당시의 기준에서 보면 적절한 표현 방법을 선택해 그렸던 것이다. 지금도 보이는 대로 그리는 것이 과연 아는 모습을 종합해 그리는 것보다 나은 표현인지에 대해서 쉽게 답하기 어렵다. 여하튼 그리스 미술 이후 서양 미술은 아는 것 모두를 그림 안에 표현하는 것보다는 바라본 각도를 참작하여 대상을 포착하는 쪽으로 방향을 잡게 된다. 예외가 있기는 하지만 이후에는 보이는 것을 얼마나 세밀하고 사실적으로 그리느냐가 중요한 기준이 되는 시대가 오래 지속된다.

근대 이후 서양 미술로 오면 표현 방법에 대한 고민은 더욱 커진다. 표현 방법을 고민한 사람들의 예로 인상파impressionism를 들 수 있다. 인상주의는 실제 자연의 대상들은 분명하고 고유한 색과 윤곽

11) 같은 책, 61쪽.

을 지닌 개별물로 보이는 것이 아니라 뒤섞인 밝은 혼합물로 보인다는 생각에서 출발하였다. 즉 개별물이 일정한 형태와 색깔을 가지고 있다는 생각에 의문을 던지고 경계를 모호하게 만드는 그림을 그리는 경향이었다. 이들의 사고 역시 사물을 보는 시선, 또는 세계를 표현하는 방법에 새로운 자극을 주었다.

물론 이런 인상주의가 갖는 문제는 이후 작가들에 의해 다시 극복된다. 다시 곰브리치를 참고해 이후 미술의 변화를 살펴보다.

세잔이 사라졌다고 느낀 것은 균형과 질서의 감각이다. 인상주의자들은 순간순간의 감각에만 너무 사로잡힌 나머지 자연의 굳건하고 지속적인 형태는 소홀히 했다고 느꼈던 것이다. 반 고흐는 인상주의가 시각적 인상에만 집착하여 빛과 색의 광학적 성질만을 탐구한 나머지 미술의 강렬한 정렬을 상실하게 될 위험에 처했다고 느꼈다. 즉 강렬한 정렬을 통해서만 예술가는 자신의 감정을 다른 사람이 느낄 수 있다는 것이었다. 마지막으로 고갱은 그가 본 인생과 예술 전부에 대해 철저하게 불만을 느꼈다. 그는 보다 단순하고 보다 솔직한 어떤 것을 열망했고 그것을 원시인들 속에서 발견할 수 있으리라고 기대했다. 이 세 사람의 화가가 모색했던 제각각의 해답은 세 가지 현대 미술 운동의 이념적 바탕이 되었다. 세잔의 해결 방법은 결국 프랑스에 기원을 둔 입체주의cubism를 일으켰고, 반 고흐의 방법은 독일 중심의 표현주의expressionism를 일으켰다. 고갱의 해결 방법은 다양한 형태의 프리미티비즘primitivism을 이끌어냈다.[12]

현대 미술의 흐름 각각을 추적하는 일은 이 글의 목적에서 벗어난다. 하지만 인상주의가 이전의 표현 방법에 만족하지 못하고 자신의 길을 찾았듯이 인상주의가 놓치고 있는, 아니면 효과를 낼 수 없는 방

---

12) 같은 책, 554-555쪽.

법을 이후 미술에서 찾으려 노력했음을 기억해둘 필요는 있다. 일시적인 감각에 의지해서 얻어내는 생동감은 그것 때문에 균형과 질서, 그리고 창작자의 정렬을 놓치게 만들었고, 이후 미술은 잃어버린 것을 찾기 위한 나름의 표현 방법을 찾게 되었던 것이다.

표현과 문학 양식

미술만큼 다양한 방법이 시도되었는지는 확인할 수 없지만 문학 역시 어떻게 표현할 것인가를 두고 오랜 기간 고민해왔고 지금도 고민을 계속하고 있다. 고대 이후의 문학을 관통한다고 할 수 있는 고전주의, 낭만주의, 사실주의로 나누어 표현에 대한 생각을 정리해보자.

근대 이전 사람들에게 문학은 새로운 것의 창작이라는 의미보다 전통이나 조화로운 질서의 가치를 표현하는 수단이라는 의미가 컸다. 문학을 대하는 이러한 태도를 고전주의라 부른다. 굳이 서구의 예를 들 것도 없이 조선 시대 사대부의 문학은 철학이나 역사와 떼어 생각할 수 없는 '학문'의 한 분야였다. 선현들의 글을 배우고 의미 있는 내용을 반복하고 그들의 글을 흉내 내는 것이 문학이었다. 툭하면 고전의 일화를 인용하고 이전의 형식을 따라 글을 쓰려고 노력했던 이유가 문학에 대한 이러한 생각과 무관하지 않았다. 대표적인 예로 한시나 시조가 담는 경험 내용과 그것을 표현하는 형식 사이의 관계를 들 수 있다. 창의적이거나 천재적인 작가보다는 훌륭한 학자가 더 많은 문학적 성과를 내었을 법한 시대이다.

낭만주의는 시대를 부르는 이름이면서 동시에 경향에 붙여진 이름이다. 낭만주의는 조화로운 세계 질서를 전통적 방식으로 표현하기보다는 주체의 욕망과 정열을 자유로운 방식으로 드러내기 좋아한다.

규율과 절제된 언어보다는 천재의 자유분방한 언어를 찾으려 노력하고 일상보다는 일탈에서 의미를 찾는다. 지식과 교양을 문학 속에 담아내기 보다는 주체의 감정을 충실히 표현하는 문학을 지향한다. 낭만주의는 현실 부정과 전복의 정신과 이어지기도 한다. 한자리 앉아 있는 자의 편안함이 아니라 잠시도 가만히 머물러 있지 못하는 자리바꿈에서 인생의 보람을 느끼는 정신이다. 낭만주의자에게 세계는 자신을 담기에 너무 작은 그릇이고, 세계가 오히려 낭만주의자의 마음 속에 담기게 된다. '표현'을 주체의 감상을 드러낸다는 의미로 본다면 그 말은 낭만주의에 가장 잘 어울린다.

사실주의에서는 현실의 '재현'이 중요한 개념이다. 작가는 언어를 통해 세계의 모습을 독자들에게 다시 보여주는 역할을 담당한다. 여기서는 세계가 얼마나 '충실'하게 재현되었는가가 관건이 된다. 따라서 사실주의는 현실주의이기도 하다. 작가가 살고 있는 현재에 관심을 가지며 개인의 정신보다는 그에 영향을 미치는 환경에 주목한다. 고매한 정신보다는 구체적인 갈등과 사건을 주로 다룬다. 사회적 모순, 전형적 인물의 형상화를 통해 이전 문학이 가지고 있던 개별성을 극복할 수 있는 가능성을 보여주기도 한다. 사실주의는 질서보다는 혼란 자체를 그대로 보여주어야 하기 때문에 운문보다는 산문에 잘 어울린다.

사실주의 이후에도 상징주의, 자연주의, 초현실주의, 형식주의, 포스트모더니즘 등의 시대적 조류들이 끊임없이 탄생하고 사라지곤 했다. 각각이 가진 주장과 특징은 다르지만 '무엇을' 못지않게 '어떻게' 표현할 것인가를 고민했다는 점에서는 모두 같다. 이들은 과거와 다름을 주장하면서 동시에 과거의 경향에서 단서를 취하기도 하였다. 새로움은 가끔 과거에 익숙한 사람들을 당혹스럽게 만들기도 하지만, 시대에 어울리는 '낯선' 문학 양식의 출현은 앞으로도 지속될 것임에 틀림이 없다.

화자의 내부

이제 현재의 문학으로 관심을 더 좁혀 보자. 표현 방법은 역사적 변화를 중심으로 살펴볼 수 있지만, 양식의 특성을 중심으로 비교해 볼 수도 있다. 우리가 흔히 나누는 서정, 서사, 극의 구분은 세계와 관계 맺는 방식에 따른 것이면서 동시에 어떻게 표현하는가에 따른 분류이기도 하다. 서정과 서사는 화자가 표현하는 내용이 직접적인 자기표현인지 외부에 대한 관찰과 탐구의 표현인지를 기준으로 나눈 분류이다. 극은 화자나 서술자를 두지 않고 상황을 보여준다는 특징을 가지고 있다.

이 세 양식에서 정서를 표현하는 방식에 대해 간단히 살펴보자.

서정은 화자 스스로를 표현하는 양식이다. 비록 세계가 중요한 제재로 사용되더라도 결국 독자에게 전달되는 것은 화자의 정서이다.

> 물론 나는 알고 있다. 오직 운이 좋았던 덕택에
> 나는 그 많은 친구들보다 오래 살아남았다. 그러나 지난 밤 꿈속에서
> 이 친구들이 나에 대하여 이야기하는 소리가 들려 왔다.
> "강한 자는 살아남는다."
> 그러자 나는 자신이 미워졌다.[13]

위 시에서 우리는 화자가 자신의 느낌과 생각을 특별한 매개 없이 직접 표현하고 있다는 인상을 받는다. 마주 앉은 친구에게 '나는 이러이러한 생각을 했다'라고 바로 들려주기라도 하는 듯하다. 화자는 어젯밤 꿈 이야기나 꿈을 꾸고 느낀 자신의 생각-즉 자신이 미워졌다-을 이야기한다. 이 시가 독자들에게 감동을 주려면 '미워졌다'는 화자

---

13) 브레히트, 「살아남은 자의 슬픔」, 『살아남은 자의 슬픔』, 한마당, 1985, 117쪽.

의 진술이 무엇을 의미하는지를 잘 표현해야 한다.

이 시가 쓰인 시기는 1944년 즈음이다. 나치가 마지막 힘을 소비하고 있을 이때 실제로 브레히트는 가깝게 지내던 친구들을 많이 잃었다. 혹독한 현실 속에서 죽음과 삶은 늘 당시 지식인들 가까이 있었고 조금의 차이로 누구는 살아남고 누구는 죽었다. 브레히트가 보기에 그 차이는 '운' 말고는 다른 무엇으로도 설명할 수 없었다. 그러나 세상은 언제나 살아있는 사람을 중심으로 굴러 가는 법, 사람들은 살아남은 자의 '능력'에 대해 이야기하게 된다. 살아남은 위 시의 화자는 그 세간의 평가를 부담스러워한다. 부담스러워 할 뿐 아니라 부끄러워하기까지 한다.

이 시는 화자가 말한 부끄러움의 이유에 대해 생각하게 만든다. 화자는 "강한 자는 살아남는다."는 말에 자신이 미워졌다고 이야기한다. 자신이 강하게 비추어진 것에 대한 원망과 실제 어떤 면 때문에 자신이 살아남을 수 있었는가에 대한 의문이 합쳐진 말이라 할 수 있다. 그는 운이 좋아 살아남았지만 남들에게는 강한 사람으로 비추어졌고 또 그 강함은 살아남기 위한 어떤 수단을 연상하게 했다. 그렇게 살아남은 자신이 과연 죽은 이들에게 낯을 들 수 있는가라는 생각에까지 이르면 제목대로 살아남은 자 역시 나름의 슬픔을 느낄 만도 하다.

어린 눈발들이, 다른 데도 아니고
강물 속으로 뛰어내리는 것이
그리하여 형체도 없이 녹아내리는 것이
강은,
안타까웠던 것이다
그래서 눈발이 물위에 닿기 전에
몸을 바꿔 흐르려고
이리저리 자꾸 뒤척였는데

그때마다 세찬 강물소리가 났던 것이다
그런 줄도 모르고
계속 철없이 철없이 눈은 내려,
강은,
어젯밤부터
눈을 제 몸으로 받으려고
강의 가장자리부터 살얼음을 깔기 시작한 것이었다[14]

　자연을 보고 느낀 감상을 표현한 시이다. 화자의 감정을 그대로 드러내지 않고 자연이 감정을 대신 말해주는 듯 시를 전개한다. 그러나 실제로는 자연에 의지하여 자신의 생각을 드러내고 있다는 점에서 앞서 살펴본 시와 그리 멀리 떨어져 있지는 않다.
　위 시는 동화나 동시처럼 느껴지기도 하는데, 그 이유는 풍경을 보고 느낀 화자의 감상에서 어떤 순수함을 느낄 수 있기 때문이다. 이는 다른 말로 하면 깊은 고민보다는 현상에 대한 감상을 평면적으로 기술한 시라는 말이 된다. 이 시는 기본적으로 독자들을 복잡한 사색으로 이끌지는 않는다. 화자의 경험에 동의하면 쉽게 감상할 수 있는 시이다. 서사를 따라가 정리하면 이 시는, 강은 눈이 강물로 떨어져 녹아내리는 것이 안타까워 몸을 뒤척이며 눈이 녹는 것을 막으려 하였으나 여의치 않음을 알고 스스로 얼음이 되어 내리는 눈을 고스란히 받아내고 있다, 정도의 이야기가 된다. 눈 내리는 겨울 강의 풍경을 눈으로 보는 듯이 그려내고 있지만, 회화처럼 풍경을 보여주는 데 그치지 않고 화자의 감정을 자연물에 실어서 특별한 '정서'를 만들어 낸다. 정서의 구체적 내용은 안타까움이나 따뜻함과 관련될 가능성이 크다.
　눈 내리는 강가의 풍경에서 화자는 눈보다는 강의 마음에 가까이

14) 안도현, 「겨울 강가에서」, 『그리운 여우』, 창작과비평사, 1997, 8쪽.

가 있다는 것을 쉽게 알 수 있다. 강을 깊은 생각을 가진 자연물로 만들고, 눈을 철없는 자연물로 만들어 독자들이 눈 녹는 풍경을 새삼스럽게 떠올리도록 한다. 눈과 달리 강은 철이 나서, 스스로 몸을 뒤척거리기도 하고 얼음을 얼게도 만든다. 물소리나 얼음은 자연 그대로이지만 뒤척거리거나 안타까워하는 마음은 강의 마음을 읽어낸 화자의 것이다. 시인에게는 유난히 강물 소리가 크게 들렸던 조용한 겨울밤의 기억이 강하게 남아 있음에 틀림이 없다.

이처럼 문학 작품 중에는 화자의 정서가 소통의 중심 내용이 되는 것들이 많다. 외부의 자극이나 조건에 의해 발생한 것이라 할지라도 화자의 경험 내용은 정서를 통해 소통된다. 그러나 화자의 정서를 직설적 언어로 전달하는 일은 쉽지 않을 뿐 아니라 큰 효과를 거두기도 어렵다. 구체적인 대상에 의해 매개되어 표현될 때 큰 효과를 거두게 된다. 그 정도의 깊고 얕음을 나눌 수 있어도 결국 정서는 날 것 그대로 전달되지는 않는다. 그 근거를 작품 안에서 찾아야 할 때와 밖으로까지 확대해야 할 때가 있겠지만 표현은 늘 무엇에 대한 표현이고, 그것을 어떻게 표현하느냐에 따라 설득력은 달라진다.

서술자의 외부

서정시는 화자의 목소리가 독자에게 바로 전달되는 양식이다. 묘사를 위주로 하는 경우와 감상을 직접 서술하는 경우로 나눈다고 해도 서정시는 슬픔이나 기쁨 등 정서를 비교적 직접적으로 표현한다. 이에 비해 소설은 인물과 사건으로 엮어지는 '이야기'를 통해 메시지를 전달한다. 서술자의 정서가 드러나는 정도에 따라 다양한 분류가 가능하겠지만 기본적으로 소설은 서술자보다는 서술자가 만들어낸 세계의 모습에 주목한다. 따라서 독자에게 전달되는 것은 서술자의 정서가 아니라 서술자가 다루고 있는 세계이다. 앞서 살핀 어떻게 표현하는가라는 관점에서 말하자면 소설은 '재현'을 중요한 미덕으로 삼는 양식이라 할 수 있다.

소설에서 서술자는 작품의 인물이거나 인물이 아니다. 자신이 겪은 이야기를 들려주는 것 같은 서술자, 자신의 관찰한 인물에 대한 정보나 인상을 전달해주는 것 같은 서술자는 작품 안의 인물이다. 인물들의 행동과 사고, 그들이 만들어내는 갈등 등을 조감하듯 밖에서 서술한다면 서술자는 소설 속에 인물로 등장하지 않는다. 작품 안의 서술자는 자신의 정서를 표현하고 있다는 인상을 주기도 한다. 이에 비해 작품 밖의 서술자는 자신을 드러내지 않으며, 필요에 따라 인물의 안과 밖을 자유롭게 보여줄 수 있다.

> 문득, 구보는, 그러한 여자가 왜 그자를 사랑하려 드나, 또는 그자의 사랑을 용납하는 것인가 하고, 그런 것을 괴이하게 여겨 본다. 그것은, 그것은 역시 황금 까닭일 게다. 여자들은 그렇게도 쉽사리 황금에서 행복을 찾는다. 구보는 그러한 여자를 가엾이, 또 안타깝게 생각하다가, 갑자기 그 사내의 재력을 탐내 본다. 사실, 같은 돈이라도 그 사내에게 있어서는 헛되이, 그리고 또 아깝게 소비되어 버릴 게다. 그는 날마다 기름진 음식이나 실컷 먹고, 살찐 계집이나 즐기고, 그리고 아무 앞에서나 그의 금시계를 꺼내 보고는 만족하여할 게다.
> 일순간, 구보는, 그 사내의 손으로 소비되어 버리는 돈이, 원래 자기의 것이나 되는 것같이 입맛을 다시어 보았으나, 그 즉시, 그러한 제 자신을 픽 웃고, 내가 언제부터 이렇게 돈에 걸신이 들렸누…… 단장 끝으로 구두코를 탁 치고, 그리고 좀더 빠른 걸음걸이로 전차선로를 횡단하여, 구보는 포도 위를 걸어갔다.[15]

15) 박태원, 「소설가 구보씨의 일일」, 『소설가 구보씨의 일일』, 기민사, 1987, 191쪽.

서술자는 자신의 이야기를 하지 않고 구보라는 인물의 심리를 따라가고 있다. 구보는 여자를 보고 사랑과 돈에 대한 두서없는 생각이 머리에 떠올랐고, 서술자는 그러한 구보의 생각을 독자에게 전달해 준다. 어딘가에 구보를 따라가는 서술자의 눈이 있고, 그 눈에 포착된 구보의 사고와 행동이 표현된다. 서술자가 구보가 아니기 때문에 엄밀히 말해 구보의 생각이 '표현'되었다고는 말할 수는 없지만 '나' 자리에 '구보'가 놓인 것으로 읽어도 큰 무리는 없다.

시의 화자가 자신의 정서를 표현하는 자라면, 소설의 서술자는 이야기의 전달자라고 할 수 있다. 이야기는 감정만으로는 잡히지 않는 우연의 세계이며 그러면서도 인과가 지배하는 세계이다. 감각적 파악이 어렵고 때로는 모순으로 가득 차 있는 세계이기도 하다. 소설에서 단일한 인상 혹은 정서의 표현이 어려운 이유가 여기에 있다. 시에 있어서의 세계는 화자의 감각이나 사고에 의해 충분히 정리되고 구획될 수 있는 성질을 갖지만 소설에서의 세계는 서술자 혼자의 힘으로 이해하기조차 어려울 만큼 혼란스럽다. 따라서 서술자는 이러한 세계의 모습을 드러내는 것만으로도 자기 역할을 다하는 것이라 할 수 있다.

전통 극에는 화자나 서술자가 없다. 인물들이 무대에 올라 직접 말과 행동을 관객에게 보여줄 뿐 말이나 행동의 의미를 설명해주거나 그것을 평가하지는 않는다. 남의 목소리를 빌려 인물의 심리나 생각을 드러내는 방법을 택하기도 어렵다. 배우들이 직접 몸으로 보여주어야 하기 때문에 제재나 소재에 많은 제약이 따르기도 한다. 그래서인지 전통적인 극에 적용하기에는 표현이나 재현보다는 '모방'의 개념이 어울리는 듯하다.

'모방'이라는 말에는 무언가를 만들어 드러낸다는 느낌보다는, 운명이나 성격과 같은 현실의 중요한 문제를 인물의 연기를 통해 흉내낸다는 느낌이 강하게 포함되어 있다. 일반적으로 연극의 목표는 현실의 모습을 극적으로 모방해 내는 데 있다. 고전극에 한정되지만 삼일치의 법칙은 이러한 모방의 성격을 분명히 보여준다. 고전극의 경우, 연극 무대에서 시간과 인물과 장소는 현실의 그것과 일치하여야 했다. 꾸민 공간이 가질 수 있는 자유로움을 포기하고 현실의 공간을 그대로 옮겨놓은 것 같은 무대 위에서는, 현실의 시간 흐름과 동일한 시간이 흘러야 했다. 무대와 공연이 최대한 현실과 같다는 느낌을 주어야 했던 것이다. 소설이 허구를 통해 현실성을 높인다는 발상을 공유하고 있었던 것과는 거리가 있다.

셰익스피어의 「오셀로」에는 인간의 고유한 성격을 대표하는 몇몇 인물들이 등장한다. 잘 알려진 인물은 오셀로와 이아고이다. 무어인 장군 오셀로는 용감하지만 남의 이야기를 쉽게 믿는 단점을 가지고 있다. 이런 성격 때문에 오셀로는 아내를 의심하고 결국 살인을 저지르게 된다. 전장에서는 유능한 장군이었지만 질투에 눈이 멀어 오랫동안 쌓아온 명예를 모두 잃게 되는 어리석은 인간인 셈이다. 그의 부관인 이아고는 오셀로로 하여금 아내를 의심하게 만들고 오셀로를 파멸에 이르도록 만드는 인물이다. 야비하고 권력욕이 강한 사람으로 그려진다. 이러한 인물들의 성격은 현실과의 구체적인 연관에서 '재현'되는 것이 아니라 인간이 가진 성격의 일면이 극적으로 '모방'된 것이다. 이들은 일상에서 만날 수 있는 평범하지만 복잡한 성격을 가진 현실적인 인물을 떠올리게 하지는 않는다. 인물들은 시대의 운명과 인간 본성의 한 측면을 관객에게 확인시켜 주는 역할을 할 뿐이다.

문학과 언어

문학이 언어를 통해 표현된다는 사실은 아무리 강조해도 지나치지 않다. 눈으로 볼 수 없는 미술과 귀로 들을 수 없는 음악을 상상하기 어렵듯이 언어를 통하지 않은 문학은 상상할 수 없다. 표현의 재료가 갖는 특성은 그대로 그 양식의 단점과 장점으로 이어진다. 문학은 언어가 가진 고유한 성질을 벗어날 수 없지만, 반대로 언어를 통해 경험 이상의 것을 말해줄 수도 있다.

문학은 언어를 통해 감각되거나 지각된 경험 내용을 표현한다. 이때 지각되거나 감각된 내용은 다시 언어를 통해 수용된다. 언어가 어느 정도 투명한가는 소통이 얼마나 효과적으로 이루어질 수 있는가를 결정한다. 그런데 언어는 그것 자체로 지각하거나 감각한 내용은 아니다. 무엇을 표현하든 언어가 물질의 질감을 그대로 표현할 수는 없다. 언어는 사물을 표현하는 가장 중요한 수단이기는 하지만 언어로 표현된 사물은 사물 그 자체는 아니다. 이는 독자에게도 마찬가지이다. 언어를 통해 자극되더라도 스스로 지각하거나 감각한 내용을 그대로, 반복해 표현하기는 어렵다. 사람들의 바람과는 달리 언어는 투명하지 않다.

그럼에도 불구하고 언어는 인간과 세계를 이어주는 가장 중요한 매개이다. 인간은 언어를 통하지 않고는 사물의 같음과 다름을 이야기할 수 없다. 언어를 통해 만나는 사물만이 의미를 갖게 되고, 의미를 부여했을 때 인간은 사물을 장악할 수 있게 된다. 언어를 통해 인간은 감각된 것 이상을 추상해내고 조직적 사고를 할 수 있으며 법칙을 세울 수 있다. 극단적으로 말하자면 우리가 알고 있는 세계는 실상 언어로 이루어져 있으며, 사고의 체계는 곧 언어의 체계이다.

언어는 소리나 빛과 달리 의미를 담고 있다. 언어가 소리와 의미로 분리되듯이 문학은 형식과 내용을 갖는다. 이는 문학이 감각적 언어를 사용하더라도 순수하게 감각적인 반응을 끌어내기 어려운 이유이다. 문학이 다른 학문 영역과 중첩을 피할 수 없는 이유이기도 하다.

가치 價値value

예술의 마력에 흠뻑 빠지려면 현실에 대한 우리의 집착을 풀어줘야 한다는
것이 사실이라고 할지라도, 모든 진정한 예술은 좀 길고 짧은 차이는 있어
도 어떤 우회로를 통하여 우리를 궁극적으로는 현실 세계로 인도한다는 것
도 그에 못지않게 사실이다. 위대한 예술이란 우리에게 삶을 해석해 준다.
그 해석을 통해 우리는 사물의 무질서한 상태에 보다 성공적으로 대처할 수
있고, 그리고 삶으로부터 보다 나은, 즉 보다 설득력 있고 신뢰할 만한 의미
를 끌어낼 수 있다.

(아놀드 하우저, 『예술사의 철학』)

문학과 의사소통

의사소통의 방법과 수단은 생각 외로 다양하다. 교통정리를 위한 수
신호나 S·O·S와 같은 모스 부호morse code는 매우 단순한 신호에 속
한다. 빨강, 노랑, 초록의 신호등이나 선박의 깃발 신호는 더욱 단순한
예이다. 야구 코치의 손동작이나 경매인들의 손가락 놀림 역시 의사
소통을 위해 쓰인다. 예술의 다양한 표현들도 의사소통을 위한 수단
이라는 점에서는 이러한 신호들과 크게 다르지 않다. 발레에서 무용
수들의 손동작이나 연극에서 배우의 표정은 관객에게 무언가를 전달
한다. 영화에서는 하늘빛이나 바람에 흔들리는 풀잎조차 메시지를 전
달하는 중요한 신호로 쓰인다.

그러나 인간에게 가장 중요한 의사소통 수단은 언어이다. 인간은
무엇보다도 언어를 통해 의사를 전달하고 이해를 구하며 행동을 함께
한다. 발화자와 수화자 사이의 언어 교환이야말로 가장 섬세하고 폭

넓게 이루어지는 의사소통 과정이라 할 수 있다. 언어를 통한 소통은 동시대에 머물지 않고 수천 년의 세월을 뛰어넘기도 한다. 인간이 과거의 문화를 잃지 않고 후대로 계승할 수 있는 것도 언어가 가진 무한한 소통 능력 때문이다. 언어를 통해 소통할 수 있는 내용 또한 다양하다. 단순한 지식의 전달에서부터 복잡한 개념과 정서의 전달에 이르기까지 다양한 수준의 소통이 언어를 통해 이루어진다.

문학도 궁극적으로 의사소통을 지향한다는 점에서는 다른 언어활동과 다르지 않다. 물론 문학을 통한 의사소통 과정이 갖는 특수성이 없지는 않다. 그러나 문학을 통한 의사소통이 갖는 특수성이라 해도 그것이 다른 전문 분야가 갖는 의사소통 과정의 특성에 비해 그리 특별한 것은 아니다. 정보나 지식을 전달하는 의사소통도 공통점만을 가지고 있는 것은 아니기 때문이다. 저녁 식탁에서 이루어지는 가벼운 대화와 난해한 개념적 사유의 이해를 위주로 하는 철학적 의사소통이 동일하다고 볼 수는 없다. 수학적 언어와 물리학의 언어 역시 일상의 언어와 많이 다르다. 문학이 갖는 의사소통의 특수성도 그 정도 범위를 넘어서지 않는다.

문학적 소통이 갖는 가장 큰 특성은 '정서적 교감'을 목적으로 한다는 데 있다. 정보나 사실의 전달에 만족하지 않고 그것과 관계된 인간의 정서를 타인과 소통하려는 것이 문학의 언어이다. 문학의 언어는 정서적 체험과 관련된 구체적 내용을 전달한다. 따라서 문학의 언어는 '아름답다'와 같은 단순한 단어의 전달에 만족하지 않는다. 독자에게도 아름다움의 체험을 그대로 전달할 수 있는 구체적 정황과 배경을 충실하게 표현하려고 노력한다. 이렇게 할 때 수많은 아름다움의 체험 중 '지금' 소통하고자 하는 아름다움의 구체적 정서가 전달되기 때문이다.

문학의 언어가 특별하게 느껴지는 다른 이유는 그것이 하나의 의미 이상으로 해석되는 경우가 많기 때문이다. 시에 쓰인 무지개라는 단어는 언덕 위에 걸린 반원 외에 다른 무엇을 지시할 가능성이 높다. 문맥을 고려해야 하겠지만 문학에서 무지개는 소년의 꿈이나 새로운 세계로 향한 문을 의미할 수 있다. 호수는 생명이나 모성을 상징하는 단어로 자주 쓰인다. 봄, 여름, 가을, 겨울 등 계절이 불러일으키는 정서는 지시적 언어로 설명하기에는 너무 다양하다.

또, 문학의 언어는 기존의 언어에 새로운 의미를 담아 다양한 해석의 가능성을 남겨놓기 위해 노력한다. 주로 생명이나 모성을 상징하는 호수가 때로 죽음과 혼돈을 표현할 수 있다면 문학의 언어는 그 또한 피하지 않는다. 새로운 언어는 새로운 생각을 만들어내고 새로운 생각은 언어에 새로운 의미를 부여하기도 한다.

문학의 언어가 가진 성격을 다음 시를 통해 확인해 보자.

광혜원 이월마을에서 칠현산 기슭에 이르기 전에
그만 나는 영문 모를 드넓은 자작나무 분지로 접어들었다
누군가가 가라고 내 등을 떠밀었는지 나는 뒤돌아보았다
아무도 없다 다만 눈발에 익숙한 먼 산에 대해서
아무런 상관도 없게 자작나무숲의 벗은 몸들이
이 세상을 정직하게 한다 그렇구나 겨울 나무들만이 타락을 모른다

슬픔에는 거짓이 없다 어찌 삶으로 울지 않은 사람이 있겠느냐
오래오래 우리나라 여자야말로 울음이었다 스스로 달래어온 울음이었다
자작나무는 저희들끼리건만 찾아든 나까지 하나가 된다
누구나 다 여기 오지 못해도 여기에 온 것이나 다름없이
자작나무는 오지 못한 사람 하나하나와도 함께인 양 아름답다

나는 나무와 나뭇가지와 깊은 하늘 속의 우듬지의 떨림을 보며
나 자신에게도 세상에도 우쭐해서 나뭇짐 지게 무겁게 지고 싶었다
아니 이런 추운 곳의 적막으로 태어나는 눈엽이나
삼거리 술집의 삶은 고기처럼 순하고 싶었다
너무나 교조적인 삶이었으므로 미풍에 대해서도 사나웠으므로[16]

    겨울 자작나무 숲을 본 사람이라면 가지를 모두 떨어뜨리고 헐벗은 듯 흰 줄기를 드러내고 서 있는 나무들의 모습에서 특별한 감정을 느낀 적이 있을 것이다. 겨울 자작나무 숲은 시각적으로 느껴지는 특별함으로 인해 일상적인 감정 이상을 불러일으키곤 하는 소재이다. 위 시는 자작나무 숲을 다루면서도 실제로는 숲 밖 세상에 대해 이야기한다. 첫 연에서는 화자가 자작나무 숲에 이르게 된 과정 그리고 숲에 대한 인상이, 둘째 연에서는 자작나무 숲에 대한 화자의 느낌이 드러난다. 이어 셋째 연에서는 자작나무 숲에서 얻은 화자의 깨달음이 본격적으로 표현된다.

    시에서 자작나무 숲은 화자의 정서를 환기하는 중요한 작용을 한다. 자작나무 숲의 어떤 성질이 화자에게 특별한 감정의 변화를 가져오게 했으며 그 변화를 통해 화자는 자신의 삶과 세상의 이치를 돌아볼 수 있는 기회를 얻게 된 것이다. 따라서 이 시의 제재는 백과사전적 의미의 자작나무 혹은 자작나무 숲과는 거리가 멀다. 사물로서 존재하고 고유의 성질을 가지고 있는 객관적 대상으로서의 자작나무보다는 특별한 정서적 경험을 불러일으키는 매개로서의 자작나무가 중요하다고 할 수 있다.

    다시 말해 시인은 자작나무가 어떤 모양과 성질을 가지고 있는지에 관심을 갖는 것이 아니라 자작나무 숲에서 얻었던 특별한 경험을 독

---

16) 고은, 「자작나무숲으로 가서」 1-3연, 『조국의 별 아래』, 미래사, 1991, 69-70쪽.

자와 소통하고 싶은 것이다. 이때 독자 역시 화자와 유사한 경험을 가지고 있다면 소통은 한결 수월해진다. 그러나 유사한 경험이 없다고 해서 문제가 되지는 않는다. 시인은 자신의 경험을 전달하기 위한 나름대로의 방법을 사용하고 있기 때문이다. 이는 언어를 어떻게 사용하느냐의 문제와 직접적으로 관련되어 있다.

화자는 대상을 묘사하는 데 그치지 않고 대상과 관계된 자신의 감정을 암시하는 시어들을 자주 사용한다. 첫 연의 '영문 모를'이라는 시어를 예로 들 수 있다. '영문 모를 드넓은 자작나무 분지'라는 말은 의미가 분명하지 않은, 문법적으로 잘못 쓰인 문장처럼 느껴진다. 자작나무 분지는 영문을 알 수도 모를 수도 없기 때문이다. 말의 순서와 달리 이 문장의 주체는 화자이고, 이 행은 갑자기 닥친, 그것도 혼자 맞이하는 숲의 풍경에 당황했던 심경을 표현한 것이다. 화자의 심경을 앞세우기 위해 '영문 모를'이라는 시어를 도드라지게 내세웠다고 이해하면 된다. 풍경을 보고 느낀 이러한 갑작스러움은 그리 특별하지 않다. 굳이 장소가 숲이 아니어도 상관은 없다. 독자는 화자가 표현하고자 하는 내용이 낯선 공간에서 불현듯 느낄 수 있는 감정이라는 사실을 알면 된다. 이어 화자는 '벗은 몸'의 '정직함'을 말하는데, 이는 '영문 모를'의 원인쯤으로 이해할 수 있다.

둘째 연에서는 숲의 아름다움을 말한다. 하지만 그 아름다움은 예쁘고 화려한 대상에서 느끼는 일상적인 아름다움은 아니다. 화자는 거짓이 없어 보이는 '슬픔'에서 아름다움을 발견하고 그 슬픔과 '삶'을 연결시킨다. 막연하거나 평범할 수 있는 아름다움이라는 말이 슬픔과 삶이라는 시어와 이어짐으로 인해 구체적 경험과 연관되고 그 경험과 관계된 또 다른 감정을 불러일으킨다.

셋째 연에서 화자는 '-싶었다'라는 말을 두 번 사용하여 자기감정을 직접적으로 드러내고 있다. 슬픔이 주는 아름다움을 본격적으로 자신의 삶으로 끌어들이려는 시도이다. 여기에 이르면 자작나무 숲에서 느낀 갑작스러운 감정이 구체적인 자신의 삶과 연관되고, 자신을 돌아보는 계기로까지 이어지고 있음을 알 수 있다.

　이처럼 위 시는 "자작나무 숲이 아름다웠다." 정도의 감정에서 시작한다. 그러나 아름다움과 같은 보편적인 감정은 위 시를 설명하는 데 많이 부족하다. 그 아름다움의 종류가 무엇인지, 무엇 때문에 아름다움을 느꼈는지에 따라 아름다움의 내용이 달라지기 때문이다. 위 시에서는 아름다움을 '슬픔'과 연관시키고 그것을 '교조적인 삶'과 대비시킨다. 여기서 교조적인 삶을 '삶으로 울지 않은 사람'과 연결시키기는 그리 어렵지 않다. 따라서 이 시의 중심에 아름다움이 있는 것은 사실이지만, 그것은 숲의 문제가 아니라 삶의 문제에 가깝다. 화자는 숲에서 그것을 발견하고 '추운 곳의 적막으로 태어나는' 경험을 시로 풀어낸 셈이다.

　아름다움이 풍경에서 느낄 수 있는 일상적인 감정이라면, 거기에서 출발하여 화자가 이르게 된 돌아보고 반성하는 마음이 정작 위 시가 추구하는 소통의 내용이다. 아름다움에서 시작하여 그것이 자기 삶에 대한 반성으로까지 가는 과정, 과정 안에 있는 구체적인 경험, 경험을 표현하는 언어 등은 모두 독자의 정서적 반응을 기대하는 요소들이다. 일반적으로 문학이 소통하고자 하는 내용도 위 시의 그것과 크게 다르지 않다.

정서를 통한 감성 교육

정보를 축적하고 새로운 지식을 받아들이는 일을 학습이라고 한다. 소통은 기본적으로 내용의 전달과 수용으로 이루어지는데 수용 과정은 학습의 과정이기도 하다. 문학 작품을 읽는 일 역시 소통을 통한 학습이 이루어지는 과정으로 볼 수 있다. 단지 학습의 내용이 자연과학이나 사회과학 등 여타 분야와 다를 뿐이다. 문학을 통한 학습의 내용은 감성을 통한 세계와 인간에 대한 이해의 증진이다.

문학에서 학습하는 내용은 발화자, 즉 작가의 경험이다. 경험에는 실제 겪었던 일이나 사고(思考)가 포함된다. 대상을 통해 환기된 작가의 감상까지도 일종의 경험이라고 할 수 있다. 문학 작품을 통해 작가가 겪었던 '슬픔', '기쁨', '두려움' 등의 경험을 독자가 간접 경험하는 일은 매우 흔하다.

감정을 이해하는 능력 역시 문학을 통해 학습된다. 문학은 섬세한 감정의 결을 다루는 영역이어서 감정을 학습하는 가장 좋은 수단이고 그 학습 결과는 일상에 바로 적용된다. 문학적 정서나 표현에 익숙해지면 일상에서 쉽게 접하기 어렵거나 무심코 지나치기 쉬운 정서들을 더 잘 이해할 수 있게 된다. 흩어져 있는 조각조각의 정서들을 모아 하나로 통합하는 능력 역시 학습을 통해 높아질 수 있다.

문학에 표현된 감정들은 그리 단순하지 않다. 때로는 혼돈스러울 정도로 다양한 감정이 혼재하여 있는 것이 문학 텍스트이다. 그런데 이러한 감정의 혼재는 우리의 일상도 마찬가지이다. 단지 일상에서 사람들은 압도적인 감정을 내세우거나 일시적인 감정을 확대해서 드러낼 뿐이다. 반대로 때에 따라 하나의 감정이 다양한 양상으로 나타날 수도 있다. 문학은 이러한 감정의 혼재-또는 혼란-를 이해하는 데 가장 좋은 텍스트를 제공한다.

모파상의 소설 「두 친구」를 통해 이를 확인해 보자.

오래전 두 친구는 미래의 어느 날 만나기로 약속을 하고 헤어졌다. 세월이 흘러 약속한 날 약속한 장소로 친구를 만나러 온 한 친구는 떳떳치 못한 일로 도망 다니는 신세이다. 친구를 만나기로 한 자리에 왔지만 경찰이 주위에 있어 오래 기다리지도 못한다. 결국 그는 기다리던 친구를 만나지 못하고 자리를 뜨고 만다. 그런데 아무 일도 아닌 듯 그와 지나친 경찰이 사실은 그와 만나기로 했던 친구였다.

소설에서 경찰이 된 친구가 그를 알아보고 느낀 감정은 어떠했을까 생각해보자. 슬픔, 안타까움, 괴로움, 비통함 등등 온갖 감정이 섞여있었으리라 짐작할 수 있다. 거기에 반가움이나 놀라움의 감정이 없었을 리 없다. 이 소설을 읽는 독자는 이런 모든 감정들을 느낌과 동시에, 그것들을 정리하는 학습을 하게 된다.

우리는 문학을 통해 감정을 정확히 표현하는 능력을 기를 수 있다. '환상적'이라는 표현을 예로 들어보자. '환상'에는 비현실적이라는 느낌과 신비롭다는 느낌이 섞여 있다. 기쁨이나 즐거움이 동반되는 환상과 아름다움이 동반되는 환상이 있을 수 있다. 우리는 저녁 강에서 유람선을 타고 불꽃놀이를 볼 때 환상적이라는 말을 쓸 수 있고, 새벽 강에서 올라오는 물안개를 보면서도 환상적이라는 말을 쓸 수 있다. 같은 단어를 사용하고 있지만 경험과 관련된 느낌은 분명히 다르다. 그런데 이 다른 감정을 정확히 표현하는 사람이 있는 반면, '환상적'이라는 말 이상의 표현을 할 줄 모르는 이도 있다. 표현 능력이 부족해서 그럴 수 있고, 감정을 느끼는 능력이 부족해서 그럴 수도 있다. 문학은 이 두 가지를 모두 학습할 수 있도록 도와준다.

문학적 의사소통은 언어를 통해 이루어지므로 문학은 자연스럽게 언어 학습을 도와준다. 일상에서 언어생활을 하는 데 전혀 어려움을 겪지 않으면서도 문학 작품을 읽으면 내용의 독해에조차 어려움을 겪는 사람들이 많다. 일정 수준의 언어 학습이 이루어지지 않은 경우 문학작품의 고유한 정서를 이해하기 어렵기 때문이다. 문학 언어는 일상 언어에 비해 창의적이고 다의적이라는 특징을 가지고 있다. 이때 우리는 일상생활에 어려움이 없으므로 문학 언어를 배울 필요가 없다는 생각이 아니라, 문학 언어를 통해 일상어를 풍부하게 해야 한다는 생각을 가져야 한다. 언어 능력의 계발은 개인의 표현 능력을 높여줄 뿐 아니라, 세계를 폭 넓고 깊이 있는 관점으로 볼 수 있는 시각을 열어주기도 한다.

문학-정서나 언어-을 통한 학습으로 우리는 세계와 인간 그리고 자신을 이해하는 능력을 높일 수 있다. 문학을 통한 개인과 세계의 이해는 개념적인 이해가 아니라 구체적인 이해이다. 분석적이고 추상적인 이해 방식이 아니라 경험적인 이해방식이다. 개념과 분석은 일반적으로 개체의 고유성보다는 전체나 부분의 특성을 중심으로 한 이해로 흐를 가능성이 크다. 통계나 설문조사에서 각각의 개인이 차지하는 위치는 1/n이 되기 쉽다. 과학적 이해는 전체보다 세부에 집중하기 쉽다. 심장 혈관의 성질을 살필 때 심장의 주인인 개인은 뒤로 숨어버린다. 그러나 문학은 감정을 가지고 있고 구체적 현실을 경험하는 살아 있는 인간을 이해하려 노력한다. 전체의 의미도 중요하지만 개체 하나하나의 의미를 가장 중요하게 생각하는 것이 문학의 이해 방식이다.

문학을 통해 우리는 심리와 갈등의 섬세한 결을 읽어내는 능력을 기를 수 있다. 살다보면 우리는 선악이나 호오(好惡)의 판단과 같이 단순한 선택의 순간에 놓일 때 있다. 그러나 대부분의 생활에서 우리는 양자택일로는 해결할 수 없는 복잡한 상황을 만나게 된다. 분명한 판단을 하기에는 고려해야 할 경우의 수가 너무나 많은 일이나, 이해 당사자들의 입장에 따라 다른 관점으로 해석해야 하는 일이 많다. 선악으로 분명히 구분할 수 없어도 세상에는 갈등이 생기고, 착한 사람도 때로는 다른 사람들에게 상처를 주면서 살아간다. 이런 상황은 볼 수 있는 사람들에게만 보이고 보지 못하는 사람의 눈에는 없는 것처럼 느껴진다. 문학을 통한 정서의 계발이란 이런 상황을 파악하고 이해하고 나아가 해결할 수 있는 능력을 기르는 것을 의미한다.

일반적으로 인간과 세계에 대한 깊은 이해란 주류와 함께 비주류, 전체와 함께 부분을 이해할 수 있는 능력을 말한다. 문학은 대상을 주체의 관점에서 이해하고 판단하는 데서 그치지 않고 대상에 대한 정서적 공감을 이끌어내려 한다. 이 때문에 문학은 주체의 이해와 무관한 대상의 객관적 위치를 파악하게 해 주고, 나아가 대상의 입장이 되어 생각할 수 있도록 도와준다. 부자가 가난한 사람의 어려움을 남성이 여성의 입장을 이해하는 데 문학의 정서적 학습 효과는 매우 크다.

대상을 섬세하게 읽을 수 있는 능력이 길러지면 궁극적으로 자신을 이해하고 인정하는 데도 도움이 된다. 우리는 이해타산에 얽매여 살기는 하지만 그것만으로 잴 수 없는 가치들이 많이 있다는 사실을 알고 있다. 자신의 가치도 객관적 기준에 의해 잴 수 없다는 것을 안다. 그러나 이 가치들 중 많은 부분이 사회적으로 인정을 받지 못한다는 사실을 부정하지 못한다. 이런 상황은 쉽게 가치의 혼란을 가져오는데, 그런 혼란마저도 개인이 해결해야 하는 것이 우리의 삶이다. 궁극적으로 같은 처지에 있는 타인의 경험을 받아들이고 그들의 다양한 정서를 긍정하는 일은 자기 존재를 이해하고 인정하는 길로 이어진다.

억압에 대한 반응

문학은 현실을 재현하고 개인의 정서를 드러내는 데 만족하지 않는다. 좋은 문학은 인간을 억압하는 광범위한 물리력에 대해 저항한다. 정치권력의 폭력을 비판하는 일은 가장 찾기 쉬운 예이다. 특히 우리 문학사에서는 식민지 권력이나 독재 권력에 저항하는 문학이 차지하는 비중이 매우 높다. 때로는 문학과 정치의 경계가 애매해지는 때도 없지 않았다.

그러나 문학의 대상이 되는 억압의 주체가 부도덕한 권력이나 직접적인 폭력에 그치는 것은 아니다. 문학은 사회의 존재 방식과 작동 원리 전반이 가지고 있는 폭력성에 반응하기도 한다. 인간이 느끼는 폭력의 형태는 매우 다양하다. 개인에 따른 차이를 말하지 않더라도, 인간이 가지고 있는 권리를 강제로 침해하고자 하는 모든 것들을 폭력으로 규정할 수 있다. 그것은 특정한 개인의 욕심이나 잘못에 의해 발생한 결과들만을 의미하지도 않는다. 따라서 문학은 인간답게 사는 데 방해가 되는 모든 방해물에 저항한다고 할 수 있다.

현대사회는 합리성이 지배한다. 사회가 요구하는 합리성이란 목표를 이루기 위한 수단의 효과적인 사용을 말한다. 여기서 목표는 생산이나 욕망의 충족, 많은 이득의 획득 나아가 경쟁에서의 승리를 의미한다. 이때 목표를 이루는 데 방해되는 다른 문제들은 무시되거나 제거되어야 한다. 그 대상이 사물이냐 사람이냐는 그리 중요한 문제가 아니다. 현실에서는 그 목표를 이루는 것이 중요하고, 목표를 이루는 자만이 성공할 수 있다. 문학을 통해 우리는 이러한 사회가 인간을 억압하고 있으며, 그 억압이 인간성을 훼손할 수 있음을 폭로한다.

목표 달성을 위해 무시되거나 제거되는 것들은 우리 주위에 너무나 많다. 대부분의 인문계 고등학교는 대학 진학을 지상 목표로 한다. 때로는 정규 수업까지 파행적으로 운영하면서 입시에 모든 힘을 집중한다. 특히 세칭 일류대에 많은 학생을 진학시키기 위한 프로그램을 무엇보다 중요시한다. 그런데 실제로 일류대학에 진학할 수 있는 학생 수는 전 학생의 10%가 되기 어렵다. 많은 학생들은 여러 이유로 일류대 진학을 꿈꾸지 못하는데도 그 프로그램에 따라야 하고 때로는 대학 시험 이전부터 낙오자나 실패자와 같은 대접을 받아야 한다. 숫자로 보면 절대 다수임에도 불구하고 그들은 학교 내에서 자신의 존재를 무시당하기도 한다. 어떤 학생은 고등학교 교육 과정을 성실히 수학하여 교양인으로 갖추어야 할 최소한의 자질을 닦고자 할 수도 있다. 그러나 유감스럽게도 그 학생의 바람은 우리 고등학교 현실에서 이루어지기 어렵다. 인간적인 모멸감을 느끼지만 않아도 다행이다. 경쟁에서 진 운동선수나 직장에서 능력을 인정받지 못한 회사원도 인간적으로 부당한 대우를 받기는 마찬가지이다.

조직화된 사회의 메커니즘 역시 인간에게 큰 억압이다. 메커니즘 속의 개인은 부속품처럼 취급되곤 한다. 다수의 의견을 따르지 않는 개인은 무시될 수 있다. 때로는 숫자와 상관없는 다수가 등장하기도 한다. 공동의 목표에 동의하지 않는 개인 역시 무시되곤 한다. 전체라는 보이지 않는 대상을 주인으로 본다면 다수에서 떨어진 개인은 주변이나 객이 된다. 개인의 입장에서 다수의 의견은 폭력일 수 있다. 개인은 타고난 성향과 생각을 펼치지 못하는 것은 물론 자신과 다른 무엇이 되라고 강요당하기까지 한다. 문학은 우리가 살고 있는 이러한 억압적 상황을 도드라지게 만든다.

자본주의 사회에서 사람의 가치는 상대적으로 평가된다. 이것이 억압의 가장 기본적인 요인이다. 자본주의는 상품의 교환을 기반으로 하고 있는 경제 체계이다. 예를 들어 10자루의 색연필은 1봉지의 밀가루와 교환됨으로 해서 그 가치를 인정받는다. 1봉지의 밀가루는 2켤레의 양말과 교환할 수 있는 가치를 가지고 있기도 하다. 이들의 가치는 현금 5천원의 가치와 같다. 여기서 우리가 확인할 수 있는 사물의 가치는 평균적인 가치이고 교환으로 확인할 수 있는 가치이다. 이렇게 교환가치로 평가되기 위해 생산되는 물건을 상품이라 부른다. 개인적 취향이나 물질 자체가 가지고 있는 고유의 가치나 특성은 교환가치의 뒤로 숨는다. 교환가치는 모든 가치를 재는 척도가 되고, 그것은 가격으로 현현된다.

상품의 이러한 특징은 사물과 인간의 관계 나아가 인간과 인간의 관계를 물질적인 이해에 종속되도록 만든다. 상품이 되고 나면, 그것을 보는 모든 판단의 근거는 얼마의 교환가치를 가지고 있는가에 모아진다. 사람들이 선호하는 직업, 남들이 인정해주는 외모, 모두가 알아주는 학벌은 단순히 부러움의 대상에 그치는 것이 아니라 그것 자체로 교환가치를 갖게 된다. 상품이라는 관점에서 보면 물건과 사람이 다를 이유가 없다. 많은 상품을 생산하는 노동자와 그렇지 못한 노동자는 분명히 다른 교환가치를 가지고 있는 것이며, 기한이 다한 상품이 폐기되듯이 노동력을 잃은 노동자는 가치를 인정받을 수 없다. 자본은 생산과정에 들어가 있는 인간과 기계를 구분하지 않는다.

굳이 생산과 관계된 활동만이 교환가치로 평가되는 것은 아니다. 여가나 취미 등의 정서적인 활동도 상품 가치로 환원된다. 비오는 날마시는 차 한 잔의 가치는 장소에 따라 크게 다르다. 도심에 위치한넓은 창을 가진 다국적 브랜드 찻집에서 마시는 차와 교외의 한적한찻집에서 빗소리를 들으면 마시는 차, 그리고 호텔 스카이라운지에서마시는 차의 교환가치는 허름한 동네 찻집의 차가 가진 교환가치와다르게 '평가'된다.

이런 획일적인 가치 척도는 알게 모르게 사람들을 억압하게 된다. 교환가치로 측량할 수 없는 고유한 삶들이 억압당하고 있으며, 교환가치를 위해 희생하는 매일 매일의 일상이 억압당하고 있다. 일상에서 맺어지는 관계들 역시 우리를 억압한다. 서로를 존중하는 관계가아니라 목적을 이루기 위해, 경쟁에서 밀려나지 않기 위해 살아가는삶은 우리를 황폐하게 만든다.

문학은 무엇이 옳은 삶인가, 우리가 놓치고 있는 삶의 내용은 무엇인가를 질문하게 한다. 도구적 합리성만을 위해 수단으로 전락한 인간이 아니라 고유한 정서를 가진 존재, 교환가치로 환원될 수 없는 존재로서의 인간을 상기시킨다.

현실과 삶의 부정성

구체적으로 감지할 수 있는 억압을 폭로하고 그것에 저항하기도 하지만, 문학은 넓은 의미에서 삶의 부정성을 드러낸다. 아무 문제없이 잘 움직이고 있는 것처럼 보이는 세상에 대해서도 문학은 의심의 눈길을 보낸다. 문학은 바람직한 세계나 긍정적인 삶에 대해 정답을 알려 주지는 못하지만, 현재의 삶 속에서 부정되어야 할 요소들을 발견하여 보여줄 수는 있다. 문학은 세계의 한 구석에 위치하지만, 세계의 중심이 가진 부정성을 지적하는 일을 자신의 의무로 삼는다.

문학의 이러한 성질에 대해 대안 없이 부정만 한다고 곱지 않은 시선을 보낼 수도 있다. 하지만 그것이 문학이 가진 고유한 특징이다. 문학은 대안 뿐 아니라 다른 아무것도 내세우지 않기 때문에 권력을 만들지 않는다. 권력을 만들지 않는다는 말은 그 스스로 권위와 신화가 되지 않으려 한다는 의미이다. 현실이 빠르게 변해가듯 현실에서 발생하는 문제 역시 변화한다. 문학이 그 문제에 대응하는 방식은 구체적 경험으로 얻어낸 부정성을 문학적 언어로 가공하여 드러내는 것이다.

모든 것을 거부한다고 해서 부정의 대상이 가변적인 것만은 아니다. 신화와 허위의식은 오랫동안 문학의 제재가 되어 왔다. 신화에 대한 거부는 권위에 대한 부정이기도 하다. 대중들의 집단 무지나 권력자들의 강제, 전체주의 체제 등은 우리 시대의 신화라 부를 수 있는 대표적인 예들이다. 허위의식이나 속물근성은 자본주의 사회의 중요한 특징이다. 자기가 가진 것 이상을 드러내고자 하는 욕망이나 물질적 욕망에 사로잡힌 인간들의 속성은 자주 볼 수 있는 부정의 대상이다.

이러한 사회를 움직이는 거대한 이성의 체계가 비판의 대상이 되기도 한다. 거대한 이성이 지배하는 사회에서는 합리성이라는 이름 아래 개인의 삶은 가치를 잃어가고, 정상이라는 이름 아래 비정상이 설 곳은 좁아진다. 이성은 지배하려는 욕망이기도 하다. 문학은 지배하려는 모든 욕망에 대해 민감한 촉수를 내밀고 있다. 이러한 세계 속에서 살 수밖에 없는 것이 우리의 운명이지만, 그러면서도 그 삶의 부정성을 드러내는 것이 문학이 하는 일이다.

물론 현실 삶의 부정성을 드러내는 방법이 따로 정해져 있지는 않다. 현실의 모습을 현미경으로 들여다보듯 상세하게 재현해내는 방법이 있는가 하면 인물이 처한 환경이나 조건을 파탄된 개인의 의식을 통해 간접적으로 보여주는 방법도 있다. 기승전결의 완결된 스토리를 통해 주제를 분명히 밝혀주는 방법이 좋다고 생각하는 쪽이 있는 반면에 닫힌 결말보다는 결론을 열어놓아 독자의 상상력을 자유롭게 해주는 것이 바람직하다고 생각하는 사람들도 있다. 방법의 선택에는 시와 소설 등 문학 양식의 특성 역시 중요하게 작용한다.

따라서 노골적인 비판이 가장 효과적인 부정의 방법이라고 생각할 필요는 없다. 중요한 것은 표현의 강렬함이나 입장의 선명함이 아니라 드러내고자 하는 내용의 질과 소통의 효과이기 때문이다. 최근 들어서는 노골적인 비판이 갖는 효과에 의문을 제기하는 경향이 우세하다. 그들은 선명성을 내세우는 문학이 새로운 권력을 구축하게 된다든지, 지속적 효과보다는 일시적인 감정 해소의 효과만을 거둔다고 말한다. 그들은 전달하고자 하는 의도를 분명히 드러내기보다는 보이는 모습을 가감 없이 묘사하는 데 만족해야 한다고 말한다. 나아가 현실의 모습을 작가가 새롭게 구축해 보여주어야 한다고도 말한다.

그러나 문학이 현실의 재현에서 멀어지면 멀어질수록 소통의 효과가 떨어지는 것도 사실이다. 새롭게 구성된 현실이 너무 산만하다면 일부만이 이해하고 감동할 수 있는 제한적 소통에 그치고 말 수도 있기 때문이다. 경험의 광범위한 공유가 근본적으로 불가능하다는 입장이 있을 수는 있지만, 이 경우 문학의 존재 의미 자체를 부정하게 될 위험이 크다. 문학이 현실에서 멀어지는 이유도 멀어지게 만드는 현실 없이는 설명하기 어렵다.

문학은 삶의 긍정적 조건을 해치는 현실에 저항한다. 사랑, 자연, 생명, 겸양 등의 긍정적 가치는 오랫동안 유지되어 왔고 앞으로도 오래 지속되어야 한다. 그러나 이러한 가치를 실현하기 어렵게 만드는 현실이 존재한다면 그것은 반드시 부정되어야 한다. 부정되어야 할 현실은 전쟁이나 자연 파괴와 같은 큰 이야기에서부터 가족이나 물질에 의한 인간성 파탄과 같은 작은 이야기에 이르기까지 다양하다.

왜 전장에 나왔는지도 모르는 젊은이들이 생존을 위해 최소한의 건강한 인간성마저 잃어가는 과정을 다룬 소설이 있다고 생각해보자. 또, 경제적 문제로 자살한 가장을 위해 부르는 애절한 진혼곡이 있다고 생각해보자. 이러한 문학이 부정하고 있는 것은 우리 삶을 파괴하는 현실이다. 이것이 문학이 다루고자 하는 부정적 현실이다. 그것이 보통 사람들이 잊어버리기 쉬운 것이라면 문학에서 다루기에 더욱 적합하다.

보이지 않는 폭력

개인에게 가해지는 무형의 폭력에 대해 생각하게 하는 소설로 전상국의 「우상의 눈물」은 좋은 예가 된다. 이 소설은 한 고등학교 교실을 공간적 배경으로 한다. 시간적 배경은 1970년대이다. 기표는 학교에서 유명한 문제 학생이다. 기표는 재수 없이 군다는 모호한 이유로 임시반장인 '나'(유대)에게 린치를 가한다. 담임선생님은 '같은 배'를 탄 반 학생들이 한 명의 낙오도 없이 무사히 졸업하게 만들겠다고 한다. 새롭게 반장이 된 형우는 담임의 마음을 잘 읽고 학급을 이끌어간다. 이들의 주도로 반에는 예전과 다른 '밝은' 분위기가 조성된다. 담임은 같은 반 학생들이 모두 같은 체육복을 입어야 한다고 생각하여 기표 등 몇 학생에게 체육복을 사주기도 한다. 그는 일사불란한 모범 학급을 만들고자 한다. 형우는 공부 잘하는 몇몇 친구들과 함께 기표로 대표되는 문제아들을 위해 시험 답안을 돌리는 일을 한다.

이에 대한 기표의 반응은 분명하다. 그는 담임이 자신에게 사준 체육복을 찢어버리고 다른 친구의 체육복을 빼앗아 입는다. 형우 등이 돌린 답지를 감독 선생님께 보이고 백지 답안을 내고 교실을 나온다.

여러 가지 일이 겹친 가운데 기표와 재수파가 형우를 심하게 폭행하는 사건이 벌어진다. 이때 형우는 누가 자신을 때렸는지를 아무에게도 말하지 않는다. 이를 계기로 많은 재수파가 형우 편으로 돌아서게 되고 기표는 반에서 점점 설 자리를 잃어 간다. 담임선생님과 형우는 기표의 가정 방문을 통해 그가 결손 가정에서 어렵게 학교를 다니고 있음을 알게 된다. 이후 반 친구들에게 '불쌍한' 기표를 따뜻하게 대해주라는 부탁을 '공개적으로' 한다. 나아가 기표를 어려운 형편에도 건강하게 학교를 다니는 아이로 만들기 위해 방송국에도 연락을 한다. 방송국에서 오기로 한 날 기표는 '무섭다, 무서워서 살수가 없다.'는 내용의 쪽지를 남기고 집을 나간다.

이 소설은 두 가지 폭력에 대해서 이야기한다. 기표가 친구들에게 행사하는 물리적인 폭력이 하나이고 집단이 한 개인에게 가하는 잘 보이지 않는 폭력이 다른 하나이다. 기표의 폭력이야 소설을 읽으면 분명히 알 수 있고 말할 필요 없이 나쁜 것이지만, 문제는 기표에게 가하는 담임과 형우 그리고 학급의 폭력이다. 이 폭력은 기표의 입장이 되어보거나 기표의 존재를 인정하지 않으면 잘 보이지 않는다.

기표의 폭력은 자기 존재를 유지하기 위한 방법의 하나였다. 소설 말미에 밝혀지듯 기표는 불우한 가정환경 때문에 주변의 보호를 받을 수 없는 처지이고, 성적마저 좋지 못한 학생이다. 그런 형편을 벗어나기 위해 더 열심히 공부하고 착하게 살라고 말할 수는 있지만 그것은 사실 이상일지언정 현실성은 매우 떨어지는 충고이다. 기표는 자신이 잘 할 수 있는 것으로 남들을 압도하는 방법을 택했고 그것은 폭력의 행사였다. 자기가 선택한 기준 안에서 기표는 누구에게도 기가 죽을 필요가 없었다.

그러나 담임선생님과 형우 등은 기표와 폭력으로 관계 맺기를 거부하고 일반적인 학생들에게 적용할 수 있는 기준을 그에게 강요하였다. 체육복이나 답안지 사건이 그 한 예이다. 방송에까지 출현시킨다면 기표는 진정한 의미의 '불쌍한' 학생이 될 수 있었다. 이렇게 되면 학교 입장에서는 많은 이들의 동정을 받는 기표를 더 이상 위험하게 여길 필요가 없어진다. 기표를 향한 이러한 폭력은 쉽게 보이지 않으며, 폭력을 가한 당사자들은 전혀 비난을 받지도 않는다. 그러나 강도 면에서 기표가 받은 폭력은 유대나 형우가 받은 상처보다 훨씬 치명적이다.

따라서 선악의 기준으로 기표를 판단해서는 이 소설의 의미를 제대로 이해할 수 없다. 악한 사람에게 가해지는 억압이라고 선한 것은 아니기 때문이다. 더욱 중요한 것은 우리들 누구나 기표와 같은 상황에 처할 수 있다는 사실이다. 기표를 제외한 친구들도 '한 배를 탔다'는 담임의 말에 모두 동의할 수는 없었을 것이다. 그 배 안에서 뛰어내리고 싶은 아이들이 없지 않았을 것이다. 순한 양처럼 잘 적응하고 살아간다고 해서 사람들이 아무런 상처 없이 지내는 것은 아니다. 문학은 이렇듯 상존하는 억압, 또는 억압의 가능성에 대해 민감하게 반응한다.

상호 주체의 발견

이상 우리는 문학작품을 읽는 이유와 문학의 존재 가치에 대해 이야기했다. 문학의 가치는 정서를 통한 경험의 소통이라는 특성에서 비롯된다고 할 수 있다. 정서를 통한 경험의 소통은 개인들에게 삶의 존재 의미를 일깨워준다. 다른 사람과 비교되는 '나'가 아닌 고유하고 절대적인 가치를 가진 인간으로서 자신의 가치를 발견하게 해 준다. 다른 대상과의 비교를 통해 의미를 확인하게 만드는 것이 아니라, 존재하는 것 자체로 의미 있고 가치 있는 자기를 찾게 해준다.

우리는 자신의 경험과 정서가 가진 중요성을 깨닫게 되면서 타자에게도 동일한 가치가 존재함을 인정하게 된다. 전체라는 이름으로 획일화될 수 없는 개인의 고유한 경험과 정서를 염두에 두고 삶이 영위되어야 한다는 사실을 당연하게 받아들이게 된다.

이런 과정을 통해 자연스럽게 세계와 가치의 다양성을 이해하는 계기도 마련될 수 있다. 내가 네가 아니듯이 너도 내가 아니라는 사실을 인정하면, 각각의 주체는 타자를 존중하고 타자에게 존중받아야 하는 상호 주체로 설 수 있게 된다. 상호 주체로 서는 일은 세계를 장악하려는 권력욕과는 거리를 두는 일이다. 정서적 소통을 통한 상호 존중의 정신은 다양한 사람들이 공존할 수 있는 바람직한 사회를 만들어 가는 데 초석이 된다.

이런 깨달음은 긍정이 아닌 부정을 통해 이루어진다. 현실 삶의 부정을 통해 문학은 물질주의의 제반 가치들과는 다른 가치들의 존재를 보여준다. 측정할 수 없는 것은 의미 없는 것으로 취급하고 자신과 상관없는 것들에 대해서는 관심을 갖지 않도록 하는 힘에 대해 저항한다. 이러한 부정은 문학이 놓쳐서는 안 되는 가장 중요한 가치이며 동시에 주제이다.

언어 言語language

말이 지시하는 실재와 동일하지 않은 것은 인간과 사물 사이에, 그리고 더욱 심층적으로 인간과 인간의 존재 사이에, 자신에 대한 의식이 개입하기 때문이다. 말은 다리(橋梁)이며 이 다리를 통하여 인간은 자신을 외부세계와 분리시키는 거리를 없애려고 노력한다. 그러나 그러한 거리는 인간 본성의 일부를 구성한다.

(옥타비오 파스, 『활과 리라』)

문학 언어와 일상 언어

당연한 말이겠지만 일상에서 사용하는 언어와 문학에서 사용하는 언어가 근본적으로 다르지는 않다. 문학에서 사용하는 언어는 대부분 일상에서 사용하는 언어이고, 일상에서 사용하는 언어가 문학에서 사용하는 언어보다 더 어렵고 복잡한 경우도 많다. 그럼에도 일상의 언어보다 문학의 언어가 난해하게 느껴진다면 그 이유는 어떤 언어를 사용하느냐에 있는 것이 아니라 언어를 어떻게 사용하느냐에 있다고 할 수 있다. 법률 용어나 의학 용어처럼 일반인들이 접근하기에는 단어나 조어 자체가 쳐놓은 울타리가 너무 높은 경우가 있지만, 문학의 언어에는 언어 자체의 장벽은 없다.

일상에서 사용되는 언어가 주로 지식이나 정보를 전달한다면 문학의 언어는 거기에 정서를 전달하는 기능을 하나 더 가지고 있다. 작가나 시인은 자신의 생각과 느낌을 독자에게 효과적으로 전달하기 위해 일상어와 크게 다르지 않은 언어를 특별한 방법으로 사용한다. 여기서 작가의 생각과 느낌에는 본 것, 들은 것, 상상한 것 등 다양한 내용이 포함될 수 있다.

그런데 생각과 느낌은 지식이나 정보와 달리 그 원래의 상태가 상대방에게 쉽게 전달되기 어렵다. 똑같은 경험을 하지 않고서야 독자가 작가의 생각이나 느낌에 어떻게 공감할 수 있겠는가? 슬프다, 기쁘다, 행복하다 등의 단순한 언어는 내용을 풍부하고 정확하게 전달하기에는 부족함이 느껴진다. 작가는 자신의 생각과 느낌을 드러낼 수 있는 가장 적절한 언어를 찾게 되고 때로는 적절한 표현을 만들어내기도 한다.

예를 들어 소나무와 관련된 느낌을 전달한다고 해보자. 소나무에 대한 사전적 정보는 백과사전을 통해 쉽게 얻을 수 있고, 그 정보를 통해 우리는 소나무에 대해 많은 것을 알 수 있다. 그러나 문학에서 소나무를 다룬다면 소나무에 대한 일반적인 정보를 반복하지는 않을 것이다. 문학은 소나무 숲으로 쏟아져 들어오는 가을 햇빛의 찬란함을 표현하거나, 눈 쌓인 겨울 산에 외로이 서 있는 소나무의 당당함을 표현하는 쪽을 선호한다. 이 때 느낀 찬란함이나 당당함을 표현하는데 '찬란했다', '당당했다'라는 말은 경험의 감동에 비추어 턱 없이 초라할 수 있다. 이 단어들을 직접 사용하는 것보다 독자들이 상상을 할 수 있도록 당시의 상황을 그림처럼 보여주는 것이 느낌을 전하는 데 효과적일 수 있다.

일상의 언어가 의미의 정확한 전달을 목적으로 한다면 문학의 언어는 지시하는 내용 이상을 말해주려고 한다. '초승달'은 하늘에 뜬 달을 의미하지만 시에서는 임의 눈썹을 의미할 수 있다. '보름달'은 밝고 둥근 달이지만 시에서는 풍요나 평안을 의미하기도 한다. '죽어도 눈물을 흘리지 않겠다.'는 시어는 눈물을 흘리지 않겠다는 의미 그대로 해석할 수 있지만, 눈물 흘리는 것 이상의 슬픔을 표현하는 구절이 되기도 한다. 맥락에 따라 문학의 언어는 다양한 의미로 해석될 수 있다.

일상의 언어에 비해 문학의 언어는 창조성을 중요하게 생각한다. 이전에 자주 쓰여 독자들이 식상하게 느낄 수 있는 언어들을 사용하면 작품의 독특함 나아가 생각과 느낌의 독특함이 사라지게 된다. 그래서 작가들은 생각과 느낌을 적절히 표현할 수 있는 새로운 언어를 찾고자 노력한다. 관습적인 표현을 사용하여 일상적인 느낌을 반복하기보다는 낯설지만 새로운 언어를 발견하여 참신한 느낌을 만들어내려 노력한다. 문학의 언어가 일상의 언어와 다르게 느껴지는 또 다른 이유라 할 수 있다.

이런 여러 가지 차이점에도 불구하고 문학의 언어를 일상의 언어와 다르다고 생각하는 것은 그리 바람직하지 않다. 문학이 그렇듯이 문학의 언어 역시 소통을 전제로 하는 것이기에 일상의 언어에서 완전히 벗어날 수 없기 때문이다. 오히려 일상의 언어를 다듬고 다양하게 만드는 역할을 문학이 수행한다고 보아야 한다. 좋은 문학은 일상의 언어와 긴장을 유지하면서도 일상의 언어에 자양분을 제공하는 그런 역할까지 담당할 수 있다.

다음은 어렵지 않은 언어를 사용하여 화자의 감정을 충분히 전달해 주는 시이다.

꽃이
피는 건 힘들어도
지는 건 잠깐이더군
골고루 쳐다볼 틈 없이
님 한번 생각할 틈 없이
아주 잠깐이더군

그대가 처음
내 속에 피어날 때처럼

잊는 것 또한 그렇게
순간이면 좋겠네

멀리서 웃는 그대여
산 넘어 가는 그대여

꽃이
지는 건 쉬워도
잊는 건 한참이더군
영영 한참이더군[17]

　전라북도 고창의 봄은 보리밭 들판과 선운사 동백꽃으로 유명하다.
특히 동백꽃은 이미 전국적 명물이 되어서, 벚꽃이 질 무렵이면 산사
뒤에 가득한 동백꽃을 보기 위해 많은 사람들이 몰려든다. 조금 때를
놓치면 떨어지는 꽃잎만 보게 되는 경우가 있는데, 위 시의 화자 역시
어렵게 피어 금세 지고 있는 선운사 동백꽃을 보고 있다. 그리고 꽃
이 피고 지는 것과 사람이 마음속에 들어왔다 떠나는 과정을 비교하
고 있다. 감정을 억제하고 차분한 목소리로 말하고 있어서 강렬하다
는 인상을 주지는 않지만 고요한 목소리에 담긴 비감은 충분히 느껴
진다.
　위 시는 쉬운 말들을 사용하여 현재 자신의 심경을 설득력 있게 표
현하고 있어서, 비교적 어려움 없이 읽을 수 있다. 특히 언어의 측면
에서 보면 어렵다는 생각이 들 만한 구절이 전혀 없다. 만약 시를 이
해하는 데 어려움이 있다면 꽃이 지는 것과 누군가를 잊는다는 것을
연관시키는 부분 때문이다. 현재 화자가 보고 있는 것은 어렵게 피어
난 꽃이 쉽게 지고 있는 상황이고, 그 풍경에 자극 받아 떠오르는 것

17) 최영미, 「선운사에서」, 『문학시간에 시읽기』 1, 나라말, 2004, 91쪽.

은 누군가를 잊는 것이 꽃이 지는 것처럼 쉽지는 않다는 새삼스런 느낌이다. 그것은 깨달음일 수도 있고, 아쉬움일 수도 있다. 더 나아가 그리움 자체이거나 안타까움이라고 해도 좋겠다. 화자는 꽃이 피고 지는 것과 그대가 내 마음 속에서 피고 지는 것이 다르다는 것에서 오는 정서를 독자에게 전달하고 있는 셈이다.

이렇게 전반적인 정서를 파악하고 읽으면 시에 사용된 언어가 갖는 매력을 새롭게 느낄 수 있다. 화자는 꽃이 피듯이 그 사람 역시 '내 속에서 피어'났다고 말한다. 이렇게 표현된 화자의 마음은 아름답기도 하고 자연스럽기도 하다. 이어 화자는 꽃이 지는 것과 때를 같이하여 '산 넘어 가는' 그대의 모습을 본다. 이별을 연상하기에 충분한 표현이다. 꽃이 쉽게 지는 것을 보고 "잊는 것 또한 그렇게 /순간이면 좋겠네"라고 말하는 것으로 보아 이별 후에도 쉽게 잊지 못하고 있는 화자의 심정을 짐작할 수 있다. 잊지 못하는 이의 괴로움까지 느낄 수 있다.

그래서 우리가 "꽃이 /지는 건 쉬워도 /잊는 건 한참이더군"이라는 마지막 연을 읽을 때는 사람과 사람의 관계가 마음에 남겨놓은 자욱이 얼마나 깊은지, 그것을 간직하고 살아가는 사람의 마음은 얼마나 아릿한지를 느끼게 된다. 거기에 '영영 한참이더군'에 이르면 누군가를 마음속에서 완전히 지우는 일이 가능하지 않을 수도 있다는 생각까지 하게 된다. 물론 이런 느낌을 일상어로 바꾸어 "꽃이 지는 건 쉬워도 사람을 잊는 건 한참이더라."라는 개인적 술회의 언어로 사용해도 전혀 낯설지는 않다. 시를 읽은 사람에게 그 정서가 더 깊이 다가올 것임은 물론이다.

문학 언어의 성격

앞에서 우리는 문학 언어가 일상 언어와 다르지 않다는 점을 살펴보았다. 그럼에도 불구하고 문학 언어가 갖는 특징이 분명히 있음도 확인하였다. 문학의 언어가 감동을 주는 이유는 언어가 사용되는 방식이 특별하기 때문이고, 작품에 나타난 정서가 일상의 그것을 넘어서기 때문이라고 말했다. 여기서는 일상의 언어가 어떻게 문학적 언어로 빛을 발하게 되는가를 구체적으로 살펴보자.

언어는 의사소통 수단 일반을 이르는 말로도 사용된다. 음성언어와 문자언어가 언어를 대표하는 것은 사실이지만 이 밖에도 의사소통을 위해 사용되는 다양한 수단을 언어의 범주에 넣을 수 있다. 단순하기는 하지만 선박간의 수신호나 거리 표지판은 의사소통을 위한 수단이라는 점에서 언어의 범주에 넣을 수 있다. 좀 더 복잡한 예로 수화나 점자를 들 수 있다. 수화는 손동작을 통해 음성언어를 대신하고, 점자는 문자언어의 특별한 형태이다.

여러 종류의 언어가 존재한다고 해도 가장 기본이 되면서도 중요한 언어는 음성언어이다. 문자언어는 음성언어를 표현하는 수단이고 다양한 기호들 역시 음성언어가 가진 기능을 대신하고 있을 뿐이다. 무엇보다도 기호들은 음성언어만큼 복잡한 의미를 전달하지 못한다. 음성언어에는 의미 외에 감정이나 상태가 함께 표현되는 것이 보통이다. 음성언어는 발화자의 억양이나 태도에 따라 같은 문장이 전혀 다른 뜻으로 해석될 가능성도 가지고 있다.

음성언어는 소리로 표현되는 언어 이상을 의미하기도 한다. 언어는 타자와의 의사소통 뿐 아니라 사고 과정을 지배하기도 한다. 사고는 스스로에게 던지는 언어와 다르지 않다. 보이지 않는 사고는 음성언어로 표현될 때 구체적인 실체를 갖게 된다. 감정마저도 언어로 번

역될 때만이 구체성을 갖는다. 배고프다는 막연한 느낌은 머릿속에서 배고프다는 언어로 구체화되었을 때 배고프다는 생각이 되는 것이고, 그 생각이 입 밖으로 나올 때 배고프다는 느낌이 비로소 상대방에게 전달될 수 있다. 거친 언어를 사용하는 사람은 혼자서 생각할 때도 거친 언어를 통해 사고하고, 극단적인 언어를 자주 구사하는 사람은 생각도 극단적으로 하게 된다. 영어를 사용하는 사람은 영어로 생각하게 되고, 한국어를 사용하는 사람은 한국어로 생각하게 마련이다.

언어와 사고의 뗄 수 없는 성질은 의식과 무의식의 관계에 비유되기도 한다. 단순화해서 말하자면 우리가 흔히 생각이나 느낌이라고 표현하는 것들 중 언어로 구체화 될 수 있는 것이 의식이고 언어로 구체화되지 못한 것은 무의식이다. 꿈속에서 무언가를 보기는 했는데 구체적 형상이나 주제가 잡히지 않는 때가 있다. 이미지가 분명히 남아 있고 불쾌하거나 유쾌한 느낌마저 이어지는데 그 실체에는 쉽게 접근하기 어려운 때도 있다. 또, 여러 장의 이미지가 겹치고 갈라져서 하나의 흐름으로 정리되지 않는 꿈도 있다. 정리를 위해 그것을 언어로 표현하자면 어쩔 수 없이 종합과 가공이 따르게 된다. 이때 정리되지 않은 꿈을 무의식이라 하면 정리된 꿈을 의식이라 부를 수 있는데, 정리가 되었다는 의미는 언어로 구체화되었다는 말과 같다.

언어는 대상에 대한 욕망의 투영이고, 반대로 대상의 왜곡된 표현이기도 하다. 언어 너머에 존재하는 더 큰 바다인 무의식이 있지만 그것은 언어라는 분출구를 통해 나올 때만이 구체적인 의식으로 체계화될 수 있다. 따라서 언어는 대상에 대한 왜곡을 포함한다. 억압된 욕망을 표현하기 위해 꿈-작업이 이루어지듯이 언어로 추상화되는 순간 사실은 본래의 모습을 잃어버린다. 물론 무의식을 직접 확인할 수 없는 우리는 드러난 언어를 통해 무의식에 접근해 가는 방법을 쓸 수밖에 없다. 그것이 여러 가지 장치를 통해 실제와 달라져 있다 하더라도 그것 없이는 실제에 접근하는 일조차 어렵기 때문이다.

언어는 인간이 자연을 장악하는 과정에서 결정적인 역할을 해 왔다. 언어는 대상에 의미를 부여하고 이해하는 중요한 수단이기 때문이다. 산천에 존재하는 식물 중 일부를 '나무'라고 부를 때 사람들은 나무를 이해하고 개념을 만들어냈다고 할 수 있다. 물론 나무에 대한 관념은 나무 아닌 것을 배제하면서 생기게 되었다. 풀은 나무가 아니고, 돌과 시내 역시 나무가 아니다. 여러 해 살이 풀과 관목들을 구분하는 데 어려움이 없지는 않지만 '나무'라는 언어를 사용함으로 해서 얻는 이익은 적지 않다.

그런데 이렇게 자연에서 시작된 언어는 시간이 지나면서 최초의 신선함을 잃게 된다. 인간은 언어를 통해 사물과 만나지만 언어가 사물 자체가 될 수는 없기 때문이다. 우리는 '나무'라는 말을 할 때 머리 속에서 다양한 나무를 떠올릴 수 있지만 엄밀히 말해 사물로서의 나무를 정확하게 그려낼 수는 없다. 나무라는 관념을 만날 수는 있어도 구체적인 나무를 만질 수는 없는 것이다. 사실 이는 언어가 가진 운명에 가깝다고 할 수 있다. 언어를 통해 실체와 가까워졌지만 그 언어를 사용함으로 인해 거기에서 점점 멀어지게 된 것이 언어와 문명의 역사라 할 수 있다.

소나무라는 이름을 붙임으로 해서 인간은 다른 나무가 아닌 소나무에 다가갈 수 있게 된다. 소나무는 참나무나 잣나무, 은행나무나 느티나무와 구분되는 특징으로 사람들에게 의미를 규정받게 된다. 그러나 소나무라는 단어 안에 들어있는 소나무의 의미는 자연에서 감각할 수 있는 소나무와 꼭 같지는 않다. 언어를 통해서는 개체로서의 소나무를 느낄 수도 없다. 언어를 소유한 이후로 대상은 언어 뒤에 숨어 버려 이차적인 것이 되고 만다. 언어를 만날 수 있지만 실제 대상은 추상 속에만 존재하는 단계에게까지 이르게 된다. 다시 말해, 지시하는 대상은 언어를 통해서만 인간의 관념이 될 수 있지만 인간의 관념이 되어버린 순간 실체는 사라지고 인간에게는 관념만이 남게 된다.

이와 같은 언어의 한계는 사물을 지시하는 언어에 한정되지 않는다. 정서를 전달하는 경우도 크게 다르지 않다. 인간의 감정은 매우 복잡 미묘하여 대부분의 감정은 하나의 단어로 표시하기 어렵다. 특히 기왕에 존재하는 언어로 정서를 드러내려고 할 때는 어떤 언어도 감정을 적확하게 표현하지 못한다는 생각을 자주 하게 된다. 자신이 그럴진대 상대방에게 정서를 전달하는 경우는 말할 것도 없다. 슬프다, 기쁘다, 억울하다 등의 단순한 단어로 정서를 전달할 수는 있지만 그 단어들이 가진 폭과 넓이 때문에 수용자에게서 '절실함'을 기대하기는 쉽지 않다. 구체적인 내용을 전달하는 데도 한계가 있다. 또 이러한 단어들은 이미 여러 번 사용된 것이기 때문에 참신한 느낌을 불러내기도 어렵다. 독자의 이전 경험이 어쩔 수 없이 개입될 수밖에 없기 때문이다.

따라서 문학에서는 경험을 드러내는 구체적인 언어를 사용하게 된다. 슬프다거나 기쁘다는 직접 단어를 직접 사용하는 것이 아니라 슬프고 기쁜 경험의 구체적 내용을 사용하여 그 감정의 고유함과 절실함이 드러나도록 만드는 것이 문학적 표현의 특징이다. 서사는 시간에 따른 경험이 상세하게 드러나는 글이고, 서정은 강렬하게 포착된 감각적 경험의 순간이 드러나는 글이다. 이때 독자들은 경험을 받아들이는 동시에 정서까지 받아들이게 되는데, 이는 기쁘다, 슬프다와 같은 정서와 관련된 것임에는 틀림이 없지만 구체적 경험에 의해 새롭게 현실과 만난, 현실에 매우 가까운 언어가 되는 것이다.

문학에서 정서를 전달하기 위해 사용하는 경험과 감각의 언어는 언어가 가진 한계를 최소한으로 만들어준다. 사물이 가진 성질은 감각적이고 순간적인 경험에 의해 포착될 때 새로운 이미지가 되고, 이미지의 신선함은 언어 안에 갇혀 있는 사물을 새롭게 만들어주는 역할을 한다. 언어가 대상과 인간이 만나는 순간을 최대한 투명하게 보여줄 때 사물이 관념으로 굳어지는 위험을 줄일 수 있으며, 사물의 성질을 그대로 전달해 줄 수 있다. 문학의 언어는 지금, 현재의 관점에서 사물을 만나려고 노력하는 언어이다.

문학의 언어가 갖는 이러한 성격은 철학이나 사회과학의 언어가 갖는 추상적 성격과 대조된다. 추상의 언어는 차이를 없애고, 일반화하고 개념화하기 좋아한다. 유사한 것을 묶고 계열화하여 일목요연하게 정리하는 것을 목표로 삼기도 한다. 이에 비해 문학의 언어는 다른 것을 구분하고 차이를 존중하며 감각을 통해 개념화 되지 않은 상태를 받아들인다. 사물이나 현실에 근접하는 것을 목표로 하기에 내용 없는 수사로 빠지지 않으려 노력한다. 문학은 언어가 사물과 인간을 잇는 교량이라는 사실을 잘 알고 있으며, 늘 새로운 관계 속에서 그것들을 표현하려 노력한다.

은유와 환유

비유는 언어 안에 갇힌 사물을 자유롭게 풀어주는 대표적인 방법이다. 언어가 가진 고정된 상상력에 날개를 달아주고 구체적 실체에 가깝게 다가갈 수 있도록 해주기 때문이다. 비유를 통해 사물은 새로운 의미와 정서를 얻는다. 비유는 언어가 갖는 추상성을 극복하고 언어와 언어의 새로운 관계를 통해 새로운 경험을 만들어낸다.

비유는 문학만의 고유한 특징은 아니다. 일상에서도 비유는 자주 사용된다. '밤같이 까만 눈동자', '바늘 귀', '책상 다리'와 같은 말들도 일종의 비유라 할 수 있다. 밤과 눈동자, 바늘과 귀, 책상과 다리는 사실 필연적 연관 없이 연결되어 있다. 자주 사용하다 보니 단어들 사이에 아무런 연관이 없다는 사실이 눈에 띠지 않게 되었을 뿐이다. 이처럼 일상의 비유들은 새로운 정서를 불러일으키지 않기 때문에 비유라는 느낌조차 주지 못한다. 물론 일상의 비유가 문학의 비유보다 더 문학적인 때도 없지 않다.

은유와 환유는 비유법을 대표한다. 은유는 차별성에 담긴 유사성에 근거하여 A와 B를 비교하는 방법을 말한다. A와 B가 언뜻 보면 터무니없이 달라 보이지만 찬찬히 비교해 보면 이들 사이에 어떤 유사성이 존재할 때, 거기에서 생기는 정서적 효과가 은유의 효과이다. 은유가 한 사물을 다른 사물의 관점에서 말하는 방법이라면, 환유는 한 개체를 그 개체와 관련 있는 다른 개체로써 말하는 방법이다. 은유의 기능이 주로 사물이나 개념을 이해하는 데 있다면, 환유의 기능은 사물이나 개념을 지칭하는 데 있다. 은유의 유사성과 비교하여 환유의 특징을 인접성에서 찾기도 한다.

은유는 가장 널리 사용되는 비유이다. 특히 서정시는 은유 없이 존재하기 어렵다고 할 정도도 은유를 즐겨 사용한다. 직유법이나 상징법도 넓게 보면 은유에 속한다. A와 B의 관계를 '같이', '처럼' 등과 같은 말로 분명하게 밝혀주는 비유를 직유라고 한다면 A 없이 B만을 문맥에 드러내 주는 비유를 상징이라 말할 수 있다. 이들 역시 'A인 B'라 할 수 있는 은유의 하나로 볼 수 있다. 넓게 본다면 은유는 직유와 상징을 포함하고, 때로 비유법 자체를 이르는 말로 사용하기도 한다.

환유와 제유는 서로 구분하기도 하고 같은 개념 안에 포함시키기도 한다. 환유가 인접한 다른 개념으로 대체하는 방법인 데 비해 제유는 부분으로 전체를 말하거나 전체로 부분을 대신하는 방법이다. 이 둘의 차이는 분명히 드러나지 않을 때도 있다. "월스트리트가 불안하다"라고 했을 때 '월스트리트'는 미국 경제의 심장을 대체하는 말이다. "워싱턴에 따르면"이라고 했을 때 워싱턴은 미국 정부를 대체하는 말이다. 일반적으로 이런 용법을 환유라고 부른다. "사건 현장에 어깨들이 모였다"라고 했을 때, 어깨는 덩치 좋은 사람 또는 폭력배들을 지칭하는 말이다. 이때 어깨는 신체의 일부이므로 제유법으로 사용된 것인데, 넓은 의미의 환유로 보아도 무리는 없어 보인다.

실제 문학 작품을 분석하는 과정에서 은유와 환유를 정확하게 구분하여 사용하는 일은 그리 쉽지 않다. 개념상으로는 분명히 나누어지는 것처럼 느껴지지만 실제 적용에 있어서는 관점에 따라 은유로 볼 수도 환유로 볼 수도 있는 경우가 많기 때문이다. 은유니 환유니 하는 개념을 적용하는 것보다, 실제 작품에서 비유가 쓰인 예를 찾고, 비유에 동원된 관념들을 확인하고, 그 효과를 이해하는 것이 훨씬 더 중요하다.

다음 시를 통해 은유와 환유가 생각처럼 분명히 나뉘는 개념이 아니라는 사실을 알아보자.

내 몸이 소금을 필요로 하니, 날마다 소금에 절어가며
먹장 煤煙 세월 썩는 육체를 안고 가는 여행 힘에 겹네
썩어서 부식토가 되는 나뭇잎이 자연을 이롭게 한다면
한줌 낙엽의 사유라도 길바닥에 떨구면 따뜻하리라
그러나 찌든 葉綠의 세상 너덜토록
풍화시킨 쉰 살밖에 없어
후줄근한 퇴근길의 오늘 새삼 춥구나
저기, 사람이 있네, 염전에는 등만 보이고
모습을 볼 수 없는 소금 굽는 사람이 있네
짜디짠 땀방울로 온몸 적시며
저물도록 발틀 딛고 올라도 늘 자기 굴헝에 떨어지므로
꺼지지 않으려고 水車 돌리는 사람, 저 무료한 노동

진종일 빈 허벅만 퍼올린 듯 소금 보이지 않네
하나, 구워진 소금 어느새 썩는 살마다 저며와 뿌옇게
흐린 눈으로 소금바다 바라보게 하네
그 눈물 다시 쓰린 소금으로 뭉치려고
드넓은 바다로 돌아서게 하네[18]

　전체 열일곱 행으로 된 이 시는 앞 일곱 행과 뒤 열 행으로 나뉜다. 앞 일곱 행에서는 힘겹게 살아온 쉰 살의 생애가 초라하고 춥다는 화자의 비관적인 인식이 드러난다. 뒤 열 행에서 화자는 저물도록 땀에 절어 가며 빈 수차만을 돌리고 있는 염전의 사내를 보고 느낀 삶의 의미에 대해 이야기한다. 일상의 힘겨움 또는 허무함을 주변 상황에서 느낀 새삼스런 깨달음으로 극복해가는 과정을 표현한 시라 할 수 있다.

　시 전체에서 가장 크게 쓰이고 있는 은유는 화자의 일상과 염전에서 소금 만드는 일의 비유이다. 이는 시 전반부와 후반부의 비유이기도 하다. 소금에 절어가며 후줄근해 지도록 살아온 도시인의 쉰 생애와 짠 소금으로 온 몸을 적셔가며 끝도 성과도 없을 것 같은 노동에 종사하고 있는 사람이 비교 된다. 다른 공간에서 다른 일을 하면서 살아가는 사람들이지만 소금에 절어가며 세사에 작은 기여라도 하고 산다는 점에서 둘은 유사하다. 자신을 풍화시키며 낙엽의 사유를 길바닥에 뿌리는 것이 화자의 기여라면 실제 소금을 굽고 있는 노동이 염전에서 일하는 사람의 기여이다.

　위 시에는 인생이라는 큰 은유 아래 곳곳에 작은 은유들이 배치되어 있다. '육체를 안고 가는 여행', '무료한 노동', '풍화시킨 쉰 살', '후줄근한 퇴근길', '드넓은 바다'를 그 예로 들 수 있다. '육체를 안고 가

18) 김명인, 「소금바다로 가다」, 『물 건너는 사람』, 세계사, 1992, 11쪽.

는 여행', '무료한 노동'이 직접 인생을 비유하고 있다면, '풍화시킨 쉰 살', '후줄근한 퇴근길'은 중년에 이른 화자를 비유하고 있는 말이다. '드넓은 바다' 역시 상투적이다시피 흔히 쓰이는 비유이다.

그런데 위에서 은유로 사용되었다고 본 몇몇 비유는 환유로도 볼 수 있다. '육체를 안고 가는 여행'은 인생의 은유이자 환유이다. 인생을 여행이라 했다면 은유에 가깝겠지만 '육체를 안고 가는 여행'은 그것 자체로 인생이 될 수 있기 때문이다. '퇴근길' 역시 마찬가지이다. 이 구절이 중년을 은유한 것인지, 화자의 현재 상태를 환유적으로 대체해 나타낸 것인지 흑백을 가르듯 분명히 말하기는 쉽지 않다.

이에 비해 '소금', '꺼지지 않으려고 水車 돌리는 사람'과 같은 표현은 환유에 가까워 보인다. 다른 관념과 비교되고 있기보다는 무언가를 지시하고 있기 때문이다. 소금은 인생의 보람이나 고달픔을 지시하고 수차 돌리는 사람은 무료한 노동을 지시한다. 그러나 이 말들 역시 은유로 보는 데도 무리가 없다. '짜디짠 땀방울', '구워진 소금'과 같은 표현을 보면 소금의 의미가 다른 관념들과 다양하게 비유되고 있음을 알 수 있다.

은유와 환유는 문학만의 고유한 관심 영역이 아니다. 문학 말고도 다양한 학문 분야에서 은유와 환유에 대한 관심을 보여 왔다. 언어학과 정신분석, 인류학은 그 대표적인 예이다. 지금은 영화 등의 영상 매체 연구에서도 은유와 환유를 중요하게 다루고 있다.

야콥슨은 언어학과 문학을 아울러 은유와 환유에 대한 흥미 있는 논의를 펼친 바 있다. 그는 은유와 환유의 특징을 유사성과 인접성으로 나눈 후, 같은 방식으로 선택과 결합, 유추와 연상으로 그 특징을 구별하였다.[19] 선택과 결합은 문장을 구성하는 원리와 관계되고 유추와 연상은 문학의 스타일과도 연결된다. 그는 운문이나 연극이 은유

---

19) 로만 야콥슨, 『일반언어학이론』, 민음사, 1989.

에 가까운 양식이고, 산문이나 영화가 환유에 가까운 양식이라고 했다. 물론 양식의 특징이 각 작품 안에서 철저하게 지켜지는 것은 아니다. 환유에 가깝다는 영화 기법 가운데서도 몽타주는 은유에, 클로즈업은 환유에 가까운 것으로 알려져 있다.

정신분석과 인류학에서도 은유와 환유는 중요하게 사용된다. 프로이트는 『꿈의 해석』에서 무의식은 그대로 드러내지 않고 꿈-작업을 통해 압축과 치환을 거친 후 꿈으로 나타난다고 했다. 이때 압축은 상징적인 대상을 통해 무의식을 드러내는 방법이고 치환은 바꿔치기를 통해 무의식을 드러내는 방법이라고 했다. 이 둘은 무의식이 의식으로 드러나는 방법이라고 할 수 있는 바, 이렇게 보면 은유와 환유는 단순한 수사법이 아니라 언어가 가진 중요한 속성이라고 할 수 있다. 프레이저는 『황금가지』에서 유사성에 기초를 두는 모방 마술과 인접성에 기초를 두는 접촉 마술에 대해 언급했다.[20] 원시인들의 주술적 사고는 이 둘에 기초하고 있는데, 모방은 은유에 접촉은 환유에 가깝다고 주장했다. 은유와 환유는 인간의 행동을 이해하는 데도 중요한 방법인 셈이다.

은유와 환유와 같은 비유는 수사법의 일종이다. 수사법의 기원은 변증술이나 연설법과 관계되는데, 타인을 설득하는 기술 전반을 이르는 말에서 시작되었다고 한다. 지금도 수사법은 정치나 철학의 영역에서 중요하게 사용하는데, 이때 수사는 반문학적인 경우조차 있다. 보편적이고 일반적인 것처럼 설명하면서 사실은 구체적인 사실에서 멀어지는 방법이 수사이기도 하기 때문이다. '국민 여러분의 이익'이나 '우리 모두를 위한 선택'이라는 금방 들통 날 거짓이 수사라는 이름으로 행해지는 것을 쉽게 볼 수 있다. 진실에 접근하는 길을 차단하고 막연한 동의를 구하는 방법을 수사라 부른 경우이다. 여기서 사용

---

20) 프레이저, 『황금가지』, 한겨레신문사, 2003.

된 수사는 문학이 가진 구체성과 전혀 관계가 없다고 해도 좋겠다.

언어학과 인문학

언어를 다루는 학문인 언어학은 문학을 보는 관점 또는 문학 이론에 많은 영향을 미쳤다. 많은 학자들이 개인의 사유 방식이나 사회의 구성이 언어의 구조와 연관되어 있다고 보기도 한다. 이러한 생각을 두드러지게 드러내는 대표적인 이론을 구조주의에서 발견할 수 있다. 언어학과 인류학에 뿌리를 두고 발전한 구조주의는 후기 구조주의, 마르크스주의, 정신분석 등에 큰 영향을 미쳤다.

구조주의를 이야기할 때 빠질 수 없는 인물이 소쉬르이다. 그는 언어와 사물의 관계가 자의적으로 맺어진 것이며, 언어의 의미는 사물과의 관계가 아니라 다른 언어와의 차이를 통해 유지된다고 하였다. 예를 들어 헛간의 의미는 창고와 외양간, 광이라는 말과의 연관 아래에서 분명해 진다는 것이다. 언어와 사물이 맺는 관계가 필연적이 아니고 자의적이라고 보면 언어는 하나의 약속일뿐이라는 말이 성립된다. 거기에 언어가 차이를 통해 세계를 인식하게 한다는 말을 더하면 인간이 세계와 맺고 있는 관계 전체가 우연적이고 임의적이라는 논리도 가능하게 된다. 이는 세계를 보는 절대적 관점을 거부하고, 세계 전체의 구조와 관계 속에서 사물을 이해해야 한다는 주장으로 이어지게 된다. [21]

그는 또 랑그langue와 파롤parole을 나누었다. 지식으로 머리에 저장된 언어와 실제 사용되는 언어를 나눈 것인데, 이러한 구분은 개념과 실제 또는 본질과 현상이라는 철학적 개념과도 통한다. 지식 언어

---

21) 페르디낭드 드 소쉬르, 『일반언어학강의』, 민음사, 1991.

인 '쌀'에 대한 서울 사람의 발음과 경상도 사람의 발음은 사실 같지 않다. '서산'이라는 지역에 대한 서울 사람과 충청도 사람의 발음 역시 많이 다르다. 그러나 그 차이에도 불구하고 우리는 '쌀'이나 '서산' 발음을 듣고 이해하는 데 크게 어려움을 겪지 않는다. 그것은 파롤이 다르더라도 랑그가 같기 때문이다. 그러나 랑그는 그것이 실제 파롤로 실행되기 전에는 소통의 기능을 하지 못한다. 또 랑그와 일치하는 파롤을 찾을 수도 없다. 이는 언어에 대한 설명일 뿐 아니라 세계에 대한 설명이기도 하다.

기의signifie와 기표signifiant의 구분 역시 널리 알려져 있다. 하나의 단어는 대상을 표기하는 기표와 그 내용을 알려주는 기의로 나눌 수 있다. 기의와 기표의 만남은 우연적일 뿐이고, 둘을 이어주는 필연적인 무엇은 존재하지 않는다. 단어 하나에 문제를 국한시킨다면 기의와 기표의 관계는 나름대로 안정된 상태를 유지할 수 있다. 하지만 단어를 넘어 문장과 글, 그리고 담론으로 확대할 경우 기의와 기표의 관계는 매우 복잡해진다. 이는 드러난 의미와 숨은 의미의 관계가 될 수도 있고, 하나의 기표에 여러 개의 기의가 존재하는 상황이 될 수도 있다.

이런 생각에 조금의 비약을 더한다면 문학이나 인문학 전체가 기표 속에 숨은 기의를 탐구하는 학문이라고 볼 수 있다. 기표에 드러난 표면적인 의미를 순수하게 받아들이지 않고 그 안에 숨은 의미를 밝혀내는 일은 문학과 철학이 오랫동안 수행해온 과업이었다. 윤리적인 측면에서 금지하고 있는 근친상간의 경제적 의미를 밝힌다거나, 순수한 선물 행위처럼 보이는 인디언의 포트래치potlatch에 숨어있는 권력관계를 밝히는 일 등은 인류학과 언어학이 만나는 지점이다. 현대소설의 단골 주제인 근대 시민들의 속물적 행위란 사실 기의와 기표의 어긋남과 크게 다르지 않다. 단절과 소통 부재를 고발하는 문학에서 언어는 중심 문제로 부각된다. 지식의 체계나 감옥과 정신병의 역사를 다룬 후기 구조주의자들의 책에서도 역시 주목하는 것은 기표와 기의가 어긋나는 언어이다. 미끄러짐, 차연 등의 단어는 차이를 극단적으로 해석한 경우라 할 수 있다.(언어와 관련하여 후기 구조주의, 마르크스주의, 정신분석에 대해서 자세히 말하기에는 지면이 한정되어 있고, 지금 당장 필요한 일도 아니라고 생각해 생략한다.)

구조주의는 언어에 대한 탐구가 구조에 대한 탐구로 발전한 이론이다. 문학에 한정할 때 구조주의는 두 가지 상반된 연구 경향을 보인다. 작품을 둘러싼 구조를 이야기 하는 수가 있고, 작품의 내적 구조를 이야기하는 수가 있다. 전자가 작품의 의미를 주변과의 관계 속에서 파악하는 경향이라면 후자는 작품의 언어적 특질에 주목하는 경향이다. 문학적 언어의 특질에 주목할 때는 작품 외적 맥락보다는 내적맥락을 중시하게 되는데, 러시아 형식주의와 뉴크리티시즘은 이러한경향의 극단을 보여준다고 할 수 있다.

러시아 형식주의는 전통적인 문학 이론에서 중요하게 여기던 '영감', '상상력' 등의 개념을 과감히 포기하였다. 형식주의자들은 독특한문학성이란 작가나 독자의 정신 속에 있는 것이 아니라 작품 자체 속에 있다는 생각을 가지고 있었다. 그들은 문학 작품과 그 구성 요소의자율성을 강조하고, 문학 연구 역시 다른 영역과 구분되는 자율성을가지고 있다고 생각하였다. 그들은 문학이 가진 예술적 특징을 언어에서 찾으려 하였다. 문학의 언어는 일상 언어와 달리 단순해지기를거부하는 특성이 있다고 강조하였는데, '낯설게 하기'는 형식주의 이론을 대표하는 용어이다.

뉴크리티시즘은 1930년대에서 1960년대까지 미국에서 활발히 논의되던 문학비평운동이자 비평 방법이다. 뉴크리티시즘의 주장은 문학작품을 하나의 독립적이고 자율적인 존재로 보고 작품 그 자체로 평가하고 판단하자는 데 있다. 뉴크리티시즘 비평가들은 작품의 언어 조직에 많은 관심을 기울였다. 이들은 자세히 읽기를 특히 강조하였는데, 작품의 형식과 내용이 갖는 복합적인 상관관계와 애매성을 정치하게 분석하려 노력했다. 이들은 어떠한 작품이든 본질적인 성분은 언어와 언어의 작용이라는 층위에 존재한다고 믿었다. 이들에게 중요한 것은 사상이나 구성보다 단어, 이미지, 상징이었다. 문학적 언어를 자세히 뜯어보는 이러한 전통은 지금도 여전히 남아 있다.

현실적 언어와 언어적 현실

마지막으로 문학의 언어와 현실에 대한 생각을 정리해보자. 문학에서 언어가 현실을 재현하는 도구로 여겨지던 때가 있었다. 모방으로 번역되기도 하는 미메시스mimesis는 이러한 생각을 가장 잘 표현하고 있는 개념이다. 미메시스를 중시하는 사람들에게 문학은 현실의 모방이고 언어는 그 모방을 위한 수단이었다. 산문에 주로 적용되는 이러한 생각은 문학이 과연 현실을 모방할 수 있는가라는 문제에 부딪치곤 했다. 더 근본적으로 들어가면 이 문제는 언어가 현실을 모방할 수 있는가와 바로 연결될 수 있다. 현실과 문학의 긴밀한 관계를 강조한 리얼리즘realism에서도 문학의 모방 가능성을 지지했다. 아니 지지 이전에 모방 가능성의 필요성과 윤리적 정당성을 믿었다.

굳이 리얼리즘 문학에 한정하지 않더라도 현실과 언어의 관계는 문학의 중요한 관심사였다. 플로베르의 일물일어(一物一語)설은 그 대표적인 예로, 그는 현실을 드러낼 수 있는 적절한 언어는 단 하나밖에 없다는 결벽증에 가까움 엄격함을 보여주었다. 객관적상관물(客觀的相關物)이라는 말에도 언어를 통해 현실을 드러내고자 하는 의욕이 담겨 있다. 주로 이미지즘 시에서 사용한 이 용어는 정서를 드러내기 위해서 선택된 가장 적당한 대상을 이르는 말이다.

20세기 이후 작가나 시인들은 문학이 현실을 모방할 수 있다는 생각에 대해 회의적이 되었다. 문학에서 다루는 현실이란 어차피 선택된 것이고 그것으로는 원래의 생동감을 그대로 전달할 수 없다는 생각도 보편화되었다. 무엇보다도 사건이나 인물의 구체적 갈등이 아니라 개인의 심리나 기억을 문학의 대상으로 삼기 시작하면서 현실에 대한 정의 자체가 달라졌고, 이러한 변화가 문학적 현실에 대한 생각을 바꾸어 놓았다. 현실에 대한 의심은 언어에 대한 의심으로 이어졌다. 작가들은 언어가 현실을 구성하는 만큼 현실의 문제는 곧 언어의 문제라고 보았고, 반대로 언어가 가진 한계가 현실의 문제를 낳는다고 느끼게 되었다. 최근의 많은 작가들은 모방할 수 없는 현실이 모방할 수 없는 언어의 문제와 전혀 무관하지 않다고 여기고 있다.

언어에 대한 불신은 오히려 언어를 문학의 새로운 탐구 대상으로 부각시켰다. 즉 현실에 대한 탐구를 위해 언어를 이용하던 데에서 벗어나 언어 탐구를 통해 현실 문제를 진단하려는 경향이 나타나게 되었다. 여기서 언어의 문제란 소통의 문제에서부터 철학적 문제까지 넓은 스펙트럼을 형성한다. 많은 작품에서 언어는 인간을 고립시키고 소외시키는 원인이며 현실로부터 인간을 떼어놓기도 하는 방해물로 다루어진다. 그 결과 부조리 혹은 삶의 부정성의 원인이 바로 언어에 있다고 말하는 작품을 어렵지 않게 발견할 수 있게 되었다.

방법 方法mode

이해와 해석은 정신과학을 실현시켜주는 방법이다. 모든 기능들은 그 안에서 하나가 된다. 이해와 해석은 모든 정신과학적 진리들을 담고 있다. 체험과 그러한 체험에 대한 이해를 바탕으로, 그리고 체험과 이해 양자의 지속적인 상호작용 속에서 낯선 삶의 표출이나 다른 사람들에 대한 이해가 이루어진다. 여기서도 핵심이 되는 과제는 논리적 구성이나 심리학적 분해가 아니라 학문 이론적 의도에서 이루어지는 분석이다.

(빌헬름 딜타이, 『체험·표현·이해』)

개인의 발견

문학과 예술의 표현에 대해 이야기하면서 우리는 시대에 따라 표현 방법이 달라진다는 사실을 확인 했다. 여기서는 근대문학에서 주제를 드러내는 방법에는 어떤 것이 있는가를 알아보려 한다. 근대문학의 주제가 한둘이 아니듯이 그것에 접근하는 방법 또한 몇 가지로 정리할 수는 없다. 그렇더라도 주제를 드러내는 중요한 방법으로 탐구와 성찰, 고백을 드는 데 큰 무리는 없어 보인다. 이들 각각에 대해 살펴보는 것이 이번 장의 목표이다.

우선 근대문학의 특징에 대해 생각해보자.

근대문학의 시작을 언제로 볼 것인가는 참으로 오래된 논쟁거리이다. 논쟁이 오래되었다는 말은 해결이 쉽지 않다는 말과도 같은데, 문학이 일정한 합의에 의해 시작된 것이 아닌 바에야 이런 종류의 논쟁은 피할 수 없는 일인지도 모른다. 근대의 기점과 관련한 생각 역시 마찬가지이다. 근대는 지금도 우리가 살아가고 있는 시간이다. 근대의 기점을 확정하기 위해서는 현재를 역으로 거슬러 올라가 현재가 지속되지 않는 '그곳'을 확인해야 한다. 관점에 따라 앞으로 당길 수도 뒤로 미룰 수도 있는 것이 근대, 근대문학의 시작이라 할 수 있다.

한 두 작품으로 근대문학의 시작을 이야기할 수는 없지만 일반적으로 근대문학이라는 이름을 붙일 경우 가장 중요하게 생각하는 조건은 '개인'의 발견이다. 여기서 발견이라는 말을 사용하는 이유는 없었던 개인이 갑자기 생긴 것이 아니고, 그 존재의 의미가 새삼스럽게 중요해지기 시작했다는 뜻을 드러내기 위해서이다. 발견을 가능하게 한 시대 조건의 변화를 포함하는 말이기도 하다. 자본주의, 공화정, 민주주의 등은 서양의 근대문학을 이야기할 때 자주 언급되는 시대 조건이다. 우리의 경험을 서양의 그것과 직접 비교하기는 어렵겠지만 '개인'의 발견이 문학에 새로운 바람을 불어 넣었다는 사실은 부정할 수 없다.

근대문학에서 개인이 갖는 의미는 근대 이전의 문학 양식과 비교해 보면 분명해진다. 춘향, 심청, 흥부는 우리 문학이 만들어낸 대표적인 인물들이다. 이들은 동시대인들의 사고를 대표하고 있는데, 부부, 부모, 형제간에 지켜야할 윤리를 철저하게 구현해내고 있다. 근대 소설의 주인공들과 비교해 볼 때 이들은 개성이나 사적 욕망을 거의 가지고 있지 않다. 이들을 움직이는 가장 중요한 힘은 동시대의 윤리이다. 이들에게 개인적 기준에 의해 자신의 행동을 돌아본다거나 주어진 환경을 살핀다든가 하는 일은 벌어지지 않는다.

물론 이들을 개인이 아니라고 말할 수는 없다. 이들 역시 생명을 가진 유기체로서 개성을 가진 인물임에 틀림이 없다. 그러나 중요한 것은 이들이 판단의 준거로 삼는 기준이 무엇이냐이다. 고전 소설의 인물들은 중세적 세계관 안에서 사고하는 인물들일 뿐 아니라 그러한 세계관 안에서 편안함을 느끼는 인물들이다. 고전 소설의 결말이 권

선정악이 될 수밖에 없는 이유는 그들이 동시대의 도덕을 충실히 따르고 있기 때문이다.

이런 관점에서 볼 때 홍길동이나 허생과 같은 인물은 특별해 보일 수도 있다. 이들은 시대를 지배하고 있던 주자학적 세계관에 문제를 제기하고 있기 때문이다. 구체적으로 홍길동은 적서차별 문제를 허생은 북벌론을 비판한다. 그러나 이들이 당시 사회의 모순을 들추어내기는 하지만 중세의 질서를 넘어서고 있다고 보기는 어렵다. 홍길동이 형의 권유로 왕에 투항하고 결국 율도국이라는 유토피아로 떠나는 결말이나 허생이 도둑들을 데리고 섬으로 들어가 이상적 공동체를 만드는 일은 당시의 지배적 세계관을 부정하는 행위는 아니었다. 비록 현실을 비판하기는 하지만 체제나 세계관에 근본적인 의문을 제기했다고 보기에는 부족한 점이 많다. 결국 두 작품은 왕국의 운영에 대한 견해 차이를 드러내고 있을 뿐 근대적 의미의 개인에 대한 인식을 보여주지는 못한다고 평가할 수 있다.

근대문학에서 개인이 중요하게 대두되는 이유는 그것이 근대의 주체이자 주제이기 때문이다. 근대의 윤리는 근본적으로 개인의 윤리이다. 근대의 개인은 정치적으로 자유를 획득했다. 누구에게 묶일 필요도 없는 자유로운 상태가 되어 조건만 주어진다면 무엇이든 선택할 수 있는 권리를 얻었다. 반면에 경제외적인 강제로부터 자유롭지만, 경제 관계 말고는 세계와 연결된 끈이 없어졌기 때문에 철저하게 고립될 수도 있게 되었다. 자유가 만들어낸 차별은 이전의 그것과 다르다는 의미에서 새로운 것이었는데, 그 차별의 단위 역시 개인이다.

근대문학 역시 근대의 이러한 성격을 그대로 반영하고 있다. 이전과 달리 문학의 생산과 소비는 개인 단위에서 이루어진다. 근대문학의 소비자들은 독서를 위해 특정한 장소에 모이거나 몇 사람의 의견에 귀를 기울이지 않는다. 문학 생산을 후원하는 특별한 계급 역시 근대에는 존재하지 않는다. 근대문학은 생산에서 소비까지 독립되고 고립된 개인을 전제로 한다. 골방에서 글을 쓰고 도서관에서 책을 읽는 풍경이 근대문학을 상징한다.

근대문학의 아이러니는 문학이 근대의 주체이자 주제인 개인의 승리를 다루는 것이 아니라 개인이 만들어낸 새로운 '문제'들을 다룬다는 데 있다. 여러 장점에도 불구하고 근대가 만들어낸 문제들은 개인들에게 새로운 부담을 안겨 주었다. 사회적 도덕이나 전통 윤리가 사라진 자리에 개인은 방패도 없이 바람을 맞으며 홀로 서 있게 되었다. 비록 그것이 훈풍일지라도 혼자서 견뎌야 한다는 면에서는 외로움을 동반하게 된다. 그것이 차가운 바람이거나 거센 바람일 때는 말할 것도 없이 새로운 고통을 만들어 낸다. 함께 바람을 맞아줄 사람이 없는 것은 물론, 타인이 맞아야할 바람까지 더해서 맞아야 할 때도 있다.

더 큰 문제는 그 바람의 방향이나 단속(斷續)을 짐작할 수 없다는 데 있다. 방향과 단속을 알 수 없기에 누군가에게 책임을 물을 수도 없다. 타인과 함께 맞는 것이 아니라서 누군가를 이해시키고 한 편으로 끌어들일 수도 없다. 자유로운 줄 알았던 개인이 사실은 가장 취약한 위치에 놓여있다는 사실이 밝혀진 자리에서 근대문학이 시작되었다.

이러한 근대의 아이러니는 문학에 그대로 녹아들어, 세계에 대한 탐구와 자기 성찰을 동시에 요구하게 된다. 개인은 세계 속에서 숨을 쉬고 혼자 힘으로 세계를 이해하고 때로 개척해 나가야 한다. 근대인이라면 누구나 이타카로 돌아가는 오디세우스처럼 혼자의 힘으로 근대라는 넓은 바다를 헤쳐 나가야 하는 운명을 타고난다. 현실 또는 세계에 대한 탐구는 지적 호기심을 만족시켜주고 생존을 위해 필요한 정보를 제공해 준다.

한편, 개인은 자체로 독자적인 하나의 세계를 구축한다. 세계와의 관계 속에서 개인은 만들어진 하나의 우주이고 세계를 볼 수 있는 유일한 기관이다. 성찰은 자아를 돌아본다는 좁은 의미를 넘어 개인 안에 들어온 세계를 살핀다는 또 다른 탐구의 의미를 가지게 된다. 곧 성찰이란 자아라는 개인에 비추어진 세계의 모습과 그것이 엮어놓은 복잡한 구조들을 풀어내는 일이다. 이것이 '개인'에 접근하는 근대문학의 방법이라 할 수 있다.

세계의 탐구

사실주의 문학은 세계를 재현하고자 한다. 눈에 보이는 현상에 대한 단순한 재현이 아니라 심미안 없이는 확인하기 어려운 현상의 이면을 보여주는 것이 문학이라고 한다. 문학의 고유한 성격이 숨은 진실, 작동의 원리, 깊은 의미라고 불리는 심층을 탐구하는 데 있다고 믿는다. 사실주의에서는 전형성과 총체성을 강조하는데, 모두 현실을 '잘' 보여주기 위한 방법이다. 자연주의가 과학적 방법을 내세운 것도 삶을 해부하고 '정확하게' 보여주기 위한 시도였다고 할 수 있다. 이들에게 인간이나 세계는 공감의 대상인 동시에 '탐구'의 대상이 된다.

인문학은 오랫동안 다양한 분야에서 현상과 본질을 구분하려는 시도를 해왔다. 플라톤 철학에서 본질은 이데아로 상징되는 변하지 않는 진리이다. 플라톤은 인간이 볼 수 있는 것은 이데아의 그림자에 불과하고 본질은 가려진 곳에 있다고 한다. 마르크스주의에서도 현상과 본질을 구분한다. 거품과 저류의 분류처럼 표층에 드러나는 것이 사실 전체를 말해주는 것이 아니고, 그 아래에 더 큰 힘으로 지속적으로 흐르는 맥락이 존재한다고 주장한다. 이데올로기나 계급의식에 대해 갖는 마르크스주의의 관심은 본질에 대한 관심의 결과이다. 정신분석은 의식은 무의식에 비하면 빙산의 일각에 불과하다고 말한다. 정신분석은 무의식에 접근할 때 인간에 대한 이해가 이루어진다고 본다. 랑그와 파롤을 구분한 소쉬르의 언어학 역시 구체적인 것과 그것의 추상인 본질을 나누어 사고하고 있다. 인류학에서도 문화의 현상보다는 그러한 현상을 설명하는 보편적인 구조를 찾으려 한다.

문학은 인문학 전반의 이러한 특징을 공유하고 있다. 철학처럼 연역적 사고를 하지는 않지만, 이데올로기나 언어에 대한 탐구는 문학에서도 활발히 진행되어 왔다. 문학은 구체적인 경험에서 출발하지만 그것들이 갖는 사회적 연관이나 인과를 살피는 과정에서 고립된 경험 이상을 발견하기도 한다. 다루고 있는 대상은 한정되지만 그것을 통해 대상을 포함하는 더 큰 세계를 설명해 줄 때도 있다.

황석영의 「돼지꿈」은 도시 변두리에 모여 살고 있는 가난한 사람들의 삶을 그리고 있는 소설이다. 그들이 살고 있는 마을의 모습은 다음과 같이 묘사된다.

콜타르의 종이지붕 위에 눌러 놓은 돌들이 보이고, 환기구멍 겸 창문 대신 뚫어 놓은 연두색 플라스틱 슬레이트가 위를 향해 치켜져 있는 게 보일 만큼 집들이 주저앉아 있었다. 골목을 빠져나가면 동네의 유일한 펌프가 있었고, 옛날 버릇대로 유휴지의 이곳저곳에 제각기 일구어 놓은 채소밭이 있었다.[22]

예문은 판자촌이라 불리던 무허가 동네를 떠올리게 한다. 지금은 많이 사라졌지만 도시 변두리에 주로 형성된 판자촌은 주민들이 살고는 있지만 정부의 결정에 따라 언제고 헐릴 수도 있는 한시적인 거주지였다. 판자촌에는 수도 시설이 되어 있지 않아 사람들은 공동 펌

22) 황석영, 「돼지꿈」, 「한국소설문학대계」 68, 동아출판사, 358쪽.

프를 사용했으며, 비를 막기 위해 얇은 지붕에는 콜타르를 발랐고 바람에 지붕이 날아가는 것을 막기 위해 그 위에 돌을 올려놓기도 했다. 위에 묘사된 풍경과 실제 판자촌의 모습은 크게 다르지 않다. 이러한 묘사는 70년대 이전 판자촌의 모습을 떠오르게 해주는 동시에 그곳에 사는 사람들의 생활도 짐작하게 해준다.

이 소설은 모두 세 부분으로 나뉘어져 있는데, 첫 장은 엿목판과 강냉이 자루를 리어카에 싣고 다니는 고물장수 강씨가 송아지만한 개를 얻게 되는 장면으로 시작한다. 고기를 먹게 된 행운을 얻은 강씨가 집에 들어오니 가출했던 딸 미순이 임신을 한 채로 돌아와 있다. 강씨는 언제나처럼 새 아내 강씨댁과 사소한 일로 언쟁을 벌이고, 광신도 처남의 잔소리를 듣는다. 둘째 장에는 덕배와 근호, 행상들과 공장 여공들이 등장한다. 포장마차를 하는 덕배는 경찰에게 자릿세를 뜯기고 기분이 많이 상해 있다. 때 마침 돈 없이 음식을 먹은 공장 아가씨를 붙잡아 그녀의 자취방에까지 따라가게 된다. 행상과 근호는 포장마차에서 만나 이런 저런 이야기를 나누다 자신들이 세상에 대해 비슷한 생각을 하고 있음을 알고 가까워진다. 셋째 장은 주로 근호 이야기이다. 근호는 손을 싸매고 있는데 공장에서 손가락 셋을 잃고 보상금을 받은 상태이다. 근호는 임신을 해 돌아온 누이를 위해 강씨댁에게 그 돈을 건넨다. 재건대 대장은 미선과의 결혼 허락을 받고자 강씨의 집으로 찾아온다. 이러는 사이 마을 사람들은 강씨가 가지고 온 개를 잡아놓고 공터에서 술잔치를 벌인다.

이 소설의 장점은 인물들의 성격이 모두 살아 있다는 데 있다. 그러한 인물들의 생활에서 느껴지는 강렬한 생명력 역시 인상적이다. 강씨와 강씨댁, 근호와 덕배는 모두 가난하지만 자신의 방식으로 삶을 개척해 나간다. 강씨와 근호에게서는 가장의 책임감이 느껴지고, 강씨댁에게서는 아줌마의 억척스러움이 느껴진다. 덕배 역시 삶에 대한 성실함이 느껴지는 인물이다. 이들은 또 다른 이들의 삶에 대한 관심과 너그러움을 가지고 있는 인물이기도 하다. 근호는 사고 보상으로 받은 돈을 기꺼이 내놓고, 강씨댁 역시 의붓딸 미선의 결혼을 서두른다. 가족에 대한 강씨의 태도, 여공에 대한 덕배의 태도에도 인정이 묻어난다.

인물들이 가진 긍정적 측면을 강조하기 위해서인지 소설은 축제로 마무리된다. 강씨가 얻어온 송아지만한 개를 잡아 술잔치를 벌이고, 재건대장과 미순의 결혼이 발표되는 것이 축제의 내용이다. 그러나 겉으로 보기에 긍정적인 것 같은 소설의 결말은 현실에서의 행복한 결말을 상상하게 만들지는 못한다. 하룻저녁을 즐겁게 보낸다고 해도 이들의 삶은 근본적으로 나아지는 것이 없으며, 긍정적으로 보이는 인간성 역시 자리를 못 찾고 방황할 가능성이 매우 크기 때문이다. 생활은 이들의 삶을 구속하고 지배하고 때로 속일 수도 있음을 독자들은 알고 있다.

여기까지 이르면 이 소설이 인물이나 상황의 탐구를 넘어 시대의 현실을 보여주고 있다는 생각을 하게 된다. 인물과 인물이 처한 상황이 만들어내는 불화가 분명해지기 때문이다. 이처럼 「돼지꿈」에서 탐구는 인물들 개인에서 시작했으나 결국은 사회 전반의 문제로 확대되는 양상을 보인다. 작가가 인물의 내면을 구체적으로 보여주어 일일이 성찰의 대상으로 삼기보다는 그들 역시 하나의 탐구 대상으로 여기고 있음도 확인할 수 있었다.

다음 글에서는 한층 세밀한 묘사를 볼 수 있다.

저녁이면 세 개의 가스등이 둔중한 시각의 유리 속에 갇힌 화구(火口)들로 이 통로를 밝힌다. 유리 천장에 매달린 가스등의 희미한 갈색 빛은 조용히 흔들리며 유리에 반사되었다 사라진다. 포석 위의 커다란 그림자들, 가로 쪽에서 불어오는 습기를 머금은 바람이 이 통로에 불길한 모습을 더해주고 있다. 마치 세 개의 초상집 등불을 켜놓은 침침한 지하 주랑(柱廊) 같기도 하다. 상인들은 가스등이 그들의 유리창에 보내주는 희미한 빛에 만족하는 모양이다. 그들은 상점 안에 등피를 씌운 램프를 켤 뿐이다. 램프는 상점의 카운터 구석에 놓여 있다. 그때가 되어서야 행인들은 오후 내내 어두운 상점 구석에 묻혀 있던 것들을 가려낼 수 있다. 한 지물상의 유리창을 통과하여 희미한 가게 앞으로 빛이 어른거린다. 혈암유로 빛을 밝힌 두 개의 램프가 두 개의 노란 불빛으로 어둠을 꿰뚫는 것이다. 맞은편에서는 캥케 식 양등(洋燈) 등피 안에 놓인 촛불이 인조 보석 상자 속에 별빛 같은 빛을 던진다. 여자 상인은 장 안에 앉아 솔 속에 두 손을 파묻고 잠들어 있다.[23]

자연주의는 보이는 사물을 모두 기록하려 했다. 예문은 '퐁네프 회랑'을 묘사한 글의 일부이다. 이 회랑은 주인공들이 만나는 집으로 가는 길목에 위치한다. 이곳에서 특별히 기록할 만한 일이 벌어지지는 않는다. 그럼에도 불구하고 서술자는 눈에 보이는 대로 느끼는 대로 묘사하지 않고는 넘어가지 못하는 일종의 강박을 가지고 있다. 위 소설의 작가는 자신의 작품이 자연과학적 탐구의 정신을 소설 안으로 끌어들이려는 시도였다고 공공연히 말하기도 했다.

물론 위 부분이 단순히 눈에 보이는 대상의 묘사에 그치지는 않는다. 자세히 읽어 보면 일관된 기준에 의해 묘사가 이루어지고 있음을 알 수 있다. 묘사의 주제는 '빛'이다. 세 개의 가스등이 비추고 있는 거리의 풍경이 펼쳐지고, 가게 안으로는 램프가 다른 빛을 발하고 있다. 어둠이 내린 거리의 가스등은 어둠을 몰아내기는 하지만 밝음을 선물하지는 못한다. 졸고 있는 여자 상인의 모습도 '초상집 등불을 켜놓은 침침한 지하 주랑(柱廊)'으로 비유되는 회랑의 암울한 공기에 한 몫을

---

23) 에밀 졸라, 『테레즈 라캥』, 문학동네, 2003, 15-17쪽.

더해준다. 이처럼 작품 초반에 해당하는 위의 묘사는 소설 전체의 분위기를 암시해주는 역할을 한다. 소설의 주제인 맹목적인 욕망과 주위를 돌아보지 않는 열정, 그리고 그것을 표현하는 애욕은 침침한 회랑의 가스등처럼 인생을 알 수 없는 안개 속으로 끌어들인다. 확대해서 해석하자면 그러한 현실이 당시 파리의 모습일 수도 있다.

자기 성찰

살핀다는 의미에서 성찰은 자아와 세계 모두를 포함할 수 있지만, 문학에서는 주로 자기를 향하는 시선을 가리킨다. 성찰은 반성이기도 한데, 여기서 반성은 잘못을 뉘우치거나 후회한다는 의미가 아니라 다시 생각하기 또는 돌아보기라는 뜻이다. 성찰의 대상은 작가나 시인 자신일 수 있고, 동시대를 살아가는 사람들의 삶일 수도 있다. 모더니즘 소설은 다른 무엇보다 개인에 대한 성찰을 중요하게 다루어 왔다.

　서정시에도 자기 성찰을 담은 예가 많다.

흐르는 것이 물뿐이랴
우리가 저와 같아서
강변에 나가 삽을 씻으며
거기 슬픔도 퍼다 버린다
일이 끝나 저물어
스스로 깊어가는 강을 보며
쭈그려 앉아 담배나 피우고
나는 돌아갈 뿐이다
삽자루에 맡긴 한 생애가

이렇게 저물고, 저물어서
샛강바닥 썩은 물에
달이 뜨는 구나
우리가 저와 같아서
흐르는 물에 삽을 씻고
먹을 것 없는 사람들의 마을로
다시 어두워 돌아가야 한다[24]

　서정시는 대부분 화자가 자신의 이야기를 누군가에게 들려주는 형식을 취한다. 화자가 시인 자신과 구분이 되지 않을 때도 있다. 따라서 서정시를 읽는 독자는 누군가의 목소리를 직접 듣는 듯한 느낌을 받게 된다. 이때 시인이 전달해주는 것은 사물이나 사건 자체가 아니라 그것을 보고 느낀 시인의 감정이다. 직접적으로 표현하지 않는다 해도 감정을 효과적으로 드러내기 위해 적절한 대상을 찾는 것이 시인의 일이다. 이때 전달하는 감정은 막연한 감상에 그치지 않고 자아와 세계에 대한 성찰을 포함하게 된다. 주어진 환경 안에서 자신의 생각을 가다듬고, 세계와의 관계 안에서 자신의 자리를 살피는 일이 여기에 해당한다.
　해지는 강변에서 외롭게 하루를 마무리하고 있는 노동자의 그을린 얼굴이 판화처럼 떠오르는 시 「저문 강에 삽을 씻고」는 저물어가는 강가의 풍경과 삽자루에 맡겨 기울어가는 화자의 일생이 절묘하게 엇갈리며 독자의 마음에 지워지지 않는 강렬한 인상을 남긴다. 일단 화자가 마주하고 있는 광경은 해지는 강가이다. 그곳에서 삽을 씻고 담배를 피우는 동안 달도 떠서 샛강에 비치고 있다. 노동을 마치고 잠시 담배를 피우며 쉬는 시간동안 화자는 썩은 강물과 노동자로 살아온 자신의 일생을 비교한다.

24) 정희성, 「저문 강에 삽을 씻고」, 『저문 강에 삽을 씻고』, 창작과비평사, 1978, 22 쪽.

시의 전반부와 후반부에 배치된 구절 '우리도 저와 같아서'는 강에서 시인으로 화제가 바뀌고 있음을 표시해준다. 화자는 날이 저무는 것과 마찬가지로 '삽자루에 담긴 한 생애가' 저물어가고 있다고 말한다. 또, 썩은 강물처럼 남은 것은 슬픔뿐이지만 슬픔도 삽자루에 담아 강에 퍼다 버린다고 말한다. 강이 흐르듯이 화자의 생애도 흘러왔고 이후에도 어떻게든 흘러갈 것을 알기 때문이다. 그것은 피할 수 없는 길이어서 화자는 '돌아갈 뿐'이거나 '돌아가야 한'다. 삶의 무게를 감당하기 어렵지만 그것을 견디지 않고 살아갈 수도 없는 것이 생이라는 사실도 알고 있다. '우리도 저와 같아서'는 가장 적절한 짝 '일이 끝나 저물어 /스스로 깊어가는 강을 보며'를 만나게 된다. 스스로 깊어가는 것이 물뿐이 아니라 고달프게 살아온 우리의 생이라는 사실을 시인은 절실한 목소리로 들려주고 있는 것이다. 삶에 대한 깊은 성찰이 낳은 슬픈 깨달음이라 할 수 있다.

근대 소설에서는 인물에 대한 성찰이 주제의 절반을 차지한다. 일반적으로 소설은 산문이라는 특성상 시에 비해 구체적이고 상세한 표현이 가능하다. 소설은 과거형으로 진행되는 '이야기'이기 때문에 지난 일들에 대한 기록이자 회고이고 정리이다. 서술자에 의해 정리된 과거 이야기에는 인물들이 차지하는 비중이 작지 않다. 그 인물들 모두가 고찰의 대상이 되는데, 인물은 행동만 하는 것이 아니라 갈등하고 고민도 하게 마련이다.

근대 소설은 기본적으로 성장의 모티프를 포함하고 있는데, 성장에 있어서도 성찰은 필수적인 요소이다. 넓은 의미의 성장이란 개인이 세계와 만나 어떻게 그것을 받아들이고 자신을 지켜나가는가와 관계된다. 대부분 개인은 세계와의 갈등에서 자신의 패배를 인정하게 되지만 그 과정 속에서 끊임없이 벌어지는 내적 갈등이 소설의 중요한 제재가 된다. 성장소설의 자기반성과 세계에 대한 저항은 자연스럽게 자기 성찰로 이어지게 된다.

잘 알려진 성장소설인 『수레바퀴 아래서』, 『데미안』, 『호밀밭의 파수꾼』 등은 개인이 사회로 진입하는 과정에서 겪는 방황과 고민을 주제로 한다. 괴테의 『빌헬름 마이스터』 시리즈 역시 교양 있는 부르주아가 되어가는 '시민'의 이야기로 볼 수 있다. 「토니오 크뢰거」는 자기 정체성을 찾기 위해 노력하는 주인공의 모습에서 감동을 받을 수 있는 소설이다. 우리 소설에는 어린이 주인공의 성장을 다룬 작품이 많은 편인데, 전쟁을 통해 성장하는 어린이를 다룬 『장난감 도시』, 여성의 성장을 다룬 『외딴 방』에서도 현실 못지않게 자기 성찰의 요소가 중요한 위치를 차지하고 있다.

서술자가 주인공인 소설은 수필이나 시를 읽는 듯한 느낌을 주기도 한다. 이는 인물의 심리 혹은 고민이 직접적으로 독자에게 전달되기 때문에 벌어지는 효과라고 할 수 있다. 일기나 편지가 갖는 효과처럼 독자의 신뢰를 이끌어내기에 적당하다. 이러한 소설은 대부분 세계보다는 서술자가 이야기의 중심에 놓이게 된다. 서술자가 겪은 일이나 경험한 생각, 사건에 대한 감상이 이야기의 중심을 이루게 되는 것이다. 비록 감상에 치우치는 경우가 많기는 하지만, 소설이 가진 성찰의 성격을 잘 보여줄 때가 많다.

다음은 염상섭의 소설 『만세전』의 일부이다.

스물 두셋 쯤 된 책상도련님인 나로서는 이러한 이야기를 듣고 놀라지 않을 수 없었다. 인생이 어떠하니, 인간성이 어떠하니, 사회가 어떠하니 하여야 다만 심심파적으로 하는 탁상의 공론에 불과한 것은 물론이다. 아버지나 조상의 덕택으로 글자나 얻어 배웠거나 소설권이나 들춰 보았다고, 인생이니 자연이니 시니 소설이니 한대야 결국은 배가 불러서 투정질하는 수작이요, 실인생, 실사회의 이면의 이면, 진상의 진상과는 얼마만한 관련이 있다는 것인가? 하고 보면 내가 지금 하는 것, 이로부터

하려는 일이 결국 무엇인가 하는 의문과 불안을 느끼지 않을 수가 없었다. 일 년 열두 달 죽도록 농사를 지어야 반 년짝은 시래기로 목숨을 이어 나가지 않으면 안 되겠으니까…… 하는 말을 들을 제, 그것이 과연 사실일까 하는 의심이 날 만치 나의 귀가 번쩍하리만치 조선의 현실을 몰랐다. 나도 열 살 전까지는 부모의 고향인 충청도 촌속에서 자랐났고, 그 후에도 일 년에 한두 번씩은 촌락에 발을 들여놓아 보았지만, 설마 그렇게까지 소작인의 생활이 참혹하리라고는 꿈에도 생각해 본 일이 없었다.[25]

『만세전』은 비교적 근대 소설사 초기에 써진 소설이지만 시대적 현실과 인물의 내면을 고르게 잘 드러낸 수작으로 평가된다. 주인공 이인화는 조혼한 아내의 와병 소식을 듣고 유학중인 동경에서 부산을 거쳐 고향으로 돌아온다. 애정 없는 아내를 만나기 위해 돌아오는 주인공의 심리는 매우 복잡하다. 핑계를 만들어서라도 가능한 일본 안에서 지체하고자 하는 행동을 통해 윤리와 감정 사이에서 방황하는 주인공의 심리상태가 드러나기도 한다. 그는 배를 타고 부산에 오는 과정에서 겪은 불쾌한 일로 자신이 식민지 백성이라는 점을 새삼스럽게 깨닫고, 부산에 내려서는 식민지 조선의 곤궁한 현실을 발견하기도 한다. 그는 아내의 장례를 치르고 일본으로 돌아가는 길에도 역시 조선의 현실에 대해 여러 가지 깨달음을 얻게 된다. 칼을 차고 선생을 하며 첩을 두고 살고 있는 형의 모순된 모습도 그에게 특별한 자극을 준다. 이인화는 짧은 기간 돌아본 조선을 '무덤'으로 표현하는데, 여행에서 느낀 우울함과 미래가 보이지 않는다는 암담함이 이런 표현을 낳았다고 할 수 있다.

위 예문은 이처럼 달갑지 않은 귀향을 마치고 돌아가는 이인화의 달라진 모습을 읽을 수 있는 부분이다. 자신이 안다고 생각했던 것이

---

25) 염상섭, 『만세전』, 『한국소설문학대계』 5, 동아출판사, 1994, 581쪽.

사실은 실체에 접근한 것이 아니었음을 깨닫고 새로운 각오로 살아야 한다고 다짐한다. 현실에 대한 이해가 자신에 대한 성찰로 이어지는 예라고 할 수 있다. 자신의 과거에 대한 평가를 위해 동원되고 있는 단어들 역시 이러한 변화들을 반영한다. '책상도련님', '심심파적', '탁상의 공론', '투정질하는 수작'은 모두 스스로가 진단한 과거의 자기 모습과 관계된다.

고백과 기록

탐구나 성찰이 진지한 글에 어울릴 것 같은 느낌을 주는 데 비해 고백과 기록은 감상적인 방법처럼 느껴진다. 고백이 주관적이라는 인상을 준다면 기록은 객관적이라는 인상을 주는데, 둘 모두 분석적인 문체나 깊은 사고와는 거리가 멀어 보인다. 탐구나 성찰은 많은 공부 뒤에 쓴 전문가의 글이고 고백이나 기록은 아마추어라도 충분히 쓸 수 있는 글처럼 생각되기도 한다.

어디서 기원한 생각인지 확인할 수는 없지만 당연히 이는 모두 사실이 아니다. 다루고 싶은 제재에 따라 또는 주장하고 싶은 주제에 따라 접근하는 방법이 달라질 뿐 우수하고 열등한 방법이 특별히 존재하는 것은 아니다. 또, 순수한 의미의 탐구와 성찰이 없듯이 온전하게 고백만으로 또는 기록만으로 이루어진 글도 찾아보기 어렵다. 구분의 기준은 어디에 무게를 더 두고 있느냐에 있다고 보는 것이 좋다. 엄격히 따지고 든다면 구분 자체가 모호해지거나 의미 없어지는 경우가 더 많다.

고백에 어울리는 양식은 일기나 편지이다. 이들을 대할 때 독자들은 작가가 자기감정을 솔직히 적었다는 데 암묵적으로 합의를 한다.

말하자면 소설 등과 비교했을 때 허구가 아닌 글로 인정하는 것이다. 이러한 일반적인 인식을 이용하기 위해서인지 요즘은 소설에서도 고백의 형식을 많이 사용한다. 일기나 편지는 일종의 기록으로 여겨지기도 한다. 기행문과 같은 기록도 사실과 감상의 진솔함을 인정받기는 마찬가지이다.

그러나 허구와 사실의 경계는 그리 명확하지 않다. 직접 경험한 일이라고 사실에 부합한다는 보장도 없다. 많은 고백과 기록이 기억에 의지하고 있다는 점을 생각하면 더욱 그렇다. 지난 후에 돌아보는 과거란 언제나 가공을 겪게 되어 있고, 그 가공은 고의이건 아니건 선택과 배제의 과정을 거치게 마련이다. 따라서 '진정성' 혹은 '허구'의 문제로 고백이나 기록을 규정하는 것은 적당하지 않다. 고백은 개인의 감상이 중심을 차지하는 글로, 기록은 제공하는 정보가 중심을 차지하는 글 정도로 정리할 수밖에 없다.

고백의 방법을 빌어 독자들의 감동을 끌어낸 좋은 예로 한용운의 시를 들 수 있다.

당신이 가신 뒤로 나는 당신을 잊을 수가 없습니다.
까닭은 당신을 위하느니보다 나를 위함이 많습니다.

나는 갈고 심을 땅이 없으므로 추수가 없습니다.
저녁거리가 없어서 조나 감자를 꾸러 이웃집에 갔더니, 주인은 '거지는 인격이 없다. 인격이 없는 사람은 생명이 없다. 너를 도와주는 것은 죄악이다.'고 말하였습니다.
그 말을 듣고 돌아 나올 때에, 쏟아지는 눈물 속에서 당신을 보았습니다.
나는 집도 없고 다른 까닭을 겸하여 민적(民籍)이 없습니다.
'민적(民籍) 없는 자는 인권이 없다. 인권이 없는 너에게 무슨 정조냐.'
하고 능욕하려는 장군이 있었습니다.

그를 항거한 뒤에, 남에게 대한 격분이 스스로의 슬픔으로 화(化)하는 찰나에 당신을 보았습니다.
아아 온갖 윤리, 도덕, 법률은 칼과 황금을 제사지내는 연기인 줄을 알았습니다.
영원의 사랑을 받을까, 인간 역사의 첫 페이지에 잉크칠을 할까, 술을 마실까 망설일 때에 당신을 보았습니다.[26]

　시집 『님의 침묵』은 님을 기다리는 시인의 간절한 염원을 담은 시편들로 가득하다. 유명한 「군말」의 설명처럼 시인에게 "'님'만 님이 아니라, 기룬 것은 다 님이다." 시인은 가장 가치 있고, 가장 원하는 대상을 님이라 부른 것인데, 시에서 님은 '당신'으로 표현되기도 한다. 위 시 역시 '당신'을 잊을 수 없는 이유를 간절하게 고백하고 있다. 서술어를 존칭으로 사용하여 간절함의 신뢰도를 높이기도 한다. 화자가 설정한 청자가 '당신'이어서 이야기가 직접 전달되는 듯한 느낌을 주는 것도 효과를 높이는 데 기여한다.
　'당신'에게 들려주는 화자의 고백 내용은 이렇다. 화자가 '당신'을 잊을 수 없는 이유는 자신을 위해서인데, 화자는 '당신'이 없음으로 해서 온갖 서러움을 겪기 때문이다. '당신'이 없기에 추수할 땅이 없고, 인격조차 없는 사람으로 대접을 받는다. 셋째 연에서는 서러움이 더욱 커진다. 화자는 땅만 없는 것이 아니라 '민적'이 없다. 민적이 없어서 인격이 없는 화자는 온갖 능욕을 견뎌야만 한다. 울분을 드러낼 수도 삭일 수도 없어 망설이는 순간에 떠오른 것 역시 당신이다. 잃어버린 것을 회복하고 싶어 하는 화자의 간절한 욕망이 '당신'에 대한 그리움으로 표현된 것이다.
　신경숙의 「풍금이 있던 자리」는 인물 주인공 서술자가 자신의 심

---

26) 한용운, 「당신을 보았습니다」, 『님의 침묵』, 미래사, 1991, 55쪽.

경을 편지 형식으로 써내려간 소설이다. 이 소설을 읽는 독자들은 사건을 만나기 이전에 서술자의 심정을 먼저 만나게 된다. 이 소설은 자신이 유부남을 사랑하게 된 이유를 '그럴듯하게' 만들기 위해 여러 가지 에피소드를 동원한다. 특히 어린 시절 잠시 만났던 새엄마에 대한 추억은 지금 자신의 처지를 합리화하는 데 결정적 역할을 한다. 거기에 처음에 박힌 인상을 중요하게 여기는 동물의 습성에 대한 연구 노트가 프롤로그로 놓인다. 객관적으로 보면 불륜녀의 넋두리에 불과한 서술자의 이야기에 독자가 공감하게 되는 이유는 고백이 갖는 힘 때문이다. 물론 이때 고백의 힘은 감상적 수준을 넘어서지 못하고 끝내 본색을 들키고 말 운명이기는 하다.

연암 박지원의 『열하일기』는 기행문의 백미로 꼽히는 작품이다. 잘 알려진 대로 『열하일기』는 연암이 사신의 무리를 따라 압록강을 건너 심양을 지나 북경, 그리고 북경에서 열하를 왕복하는 두 달 가까운 여정을 기록한 글이다. 일기라는 제목에 어울리게 연암은 날짜에 따라 매일의 여행 경로와 날씨를 기록하고 본 것과 들은 것 그리고 느낀 것까지를 적고 있다. 여행을 마치고 돌아온 이후에 정리해서 책으로 묶은 것이기는 하지만 현장감과 생동감을 느끼기에는 부족함이 없는 책이다. 불어난 강물을 건널 때의 위험한 상황을 묘사한 부분이나, 대륙의 장관에 감탄하는 장면은 기행문의 특성을 충분히 느낄 수 있게 한다.

그러나 여행을 통해 느낀 감상이 단순히 감탄에 그치지 않는다는 점이 『열하일기』가 오래도록 사랑받는 이유이다. 지금의 언어로 표현하자면 깨어있는 지성이고자 했던 연암은 타국의 풍경을 깊이 있게 살피고 거기에 우리의 모습을 비추어보는 일을 쉬지 않는다. 그것이 단지 학문과 정치의 영역이 아니라 일상생활의 영역이라는 점이 더욱 글의 가치를 높여준다. 여행 도중 연암은 장사하는 사람들의 집을 찾고 그들과 대화하기를 서슴지 않는다. 함께 술을 마시며 그들의 삶에 대해 알아보려 노력한다. 비록 가끔은 양반의 눈으로 평민들의 삶을 재단하는 듯한 인상을 주기는 하지만, 연암이 관념이 아닌 생활에 관심을 가지고 서민들의 삶을 관찰하고 있다는 사실은 틀림없다.

연암이 관심을 가진 대표적인 대상은 벽돌과 수레이다. 청과 조선의 현실을 비교하는 과정에서 두 가지는 여러 번에 걸쳐 언급되는데, 경제의 발전을 위해 조선에 꼭 도입해야 할 제도로 거론된다. 청나라에서 벽돌은 집을 짓거나 성을 쌓는데 널리 쓰인다. 마을에 들어서면 연암이 확인하는 것이 벽돌을 굽는 가마이다. 가마의 모양이나 크기에 대해서도 상세하게 묘사하고 조선의 가마와 어떻게 다른지 비교하기도 한다. 규격화된 벽돌로 집을 지으면 튼튼하고 편리한 집을 지을 수 있고, 벽돌을 이용하면 돌로 쌓았을 때보다 튼튼한 성을 만들 수 있다고 주장한다. 청나라 수레의 폭이 통일되어 있는 것도 연암이 보기에는 부러운 점이다. 같은 폭의 수레를 사용하니 지역마다 호환이 가능하고 용도가 다른 수레를 함께 쓸 수 있어 재화의 활발한 유통이 가능하다는 것이다. 수레의 폭이 통일되면 길의 폭도 자연히 통일될 수 있다고 한다.

연암은 보고 느낀 것을 전달하는 데서 만족하지 않는다. 본격적으로 들려주고 싶은 내용을 이야기로 짓기도 한다. 「호질(虎叱)」, 「허생전」, 「상기(象記)」 등은 메시지가 강하게 담겨 있는 글들로 『열하일기』 안에 묶여 있다. 『열하일기』는 전반적으로는 기행문이라는 형식을 취하고 있지만 목적에 맞게 다양한 형식의 글을 창작해 싣고 있다.

모든 기행문이 『열하일기』처럼 다양한 영역에 관심을 보이는 것은 아니다. 특별한 목적에 집중한 기행문이라면 보다 상세한 정보를 담아 낼 수 있다. 유홍준의 『나의 문화유산 답사기』는 우리 문화에 대한 경이와 자부심으로 가득한 책이다. 필자가 그 방면의 전문가이기 때문에 일반인들이 스쳐 지나갈 수 있는 사실들에서도 깊은 의미를 발견하고 그것을 전달해 준다. 묵묵히 문화를 지키기 위해 노력하는 사람들에 대한 존경과 잘못된 행정에 대한 비판이 담겨있기도 하다.

주제를 다루는 방법

근대문학은 탐구와 성찰을 통해 개인과 그가 속한 세계를 다룬다. 속물근성에 대한 비판은 그중 자주 등장하는 주제이다. 공통된 이념을 찾지 못하고 물질주의에 빠져든 근대인들은 속물이 되기 쉽고, 그런 점에서 속물근성은 자본주의의 성격을 상징적으로 보여준다.

성찰과 탐구를 통해 근대문학이 궁극적으로 지향하는 바는 현실에 대한 비판적 인식이다. 문학은 안과 밖, 처음과 시작을 살피고 그 안에 존재하는 부정적 요소, 억압적 요소를 발견하기 위해 노력한다. 성찰을 통해서든 탐구를 통해서든 궁극적으로 알고 싶은 것은 무엇이 건강한 인간의 삶을 방해하는가이다. 문학은 타자의 고민을 독서를 통해 전유하는 양식이기 때문에 독자는 궁극적으로 작품 속에 펼쳐진 경험을 통해 자신의 삶을 돌아보게 된다. 그 경험의 내용은 행복과는 거리가 먼 경우가 대부분이다.

결국 문학을 통해 우리는 무언가를 만들어 내는 것이 아니라 무언가를 부정하게 된다. 긍정적으로 보이는 것들이 가진 이면의 부정적인 면을 들추어내고 다수가 인정하는 진리를 소수의 눈으로 뒤집어보는 일이 문학에서는 흔하다. 공감을 통한 위안을 거부하고 익숙한 것을 낯설게 만들기도 한다. 이는 단지 문학이 문학을 위한 놀이를 하고 있는 것이 아니다. 우리를 억압하는 세계의 모습을 제대로 드러내기 위해서이다.

진리는 상대적이어서 모두에게 옳은 일이란 세상에 존재하지 않는다. 새롭게 등장한 어떤 것도 그것이 신화가 된 순간에는 전체주의적 성격을 띠게 된다. 위안은 현실 순응을 낳아 억압을 상시화 할 위험을 가지고 있다. 이러한 변화와 경계를 어떻게 구분해야 하는 지를 일상에서 알아내기란 쉽지 않다. 문학도 그 지침을 제공해주지는 못한다. 완벽하고 새로운 대안을 만들어내는 일은 문학의 몫이 아니다. 그렇다고 문학이 할 수 있는 일이 없지는 않다. 삶의 부정적인 면을 들추고, 그렇게 들추는 일을 업으로 삼는 영역이 우리 사회에 있음을 만천하에 공표하는 일 정도는 할 수 있다. 가시적인 결과를 얻고 못얻고는 다른 차원의 문제이다.

주제 主題theme

다시 말하면 저는 사유재산이 완전히 폐지되기 전에는, 공정한 재화의 분배나 만족스러운 인간 생활 조직이 결코 달성될 수 없다고 절대적으로 확신하고 있습니다. 사유재산이 존재하는 한 대다수의, 아니 절대다수의 인류가 불가피하게 빈곤과 고난과 근심이라는 무거운 짐 아래에서 계속 고통을 겪을 것입니다. 저는 그 짐을 줄일 수 없다고는 말하지 않겠습니다. 하지만 그들의 어깨에서 결코 그 짐을 내려놓지는 못할 것입니다.

(토마스 모어, 『유토피아』)

자본주의와 물화

앞 장에서 우리는 근대문학은 자아 성찰과 세계에 대한 탐구를 통해 주제를 드러낸다고 했다. 이때 성찰과 탐구의 주체이자 기준은 개인이다. 사고와 행동의 판단 기준은 개인에게 있고, 개인에게는 타인의 기준에 의해 침해 받지 않을 자유가 주어져 있다. 비록 굶어 죽을 권리를 포함하기는 하지만 근대의 개인은 아무 것에도 구속될 필요가 없다. 이러한 권리는 경제외적 강제에서 인간이 풀려난 역사적 새 국면에서 비롯된다. 아무 것에도 구속되지 않을 자유를 선물해준 자본주의는 시간이 지나면서 인간의 삶을 구속하는 가장 강력한 체제가 되었다.

자본주의는 상품이 지배하는 사회이다. 상품이 지배하는 사회에서 모든 가치는 교환으로 의미를 갖게 되는데, 상품의 지배는 인격마저 상품으로 만들어 버리는 물화를 낳는다. 물화는 루카치의 고전적 분석에 의하면 "사람들 사이의 관계가 물건 같은 성격"을 띠는 것을 말한다. 그 자체로는 물건의 속성을 가지고 있지 않은 어떤 것이 물건 같은 것으로 여겨지는 과정이다. 물화에 대해서 다음의 글은 참조할 만하다.

루카치는 자본주의 사회의 성립과 함께 상호주관적 행위의 지배적 형식이 된 상품교환의 확장이 물화의 지속과 확산의 사회적 원인이라고 여긴다. 주체들이 다른 사람들과의 관계를 우선적으로 등가물의 교환을 통해 조절하기 시작하자마자, 그들은 자신들의 환경세계와 물화하는 관계를 맺도록 강제된다는 것이다. 주체들은 이제 주어진 상황의 구성요소들을, 그것들이 자신들에게 어떤 이익을 가져올 것인가 하는 자기중심적 손익계산의 관점에서 인지하는 것을 더 이상 피할 수 없기 때문이다. 이렇게 강제된 관점 전환은 다양한 방향으로 영향을 미치는데, 루카치에 따르면 그 방향의 다양함만큼 많은 수의 물화 형식이 생겨난다. 상품교환의 주체들은 ①눈앞의 대상들을 잠재적으로 이익을 가져올 수 있는 '물건'으로만 지각하도록, ②자신들의 상대편을 이익을 가져올 거래의 '객체'로만 여기도록, ③결국에는 자신들의 능력을 가치증식의 기회 계산에서 추가적인 '자원'으로만 고려하도록 서로에게 요구한다.[27]

상품이 등가의 가치로 교환되듯이 인간들 사이의 관계도 등가의 교환을 통해 유지되고 조절된다. 상품을 교환할 때 손익계산이 필요하듯이, 인간과 인간의 관계에서 손익계산을 따지는 일도 자연스러운 것이 되고 만다. 그 영향은 대상과 주체 모두에게 작용하는데, 자기 외의 모든 것들은 수단이나 대상 이상의 것이 되지 못한다. 대상에 대한 다양한 가치 판단을 포기하고 획일화된 기준을 적용하게 된다. 자신에 대해서도 마찬가지 기준이 적용되는데, 자신의 능력 역시 하나의 자산으로 여기게 되고, 대상과의 교환 가치를 높이기 위한 수단으

27) 악셀 호네트, 『물화』, 나남, 2006, 26쪽.

로 인식하기에 이른다.

노동의 소외는 물화 과정에서 인간에게 가장 큰 영향을 미쳤다. 생산을 통해 만들어진 상품이 생산자를 지우는 것이 소외의 시작이다. 노동과정의 도정을 통해 "노동자의 인간적·개성적·질적 속성들의 배제가 갈수록 도를 더해 왔다는 사실이 뚜렷이 부각된다."[28] 노동자가 상품에서 소외되는 과정은 상품에 의해 노동자가 대상화되는 과정이라 볼 수 있다. 생산 과정에서 노동은 물질 자본과 전혀 다른 것이 아니고, 생산되는 상품에 의해 판단될 수 있는 재료일 뿐이다. 사람과 사람의 관계가 자본과 노동의 관계가 되고 자본에게 노동은 하나의 사물이 된다.

이런 과정을 논리적으로 설명하는 것이 피부에 와 닿지 않을 수 있다. 그러나 인간을 평가하는 기준이 사물을 평가하는 기준과 크게 다르지 않다는 사실은 현실 곳곳에서 발견할 수 있다. 인간들은 직업이나 재산 그리고 이후의 재산으로 바뀔 가능성이 있는 다른 형식의 자본으로 평가된다. 학력이라든지 예술적 재능, 외모 등도 일종이 자본이다. 돈 때문에 벌어지는 범죄는 단순히 개인의 윤리 문제로 환원될 수 없다. 언론에서 자주 이야기하는 생명 경시 풍조도 역시 인간이 물화되어가는 현실과 무관하다고 보기 어렵다. 물화는 개인의 문제가 아니라 사회적 차원의 문제이다. 물화된 사회에 적응해야 하는 힘없는 개인이 체제 자체에 저항하는 데는 한계가 있다.

물화는 사회의 기본 단위라 할 수 있는 가족 내에서도 일어난다. 가족 구성원은 그 역할에 의해 규정되는 것이지 인격으로 규정되지 않는다. 통속적인 가족 이야기가 역할을 넘어서는 무조건적인 애정을 통해 감동을 얻는다는 점은 물화된 가족의 현실을 역설적으로 보여준다. 특별한 계기에 의해 인간관계를 회복해 가는 가족은 결국 그 이전

---

28) 게오르그 루카치, 『역사와 계급의식』, 거름, 1986, 159쪽.

까지는 역할만으로, 물화된 사물로 존재했었다는 사실을 보여주는 것에 다름 아니다. 회복이란 가족 사이에서도 인간적인 관계가 새삼스러워졌음을 의미한다.[29]

다음 소설은 부부간의 관계, 또는 개인의 존재가 물화되어가고 있음을 보여준다.

> 그때였다. 그는 서서히 다리 부분이 경직해 오는 것을 느꼈다. 그것은 우연히 느낀 것이었다. 처음에 그는 이 방에서 도망가리라 생각했었기 때문에, 될 수 있는 한 소리를 내지 않고 살금살금 움직이리라고 마음먹고 천천히 몸을 움직이려 했을 때였다. 그러나 그는 다리를 움직일 수가 없었다. 이상한 일이었다. 그래서 그는 손을 내려 다리를 만져 보았는데 다리는 이미 굳어 석고처럼 딱딱하고 감촉이 없었으므로 별 수 없이 손에 힘을 주어 기어서라도 스위치 있는 쪽으로 가리라고 결심했다. 그는 손을 뻗쳐 무거워진 다리, 그리고 더욱더 굳어져 오는 다리를 끌고 스위치 있는 곳까지 가려고 안간힘을 썼다. 그러나 그는 채 못 미쳐 이미 온몸이 굳어 오는 것을 발견하였다. 그래서 그는 숫제 체념해 버렸다. 참 이상한 일이라고 생각하면서 그는 조용히 다리를 모으고 직립하였다. 그는 마치 부활하는 것처럼 보였다.[30]

'그'는 출장에서 돌아오지만 방에는 아무도 없고, 집을 비운다는 아내의 오래된 편지가 밥상위에 얹어져 있을 뿐이다. 방안에서 혼자 시간을 보내던 '그'는 아내의 흔적을 찾기 위해 노력한다. 먼 출장에서 돌아온 외로움을 달래보려 하지만, 주변은 모두 그에게 등을 돌리고 있다. 그렇게 시간을 보내던 '그'는 자신이 사물이 되는 느낌을 받는다.

29) 한때 인기 있었던 김정현의 소설 『아버지』의 감동에서 그 역설을 볼 수 있다. 이 소설의 가족들은 아버지를 가정을 위해 돈을 벌어다 주는 사람 이상으로 생각하지 않는다.
30) 최인호, 「타인의 방」, 『한국소설문학대계』58, 동아출판사, 1995, 62쪽.

위의 예문은 주인공의 몸이 굳어져 새로운 사물로 태어나는 장면이다. 이어지는 장면은 아내가 집으로 돌아와 남편을 닮은 사물을 보고 익숙한 물건임을 알고 한참을 가지고 놀다가 이내 싫증을 내고 다시 외출하는 것으로 되어 있다. 남편이었던 '그 물건은 그녀가 매우 좋아했던 것'으로 표현된다. 그 물건에 대해 아내는 '며칠 동안은 먼지도 털고 좀 뭣하긴 하지만 키스도 하긴 했'지만 이내 싫증을 느끼고 '다락 잡동사니 속에 처넣어 버'린다.

이 소설이 발표된 해는 1971년이다. 제목 「타인의 방」은 문을 열고 바로 방으로 들어설 수 있는 집인 아파트를 상징하거나, 벽과 벽으로 막힌 공간을 비유하는 말이다. 지금의 상식으로는 '타인의 집'이 맞지만 사람들 사이의 소외와 물화를 드러내기 위해 작가는 제목을 '방'이라고 했다. 서로 익숙하지만 그런 만큼 서로에 대해 잘 알고 있지는 못한 부부의 관계를 드러내고자 한 의도로 보인다. 이웃과의 관계도 재미있게 그려지는데, 첫 장면에서 '그'는 열쇠가 있지만 아내가 열어주는 문으로 들어가기 위해 초인종을 계속 누른다. 그 소리를 듣고 옆집 아저씨가 나오는데, 옆집 아저씨는 삼년을 살면서 '그'의 얼굴을 못 본 것을 근거로 '그'를 침입자 정도로 생각한다. 잠시 다툼을 벌이다 '그'는 열쇠로 문을 열고 들어온다. 가족만이 아니라 이웃과도 '벽'이 존재함을 보여준다.

문학에서 물화는 선과 악을 나누는 기준이 되기도 한다. 특히 악을 상징하는 인물들은 하나같이 물화된 인물들이다. 이들의 악은 구체적으로 '돈'에 대한 욕망으로 표현되곤 한다. 이에 비해 선을 대표하는 인물들은 물화와 거리를 두고 있다. 사회적 성공이 문학에서 긍정적으로 다루어지지 않는 이유 역시 성공이 자주 물화와 연관되기 때문이다. 성공과 거리를 두거나 실패한 인물들에 대해 관심을 갖는 이유도 같은 맥락에 있다.

허위의식과 속물근성

윤리의 영역으로 초점을 맞추어 생각해보면 근대의 개인은 집단이 동의할 수 있는 도덕 기준을 가지고 있지 않다. 모든 사람이 자신만의 윤리 기준을 가지고 있다고 해도 지나친 말이 아니다. 그것이 타인에게 해가 되지 않는 한에서는 모든 것이 허용된다. 제도의 측면에서 이야기하자면 법을 어기지 않으면 개인에게는 무한한 자유가 주어진다. 또, 도덕을 어기는 개인은 지탄의 대상은 될지언정 처벌의 대상이 되지는 않는다. 도덕의 영역도 법의 기준에 의해 판단되기 때문이다. 매우 당연해 보이는 이러한 윤리관은 과거와 비교해 볼 때 완전히 새로운 것이다. 서양에서 천년 동안 지속되던 종교의 영향력은 불과 몇 백년 전에 무너졌다. 우리나라 역시 유교라는 지배적 이념이 사회 통합에 절대적으로 기여했고, 근대화 이후까지도 큰 영향력을 행사해 왔다.

구체적으로 과거의 문학을 살펴보면 근대 도덕의 '차별성'이 분명해진다. 앞 장에서 살펴 본 판소리계 소설의 인물들을 예로 들어보자. 『춘향전』, 『심청전』, 『흥부전』의 주요 인물들은 철저하게 유교적 도덕 안에서 사고하고 행동한다. 춘향은 부부간의 윤리를 강조하고, 심청은 부녀간의 윤리를 드러내며, 흥부는 형제간의 윤리를 실현한다. 개인이 가진 개성은 시대의 도덕을 결코 넘어설 수 없고 그를 지키지 않는 인물은 부정적으로 그려진다. 변학도는 학정 뿐 아니라 지아비 있는 여인을 농락하려 하였기에 악인이 되며, 뺑덕 어미는 부부간의 도리를 다하지 못한 인물이고, 놀부는 형제의 도리를 다하지 않아 벌을 받는다.

시조라는 시가(詩歌) 양식이 갖는 특성 역시 시대의 윤리와 연관지어 생각할 수 있다. 형식이 갖는 안정성을 차치하더라도 시조의 주제는 대부분 자연예찬과 유교 도덕의 강조였다. 시조의 절정을 보여주는 윤선도나 정철의 작품은 전원생활의 평화로움을 배경으로 하고 있으며, 퇴계와 같은 학자들의 시조는 시대의 이상을 표현하고 있다. 사대부가 이상으로 여기는 삶은 자연과 함께 향리에서 학문을 하거나 임금의 부름을 받아 백성을 다스림에 자기 역량을 다하는 데 있었다.

조선 후기 문학에서 높이 평가되는 작품들 중에는 이러한 시대적 윤리에서 벗어나려는 시도가 많았다. 사설시조와 박지원의 작품이 대표적이라 할 수 있다. 사설시조는 내용의 제약을 극복하기 위해 형식의 파괴를 시도한 우리 문학사의 특별한 양식으로 기록된다. 안정된 삶을 안정된 형식 속에 담는 것이 시조의 특징이었다면 사설시조는 한결 자유로워진 내용을 조금 자유로워진 형식을 통해 표현하려 했던 셈이다. 율격을 파괴하고 행의 길이가 길어지면서 담고자 하는 내용도 풍부해질 수 있었다.

박지원의 소설은 중세 도덕의 허위의식을 통렬히 비판한다. 「허생전」의 허생은 양반으로 글 읽기를 버리고 장삿길에 나선다. 매점매석을 통해 조선 경제의 협소함을 비판하고, 도적들을 데리고 공동체를 건설하여 경제 정책의 실패를 지적한다. 이완 대장과의 논쟁을 통해 북벌이라는 이데올로기의 허구성을 밝히기도 한다. 이밖에도 박지원은 「호질」, 「양반전」 등의 작품을 통해 낡은 도덕을 비판하였다. 이 소설에서 비판하는 인물들은 현실과 맞지 않는 낡은 도덕으로 실제와 어울리지 않는 허세를 부리는 자들이다.

허위의식은 양반에 국한된 문제가 아니다. 허위의식에 비겁함과 비루함이 더해진 속물근성(俗物根性)은 시민으로 상징되는 근대적 개인의 보편적 특징을 지적하기에 가장 적당한 단어이다. 윤리적 허위의식과 물질적 이익에 대한 추구가 속물을 판단하는 중요한 기준이 된다. 속물근성의 보편화는 추구해야 할 가치가 뚜렷이 보이지 않고 물질적 가치가 다른 모든 가치를 압도하게 되는 자본주의 환경과 무관하지 않다. 속물들은 이기적일 뿐 아니라 자신의 이기주의를 인식하지 못하는 자기기만에 빠지기도 한다. 속물은 자신의 논리로는 언제나 정당하지만 물질주의 외의 다른 가치관을 가지고 있지 못한 사람들이다. 다른 가치를 추구한다고 하더라도 그것은 결국 허위로 밝혀지곤 한다.

정신 분열증과 마찬가지로 속물근성도 지극히 자본주의적인 현상이다. 속물들은 물질적 가치 외의 어떤 가치도 인정하거나 추구하지 않는다. 물질적 가치의 추구는 그 자체로 허물이 될 수는 없다. 문제가 되는 것은 물질적 가치를 추구하는 과정에서 비인간적인 모습을 보일 때나, 물질적 가치 이외의 다른 것에는 일말의 의미도 두지 않을 때이다. 정당한 교환을 통한 가치의 획득인지 부당한 방법을 동원한 가치의 획득인지도 문제가 되곤 한다. 겉과 속이 다른 태도, 온당한 가치 이상을 획득하기 위해 상대방을 부당하게 공격하는 행위 등도 속물들의 특성이다.

따라서 속물은 근대문학에서 비판적으로 다루는 대상이 될 수밖에 없다. 물질적 가치와 동격이라 할 수 있는 권력이나 사회적 명성을 추구하는 인물들도 마찬가지로 비판의 대상이다. 그것이 이름과 실제가 어긋나는 허위일 때는 더욱 그러하다.

내 눈으로 직접 보지 않았으니까 잘은 몰라도, 우리 같으면 동사무소만 가도 괜히 주눅이 들어서 쭈뼛쭈뼛할 텐데, 아저씨는 관청의 높은 양반들하고도 야야 하고 지내고, 우리 같으면 버스 간에서 차장하고 사소한 말만 주고받는 데도 얼굴이 빨개지는데, 아저씨는 수천 명의 사람들이 모인 앞에서 민족과 국가에 대하여 강연도 곧잘 한다. 그런가 하면 텔레비전에도 뻔질나게 나오고 신문에 사진과 글이 나오는 것은 예사다. 잡지사 같은 데서도 기자와 카메라맨이 찾아와서 아저씨의 말씀을 열심히 적고 열심히 사진을 찍어 가는 일이 드물지 않다. 오죽하면 어떤 때는 우리 집으로 오는 편지에 주소가 틀린 것은 물론, 아예 번지수를 쓰지 않고 동이름만 적은 것도 아저씨의 이름 석 자만 적혀 있으면 영락없이 배달된다.[31]

그런 말끝에 웃어서는 안 될 텐데 또 예의 그 일 초 간격짜리 웃음을 웃었다. 이런 얘기도 나로서는 이해가 안 간다. 집에 책이야 많지만 아저씨는 거의 책을 손에 드는 일이 없다. 신문도 펄럭펄럭, 후딱후딱 넘기는 바람에 신문 한 장을 다 읽는 데 오 분이 채 안 걸린다. 책은 더군다나 잡는 걸 별로 못 보았다. 아침에 집을 나간다 하면 열한시쯤에나 들어와서 피그르르 잠자리에 들어가는 처지에 어떤 때는 명작소설 한 권을 떼고 잔다고?
아저씨는 왜 그런 엉뚱한 거짓말을 하는 것일까.[32]

최일남의 「너무 큰 나무」는 가정부(식모)로 일하는 서술자가 주인집 가족들의 생활 모습을 풍자하고 있는 소설이다. 주인집 가장인 김 박사는 방송에도 많이 출현하는, 사회적으로 이름이 널리 알려진 '명사'이다. 그의 아내는 하는 일 없이 친구들과 어울리는 유한마담에 가까운 인물이다. 아이들 셋은 모두 과외 등 일상에 치어 살아가고 있다. 이들은 모두 서술자에 의해 풍자의 대상이 되는데, 초점은 김 박사에게 맞추어져 있다.

위 예문은 주인집 아저씨에 대한 세간의 평을 장황하게 늘어놓는 부분이고, 아래 예문은 김 박사가 방송에서 말한 내용과 실제 집에서의 생활이 어긋나는 것에 대해 의문을 제기하는 부분이다. '민족과 국가에 대하여 강연도 곧잘' 하는 아저씨의 모습이 밖으로 드러난 것이

---

31) 최일남, 「너무 큰 나무」, 『한국소설문학대계』 41, 동아출판사, 1995, 89쪽.
32) 같은 글, 95쪽.

라면, 책이라고는 거들떠보지도 않으면서 독서에 관한 인터뷰를 뻔뻔하게 하는 아저씨의 모습이 집에서 확인할 수 있는 모습이다. 이런 '엉뚱한 거짓말'은 그의 생활 전반에 걸쳐 있다. 먼 곳에서 보기에는 그럴듯해 보이지만 실제 가까운 곳에서 관찰한 김 박사의 모습은 소박한 보통 사람 이하에 지나지 않는다.

이런 모순을 서술자는 끝까지 의문으로 남겨 두고, 실마리가 될 상황만을 보여준다. 집에서 아내에게 잡혀 사는 김 박사는 명절이나 행사 때가 되면 높은 사람들에게 인사 다니기에 바쁘다. 독자들은 이런 행차가 그를 '명사'로 만들어주고 그가 이름을 유지하는 데 도움을 주고 있다는 사실을 쉽게 짐작할 수 있다.

서술자가 결정적으로 흥분하게 되는 계기는 고물장수와 김 박사가 다투는 부분에서이다. 대외적으로 비친 모습과 다른 너그럽지 못한 그의 품성이 노골적으로 드러나기 때문이다. 헌책을 팔면서 몇 십 원 때문에 가난한 고물장수와 언쟁을 벌이고 기어이 이익을 얻으려 하는 그의 모습을 서술자는 이해하지 못한다.

위 소설은 허위의식이 극단적으로 표현된 예이지만, 많은 작품에서 허위의식은 타인의 눈에 쉽게 띨 만큼 노골적으로 드러나지는 않는다. 허위의식이 다분히 소시민적인 특성을 갖는 만큼 그것은 과감한 행동보다는 내면에서 벌어지는 갈등으로 표현될 때가 많다. 시기와 질투, 조바심과 불안감 등에 사로잡힌 인물에게서 전형적인 모습을 볼 수 있다.

계몽과 도구적 이성

계몽은 인간을 구속하고 있는 모든 굴레로부터의 해방을 의미한다. 이때 인간을 구속하는 주체는 미개와 미지이다. 미개와 미지를 벗어날 수 있는 인간의 힘은 이성에서 나오는데, 그 이성은 때로 도구적인 성격을 가지고 있어서 인간을 대상화하기도 한다.

도구적 이성은 신화의 세계를 극복하는 계몽의 과정에서 발전하여 왔다. 진보적 사유라는 포괄적 의미에서 계몽은 예로부터 인간에게서 공포를 몰아내고 인간을 주인으로 세운다는 목표를 추구하였다. [33]신화는 계몽의 대상이며 자연은 단순한 객체의 지위로 떨어진다. 인간은 자신의 힘을 증가시키기 위해 이성을 발전시키고 신화를 극복하였다. 그러나 신화를 극복하는 과정에서 인간은 스스로를 소외시키게 되었다. 신화를 극복하는 이성의 총화는 과학인데 과학적인 인간은 사물과 거리를 두고 그것을 다룰 줄 알아야 했다. 과학적 인간에게 사물은 스스로 가치 있는 존재가 아니라 인간의 목적을 위해 필요한 존재가 된다. 앞 장에서 살핀 대로 그것이 고도화되면 인간도 인간에게 하나의 사물이 되고 만다.

도구적 이성은 세계를 합리적으로 설명하고 운영하려 한다. 도구적 이성은 합리적인 체제를 만들어내고 그 체제는 인간을 하나의 부속으로 여기게 만든다. 넓게 보면 근대 자체가 하나의 합리적인 체제를 지향하고 있으며, 그 체제는 개인에 대한 인간적인 고려를 염두에 두지 않는다. 이런 체제 아래서는 조직과 개인이 대립하고, 전체와 개인이 대립하는 현상이 벌어지게 되는데 이때 개인은 항상 조직이나 전체에게 우선권을 주어야 한다. 그러나 알다시피 조직이나 전체는 실체가 존재하지 않는 무형이고 추상에 불과하다. 살아 있는 대상은 오직 인

---

33) 호르크하이머 – 아도르노, 『계몽의 변증법』, 문예출판사, 1995, 23쪽.

주 제   123

간 개인밖에 없기 때문이다. 그러나 인간이 만들어낸 조직은 <u>스스로</u> 생명을 가진 것처럼 높은 위상을 차지하고 개인을 억압한다. 조직과 전체의 이익은 합리화라는 이름으로 정당화되며 그것을 위해 나머지는 도구가 되어야 한다.

계몽은 그것 자체가 문학의 소재가 될 수 있다. 교훈을 목적으로 하거나 성장을 다루고 있는 문학이 여기에 해당한다. 여기서 오래되고 낡은 관념에 대한 공격은 중요한 의미를 갖는다. 근대 계몽기의 문학이 대부분 민족의 계몽을 목표로 삼았던 사실을 우리는 알고 있다. 당시 문학은 문학의 미학적 특징을 논할 여유도 없이 당면한 문제에 반응하는 데 주력하였다. 성장 소설도 계몽의 과정을 보여주는 작품이라 할 수 있다. 주로 사회와의 접촉을 통한 개인의 변화를 다루고 있는 작품을 성장소설이라 이르는데, 이들은 삶을 배워나가는 과정을 다룬다. 현실을 고발하는 리얼리즘 문학에서도 작가와 독자 사이의 관계는 계몽하는 사람과 계몽 받는 사람의 관계라고 볼 수 있다.

여기서 우리가 가장 경계해야 할 것은 거짓 계몽이다. 굳이 이념적인 메시지를 전하지 않더라도 정해진 방향으로 사고를 이끌어가는 것이 계몽의 패턴이라면 통속적인 계몽은 문학을 속되게 만든다. 비현실적인 꿈과 이상을 제시해주는 문학이나 오래된 도덕을 강요하는 문학은 대표적으로 거짓 계몽에 속한다. 오래되었지만 『선택』이나 『시인』이 지향하는 계몽의 내용에는 현재의 가치와 과거의 가치를 혼동하여 역사의 방향을 거꾸로 돌리고자 하는 의지가 분명히 드러난다. 내용만이 아니라 형식도 계몽의 냄새가 짙은데, 소설 안에는 교육하는 자와 교육 받는 자의 자리가 명확히 구분되어 있다.

현실 문제를 낭만적이고 개인적인 차원에서 해결하려는 문학도 계몽의 관점에서는 비난을 받기에 충분하다. 탐구와 성찰이라는 진지한 방법을 사용하기 보다는 현실 안주적인 방법을 선택하는 많은 문학은 의식하든 의식하지 못하든 신화를 만들어낸다. 계몽의 관점은 이것들이 기존의 사고나 질서를 인정하고 그것에 동의하게 만드는 역할을 한다고 믿는다. 텔레비전 드라마나 허리우드 영화가 갖는 부정적 효과를 쉬운 예로 들 수 있다.

계몽은 곧 신화가 되는 것이 역사의 법칙이다. 권력이 그렇고 자본이 그렇고 이성이 그렇다. 근대문학 특히 모더니즘이라는 이름을 걸고 나온 문학은 근대의 신화 즉 이성과 합리성의 신화를 드러내기 위해 노력했다. 현실적 억압의 기원을 근대의 도구적 이성에서 찾고 그것에 대한 폭로를 주제로 삼는 작품이 20세기 초부터 본격적으로 등장하기 시작한다. 그 대표적인 작가로 「변신」, 『성』, 『심판』의 프란츠 카프카를 꼽을 수 있다.

그중 현대사회의 부조리와 조직 속 개인의 허약함을 생각하게 만드는 소설 『심판』의 이야기는 이렇다.

은행 대리인 요제프 K는 자신의 30세 되는 생일날 아침 이유도 모르는 채 낯선 사람들에게 체포된다. 처음에는 장난쯤으로 생각하여 가볍게 받아들였지만 시간이 지나갈수록 일은 심각한 쪽으로 흐른다. 재판 과정에서 요제프는 자신을 변호하려고 하지만 죄목을 모르는 상태에서 구체적인 변호를 할 수도 없다. 자료나 판례가 없는 상태에서 변호사는 기소된 내용을 반박할 수 없고, 기껏 할 수 있는 일은 법원 사람들과 접촉해 인정에 호소하는 일 정도이다. 주변 사람들도 도와주려 하지만 누구 하나 이성적인 해결 방법을 찾지 못하고 개인적인 관계들만을 이용하려 한다. 결국 요제프는 법에 대한 궁금증을 밝히지 못한 채 사형 집행인에 의해 처형당하고 만다.

이처럼 『심판』은 조직에 의한 개인의 통제, 개인이 알 수 없는 보이지 않는 힘의 존재 등 발달된 조직 사회의 문제점을 지적하고 있다. K가 겪은 일은 초법적인 정권이나 미디어에 의해 장악된 사회에서 쉽게 발생할 법한 사건이다. 실제로 우리 역사에서 요제프와 같은 피해자를 발견하는 일이 그렇게 어렵지는 않다. 까닭 없이 어느 날 벌레가 되어 있던 게오르그 잠자(「변신」)나 끝내 성에 들어가지 못하는 K(『성』) 역시 같은 사회를 살고 있는 인물이다. 빅 브라더로 유명한 조지 오웰의 소설 『1984』는 통제된 사회의 위험과 절망을 나타냈다는 점에서 카프카의 문제의식을 어느 정도 이어받은 작품이라고 할 수 있다.

합리화된 사회에 대한 경계와 고발은 정형화된 문학 형식과 다른 낯선 형식을 낳기도 했다. 모더니스트들은 서정소설이나 사실주의 소설, 사실주의 극과 같은 전통 양식은 형식 자체가 계몽의 구조를 가지고 있다고 보고 그와는 다른 형식을 만들고 싶어 했다. 이들의 시에서는 이미지와 이미지의 연쇄를 부자연스럽게 하거나 흐름에 어긋나는 낯선 이미지를 배치하는 시도를 자주 볼 수 있다. 소설에서는 행동 중심의 서사를 거부하고 의식의 흐름이나 기억의 추적으로 서사를 만들어가는 작품들이 대표적인 형식 실험에 속한다.

연극에서는 낯설게 하기를 포함한 서사극의 실험이 대표적인 예라 할 수 있다.

다시 말해 연극 예술은 우선 관객에게 사건 경위의 놀랍고 낯선 점을 알려 주어야 한다. 이것의 까닭은 그렇게 함으로써 그 사건 경위가 누구로부터인가 지배당할 수 있다는 점을 각별히 드러내 보여줄 수 있기 때문이다. 그럼으로써 익숙해져 있어 그냥 지나치기 쉬운 우리 주위의 일들이 인식되는 것이다.[34]

서사극에서 기대하는 것은 동화가 아닌 이화(異化)이다. 서사극은 관

---

34) 브레히트, 「감정 이입에 대한 비판」, 『브레히트연극론』, 한마당, 1990, 23쪽.

객들이 작품 속에 빠져 작품의 논리를 순순히 따르는 것이 아니라 작품과 거리를 두고 자신의 세계를 돌아볼 수 있어야 한다고 주장한다. 이를 동화와 반대되는 개념으로 이화라 설명하는데, 이화는 환영 혹은 신화에 쉽게 빠져들지 않기 위한 방법으로 유용하다. 이들이 보기에 사실주의 연극에서 보여주는 현실은 실제 현실이 아니라 일종의 환영이다. 그럼에도 실제와 같은 느낌을 불러일으킨다. 따라서 사실주의 연극은 실제 현실에 다가가는 길을 열어주기보다 오히려 현실의 모습을 가리게 된다. 서사극은 이화를 통해 관객들이 연극 안의 환상이 아니라 실제 현실을 직시할 수 있다고 제안한다. 위 글에는 사회주의적 맥락이 포함되어 있기도 하다. 브레히트는 "개인의 경제적 상승으로 인하여 그 생산력이 엄청나게 확장된 부상하는 시민계급은 예술 속에 몰입되어 인물과 동감하고자 했다."[35]는 자본주의적 연극을 드러내놓고 비판했다.

계몽정신은 근대시민의 자본주의 승리가 가져온 이성의 승리였다. 이성은 이전의 신화들을 해체하고 인간에게 새 빛을 주었다. 하지만 잊지 말아야 할 점은 모든 계몽은 신화가 될 위험에서 자유롭지 못하다는 사실이다. 근대정신 역시 끊임없이 새로운 신화를 만들어가고 있다. 이는 계몽이 가진 피할 수 없는 딜레마라 할 수 있다.

권력과 문학

보이지 않는 권력이자 억압의 진원이 도구적 이성이라고 했지만 노골적으로 인간을 억압하는 권력도 있다. 전체주의나 자본이 지배하는 사회에서 권력은 소수에게 집중되게 마련이고 소수의 권력은 때로 물리력까지 동원하여 자신의 이익을 관철하려 한다. 문학은 야만이라 부를 수 있는

---

35) 브레히트, 위의 글, 22쪽

이러한 권력에 대한 저항을 주제로 삼는다. 합리적 사회에 아직 이르지 못한 표시이기도 한 이러한 야만을 의외로 많은 곳에서 발견할 수 있다. 이때 문학은 구체적 권력에 대해 말하지 않을 수 없게 된다.

지난 수십 년 간 인류를 억압하는 권력은 전체주의와 자유주의 양 극단에 서 있었다. 산업화가 덜 이루어진 지역에서는 정치적인 문제로 많은 사람이 상하고 자신의 권리를 침탈당해왔다. 폭력을 바탕으로 한 비이성적 통치가 이루어지는 곳이 많았고 지금도 그러한 곳이 사라지지 않았다. 우리나라도 지난 1980년대까지 야만적인 독재 정권의 그늘에서 억눌린 시간을 보냈다.

반대로 산업화가 이루어진 지역에서 문제가 되는 것은 고삐 풀린 듯이 마음대로 날뛰는 자본과 시장경제 지상주의이다. 이들이 표 나게 물리력을 내세우는 경우는 많지 않지만 개인을 억압하는 힘에서는 전체주의 못지않게 강력하다고 할 수 있다. 권력의 안정성 면에서는 군사력이나 제국의 뒷받침에 의지하는 앞의 경우보다 앞선다고 할 수도 있다. 또, 극복하기도 훨씬 어려운 힘이다.

앞서 살핀 도구적 이성에 대한 문학적 대응과 달리 전체주의에 대항하는 문학은 현실을 고발하려는 욕망이 매우 강하다. 부정하는 대상이 분명하기 때문에 현재의 상황을 전달해주고 문제점을 구체적으로 다룬다. 그리고 그 상황 속에서 어떻게 살아갈 것인가를 생각하게 만든다.

신새벽 뒷골목에
네 이름을 쓴다 민주주의여
내 머리는 너를 잊은 지 오래
내 발길은 너를 잊은 지 너무도 너무도 오래
오직 한 가닥 있어
타는 가슴속 목마름의 기억이
네 이름을 남몰래 쓴다 민주주의여

아직 동트지 않은 뒷골목의 어딘가
발자욱 소리 호르락 소리 문 두드리는 소리
외마디 길고 긴 누군가의 비명 소리
신음 소리 통곡 소리 탄식 소리 그 속에 내 가슴팍 속에
깊이깊이 새겨지는 네 이름 위에
네 이름의 외로운 눈부심 위에
살아오는 삶의 아픔
살아오는 저 푸르른 자유의 추억
되살아오는 끌려가던 벗들의 피 묻은 얼굴
떨리는 손 떨리는 가슴
떨리는 치떨리는 노여움으로 나무판자에
백묵으로 서툰 솜씨로
쓴다.

숨죽여 흐느끼며
네 이름을 남몰래 쓴다.
타는 목마름으로
타는 목마름으로
민주주의여 만세.[36]

    잃어버린 민주주의에 대한 그리움을 노래하는 시이다. 화자는 민주주의를 의인화하여 '너'라 부르고 그를 잊은 지 오래라고 말한다. 그러나 화자는 기억 속에만 남아 있는 민주주의라는 이름을 불러낸다. 금지된 것이기에 드러내놓고는 쓰지 못하고 아무도 없는 새벽에 몰래 쓰는 것이다. 둘째 연에서는 민주주의를 잃어버린 우울한 시대의 모습을 표현하고 있다. 동트지 않는 새벽에 들려오는 '외마디 길고 긴 누군가의 비명 소리 /신음 소리 통곡 소리 탄식 소리'는 자유를 추억으로만 기억

36) 김지하, 「타는 목마름으로」, 『타는 목마름으로』, 창작과비평사, 1982, 8-9쪽.

해야 하는 현실의 소리이다. 셋째 연에서 화자는 이름을 남몰래 쓰는 것을 넘어 민주주의 '만세'를 쓴다. 어려움이 커질수록 절실함 역시 커져 가는 상황을 볼 수 있다. 민주주의를 잃어버린 현실의 괴로움이 시 전체에 일관되게 나타나 있다.

이 시의 장점은 화자의 간절한 염원이 감동적으로 표현되었다는 데 있다. 화자의 간절한 마음을 표현하는 데 중요한 역할을 하는 것은 반복이다. '네 이름을 쓴다'에서 '남몰래 쓴다'로 그것이 다시 '치떨리는 노여움으로', '숨죽여 흐느끼며' 네 이름을 쓴다로 반복이 이루어지면서 화자의 의지가 강해지고 있다는 느낌을 준다. '내 머리'와 '내 발길'이 너를 잊었다는 것도 반복이고 백묵으로 서툴게 써나가는 민주주의라는 글을 '떨리는 손 떨리는 가슴', '떨리는 치떨리는 노여움으로' 쓴 것도 역시 반복이다. '네 이름을 남몰래 쓴다'가 앞과 뒤에 배치되어 있고, '타는 목마름으로' 역시 반복된다.

「타는 목마름으로」의 주제는 민주주의와 자유를 잃은 현실이 주는 아픔과 그럴수록 강해지는 그것들에 대한 회복 열망이다. 가장 어둡다고 할 수 있는 새벽을 시간적 배경으로 설정한 이유도 밝아올 아침의 '눈부심'을 강조하기 위함처럼 보인다. 인간의 기본적인 권리조차 침해받고 있는 현실이 분명히 존재한다면, 그러한 현실을 가감 없이 드러내는 것이 어떤 방법보다 강한 현실 부정의 길이라고 할 수 있다.

권위주의 혹은 전체주의화한 사회를 비판하기 위해 언제나 심각한 목소리가 필요한 것은 아니다. 실제 인물이 겪는 현실은 매우 절망적이지만, 그것을 절망 이상의 목소리로 들려주는 작품이 더 감동적일 수 있다. 이런 작품은 억압 자체를 비판하는 것은 물론이고 그 속에서도 사라지지 않은 긍정적 인간성을 보여주곤 한다.

솔제니친의 『이반 데니소비치 수용소의 하루』[37]는 좋은 예가 된다. 이

---

37) 솔제니친, 『이반 데니소비치 수용소의 하루』, 민음사, 1998.

소설은 제2차 세계 대전에 참전했다 간첩으로 오해 받아 10년형을 선고 받고 수용소에 복역 중인 이반 데니소비치 슈호프의 하루를 유머러스하고 담담한 필치로 다룬 작품이다. 그는 배운 것이 많지 않은 단순한 성격의 인물이다. 그래서 수용소의 비인간적 처우에 대해 맞서지도 않으며 탈출 같은 것은 꿈도 꾸지 않는다. 그는 다만 지금보다 더 나빠지지 않는 상황 속에서 무사하게 10년을 채우는 것만을 바란다. 부지런히 움직여 남보다 조금 더 편한 수용소 생활을 하려고 노력하기도 한다. 그는 하루를 바쁘게 살아가며 더 악화되지 않는 나날의 삶을 행복이라고 여긴다. 이 소설에서는 수용소에 갇힌 죄수의 생활이라는 비극적 측면보다는 정해진 상황 속에서 안온함을 추구하는 주인공의 인간적 면모가 강조된다. 그러나 수용소의 비인간적인 상황은 인물들의 건강한 모습과 대비되어 더 부정적으로 느껴지게 된다.

식민지 시대, 군사독재 시대를 거치면서 사회적 억압에 대한 문학의 저항은 하나의 당위로 여겨져 왔다. 정치적 발언이 원천적으로 금지된 상태에서 문학은 간접적으로 나마 현실을 비판하는 역할을 담당할 수밖에 없었다. 민족문학, 민중문학, 노동문학이 모두 이러한 저항의 성격을 가지고 있었다. 물론 현실에 대한 문학의 저항이 우리 문학만의 특성은 아니다. 비서구권 문학에서는 보편적으로 나타나는 현상이며 문학이 가진 본래의 성격에 부합하는 면이기도 하다.

존재의 아이러니

앞서 우리는 물화와 속물에 대한 비판, 그 이전에 야만적 권력에 대한 비판이 근대 문학의 중요한 주제라고 했다. 우리가 근대가 가진 이러한 부정성을 알고 있다고 해도 거기서 달아날 수 없는 것이 또한 현실이다. 인간은 결국 자신이 처한 상황에 모두 안주할 수밖에 없는지도 모른다. 그렇다고 해도 개인이 할 수 있는 일은 현재의 자신을 돌아보고 끊임없이 부정하려는 정신을 가지는 것 뿐이다. 부정의 정신은 현실을 지배하는 이데올로기로부터 자신을 지키는 길을 열어준다.

영화(映畵)가 시작하기 전에 우리는
일제히 일어나 애국가를 경청한다
삼천리 화려 강산의
을숙도에서 일정한 군(群)을 이루며
갈대숲을 이륙하는 흰 새떼들이
자기들끼리 끼룩거리면서
자기들끼리 낄낄대면서
일렬 이열 삼렬 횡대로 자기들의 세상을
이 세상에서 떼어 메고
이 세상 밖 어디론가 날아간다
우리도 우리들끼리
낄낄대면서
깔쭉대면서
우리의 대열을 이루며
한 세상 떼어 메고
이 세상 밖 어디론가 날아갔으면
하는데 대한 사람 대한으로
길이 보전하세로
각자 자기 자리에 앉는다
주저앉는다[38]

　　지금은 달라졌지만 예전에는 극장에서 영화를 보기 위해 치러야 하

---

38) 황지우, 「새들도 세상을 뜨는구나」, 『새들도 세상을 뜨는구나』, 문학과지성사, 1983, 37쪽.

는 몇가지 절차가 있었다. 영화가 시작되기 전 스크린에는 커다란 태극기가 올라오고 극장 안에는 애국가가 울려 퍼졌다. 영화를 보기 위해 극장에 들어선 사람은 모두 일어나 경건한 자세로 화면을 바라보며 일 분 동안 서 있어야 했다. 만약 애국가가 흘러나오는 시간에 의자에 앉아 있기라도 한다면 주변 사람들의 따가운 시선과 험한 말을 감수해야 했다. 애국가가 끝난 후에는 '대한늬우스'를 또 들어야 했다. 대통령의 동정과 국정 홍보로 이루어진 '대한늬우스'는 영화를 기다리는 흥분되고 즐거운 관객의 마음을 지루함과 피곤함으로 바꾸어놓곤 하였다. 일부 극장이 아니라 모든 극장에서 이루어진 일이기에 대부분의 사람들은 이 터무니없는 시간을 당연하게 받아들였다.

위 시는 애국가가 흘러나오는 일 분 동안의 풍경을 보여준다. 애국가가 흘러나오는 극장의 풍경과 화면을 보면서 스쳐간 화자의 생각들이 적절히 섞여 있다. '일제히' 일어나 애국가를 '경청'하는 우리의 모습은 풍자적으로 느껴지는데, 군대도 아닌 극장에서 일제히 일어나는 모습이나 원해서 듣는 사람이 아무도 없으면서도 캄캄한 공간에 갇혀 어쩔 수 없이 애국가를 '경청'할 수밖에 없는 상황이 쓴웃음을 자아내게 한다. 스크린에서는 애국가가 마무리되어 가는지 을숙도의 새떼들이 하늘로 날아오른다. 이 모습도 극장안의 우리들 모습과 비교되어 '일정한' 무리를 이루어 '이륙'하는 것처럼 보인다.

화자의 상념은 이륙하는 새떼들로부터 시작된다. 화자에게는 새들이 무리를 이루어 이륙하는 모습이 단순한 이동이 아니라 자신들의 세상을 떼어 매고 자신들만의 세상을 향해 날아가는 것으로 보인다. 이는 화자가 자신의 세상에 만족하고 적응해가는 모습과 대조를 이룬다. '우리'도 새들처럼 세상 밖으로 나갔으면 하는 욕망을 드러내는 부분에서 이러한 사실을 알 수 있다. 그것도 새들처럼 '낄낄대면서 /깔쭉대면서' 세상을 조롱하는 듯이 날아가고 싶은 욕망이다.

이 시 감상의 묘미는 이러한 상념을 매우 짧은 시간에 마치고 결국 자신의 자리로 돌아가는 화자의 모습을 상상하는 데 있다. '이 세상 밖 어디로 날아갔으면' 하는 바람은 을숙도의 새가 날아가는 짧은 순간 유지되다 곧 좌절되고 만다. 실제로 애국가가 끝나면 관객들은 모두 자리에 앉게 되는데, 자리에 앉는 모습을 화자는 '주저앉는다'고 표현했다. 앉는다는 의미를 상하 운동만이 아닌 바람의 좌절 혹은 포기와 연관시키고 있는 것이다. 공교롭게도 애국가의 마지막 가사인 '길이 보전하세'는 이륙의 꿈을 접고 현실을 수용하는 화자의 정신 자세와도 이어진다. 말하자면 이 시는 '일제히'로 상징되는 현실의 모습을 보여주고 그곳에서 벗어나고 싶은 화자의 의지를 나타내지만 그러한 의지가 현실화되기는 어려운 일이라는 것도 보여준다. 잠시의 상념을 뒤로 하고 자기 자리에 주저 앉고 마는 화자의 나약한 의지까지 함께 드러낸다. 독자들로 하여금 현실적 부정의 대상과 부정의 의지 그리고 그것이 실현되기 어려운 현실까지 생각하게 하는 시이다.

최시한의 소설 「허생전을 배우는 시간」[39]은 많은 사람들이 받아들이는 이념이 실제는 허구일 수도 있다는 사실을 교실과 교실 밖의 현실을 교차하는 방법으로 보여주는 작품이다.

이 소설은 고등학생인 '나'의 일기 형식으로 되어 있다. 글쓰기를 좋아하는 학생인 '나'는 입시 체제로 학생들을 몰아가는 학교를 못마땅하게 생각한다. 말을 더듬고 몸이 약해 학생들에게 놀림감이 되는 윤수를 이해하고 돕기도 한다. 소설은 '허생전'을 배우면서 벌어지는 국어시간의 풍경과 '왜냐'는 질문을 좋아하는 국어선생님의 신상이 이야기의 중심을 이룬다. 학생들은 전교조에 가입한 왜냐 선생님을 두고 논쟁을 벌이는데, 어떤 학생들은 자신의 생각이 아닌 어른들의 생각을 앵무새처럼 되풀이해 말한다. 왜냐 선생님을 좋아하는 '나'

---

39) 최시한, 「허생전을 배우는 시간」, 『모두 아름다운 아이들』, 문학과지성사, 1996.

는 적극적으로 나서서 선생님을 옹호하지 못하는 자신을 부끄럽게 생각한다. 왜냐 선생님은 기관원에게 감시를 당하고 결국 학교에 출근하지 못하게 된다. 자습을 하던 '나'는 운동장에서 왜냐 선생님을 옹호하는 종이쪽지를 들고 무언의 시위를 하다가 땅바닥에 누워버리는 윤수를 발견하고 윤수를 향하여 뛰어나간다. 똑똑한 척 말들만 많았던 학생들이 아닌 어눌해 보이던 윤수만이 용기를 발휘하여 행동할 수 있었다는 점이 '나'에게 자극을 주었을 것이다. 윤수의 행동은 국어시간에 왜냐 선생님의 허생전에서 배운 교훈과도 통한다. 왜냐 선생님은 허생은 당시 사회의 모순과 지배 계급의 위선을 철저하게 인식하고 있었고, 날카로운 공격도 서슴지 않았지만 결국 행동하는 데는 소극적인 지식인의 한계를 가지고 있었다고 지적했다. 허생전을 제대로 배운 아이는 윤수 밖에 없었던 셈이다.

왜냐 선생님을 두고 현실에서 벌어지는 사건은 현실에 대해 질문하고 문제를 해결해 나가려는 사람들과 고정관념과 낡은 이념으로 현재를 어떻게든 유지하려는 보수적인 세상과의 갈등을 상징적으로 보여준다. 이는 문제의 본질적인 해결에 대해서는 애써 눈을 감는 위선자들과 문제를 해결해 가려는 용감한 소수자의 대결이라고 볼 수도 있다. 이 소설은 소수자의 승리를 보여주지는 않지만 위선과 진실 사이에 놓인 여러 사람의 모습을 보여준다. 이 소설은 모두가 용감한 투사가 되라거나 그런 사람만이 중요하다고 주장하지 않는다. 그러나 부정을 인식하고 그것을 해결하려고 애쓰는 마음을 갖는 것, 그것이 왜냐 선생님이 학생들에게 지속적으로 질문을 던지는 이유였다고 말한다. 이는 우리가 살아가야 하는 방향이고, 문학이 세상을 위해 할 수 있는 일이다.

역사 歷史 history

문학과 역사

인문학은 인간의 정신 활동과 관계된 제반 영역을 그 대상으로 삼는
데 세부 영역으로 철학, 역사, 종교, 인류학, 심리학, 문학 등을 포함한
다. 즉, 인간이 생산해낸 문화나 인간의 형이상학적 특징을 주요 연구
대상으로 삼는 학문이다. 이는 사회과학이 세계의 움직임과 그 작동
원리에 관심을 가지고, 자연과학이 자연의 성질을 탐구하는 것과 구
분된다. 사회학이나 경제학, 정치학이 사회과학을 대표한다면 물리학,
화학, 생물학은 자연과학을 대표하는 학문이다.

　인문학의 세부 영역들은 엄격히 분리되지 않아 서로 겹치기도 하고
연결되기도 한다. 역사와 철학, 문학과 심리학, 종교와 인류학은 같은
현상을 다루거나 상대 영역에서 도움을 받는 경우가 많다. 인류학과
역사, 종교와 심리학은 더욱 가까워 보인다. 문학 역시 다른 영역들과
관계를 맺고 있기는 마찬가지이다. 문학과 역사 그리고 철학은 인접
정도가 강해서 오래 전부터 당연히 함께 공부해야 할 학문 영역으로

여겨졌다. 대부분의 인문대학이 문사철(文史哲) 세 학과를 중심으로 구성되어 있는 것도 이러한 이유 때문이다.

그런데 문학이 다른 영역과 관계 맺는 방식은 조금 특별하다. 문학 안에 역사, 철학, 심리학이나 인류학을 포함하는 것은 물론이고, 각 영역은 그것 자체로 문학이 되기도 한다. 문학이라는 영역이 특별히 정해져 있지 않기에 정서적 반응을 일으키는 글은 평가 여하에 따라 모두 '문학적'이 될 수 있다. 니체의 『차라투스트라는 이렇게 말했다』는 철학이며 동시에 문학이다. 『대화』를 비롯한 플라톤의 저작들 역시 철학이며 문학이다. 『사기』에 등장하는 수많은 전(傳)은 독립된 문학으로 보기에 손색이 없다. 종교의 경전은 문학적 상징으로 가득한 알레고리이다.

역사와 문학의 관계는 문학이 다른 영역과 맺는 관계에 비해 더 긴밀하다. 특히 근대문학은 개인이 처한 역사적 현실을 중심 주제로 하기 때문에 다양한 방식으로 역사를 수용한다. 이는 역사소설이나 서사시처럼 역사를 소재로 사용하는 문학에 한정되는 문제가 아니다.

근대문학은 탄생에서부터 시대의 '기록'임을 자임했다. 역사가 기록하는 먼 과거를 다루는 경향과 함께 현재의 모습을 '사실적으로' 담아내려는 시도가 문학의 주류를 이루었다. 비록 개인이 문학의 중심에 놓이게 되었지만 개인이 처한 환경이 갖는 시대적 성격까지 사라진 것은 아니다. 또, 어떤 현실이든 지나고 나면 역사가 된다.

문학과 역사는 다양한 층의 관계를 유지하고 있으므로 이를 몇 가지로 나누어 살펴보려 한다. 현재의 기록으로서의 문학 또는 현실에 대한 발언으로서의 역사를 하나로 하고, 역사를 소재로 한 문학을 다른 하나로 분류한다. 그 안에서의 분류도 가능할 것이라 생각하여 그것을 다시 둘로 나누어 살펴보려 한다.

사회 탐구의 기록

군이 현실 참여라는 말을 사용하지 않더라도 문학은 현실을 떠나서는 존재 의미를 찾을 수 없다. 집단이 겪고 있는 문제를 다루든 개인의 독특한 체험을 다루든 결국 문학이 뿌리를 내리고 있으며, 표현해야 하는 대상은 작가나 시인이 기반하고 있는 현실이다. 작품에 나타난 주제는 다양할 수 있으나 그 주제는 현실과의 관계 아래에서 생성된다. 현실 이상을 이야기하고자 하는 낭만주의는 현실의 부정과 전복이라는 시대정신으로 귀결될 수 있으며, 초현실주의는 현실 이상을 시도한다는 의미에서 현실 위에 기반하고 있다. 각종 포스트 이론들역시 현실의 변화나 현실을 새롭게 설명하는 제반 학문의 변화와 무관하지 않다.

그러나 원칙적인 차원에서 말하는 현실과 작품에서 현실을 다룬다고 말할 때의 현실에는 차이가 있다. 작품을 놓고 현실이라는 말을 사용했을 때는 시대적 의미를 가지고 있는 현상이나 특징에 집중하게된다. 근대 문학의 주제라고 할 수 있는 개인과 시대의 갈등, 근대 시민의 특징, 다양한 방식으로 개인을 억압하는 제도 등을 다룰 때 현실이라는 말을 사용하게 된다. 광의의 현실은 모든 문학에 적용할 수 있지만 작품의 특징을 설명하는 데는 좀 더 구체적인 현실적 상황이 제시되어야 한다.

발자크의 연작 『인간희극』은 사회현실의 기록이라는 이름에 가장잘 어울리는 소설이다. 제목에서 알 수 있듯이 이 소설 연작은 다양한 공간에서 살고 있는 다양한 계급의 인물들을 통해 변화하는 프랑스 사회의 모습을 재구성하고자 한 작가의 야심작이다. 모든 작품이번역된 것은 아니지만 『고리오 영감』, 『골짜기의 백합』, 『인생의 첫출발』, 『잃어버린 환상』 등의 소설을 통해 전체의 모습을 짐작해 볼 수 있다. 방대한 양이기 때문에 전공자 일부를 제외하고는 전 작품을 읽은 독자가 없다고까지 알려진 소설이다. 3부로 기획된 작품들은 풍속 연구, 철학적 연구, 분석적 연구로 나뉘어져 있다.

플로베르의『감정교육』역시 1840년대 이후 60년대까지의 프랑스 파리를 배경으로 하여 다양한 인물들의 생활 모습을 보여주고 있다. 프레드릭 모로라는 인물이 중심에 놓이지만 그를 둘러싼 인물들의 성향과 시대를 보는 눈은 당시의 파리를 재구성하고자 하는 작가의 욕심을 짐작하게 한다. 인물 내면의 고민을 드러내기 보다는 인물들의 행동과 그들이 겪는 사건을 작가의 개입 없이 사실적으로 묘사하고 있는 작품이다. 피에르 부르디외의 글『예술의 규칙』에서 자세히 분석하고 있듯이 이 책은 시대의 변화와 인물들의 욕망을 충실하게 보여주는 텍스트이다. 주인공 모로는 파리의 모든 계급의 인사들, 다양한 직업의 사람들, 심지어 다양한 계층의 여자들까지 사귀면서 '감정'의 교육을 받는다.

에밀 졸라의『루공-마카르 가의 사람들』연작은 발자크의『인간희극』연작에 비견될만한 소설로 평가된다. 부제 '제 2제정하의 한 가족의 자연적·사회적 역사'가 말해주듯이 이 연작은 역사학자의 자세로 사회를 탐구한다는 발자크의 의지를 계승하고 있다. 그러나 졸라는 발자크와 달리 서민들을 주인공으로 삼아 그들의 육체와 감각, 본능과 충동, 광기와 신경증 등 인간의 원초적 상황을 주로 다루었다. 발자크, 플로베르, 스탕달 등의 작가들도 시민 사회의 풍속을 다루기는 했지만 평민이나 그 이하의 인물을 작품에 전면으로 내세운 경우는 없었다.

우리 문학사에서는 현실의 모습을 펼치듯 보여주는 소설을 '세태소설'이라 하여 폄하하는 경향이 있었다. 그러나 세태 묘사가 소설의 본질에 가깝다는 점, 세태를 보여주는 데 그치는 작품이라는 평가 자체에 문제가 있다는 점 때문에 최근에는 반론이 만만치 않다. '세태'와 관련하여 박태원의 『천변풍경』과 이기영의 『고향』은 매우 뛰어난 작품으로 평가된다. 두 소설은 서울과 천안의 1930년대 현실을 다루고 있는데, 동일 공간에 살고 있는 다양한 인물들의 모습을 담담하게 묘사해 보여주고 있다. 『천변풍경』은 청계천 변에서 살아가는 수십 명 인물들의 일상과 고민을 스케치하듯 보여주는 독특한 형식을 가진 소설이다. 『고향』은 농민들의 생활 모습을 외부의 시선 개입 없이 소박하게 보여주고 있을 뿐 아니라, 근대화되어가는 조선 반도의 특징을 전형적으로 그려낸 소설로 평가된다.

1970년대는 시대 현실을 기록하는 방법으로 '연작 소설'이 많이 쓰였고, 높은 성취를 이루어 냈다. 대표적인 연작 소설로는 조세희의 『난장이가 쏘아올린 작은 공』을 꼽을 수 있다. 이 소설은 독특한 형식에도 불구하고 현실의 모순을 사실주의 소설 이상으로 적나라하게 드러낸다. 이 소설이 제재로 삼고 있는 '철거민' 이야기는 몇 년 후 창작된 「아홉 켤레 구두로 남은 사내」 연작과도 이어진다. 두 소설 모두 경제 개발 시대를 살아가는 서민들의 어려움을 '집'을 매개로 해서 풀어내고 있기 때문이다. '딱지'로 상징되는 서울의 팽창과 개발 문제, 그 속에서 소외되어 가는 사람들을 한 작품은 난장이로 다른 작품은 구두만을 소중히 여기는 권기용이라는 인물로 표현한 것이다. 연작이라는 공통점도 독특한데, 당시 작가들은 시대의 현실을 담아내기 위해 단편을 묶는 방법이 유용하다고 생각한 것 같다.

난쟁이 가족은 서울 변두리에서 가난하게 살지만 스스로 생을 개척해 나가려 노력하는 사람들이다. 그러나 그들을 몰아내는 것은 아이러니하게도 잘살기 위한 개발이다. 물러날 곳 없는 사람들의 땅을 빼앗는 정책과 거기서 이익을 얻기 위해 몰려드는 사람들은 누군가를 죽음으로 몰아넣기도 한다. 물론 이 소설 연작은 집 문제만을 다루고 있지는 않다. 은강 그룹과 관련된 사건이 중심을 차지하고 있어, 노동 문제를 다룬 선구적인 작품으로 평가되기도 한다.

「아홉 켤레 구두로 남은 사내」는 권기용이라는 사내의 삶을 다루고 있는 소설이다. 그는 서울에서 살던 소시민으로 성남에 자기 집을 마련하려고 애를 쓰다가 결국은 철거민 편이 되어 전과자가 되고 만다. 이 연작 역시 소설 「창백한 중년」과 「날개와 수갑」에서는 노동 문제로 관심이 옮겨가게 된다. 소시민의 고민이 중심 이야기이다가 결국 노동자들의 현실로 주제가 옮겨가는 이유는 당시의 시대적 문제가 소시민 문제와 노동 문제 사이에서 다양하게 나타나고 있었기 때문이다. 두 소설 모두 1970년대에 창작되었다는 점도 주제와 무관하다고 볼 수 없다.

이문구의 『우리 동네』 역시 당시 현실을 연작 형식으로 그린 소설이다. 김, 이, 유 등의 성으로 불리는 농촌 사람들을 주인공으로 하여 시대의 문제점을 풍자하고 있는 이 연작의 관심 역시 '근대화'라는 커다란 주제에 닿아 있다. 앞의 두 연작이 도시를 배경으로 하고 있다면 이 소설은 농촌을 배경으로 하고 있다. 농촌을 다룬 소설답게 구수한 사투리를 사용하고 있는 점도 이 소설의 특징으로 지적할 수 있다.

구체적인 삶의 모습을 드러내는 데는 시라고 해서 예외가 되지 않는다. 우리 시에는 시간을 초월한 서정이 아니라 구체적으로 닥친 현실을 다룬 경우가 많은데, 다음 시는 이를 대표하는 작품이다.

잠시 손을 놓으면 들린다
시멘트 바닥 아래 바닷물소리
오색 깃발 매달고
파도의 몸짓으로 덩실대던 어부들
만선의 고깃배 들어오는 소리 꽹과리소리
귀를 찢는 쇳덩이 떨어지는 소리

개새끼 비키란 말야 뭘 꾸물대고 있어!
아름답던 미포만 해풍에 끼룩대던 갈매기
엉덩이 까놓고 은빛 모래사장 뒹굴던 아이들
햇살에 소금편 반짝이며
치마폭 눈물 감추고 큰 애기들 떠났을까
파도소리 여전히 쟁쟁쟁 울릴까
호르라기소리, 어디로 가는 거야!
씹새끼 죽고 싶어 떨어져 죽고 싶어!
어디로 가는 것인가
살자고 하는 짓인데
아름답던 작은 어촌 쇠말뚝을 박고
우리가 쌓은 것이 되려 우리를 짓이기고
가야 할 곳마다 철책을 둘러치고
비켜 비키란 말야!
죽는 꼴들 첨 봐! 일들 하러 가지 못해!
앰블란스 달려가고
뒤따라 걸레조각에 감은
펄쩍펄쩍 튀는 팔 한 짝 주워 들고
싸이렌소리 따라 뛰어가고 그래도
아직도 파도는 시멘트 바닥 아래서 숨죽여 울고[40]

  대중들에게 가장 널리 알려진 노동시집은 박노해의 『노동의 새벽』
이다. 이 시집은 기성 시단에 충격과 더불어 새로운 활기를 불어넣어
주기도 했다. 백무산의 시는 현장성에 있어서 박노해의 그것보다 더
나아가 있다. 이들의 시는 개인의 서정을 노래한다는 서정시의 기본
틀을 해치지 않으면서도 책상 앞에서 상상한 노래가 줄 수 없는 현장
의 생생함을 독자들에게 전해 주었다.

40) 백무산, 「지옥선」 2, 『만국의 노동자여』, 청사, 1988, 33쪽.

시인 백무산은 자신의 삶의 터전이라고 할 수 있는 조선소의 풍경을 「지옥선」 연작으로 그려낸다. 위 시에서 화자는 '아름답던 미포만'에 세워진 조선소 커다란 배 위에서 작업 중이다. 높은 곳에 올라서 바라보는 바다는 화자의 상상을 과거로 끌어간다. 눈에 보이는 듯한 오색 깃발과 귀에 들리는 듯한 만선 꽹과리 소리는 '쇳덩이 떨어지는 소리'에 지워진다. 시 안에서는 아름다운 바다에 대한 몽상과 그것을 방해하는 현실의 목소리가 계속 교차한다. 화자는 끼룩대는 갈매기를 떠올리고 파도소리를 떠올리지만 현실에서는 호루라기 소리와 사이렌 소리만이 들릴 뿐이다. 몽상과 현실의 교차는 지금 화자가 위치하고 있는 공간의 과거와 현재가 겹쳐지는 효과를 거둔다고 할 수 있다. 그리고 본질적인 회의가 이어지는데, '아름답던 작은 어촌 쇠말뚝'을 박고 무언가를 쌓아 올리는 듯 했지만 결국 그것이 '되려 우리를 짓이기고' 있는 것이 현실이라는 생각 때문이다. 한쪽 팔이 떨어져 나간 동료가 앰블란스를 타고 어딘가로 실려 가는 모습을 보고 "어디로 가는 것인가 /살자고 하는 짓인데"라고 묻고 있지만 아무도 거기에 답을 줄 수는 없다.

얼마 전까지도 조선업은 호황을 누렸다. 호황이라는 소문에 가려 누구도 그곳에서 일하는 노동자들의 삶이 얼마나 안전하고 행복한가에 대해서는 알려고 하지 않았다. 자본가가 아니면 노동자가 될 수밖에 없는 현실에서 '잘 나가는' 조선소에서 일할 수 있다면 '선택받은' 사람일 지도 모른다. 그들에게는 월급과 휴가 등의 조건에서 '대기업'의 혜택이 없지 않았을 것이다.

그러나 많은 사람들은 이 시를 읽으면서 그것만이 전부가 아니라는 생각을 하게 된다. 살자고 하는 짓이 정말 우리를 살려주는 것인지도 의심하게 된다. 그러면서도 지옥선에 매달려 하루를 살 수 밖에 없는 것이 노동자의 운명이라는 것을 생각하게도 된다. 현재 우리들이 예전 것을 모두 버리고 새로운 가치는 아무것도 갖추지 못한 괴상한 모습을 하고 있다는 사실도 새삼 깨닫게 된다.

현대사의 기억

문학이 역사와 얼마나 가까운지를 확인하기 위해서는 현대사를 다룬 소설들의 목록을 찾아보는 것만으로 충분하다. 소설이 역사에 비해 평범하고 구체적인 개인을 다루기는 하지만 인간을 둘러싸고 있는 극적인 환경을 배경으로 삼는다는 점에서 소설은 역사 기술과 매우 유사하다. 현재와 거리가 먼 몇 세기 전의 역사가 아니라 영향 면에서 충분히 현재성을 가지고 있는 문제를 다룰 때는 말할 것도 없다.

현대 소설에 자주 등장하는 주제를 일별해 보아도 역사에 대한 소설의 관심을 쉽게 확인할 수 있다. 좌우익 대결과 빨치산, 한국전쟁, 분단, 이산, 근대화, 군사독재 등은 지금까지도 소설의 중요한 주제이다. 제주도 4.3사건이나 여순사건 등도 소설에서 자주 다루어진 현대사의 사건이다.

이러한 역사적 사건은 즉시 소설화되지 못하고 시차를 두고 작품화되었다는 공통점을 가지고 있다. 여기에는 정치적 상황이 중요하게 작용했다고 할 수 있다. 광주 민주화 운동을 다룬 소설은 사건이 벌어지고 십 년 가까이 지난 이후에야 출간될 수 있었고, 월남전을 다룬 소설도 참전의 최고 결정권자가 죽은 이후에야 창작이 가능해졌다. 사실 현재도 국가보안법이 살아있는 현실에서 작가들이 분단이나 이념을 다루는 데 100% 자유롭다고 말하기는 어렵다.

현대사를 다룬 일련의 소설들은 고대사를 다룬 본격적인 역사소설과 여러 면에서 다르다. 역사소설도 작품에 따라 평가가 달라지기는 하겠지만, 많은 역사소설이 현재의 삶을 위한 지표를 제시해 주기보다는 과거에 대한 회고 취미 또는 민족주의를 만족시켜 준다. 이에 비해 현대사를 다룬 소설들은 살아 있는 사람들에 대한 평가를 피하려 하지 않으며, 스스로 평가의 대상이나 논쟁의 대상이 될 수 있음을 인정한다. 또 '지금'의 의미에 대해 생각할 기회를 제공해준다. 현재의 삶을 계몽하고 현실을 부정하는 소설의 주제를 충실히 이행하려 한다는 점에서 소설의 본질에 가까이 닿아 있다고 말할 수도 있다.

황석영의 『오래된 정원』은 20세기의 마지막 20년을 기록한 아름다운 소설이다. 물리적 시간 순서대로 서사를 정리하면, 이 소설은 70년대 후반과 80년대 초 민주화 운동을 하다 수배자가 된 오현우가 갈뫼라는 곳에서 미술교사 한윤희와 수배생활을 하던 데서 시작해, 오랜 교도소 생활을 마치고 갈뫼로 돌아와 자신이 없던 십여 년의 시간동안 '밖'에서 벌어진 일들을 추적해가는 것으로 마무리된다. 그가 체포되어 교도소에 있는 동안 현실 사회주의는 붕괴되었고 한국의 독재 정권도 무너졌다. 개인적으로는 은결이라는 딸이 생겼고 윤희는 암으로 세상을 떠나고 말았다. 소설은 이런 복잡하고 장대한 역사를 오현우의 회상과 한윤희의 기록이라는 형식을 통해 서정적으로 그려내고 있다. 출소하여 변해 버린 갈뫼를 찾아온 오현우는 한윤희의 노트를 발견하고 그것을 소중히 읽어나간다. 소설적 현재는 마치 단편소설처럼 짧은 시간에 머물러 있지만 현재에 이르게 된 오현우와 한윤희의 세월은 전혀 단편적이지 않게 흘러간다고 할 수 있다.

오현우가 독재 권력에 맞서 이상 사회를 꿈꾼 혁명가였다면 한윤희는 이데올로기를 잘 알지 못하는 평범한 관찰자에 가까웠다. 그러나 이들을 맺어준 것은 이데올로기가 아니라 그것 이전에 존재하는 인간에 대한 배려와 애정 그리고 감성이었다. 수배 생활을 하는 오현우와 그를 보호해주는 한윤희의 사랑은 자칫 무거워질 수 있는 소설의 주제에 생기를 불어넣는다. 이들 외에도 소설에는 험난한 시절을 온몸으로 받아들이며 살았던 인물들이 여러 명 등장한다. 운동가 송영태와 그를 따르는 대학생 최미경이 대표적이다. 송영태는 이상 사회를 향한 자신의 꿈을 이루기 위해 위험한 결단을 내리고, 그를 사랑했던 최미경은 노동 운동에 뛰어들어 헌신하다 결국 분신으로 생을 마감한다. 서로에 대한 애틋한 사랑과 역사적 사명을 다해야 한다는 책임감을 동시에 가지고 있는 인물들이다. 결과적으로 이 소설은 이들이 만들어낸 20세기 말 한국 역사의 기록이 된다. 때로 역사는 힘없는 개인에게 온몸으로 그것을 견디라고 말하고, 누군가는 그것을 감당하기도 한다. 그 같은 개인들의 희생과 저항이 아니면 역사는 어떻게 바뀌어 왔겠는가? 이런 의미에서 한윤희의 노트에 적힌 18년의 기록은 오현우에 대한 연애편지이면서 동시에 시대에 대한 애정의 기록이라 할 수 있다.

이 외에도 황석영은 현대사에 관한 주목할 만한 글 『죽음을 넘어 시대의 어둠을 넘어』라는 기록을 남겼다. 1980년 광주에서 벌어진 일을 기록한 이 책은 출간되자마자 금서가 되어 '아는 사람만 아는' 고전이 되었다. 두 권으로 발간된 장편 소설 『무기의 그늘』은 베트남 전쟁을 다룬 소설이다. 베트남 전쟁은 근대화를 이루기 위해 젊은이들의 희생을 강요한 전쟁이었다는 평가와 미국의 용병으로 참여한 불명예스런 전쟁이었다는 평가를 받고 있다. 이 소설은 전쟁을 다루고 있지만, 현장을 박진감 있게 묘사하지는 않는다. 미군과 관련하여 벌어지는 추악한 뒷거래와 전쟁 당사자인 베트남 인민의 삶을 교차해서 보여준다. 신문이나 텔레비전에 보도되는 '폼'나는 전쟁이 아니라 누군가는 목숨을 내놓아야 하는데, 다른 누군가는 돈벌이를 생각하는 비도덕적인 사건으로서 전쟁을 다루고 있다. 이 소설 이전에도 황석영은 베트남 전쟁과 관련된 몇 편의 소설을 썼는데, 「탑」이나 「몰개월의 새」, 「낙타눈깔」이 대표적이다. 「몰개월의 새」는 참전 전의 군인을 「낙타눈깔」은 귀국하는 군인을 다루고 있으며, 「탑」은 전쟁의 현장을 실감나게 묘사하고 있다. 특히 「탑」은 상징적 의미가 있는 '탑'을 지키기 위해 목숨을 걸고 싸우는 한국군의 모습과 한국군이 '미끼'에 불과했으며 탑은 아무 의미가 없다고 생각하는 미군의 낄낄거림이 대비되어 불쾌한 여운을 남기는 소설이다.

역사에서도 다루지 못하던 금기의 영역을 다룬 대표적인 소설로 현기영의 「순이 삼촌」을 들 수 있다. 1978년 발표된 이 소설은 이념 문제 때문에 함부로 말하기 어려웠던 주제를 과감히 다루어 큰 사회적 파장을 일으켰다.

서울에서 대기업에 근무하고 있는 '나'는 할아버지 제사 때문에 몇 년 만에 고향인 제주도에 가게 된다. 오랜만에 찾아간 고향이기에 평소에 만나지 못했던 친척들을 보게 되는데, 만나리라고 예상했던 순이 삼촌이 보이지 않는다. 제주도에서는 촌수 따지기 어려운 어른들을 남녀 구분 없이 삼촌이라고 부른다. 순이 삼촌은 촌수가 삼촌인 아저씨가 아니라 그저 먼 친척 아주머니로 1년 간 서울 '나'의 집안일을 보아주었던 분이다. '나'는 그녀가 한 달 전에 약을 먹고 죽었다는 소식을 듣는다. 제사에 모인 사람들은 순이 삼촌의 삶을 돌아보며 잔인했던 1948년의 이야기를 꺼내기 시작한다. 친척 어른들의 이야기를 통해 순이 삼촌의 결벽증과 환청 등이 그 해 벌어졌던 사건 때문임이 밝혀진다.

이제 잘 알려져 있듯이 1948년 제주도에서는 단독정부를 세우려고 계획된 5.10 선거를 거부하는 움직임이 있었다. 선거 뒤 많은 남성들이 산으로 들어가고 군경은 토벌 작전과 함께 민간인들을 무고하게 살상하는 범죄를 저질렀다. 순이 삼촌은 자식들을 데리고 '나'의 할머니 집에 왔다가 군인들에게 끌려가는 화를 당한다. 그러나 총살 현장에서 먼저 기절을 한 덕에 순이 삼촌은 자식들만 잃고 살아남게 된다. 그 후 순이 삼촌은 경찰에 대한 기피증이 생겼고 환청 증상을 앓게 된다. 30년의 세월 동안 한 번도 그날의 경험에서 벗어나지 못했던 순이 삼촌은 '나'가 제주도에 내려오기 얼마 전 살육의 현장에서 독약을 마시고 죽고 만다. 사실 마을 사람들도 이 사건에 대해서는 자세히 알고 있었다. 그러나 혹 빨갱이로 몰리지나 않을까 하는 두려움 때문에 아무도 나서서 그때의 사건을 증언하지 못했을 뿐이다.

「순이 삼촌」의 소설 속 인물들이 그 시대를 증언하지 못했듯이, 80년대까지 작가들도 현대사의 몇몇 사건에 대해서는 쉽게 이야기하지 못했다. 소재가 주목할 만하다는 면 말고도 이 소설은 역사가 개인에게 준 상처를 적나라하게 표현했다는 평가를 받는다. 이러한 소설은 단순히 새로운 사실을 알게 되었다는 지적 만족만을 주는 것이 아니라 왜곡된 역사와 부당한 권력에 분노하게 만들기도 한다.

1980년대 지식인이나 문인들에게 지울 수 없는 자의식을 심어준 사건은 '광주'였다. 소문으로 현장의 참혹함을 전해들은 사람들은 분노할 수 없음에 좌절했고, 저항할 수 없음에 절망했다. 김지하의 시를 따라 '민주주의여 만세'를 외치는 것에도 용기가 필요했던 시절이었다. 총칼로 선 정권이 한 번의 고비를 넘어간 후에야 문학에서도 광주를 말할 수 있게 되었다. 비슷한 시기에 나온 「깃발」과 「저기 소리 없이 한 점 꽃잎이 지고」는 87년 민주 항쟁의 결과물이라고 부를 만한 것이었다.

임철우는 광주에 대한 자의식을 자기 문학의 존재 이유로 삼고 있는 작가이다. 「아버지의 땅」, 「곡우운동회」 등의 단편과 『그 섬에 가고 싶다』 등 전쟁을 소재로 한 작품이 잘 알려져 있지만 '광주'는 그의 소설이 기어코 놓지 못하는 주제이다. 「동행」이나 「오목거울」 연작이 우회적으로 광주를 그리고 있다면 장편 『봄날』은 80년 현장을 생생하게 재현하고자 하는 욕망을 숨기지 않는다. 이 소설은 길지 않은 시간 수많은 사람들이 어떻게 그 시간을 보냈는지 또는 견뎠는지를 보여준다. 실제 등장하는 인물들이 순전히 가공의 인물만은 아니라는 점이 작품에 무게를 더해 준다. 당시 광주에서 대학을 다니고 있었던 작가는 자신이 그 상황에서 아무것도 할 수 없었다는 사실을 절대 잊을 수 없다고 한다. 그는 소문으로 광주를 접한 사람들과는 다른 차원의 자의식을 품고 그것을 소설로 표현하고자 한다.

시에도 광주를 다룬 작품이 없지는 않다. 시는 사건이나 인물을 재현하기 보다는 그것에 대한 시인의 감정적 반응을 표현하기 마련이다. 시의 언어는 사실적인 이야기를 다룬다기보다 압축적이고 상징적인 언어를 통해 감정을 전달하는 경우가 많다. 80년 사건에 대한 반응도 이와 크게 다르지 않았다. 좌절과 절망을 노래하는 시가 많았지만 그것은 현재에 대한 이야기였지 현재를 만들어낸 역사에 대한 기록은 아니었다. 시인들은 동인과 운동의 형태로 자신들의 생각을 나누었고, 부정기 간행물 형태로 시집을 발간하곤 하였다. 굳이 80년의 문제에 한정하지 않더라도 역사를 다루는 시의 접근은 크게 다르지 않았다고 할 수 있다. 서사시라는 특별한 양식을 제외한다면 말이다.

지속되는 역사

역사는 개별적 사건을 의미하기도 하지만 그것이 모여 이루어놓은 장구하고 지속적인 흐름을 의미하기도 한다. 그것은 인과와 우연이 중첩되고 엇갈리면서 인간들의 삶을 규정하는 거스를 수 없는 힘이다. 하지만 역사는 인간의 힘으로는 도저히 바꾸어 놓을 수 없을 것처럼 무섭게 흘러가다가도 어처구니없는 일 하나로 그 진로를 바꾸어버리기도 한다.

구체적인 역사적 사건과 그를 둘러싼 역사의 흐름에 관심을 가지고 큰 규모의 서사를 꾸며내는 소설이 있다. 이러한 소설을 흔히 대하소설이라 부른다.[41] 대하소설과 장편소설은 보통 분량으로 구분하지만, 서사의 규모도 둘을 나누는 기준이 된다. 등장인물의 규모나 시간의 흐름과 같은 요소들이 중요하게 작용한다. 여기에 비견될 만한 양식은 서사시라고 할 수 있는데, 대하소설에 비해 활발히 창작되는 양식은 아니다. 서사시가 일반적으로 가진 신화성을 근대 문학에서 구현하기란 쉽지 않기 때문이다. 하지만 고전적 서사시와 다른 형식으로 새롭게 창작되는 서사시가 없지는 않다.

대하소설은 독자들의 관심을 끌만한 역사적 사건을 서사의 중심에 놓는다. 흔히 말하는 '시대의 모순을 극명하게 드러내는 사건'을 통해 당대의 자질구레한 사건들을 아우르는 것이다. 현대사 중에서는 일제 식민지배나 한국전쟁 등이 자주 선택되고, 개화기의 혼란이나 조선시대 의적 사건도 중요한 제재로 다루어진다. 이런 큰 사건 아래 독자의 관심을 붙잡아둘 작은 사건들이 배치된다. 역사 기술과 달리 소설이 하나의 중요한 사건만을 다룬다는 것은 쉬운 일이 아니고 그렇게 해서는 독자의 흥미를 끌어내기도 어렵다. 결국 대하소설은 일상 속에서 큰 주제를 이끌어내야 하고 중심 사건이 일상에 미치는 영향을 그려내야 한다.

다양한 사건을 다루기 위해서는 사건을 엮어줄 만한 인물의 구도가 짜여 있어야 한다. 다양한 계층과 취향을 대표하는 인물들이 모이면 여러 종류의 이야기가 자연스럽게 만들어진다. 인물들 간의 관계가

---

41) 장편소설과 대하소설의 구분에는 이견이 있을 수 있다. 일반적으로 장편소설이라 불러도 큰 문제가 없는데, 굳이 나누는 것이 불필요할 수도 있다. 그러나 현재 소설을 나누는 이런 구분이 실제 사용되고 있고, 역사라는 기준으로 보면 전혀 의미가 없지도 않다고 생각한다.

복잡해지면 사건 역시 복잡해지기 쉬우므로 인물의 성격이 선명하게 부각될 수 있다. 이상과 같이 사건과 인물의 여러 특징들이 잘 어우러지면 긴 소설을 읽는 동안 독자들의 관심이 이완되는 것을 방지할 수 있다.

이제 잘 알려진 대하소설을 대상으로 위의 요소들이 어떻게 기능하고 있는지를 살펴보자. 대중성이나 문학성으로 볼 때 『임꺽정』, 『객주』, 『토지』, 『태백산맥』 정도를 대상으로 삼는 것이 좋겠다. 네 편의 소설은 다루고 있는 시기나 주제, 인물 구성이 달라 함께 비교해서 이야기할 만하다.

시기별로 역사적 배경을 먼저 살펴보자. 벽초 홍명희의 소설 『임꺽정』은 백정 출신으로 구월산 화적이 되어 관군을 괴롭혔던 임꺽정 사건을 근간으로 한 소설이다. 조선 중기를 시대적 배경으로 하고 있으며, 신분 문제가 작품을 관류하는 가장 중요한 '문제'이다. 김주영의 『객주』는 장돌림들의 삶을 통해 19세기 후반의 시대 상황을 보여주고 있는 소설이다. 하나의 중심 서사에 집중하기 보다는 조성준, 천봉삼을 비롯한 다양한 장돌림들의 역동적인 삶을 보여주는데 주안점을 두고 있다. 박경리의 『토지』는 네 편의 소설 중 가장 긴 시간을 대상으로 하고 있어 중심 서사를 골라내기가 쉽지 않다. 그래도 최서희를 중심으로 한 최참판댁의 서사가 가장 중요하다고 볼 수 있다. 긴 시간을 다루는 만큼 역사적 사건들도 많이 등장하지만 작가는 시대 자체보다는 그것을 살아가는 사람들에게 초점을 맞추고 있다. 이에 비해 조정래의 『태백산맥』은 시대의 의미가 크게 강조되는 소설이다. 해방과 전쟁이라는 현대사를 다루고 있는 이 소설에는 매우 많은 인물들이 등장한다. 다양한 인물들은 시대의 의미를 입체적으로 조망하는 데 큰 역할을 한다. 현대사의 복원과 함께 분단의 기원을 밝히는 것이 이 소설의 큰 주제이다.

위 소설들에 등장하는 인물이나 사건의 성격은 작품의 주제나 특징에 따라 결정된다. 『객주』는 제목 그대로 장돌림들을 다루고 있어 전국 각지의 상인들이 소설에 등장한다. 장돌림들은 한 곳에 머무는 사람들이 아니며, 때로는 자신을 보호하기 위해 폭력도 불사하는 사람들이다. 소설 속에서 그들은 의형제처럼 가깝게 지내다가도 배신을 서슴지 않는다. 이러한 사람들이 만들어내는 사건 역시 거칠고 자극적인 경우가 많다. 살인, 강도, 납치 등의 사건이 자주 등장하고 음모와 술수가 곳곳에서 진행된다.

『임꺽정』의 등장인물 역시 장돌림과 비교해서 거칠기가 덜하지는 않다. 하지만 그들을 다루는 작가의 관심은 거친 성격보다 인간적인 측면에 모아지고 있다. 『수호지』처럼 호걸들의 모습을 하나하나 보여주는데, 소설은 주로 그들의 입장에서 이야기를 들려준다. 인물들이 힘을 쓰는 장면이나 전투 장면은 독자들의 흥미를 끄는 요소들이다. 소설의 중심인물이라 할 수 있는 임꺽정, 황천왕동이, 서림 등은 독특하고 고유한 성격으로 한국소설 인물의 중요한 유형으로 자리 잡게 된다.

『태백산맥』은 분단과 전쟁이라는 주제에 걸맞게 시대를 지배한 이념을 정면으로 다루고 있는 소설이다. 염상진과 염상구 형제를 양 극에 놓고 김범우라는 중도적 인물을 사이에 놓은 것이 전체적인 인물 구도인데 이들 사이에 각각의 개성을 가진 여러 인물들이 역사적 사건에 휩쓸리거나 사건을 만들어간다. 마을에 침투한 정하섭이나 소작농 출신의 강동식, 기생 소화나 외서댁 등이 모두 자기만의 이야기를 가지고 있다.

『토지』는 다양한 사건과 인물이 등장함에도 불구하고 한 집안의 끈질긴 생명력이라는 주제가 강해 다채롭다는 느낌을 주지는 못한다. 이 소설에는 특별한 여인들의 삶이 많이 등장한다. 봉순은 길상을 사랑하지만 서희와 길상의 관계를 알고 간도 행을 포기한다. 이후 기생이 되어 살아가는 그녀의 생애는 한 편의 소설거리가 될 만하다. 시동생 김환과 도주하는 별당 아씨의 삶 역시 전체 소설의 내용과 무관하게 강렬한 인상을 남긴다. 주인공 최서희의 삶은 말할 것도 없이 끈질기고 강인하다.

이 밖에도 위 소설들에서 독자들이 발견할 수 있는 흥밋거리는 많다. 『토지』에서 서희와 길상의 관계는 여러 가지 생각할 거리를 제공한다. 섬세하게 읽지 않으면 알아내기 어렵겠지만, 서희나 길상이 서로와 결혼한 이유나 이후 둘이 겪게 되는 갈등은 독자를 매료시키기에 충분하다. 중심 서사는 아니지만 용이와 월선의 사랑 이야기 역시 애절한 감상을 불러낸다. 『태백산맥』에서는 이념을 대표하는 몇몇 인물 뿐 아니라 민중들의 모습을 보는 재미를 놓쳐서는 안 된다. 하대치와 같은 인물은 '선'하다고 볼 수는 없지만 지금도 어딘가에서 뚝심을 자랑하며 살고 있을 법한 잡초 같이 끈질긴 인물이다. 『객주』에서는 최돌이, 길소개를 비롯한 악인형 인물들을 보는 재미를 느낄 수 있다. 이들은 자신의 행위에 대해 갈등하거나 반성하는 법이 없는 인물들로, 오직 이익과 자기 안위를 위해 행동한다. 어찌 보면 안쓰럽기까지 한 이들의 비린내 나는 모습을 소설 읽는 내내 만날 수 있다. 『임꺽정』은 고유어의 맛을 살린 토속적 문체가 주는 재미가 매우 특별한 소설이다.

소설과 여러 면에서 다르기는 하지만 어떤 시에서는 역사가 중요한 주제가 된다.

제 1 장
半島는,
가는 곳마다

가뭄과 굶주림,
땅이 갈라지고 書堂이 금갔다.
하늘과 땅을
후비는 흙먼지.

1862年
전봉준이 여덟 살 되던 해
경상도 晉州에서
큰 농민반란이 일어났다.[42]

제 9 장
누가 하늘을 보았다 하는가,
누가 구름 한 점 없이 맑은
하늘을 보았다 하는가.

네가 본 건, 먹구름
그걸 하늘로 알고
일생을 살아갔다.[43]

　서사시라 불리기도 하고 장시라 불리기도 하는 신동엽의 『금강』은 신하늬라는 인물을 주인공으로 하여 동학 농민 전쟁 이후의 현대사를 다루고 있다. 저항이라는 측면에서 이 시는 1894년의 동학과 1919년의 독립운동 그리고 1960년의 4월을 하나의 흐름으로 엮어낸다. 전봉준 등의 실존 인물이 등장하는 등 역사적 사건을 다룰 때도 있지만, 표현 면에서 볼 때는 서정성을 강하게 띠고 있는 부분이 많다.
　위 예문은 1장과 9장의 첫 부분이다. 1장의 화자가 시대적 배경을

42) 신동엽, 『금강』, 창작과비평사, 1985, 124쪽.
43) 같은 책, 149쪽

설명해주는 듯한 느낌을 준다면 9장의 화자는 사실을 전달하기보다 자신의 감정을 직접적으로 드러내고 있다. 물론 여기서의 화자의 감정도 단순한 감탄에 그치지는 않는다. 동학농민전쟁이 상징하는 '사람이 곧 하늘이다'와 다르게 실제로 백성들에게 존재하지 않는 하늘에 대해 이야기한다. 고통스러운 현실과 그런 현실에 저항하지만 결국 실패를 맛보아야 했던 슬픈 역사의 기록이기도 하다. 산문과 달리 현실의 복잡다단한 모순을 보여줄 수는 없지만 감정적인 동의를 얻어내는 데는 충분한 깊이를 갖는다.

사실과 허구 사이

역사를 다룬 문학이라고 할 때 우리는 주로 허구로 된 창작물을 생각한다. 이러한 생각에는 두 가지 문제가 있다. 하나는 어디까지를 허구로 볼 것인가의 문제이고, 다른 하나는 문학을 관습적인 양식에 한정해야 하는가의 문제이다. 넓은 의미의 문학을 생각할 때 허구냐 아니냐는 그리 중요한 기준이 아니다. 인간의 삶을 기록한다는 면에서 문학, 특히 역사와 관련된 문학에서는 진솔함이 주는 감동이 창조성이 주는 감동보다 훨씬 더 클 수 있다. 대중성에서도 역사의 기록들은 소설이나 시와 같은 정형화된 양식에 비해 결코 떨어지지 않는다.

동양의 경우 문학화 된 역사의 원조는 사마천의 『사기』가 아닌가 싶다. 이 방대한 저술에는 개인들의 삶의 과정 뿐 아니라 그들이 살았던 시대의 분위기가 녹아 있다. 초패왕과 같이 잘 알려진 인물에서부터, 닭소리 흉내를 잘 내어 제환공의 길을 열어준 이름 없는 백성에 이르기까지 다양한 인물들의 삶이 기록된 책이다. 여기에는 역사적 사실이지만 그 사실을 넘어서는 문학적 감동이 넘치는 글들이 가득하다. 잘 알려진 형가 이야기도 그렇다. 형가가 황제에게 접근할 수 있도록 기꺼이 목을 내놓는 번어기의 용기나, 황제에게 나아가는 형가의 담담한 모습 그리고 칼을 피해 도망하는 진시황을 둘러싼 급박한 상황이 소설보다 박진감 있게 전개된다. 셀 수 없이 많은 사람들이 가진 저마다의 역사를 축약하여 기록한 글이 『사기』이다.

한국 전쟁 당시 서울에 남아 있던 한 사학자의 일기가 출간되어 화제가 된 적이 있다. 『역사 앞에서』라는 제목이 붙은 이 일기는 이념으로 덧칠된 공식적 전쟁의 기록보다 현장의 생생함을 객관적으로 전해 준다는 면에서 매우 가치 있는 글이다. 사료적 가치로서뿐 아니라 문학적 가치로서도 매우 높게 평가된다. 작가는 피란을 가지 못하고 서울에 남게 된 대학 교수이다. 그는 서울에 들어온 인민군을 직접 만나 그 느낌을 적었고, 서울을 비우고 떠난 정부에 대해서도 솔직한 심정을 적었다. 이념에 치우쳤다는 느낌을 주지 않으면서도 단순한 기록을 넘어 현장에서 느낄 수 있는 생생한 감정을 진솔하게 풀어낸다. 해방 이후에서 전쟁이 나던 해까지 소중한 개인사를 들추어봄으로서 독자들은 당시의 역사를 재구성할 수 있게 된다. 현실에 대응하는 성숙한 태도와 감상을 표현해낸 절제된 문체도 충분히 감동적이다.

소설가이자 유명한 전기 작가인 스테판 츠바이크가 쓴 『광기와 우연의 역사』는 비록 유럽 중심으로 기술하기는 했지만 역사의 운명을 바꾼 순간들을 독특한 문체로 흥미롭게 기술한 책이다. 작가는 이 책에서 역사의 필연성을 지나치게 강조하지 않고 역사적이라 부를 수 있는 순간을 인간이 경험할 수 있는 가장 경이로운 우연으로 만들어냈다. 동로마 제국의 멸망이나 나폴레옹의 패전과 같은 역사의 전환점을 주로 다루고 있지만, 스콧의 죽음과 같은 인간 정신의 지극히 아름다운 장면을 보여주기도 한다.

굳이 츠바이크의 글이 아니더라도 인물의 전기가 주는 감동은 널리 알려진 문학 양식이 주는 감동에 비해 결코 작지 않다. 당연히 작가의 능력과 관계된 것이기는 하지만, 한 인물의 일생이 보여주는 파노라마는 허구로 꾸며낸 어떤 이야기보다 흥미로운 요소를 많이 가지고 있다. 위인전처럼 굳이 인물을 미화할 필요가 없을 때 이런 장점은 더욱 잘 살아난다.

위안 慰安 comfort

영웅의 장렬한 죽음, 헌신적으로 나병 환자를 돌보는 일, 목숨을 바쳐 자식을 구하는 부모들의 희생적인 삶 등, 이상적인 어떤 원칙에는 부합하지만 고통을 치러야 하는 것들을 선하다고 할 수 있다. 이런 경우, 우리는 그 일이 선한 것이라는 점은 인정하지만 이기주의 또는 두려움 때문에 그와 같은 경험을 하고 싶어 하지는 않는다. 우리는 그런 행위에 감동을 받더라도 실제로 그것을 갈망하지는 않는다. 그리고 우리는 우리 자신이 행동하기 보다는 바라보며 감탄하는 쪽을 택하는 그 고결한 행위를 '아름다운 행동'이라고 한다.

(움베르토 에코, 『미의 역사』)

동화와 위안

가족들의 식사까지 미루어가며 텔레비전 드라마를 시청하는 주부, 유명 프로 축구 경기를 보기 위해 새벽을 기다리는 아저씨, 프로 게이머의 경기를 보기 위해 수업을 빼먹는 대학생, 밤새워 삼류 소설을 읽고 회사에서 졸고 있는 신입 사원 아가씨. 대상은 다르지만 이들은 어딘가에 깊이 빠져있다. 현실 생활에 큰 이로움이 없음에도 불구하고 그들이 일상생활을 포기해가며 어딘가에 빠져 시간을 낭비하고 있는 이유가 무엇일까?

그리스 철학자 아리스토텔레스는 비극의 효과를 설명하기 위해 카타르시스catharsis라는 용어를 사용하였다. 감정의 정화라고 번역되어 쓰이고 있는 이 용어는 문학 외의 여러 영역에도 사용할 수 있다. 카타르시스는 기본적으로 타인의 삶을 간접 체험함으로써 느끼는 감정이다. 비극을 예로 들어 보자. 비극의 주인공은 대부분 평범한 시민들보다 높은 신분이나 능력을 가지고 있다. 남들에게 존경의 대상이 될 만한 주인공이 운명(이후에는 성격적 결함)에 의해 몰락하는 과정을 다루는 것이 비극의 주요 서사라고 할 수 있다. 잘 알려진 소포클레스의 비극 「오이디푸스 왕」에서 주인공 오이디푸스는 테베의 왕자로 태어나 코린토스의 왕자로 자라지만 결국 친부 살해의 죄를 짓고 두 눈을 잃고 그리스를 떠도는 노인으로 전락하고 만다. 오이디푸스 같은 인물의 생을 보면서 느끼는, 연극을 보는 과정에서 고조되고 가라앉고를 반복하겠지만, 감정이 카타르시스이다. 이 때 관객들의 감정에는 아쉬움과 안타까움, 그리고 안도감이 포함되어 있다.

관객들의 감정을 움직이기 위해서 배우와 연출자는 연극의 상황이 현실이라는 느낌을 줄 수 있어야 한다. 관객들이 연극을 보면서 서사의 현실성을 느낄 수 없다면 카타르시스도 느끼지 못하게 된다. 연극이 상연되는 동안 관객은 극중 상황에 빠져들어야 하고 연극이 끝났을 때는 다시 현실로 돌아와야 한다. 만약 극이 끝나도 현실로 돌아올 수 없다면 관객들은 불쾌감을 느낄지도 모른다. 관객들은 오이디푸스의 불행에 대해서 아쉬움과 안타까움을 느끼다가도 연극이 끝나면 그 상황이 자신의 현재와 무관하다는 것을 깨달아야 한다. 안도와 함께 편안한 느낌이 들어야 카타르시스는 완성된다.

이렇듯 허구의 현실로 빠져들어 자신의 현실을 잃어버리는 효과를 동화(同化)라 부른다. 동화에 빠진 관객이나 독자는 이성적으로는 드라마나 소설 속 상황이 자신과 무관한 것임을 알고 있지만, 감성적으로는 이야기 속 상황과 현실을 구분하지 못한다. 이들은 거리를 두고 본다면 허구 속 인물이나 사건에 일희일비할 이유가 전혀 없음에도 불구하고 자신의 주변에서 벌어지고 있는 일에 보이는 반응보다 그것에 더 큰 관심을 보인다. 관객은 동화를 통해 일상에서는 꼭꼭 닫아두었던 감정의 문을 활짝 열고 그것이 움직이는 대로 반응하도록 내버려 둔다.

동화의 감정이 주는 가장 큰 효과는 대리 만족이다. 많은 사람들이
평소 현실에서 할 수 없는 일을 허구의 공간에서나마 이루어 보고 싶
어 한다. 이루고자 하는 일이 개인적인 소망의 성취이든 마음에 안 드
는 대상에 대한 징벌이든 상관이 없다. 사람들은 가난한 집에서 태어
난 아가씨의 성공담을 즐기고, 최고의 축구선수가 구사하는 기술을
보고, 승리하기 어려운 상황에서 적들을 물리치는 용맹한 전사를 만
나고, 비현실적인 사랑에 빠져도 본다. 자신보다 우월한 능력을 가진
사람을 보면서 기쁨을 느끼고, 선이 악에게 승리하는 정의로운 세상
을 보면서 뿌듯함을 느끼기도 한다. 때로는 능력이 안 되기 때문에 할
수 없고, 일상의 질서를 깰 수 없기에 머뭇거려지는 일들을 허구의 공
간 속에서는 자유롭게 이룰 수 있다. 여기에는 윤리적인 문제까지 포
함된다. 보통 사람들에게 허구의 공간은 자기를 실현하기에 더 없이
'안전한' 곳이다.

동화의 긍정적 효과는 많은 사람들에게 위안을 준다는 데 있다. 어
떤 면에서 위안은 문화나 예술이 인간에게 줄 수 있는 최고의 선물이
라고 할 수 있다. 복잡한 일상에 찌든 사람들의 영혼을 쉬게 해주고,
그들에게 잠시나마 따뜻함을 선물해 줄 수 있다면 그보다 좋은 일은
없을 것이다. 위안의 긍정적인 효과는 견디기 힘든 현실에서 잠시 마
음을 빼 새로운 에너지를 충전할 수 있도록 도와주는 데 있다.

그러나 현실에서 위안이 주는 효과는 한시적일 뿐이다. 특히 동화
의 효과를 통해 얻는 위안은 동화가 깨어지는 순간 사라져 버리기 쉽
다. 사람들이 현실로 돌아올 때는 동화가 이루어지기 이전 상태가 온
전히 기다리고 있다. 드라마 속 나쁜 시어머니를 욕하는 현실의 시어
머니가 드라마를 보고 반성해서 착한 시어머니가 되었다는 말을 우리
는 들어본 적이 없다. 가난하지만 열심히 노력해 성공한 사람들의 이

야기를 듣고 용기를 얻을 수는 있지만 모두가 그 사람처럼 성공할 수 있는 것은 아니다. 이는 모든 여자가 신데렐라처럼 왕자님을 만날 수 없는 것만큼 자명하다. 동화가 이루어지는 메커니즘에는 애써 현실에 한쪽 눈을 감으려는 노력이 포함되어 있어야 한다.

위안을 주는 문학의 역할은 다른 분야의 성장에 의해 점차 축소되어 가고 있다. 영화나 드라마와 같은 분야에서 위안의 기능을 너무나도 성실히 수행하고 있기 때문이다. 그럼에도 여전히 문학에서 위안을 얻으려는 사람들이 적지 않다. 다른 매체가 대체하기 어려운 문학만의 특성을 즐기려는 경향이 아직 남아 있다는 증거가 될 것이다. 이는 활자 매체를 교양과 연결시키려는 오래된 전통과 무관하지 않다. 여하튼, 문학이 위안의 기능을 가진 것이 사실이라 하더라도, 그것의 순기능이 없지는 않지만, 현실의 삶과 문학을 연결시키는 순간 위안은 자칫 '거짓'이라는 수식어를 피하기 어렵다.

대중의 취향과 욕망

대중의 취향에 어떻게 대응할 것인가는 근대문학에서 매우 중요한 주제이다. 주지하다시피 대중이 문학의 소비자로 등장한 시기는 역사에서 비교적 최근이다. 대중들이 구매자의 역할을 하게 되고 작가가 판매자의 위치에 서게 된 것은 다분히 자본주의 경제 체제와 관계된다. 문자 보급률이 높아지고, 유통망이 발달하게 된 일련의 변화 역시 대중들을 문학 안으로 끌어들인 요인이 된다. 복잡한 요인들이 섞여 있기는 하지만, 근대 사회에서 대중들의 취향은 작가의 성공과 실패를 결정하는 중요한 요인이 되었다.

물론 작가들이 지금 현재의 대중들만을 고려 대상으로 삼아야 할 이유는 없다. 미래의 독자를 생각하고 글을 쓸 수 있고, 그것조차 무시하고 자신의 사고와 정서를 드러내는 데 만족할 수도 있다. 부르디외의 표현대로 어떤 작가는 현재의 자본을 위해 글을 쓰지만 어떤 이들은 미래의 자본을 선취하기 위해 상징 자본을 쥐려고 한다.[44] 그것이 의도된 것이든 아니든, 문학의 역사에서 이러한 현상은 자주 발견할 수 있다. 19세기 초 프랑스 작가 으젠느 쉬의『파리의 신비』는 신문 연재 당시 최고의 인기를 누린 작품이었다. 이에 비해 비슷한 시대를 살았던 발자크의 인기는 그리 높지 않았다고 한다. 발자크의 인기는『몽테크리스토 백작』,『삼총사』의 작가 뒤마에도 뒤지는 편이었다. 그러나 현재 발자크의 문학은 나름대로 대중적 인기를 누리고 있다고 할 수 있는데, 인기의 뒤에는 문학적 평가가 중요하게 작용하고 있다. 인기라는 측면에서는 확신할 수 없지만 평가의 면에서 '이후'에 명예를 회복한 사례는 매우 많다. 프란츠 카프카나 제임스 조이스, 우리 문학의 이상을 예로 들 수 있다.

이렇게 대중의 취향이 문제되는 이유는 대부분의 대중은 현실 안주적 성격을 가지고 있고, 문학을 통해 위안을 얻으려 하기 때문이다. 대중들은 동화를 거부하는 새로운 형식이나 내용을 선뜻 받아들이지 않는다. 그들은 익숙한 것에 끌리고 그 안에서 편안함을 느끼려 한다. 문학이 현실에 대한 '문제 제기'이거나 현실의 개선을 목적으로 한다면 대중의 취향은 따라야 할 것이 아니라 '계몽'의 대상이 된다. 문학의 대중성에 대한 논란은 바로 대중의 취향을 어떻게 보고 거기에 어떻게 대응할 것인가의 문제라 할 수 있다.

대중들이 문학이나 여타 매체를 통해 대리 만족을 얻으려는 이유는 현실이 자신들의 욕망을 충족시켜 주지 못하기 때문이다. 결핍에서 오는 욕구이든 타인이 욕망이든, 더 본질적으로는 인간의 본질적 요

---

44) 피에르 부르디외,『예술의 규칙』, 동문선, 1999.

소로서의 욕망이든 현실은 개인의 욕망을 충족시켜 주지 못한다. 대중들은 동화를 통해 자신의 욕망이 충족되는 듯한 만족감을 느끼고자 한다.

중세 로맨스는 가장 흔한 대리 만족의 서사이다. 로맨스는 사랑이 매개된 모험의 반복을 기본 골격으로 한다. 남자 주인공은 높은 가치를 얻기 위해 위험을 무릅쓰는 용감한 왕자이고, 여자 주인공은 누구와도 비교할 수 없는 탁월한 아름다움을 가진 공주이다. 전형적인 이야기의 줄거리는 남자 주인공이 용이나 악당을 물리치고 공주를 구하여 왕국의 영원한 안녕을 회복한다는 정도가 될 것이다. 그들이 타고난 능력을 가지고 있음은 말할 것도 없다. 그들의 지력이나 용맹 또는 미모는 혈통으로 이어져 온 경우가 많아 보통 사람들이 감히 흉내 내거나 침범할 수 없는 자질이다.

근대 이후 본래적 의미의 서양 로맨스는 이미 지나가 버린 양식이 되었다. 그러나 로맨스의 서사적 요소는 여전히 남아 다양한 양식에서 사용되고 있다. 모험이나 연애를 제재로 하고 있는 대중 서사 대부분이 로맨스의 요소를 포함하고 있다고 해도 지나친 말은 아니다. 모험이나 연애의 서사는 소설은 물론이고 영화나 텔레비전 드라마에서 흔하게 발견된다. 허리우드 영화의 주인공들인 수퍼맨이나 베트맨, 스파이더맨은 모두 탁월한 능력을 가진 초능력 인간들이다. 그들은 악에 맞서 지구를 구하지만 지구의 운명만큼 한 여성의 안위를 중요하게 여긴다. 반대로 백만장자와 결혼하는 여성을 다룬 영화들도 주인공을 남성에서 여성에게로 옮겨온 것일 뿐 모험 소설의 서사와 크게 다르지 않다. 최근에는 지구의 운명을 좌우할 수 있는 여성이 등장하는 서사도 자주 볼 수 있다.

굳이 로맨스 서사를 서양의 양식에서만 찾을 필요는 없다. 동양의 영웅 서사도 로맨스 서사와 크게 다르지 않다. 전형적인 동양의 영웅 서사는 남들과 다른 출생을 하고, 어린 시절 부모와 헤어져 온갖 고난을 겪은 후 자신의 능력을 알아주는 귀인을 만나 결국 최고의 영웅이 되는 이야기이다. 우리 문학에는 멀게는 주몽 설화에서 가깝게는 『홍길동전』에 이르기까지 다양한 형태의 영웅 서사가 존재한다. 『수호지』나 『삼국지』의 영웅들과 무협지의 주인공들은 모두 타고난 능력을 가진 인물들이다.

로맨스의 서사를 가장 잘 활용하고 있는 분야는 영화이다. 〈인디아나 존스〉라는 영화 시리즈가 있었다. 이 영화는 '인디아나 존스'라는 고고학자가 특별한 보물을 찾아내는 모험을 다루고 있다. 그는 예전 영웅처럼 초인적인 능력을 가지고 있지는 않지만 전문지식과 강인한 의지, 결정적으로 기막힌 운으로 목표를 달성하는 인물이다. 그가 찾는 보물은 단순히 값이 비싼 물건이 아니라 인류의 안녕을 지키기 위해 필요한 물건이다. 악의 손에 넘어가면 나쁘게 쓰일 수 있는 물건이기도 하다. 성배라든지 성궤 등 종교적인 의미를 가지고 있다는 점도 시리즈에서 반복되는 모티프이다. 아류작으로 볼 수 있는 영화 〈미이라〉 역시 유사한 상상력에서 출발한다. 인류의 운명과 고대의 미스터리를 엮어놓기는 했지만 영웅 모험담의 변용이라는 점에서는 예전 영화들과 크게 다르지 않다. 남성 영웅을 다룬 이러한 서사에서 여성은 도움을 기다리는 로맨스의 공주를 떠올리게 한다. 아름답지만 문제를 일으키기만 하는, 때로 모험의 원인을 제공하는 역할을 할 뿐 그 이상을 보여주지 못한다.

2000년대 들어 최고의 대중적 인기를 끈 소설은 『해리 포터』 시리즈가 아닌가 싶다. 해리 포터는 뛰어난 마법사 부모 사이에서 태어난 인물이지만 고약한 이모네 집 계단 아래에서 어린 시절을 보낸다. 자신이 마법사라는 사실조차 모르고 성장하지만 결국 주머니 속의 송곳처럼 자신의 타고난 재주를 겉으로 드러내게 되고 덤블도어라는 조력자를 만나 마법학교에 입학하게 된다. 여러 면에서 해리 포터는 남들과 다른데, 무엇보다도 최고의 악당인 볼드모트로부터 살아남은 유일한 마법사라는 점이 특이하다. 그는 노력과 상관없이 탁월한 마법 실력을 가지게 있다. 그의 주변에는 조력자만 있는 것이 아니라 시기하고 모함하는 인물들도 많다. 그를 위해 기꺼이 희생해주는 동료들과 예쁜 여자 친구도 이야기의 흥미를 위해 빠질 수 없는 요소이다.

『해리 포터』는 어린이를 위한 영웅서사이다. 주인공이 어린이라는 점도 그렇지만 성장의 모티프를 중요하게 다루고 있기 때문이다. 해리 포터는 죽은 부모에 대한 기억에서 쉽게 빠져나오지 못하는 인물이다. 자신과 연결되어 있다고 생각하는 부모로부터 벗어나 의지를 가진 독립된 개체로 성장하는 과정이 『해리 포터』에서는 중요한 서사가 된다. 어른들의 세계와 구분되는 마법 학교 안의 세계를 꾸며놓았다는 점도 이 소설의 특징이다.

어린 시절 마법사가 되는 꿈을 한 번도 꾸어보지 않은 아이는 없을 것이다. 자신이 지금 보이는 모습보다 훨씬 더 뛰어난 능력을 가진 사람일 수 있다는 생각도 한두 번 해보게 된다. 우리는 노력으로 무엇을 이루겠다는 의지를 가지고 있지만 다른 한편에서는 자신에게 태어날 때부터 주어진 특별한 능력이 있었으면 하는 바람도 가지고 있다. 그런 능력으로 악당과 맞서 싸우는 자신의 멋진 모습을 그려보는 일은 상상만으로도 즐거움을 준다.

『해리 포터』와 관계된 이러한 상상이 조금 소년적인 것이라면 여자아이가 가질 만한 상상도 꾸며 볼 수 있다. 비록 현재는 주변에서 나를 알아주지 않지만 언젠가는 백마를 탄 왕자님이 나를 찾아와서 멋진 궁으로 데리고 갈 날이 오지 않을까. 주변 사람들이 나를 알아주지 않지만 고귀한 신분을 타고난 멋진 남성은 나의 가치를 알아주겠지. 지금의 내 모습은 비속한 일상에 가려 평범해 보이지만 언젠가는 빛나는 시절을 만나게 될 거야. 나를 무시하고 잘난 척 하던 사람들이 내 앞에서 머리를 숙이고 나를 부러워할 날이 멀지 않았어. 비록 주어진 것이기는 하지만 이상과 같은 생각은 '신데렐라' 서사의 반복이다.

슬픈 일이지만 우리는 해리 포터나 신데렐라기 될 수 없다. 로또가 당첨되어 현대판 신데렐라가 될 수 있는 사람이 있다고 해도 그 확률은 계산하기조차 민망한 수준이다. 일상적이지 않은 곳에서 살고 있는 이런 영웅들과 비교하면 보통 사람들은 일상에서 결코 벗어날 수 없다. 그렇다고 일상에 갇혀 아무런 상상도 못하고 산다면 그 역시 불행한 일이 될 것임에 틀림이 없다. 이런 이유로 사람들은 문학을 통해 욕망을 해결하고 위안을 얻는다. 이는 물론 문학에만 해당하는 일은 아니다. 사람들이 극장에 가서 영화를 보고, 음악회나 전람회에 가는 이유도 일상에서 벗어나 위안을 받기 위해서이다. 그곳에서 사람들은 일상에서는 사치가 될 수밖에 없는 감각을 충분히 열어놓고, 부담 없이 상상의 나래를 펼쳐본다. 이해득실을 따지고 자기 보신을 면밀히 계산해야 하는 생활에서 벗어나 비현실적인 세계에 자신을 맡겨보기도 한다. 남의 이야기에 자신을 투사해 안전한 경험을 해보는 것이다. 대중문화가 갖는 위안의 핵심이 바로 이것이다.

변화와 우연의 서사

앞서 우리는 대리 만족이라는 측면에서 대중 서사를 분석하였다. 하지만 사람들이 이야기에 흥미를 갖는 이유를 대리 만족만으로 설명할 수는 없다. 이야기는 일반적으로 처음과 중간과 끝을 가지고 있는데, 각각은 시간 순서나 인과의 순서에 따라 이어지게 마련이다. 이러한 이야기의 진행에 대해 사람들은 호기심을 가지고 접근하게 된다.

보통 사람들이 일상에서 경험하기 어려운 특별한 경험이 이야기에 포함되어 있다면 그 호기심은 더욱 커질 수 있다. 대중 서사는 보통 사람들의 일상적인 생활과 감정에서 출발하여, 그곳으로 다시 돌아오는 근대 문학의 일반적인 특징과 구별되는 서사이다.

호기심을 끌기 위해 이야기가 갖추어야 할 조건은 무엇보다도 변화와 속도이다. 하나의 사건을 지루하게 끈다든지, 갈등 구도를 애매하게 만든다든지 하는 일은 이야기의 흥미를 떨어뜨리기 쉽다. 하나의 상황을 자세하게 보여주기보다는 사건이 꼬리에 꼬리를 물고 이어지게 하는 것이 독자들의 관심을 잡아두기 쉽다. 인과성이 조금 떨어지더라도 이야기를 극적으로 엮어가고 현실성이 부족하더라도 인물의 성격을 단순화하는 것이 좋다. 우연이 현실에서 일어날 수 있는 정도를 넘더라도 이야기에 변화를 주거나 전개를 빠르게 해주는데 기여한다면 굳이 피할 필요는 없다.

이야기 외에 흥미를 끄는 세부를 잘 그려내는 것도 중요하다. 흥미를 끄는 세부의 묘사는 일상을 사실적으로 그리는 것과는 근본적으로 다르다. 대중 서사는 흔하게 볼 수 있는 장면이라면 축약이나 비약을 통해 가볍게 처리해주고, 감상을 자극할 수 있는 장면은 비교적 상세하게 그려 긴장을 조장해 주는 방법을 쓴다. 이야기의 종류에 따라 다르겠지만 폭력적인 장면이나 선정적인 장면, 감상적인 장면을 강조해 보여줄 수 있다. 이러한 표현 방법은 현실에서의 그럴듯함과 관련하여 통속적인 요소로 분류되기도 한다.

대중 서사의 문법들은 소설이나 영화, 만화나 드라마에서 두루 발견할 수 있다. 다양한 변화와 속도 있는 진행은 이야기를 접하는 이들이 대상에 대한 관심을 지속할 수 있게 만들어 준다. 새로운 이야깃거리가 계속 등장할 때 독자나 관객의 호기심이 유지되고, 여유로운 상상을 할 수 없게 되기 때문이다. 대중 서사는 일상에서 늘 접하게 되는 시시콜콜한 일들에 큰 관심을 두지 않는다. 직장에서의 업무나 가사일과 같이 중요하지만 '너무' 가까운 데 있는 일들도 변화와 속도 있는 진행을 위해 무시되는 경우가 흔하다. 돈을 모아 여행을 떠나 우연히 누군가를 만났다는 이야기가 있다면 사람들은 여행 경로나 여행 중 만난 누군가에 관심을 기울이지 어떻게 돈을 모았는지, 그 과정이 얼마나 힘들었는지에 대해서는 관심을 갖지 않는다.

서사 자체의 흥미를 중심으로 이야기가 전개되는 대표적인 양식으로 연애물, 추리물, 역사물을 들 수 있다. 이들 각각은 앞서 말한 이야기의 특성을 공통적으로 가지고 있다. 특히 현실과의 관련성이 매우 느슨하다는 점, 이성보다는 감성에 주로 의지하고 있다는 점은 대표적인 공통점으로 꼽을 만하다.

연애물은 크게 두 가지로 나눌 수 있다. 첫째는 아름답고 고귀한 사랑을 통해 대리만족을 주는 경우이고, 둘째는 복잡하게 얽힌 연애 관계를 통해 결과에 대한 궁금증을 불러일으키는 경우이다. 사랑 이야기의 고전이라 할 수 있는 「로미오와 줄리엣」이나 『젊은 베르테르의 슬픔』은 사랑 그 자체를 주제로 한 이야기이다. 사랑 이외에 다른 요소가 거의 개입하지 않고, 상대방에 대한 헌신과 희생이 포함되어 있다. 사랑하는 사람들의 관계도 비교적 간단한 편이어서 흔들리지 않는 굳은 사랑을 볼 수 있다. 이런 종류의 사랑 이야기는 현실에서 쉽게 찾아보기 어렵기 때문에 독자들에게 위안과 만족을 준다. 그런데 진실한 사랑에 대한 이야기가 성공이 아닌 실패를 통해 대중들에게 감동을 준다는 점은 특기할 만하다. 대중들은 자신이 원하는 것을 대신 성취해주는 데서 오는 만족감과 함께, 타인의 불행과의 거리 두기를 통해 생기는 안도의 감정을 함께 느낀다고 할 수 있다.

순수한 사랑 이야기보다는 연애 '관계'에 초점을 맞춘 서사도 있다. 이런 글에서는 삼각관계로 대표되는 복잡한 애정 관계가 만들어내는 질투와 시기가 서사를 이끌어가는 주요 뼈대이다. 순수한 열정으로서의 사랑을 다루기도 하지만 때로는 사랑 외의 다른 욕망이 개입하기도 한다. 권력이나 금력에 대한 욕망이나 육체적인 욕구가 순수한 사랑을 방해하는 중요한 요소이다. 우리 소설에서는 『장한몽』이나 『찔레꽃』을 예로 들 수 있다.

하지만 이런 종류의 서사를 확인하기에 가장 적합한 분야는 텔레비전 드라마이다. 부잣집 아들과 가난하지만 순수한 여인의 사랑을 중심으로 한 서사에 이러한 사랑을 방해하는 다양한 인물들이 등장하면 연애 중심의 대중 서사가 엮어지게 된다. 부잣집 아들을 사랑하는 성격이 좋지 못한 부잣집 딸이 등장하거나 여주인공을 차지하고 싶어 온갖 술수를 부리는 나쁜 남자가 등장하면 이야기는 더 복잡해진다. 거기에 남녀 주인공을 둘러싼 어른들의 과거사가 개입하기도 한다. 옛 이야기에나 나올법한 출생의 비밀은 애정을 방해하는 대표적인 과거사라 할 수 있다.

남녀 간의 애정으로 생기는 어지러운 사건은 온갖 이야기에 감초처럼 등장한다. 공포물이나 형사물, 액션물에서도 사건의 발단에는 애정 문제가 끼어있게 마련이다. 남성에게 버림받은 여성이나 여인에게 버림받은 남성이 기괴한 방법으로 복수를 감행한다는 정도의 이야기는 매우 흔하게 볼 수 있다. 이야기의 진행에 따라 형사물이 되거나 미스터리 물이 되는 것이 모두 가능하다. 이 경우 선악의 구도를 어떻게 잡느냐에 따라 성격이 다른 이야기를 만들 수도 있다. 윤리적·상식적 기준에 어긋나는 행위를 한 사람이 복수를 하는 인물일 때와 복수를 당하는 인물일 때로 나눌 수 있는데, 어느 쪽이냐에 따라 이야기의 방향이 크게 달라진다.

역사물이 갖는 대중적 성격은 익숙함과 관련되어 있다. 역사물의 특징은 세부의 내용은 달라진다고 해도 역사적 사실에 기반 한 만큼 큰 줄거리는 역사에서 크게 벗어나지 않는다는 데 있다. 이러한 특징은 작가에게 제약으로 작용할 소지가 있지만 독자들에게는 편안한 독서를 보장해준다. 독자들은 대략의 결과를 예상할 수 있는 상태에서 세부의 재미를 느끼면 되기 때문이다. 『삼국지연의』를 읽는 사람들은 소설의 결말을 궁금해 하기보다 사건이나 인물 자체에 집중하게 된다. 조조, 유비, 관우, 장비, 제갈량, 조자룡 등의 인물은 각각 독특한 성격을 가지고 있고, 소설 안에는 그들이 주인공이 되어 벌어지는 각각의 사건이 펼쳐진다. 항우와 유방 중 어느 쪽이 승리할 지에 관심을 갖는다면 소설 『초한지』보다는 『사기』를 읽는 편이 좋을 것이다. 『초한지』를 찾는 사람은 이야기의 결과가 궁금해서가 아니라 유방이 항우를 이기게 되는 과정과 등장하는 인물들의 성격, 그리고 지략과 용기의 대결 등을 다양하게 즐기려 한다.

역사물이 소설이 아니라 영화나 드라마라면 여기에 영상이 주는 매력이 포함된다. 상상으로 가능했던 전투 장면이 눈앞에 펼쳐진다든지, 잘 생긴 외모의 배우가 이야기 속 인물의 인상을 멋지게 재현한다든지 한다면 이야기에 큰 재미 하나를 더해 줄 것이다. 만화로 된 역사물이 주는 재미도 특별하다. 소설에 비해 많은 양의 정보를 담을 수 없지만 이야기를 장면으로 축약하여 보여주거나 우스운 장면을 연출하기에 만화만의 유리한 점이 있다. 이해가 쉽다는 점도 장점이라고 할 수 있다.

역사물이 대중적인 인기를 얻는 데는 서사 자체의 흥미 외에 그것이 독자들의 현재 삶을 거의 건드리지 않는다는 점도 크게 작용한다. 즉 역사 속 이야기는 이미 지나가버린 일이기 때문에 현재의 자기 삶에 아무런 영향을 미치지 않는다. 역사물은 과거에 대해 비난하고 아쉬워할 수 있는 '편안한' 기회를 주지만, 현재의 자기 삶을 반성하는 것과 같은 진지한 작업을 요구하지 않는다.

현재의 자기 삶과 거리를 둔다는 점에서는 추리물과 공상물도 앞서 언급한 서사들과 크게 다르지 않다. 소년물에서부터 어른들이 보는 공포물에 이르기까지 추리의 서사는 논리적이고 인과적인 구성을 통해 지적인 자극을 준다고 알려져 있다. 그러나 실제 추리의 서사에는 우연이 많이 개입된 기괴한 이야기가 많다. 상식적 근거에 기대기보다는 미약한 근거를 집요하게 파고들어 허약한 개연성을 확대 해석하는 이야기도 많다. 탐정 소설 등 오래된 이야기에서는 그 정도가 약한 편이었지만, 영상 매체가 등장하면서 이러한 특징은 더욱 커졌다고 할 수 있다. 추리 서사에서는 살인이나 복수와 같은 선정적 요소와 탁월한 능력을 가진 주인공의 영웅적 활약이라는 로맨스 구조가 감초처럼 포함되어 있기도 하다.

만족과 평안의 서정

에세이essay를 번역하면 수필이 되는데, 왠지 에세이와 수필은 다른 양식처럼 느껴진다. 에세이가 자신의 생각을 논리와 감성을 섞어 비교적 진지하게 풀어놓은 자유로운 형식의 논문이라면 수필은 일상생활에서 얻은 감상을 감성적인 언어로 표현한 소품이라는 생각이 든다. 이러한 차이를 드러내기 위해 예전에는 중수필과 경수필로 둘을 구분하기도 했다. 요즈음은 '산문'이라는 말을 사용하기도 한다. 에세이에 가까운 글들에 쓰는 말이기는 한데 꼭 에세이를 번역한 말인 것 같지도 않다. 여하튼 산문은 수필에 가깝기는 한데, 수필은 여전히 수필로 남아 있다.

수필은 무엇보다도 편안히 읽을 수 있는 글이어야 한다. 소재나 주제, 형식 모두에서 수필은 독자에게 불편함을 주어서는 안 된다. 생활에서 조금 벗어나 정신적인 휴식을 바라는 이들이 주로 읽는 양식이기 때문에 수필은 생활에서 느낀 잔잔한 감동을 부담 없는 문체로 전달해야 한다. 수필은 추악한 현실을 들추어내거나 철저하게 불행한 인물을 그려내거나 절망적 상황을 제시해서는 안 된다. 수필의 독자는 생활에 활기를 되찾을 만한 약간의 자극은 허용하지만, 몸 전체를 바싹 긴장시킬 만큼 큰 자극은 부담스러워한다. 수필의 장점은 정신적 휴식을 제공해주고 심리적 안정을 베풀어준다는 데 있다.

수필이 갖는 장점과 단점은 이러한 편안함, 즉 긍정과 안주의 심리학에 있다. 수필은 위로가 필요할 때 자신과 주위를 돌아볼 수 있는 여유를 준다. 일상에서 겪었던 어려움을 뒤돌아보거나, 따뜻함을 느꼈던 경험을 이야기하는 수필은 삶이 견딜만하다는 느낌을 주곤 한다. 독자는 나도 저와 같이 살아야겠구나, 내 생활도 그리 고달프기만 한 것은 아니구나, 라는 생각을 하게 될 때도 있다. 수필은 사람들에게 현실에 대한 애정을 갖게 하거나 현실을 살아갈 힘을 주기도 한다.

그러나 수필이 현재를 성찰하는 양식이라고 해도 그 성찰의 폭은 매우 제한적이다. 일례로 현실에 대한 냉철한 판단이나 부조리한 상황을 개선하려는 의지를 수필에서 발견하기는 쉽지 않다. 비록 현실에 대한 부정적 견해를 드러내더라도 그것은 긍정을 찾아내기 위한 방법이나 과정에 그치는 경우가 많다. 수필이 전달하는, 또는 수필을 통해 얻게 되는 현실에 대한 긍정은 실제의 현실 모습과는 거리가 있다고 할 수 있다. 수필의 긍정은 현실을 바꿈으로서 생기는 것이 아니라 현실을 대하는 태도를 바꿈으로서 생긴다. 이러한 긍정은 자칫 현실 개선의 의지를 꺾는 결과를 낳을 수도 있다.

장점과 단점 중 어느 쪽 편을 들어줄 지는 각자가 선택할 일이다.

먹을 만큼 살게 되면 지난날의 가난을 잊어버리는 것이 인지상정인가

보다. 가난은 결코 환영할 것이 못되니, 빨리 잊을수록 좋을 것일지도 모른다. 그러나 가난하고 어려웠던 생활에도 아침 이슬같이 반짝이는 아름다운 회상(回想)이 있다. 여기에 적는 세 쌍의 가난한 부부 이야기는, 이미 지나간 옛날이야기지만, 내게 언제나 새로운 감동을 안겨다 주는 실화(實話)들이다.

그들은 가난한 신혼 부부였다. 보통의 경우라면, 남편이 직장으로 나가고 아내는 집에서 살림을 하겠지만, 그들은 반대였다. 남편은 실직으로 집안에 있고, 아내는 집에서 가까운 어느 회사에 다니고 있었다. 어느 날 아침, 쌀이 떨어져서 아내는 아침을 굶고 출근을 했다.

"어떻게든지 변통을 해서 점심을 지어 놓을 테니, 그때까지만 참으오."

출근하는 아내에게 남편은 이렇게 말했다. 마침내 점심시간이 되어서 아내가 집에 돌아와 보니, 남편은 보이지 않고, 방 안에는 신문지로 덮인 밥상이 놓여 있었다. 아내는 조용히 신문지를 걷었다. 따뜻한 밥 한 그릇과 간장 한 종지…… 쌀은 어떻게 구했지만, 찬까지는 마련할 수 없었던 모양이다. 아내는 수저를 들려고 하다가 문득 상 위에 놓인 쪽지를 보았다.

"왕후(王侯)의 밥, 걸인(乞人)의 찬……. 이걸로 우선 시장기만 속여 두오."

낯익은 남편의 글씨였다. 순간, 아내는 눈물이 핑 돌았다. 왕후가 된 것보다도 행복했다.

만금(萬金)을 주고도 살 수 없는 행복감에 가슴이 부풀었다.[45]

 프롤로그 격에 해당하는 앞부분에는 작가의 현재 생각이 담겨 있고, 뒷부분은 작가가 인용한 감동을 주는 실화이다. 작가는 가난은 권할 일은 아니지만 지난 가난 속에서도 아름다운 추억을 발견할 수 있다고 말한다. 그리고는 가난했지만 서로를 이해하고 배려했던 시절의 아름다운 장면을 보여준다. 사실 가난을 이기는 최선의 길은 당장 그

45) 김소운, 「가난한 날의 행복」, 『한국의 명수필』, 을유문화사, 2001, 121-122쪽.

상태에서 벗어나는 것이겠지만, 그것이 쉽지 않다면 서로가 서로에게 위로가 되는 방법을 찾는 것도 좋은 일이다. 어려울수록 주변에 있는 사람의 가치를 새삼 깨닫게 되는 것도 사실이다. 마음을 모아 서로에게 위안이 되려고 노력하는 것은 당연히 좋은 일이다.

그러나 우리는 가난이 가져오는 비극적인 결말에 대해서도 쉽게 상상할 수 있다. "쌀독에서 인심 난다"는 말이 있듯이 궁핍한 생활은 정신적 여유마저 앗아가곤 한다. 가난한 사람은 남을 배려하는 마음보다는 자신을 먼저 챙기려는 마음을 드러내기 쉽다. 그런 사람들에게 가난은 전혀 아름답지 않다. "왕후(王侯)의 밥, 걸인(乞人)의 찬"이라는 말이 주는 '만금(萬金)을 주고도 살 수 없는 행복감'은 당장 일을 겪으면서 느낄 수 있는 감정이기 보다 시간이 지나 여유가 생긴 후에 느낄 수 있는 감정이다. 또, 위 글에서는 '쌀이 떨어져서' 아침을 굶고 출근해야 하는 형편이 이후에 어떻게 달라졌는지에 대해서는 말하지 않고 있다. 보통 사람들의 가난은 '왕후의 밥'보다는 '걸인의 찬'에서 오는 것이다. 떨어진 쌀이 생활을 지배할 수도 있다.

어떤 태도가 바람직한가를 묻는다면 대답은 분명하다. 비록 가난하다고 해도 여유를 가지고 살아가는 사람이 건강한 것이고, 미래 역시 그들에게 손을 들어줄 가능성이 크다. 이처럼 과거를 아름답게 그릴 수 있는 글이 수필이다. 수필은 건강한 상식을 크게 벗어나지도 않는다. 사실 아름다움이란 그런 곳에서 발견되는 것인지 모른다. 수필의 매력은 돌아보는 아름다움, 현재의 안정을 전제로 한 아름다움, 따라서 과거가 현재의 위안이 되는 아름다움에 있다.

수필은 여러 면에서 서정시와 통한다. 세계를 대하면서 느낀 화자의 감상을 표현한다는 점이 가장 중요한 공통점이다. 남의 이야기를 빌려오거나 세상의 문제점을 지적하기도 하지만, 주로 자신의 일상을 남에게 들려준다는 점도 유사하다. 둘 모두 문체의 아름다움과 정결

함을 추구하고 이해보다는 공감으로 독자에게 접근하는 양식이기도
하다.

문학과 새로운 미디어

이야기를 통해 위안을 얻는 전통은 인류의 역사만큼 오래되었고 앞으
로도 길게 유지되리라 생각한다. 그러나 사람들이 위안을 얻는 방법
은 시대에 따라 변화한다. 유사한 이야기라도 그것을 담아내는 양식
은 발달과 쇠퇴를 계속해 왔다. 옛날이야기에서 고전 소설로, 고전 소
설에서 현대 소설로 변해온 흐름이 있고, 구전에서 문자로 문자에서
다시 영상으로 변해온 흐름도 있다. 전반적인 변화와 무관하게 지속
적으로 유지되는 요소도 있다. 현대 소설이 중요한 양식이 된다고 해
서 옛이야기가 하루아침에 사라지는 것은 아니다. 소설의 줄거리와
영화의 서사가 비슷한 예도 흔히 볼 수 있다.

　문학으로 관심을 모아보면, 문학이 중심이 되어 대중들에게 동화를
통한 위안을 주던 시대는 엄격히 말해 끝났다고 볼 수 있다. 대중들이
선호하는 양식은 문학보다는 영화나 텔레비전 드라마이다. 문학이 영
상물보다 덜 대중적인 양식이 되었다고 말해도 틀리지 않다. 인물의
성격화나 의미 전달의 용이성에서 영상 매체는 문자 매체보다 유리한
점을 많이 가지고 있다. 문학은 이러한 환경의 변화 속에서 다른 길을
모색하게 되었다.

　그렇더라도 이야기만으로 문학이 다른 영역과 경쟁하는 일은 그리
승산이 높아 보이지는 않는다. 단순한 서사 구조로는 영상의 공감각
이 주는 힘을 극복하기 어렵다. 새로운 형식을 도입하는 방법과 내용
의 깊이를 확보하는 방법이 있기는 하지만, 새로운 형식은 무한정 만

들어낼 수 있는 것이 아니고 문자를 통해 만들어내는 형식이 다른 매체가 만들어내는 형식을 앞서는 일도 쉽지는 않다. 내용의 깊이를 확보하는 일은 사실 동화를 통한 대리 욕망 혹은 위안이라는 이야기의 성격을 포기해야 이룰 수 있다. 이는 이해하기 어려운, 재미없는 이야기가 된다는 뜻이기도 하다. 대중들에게서 멀어지는 현실에서, 문학이 대중들을 끌어안기 위해서 해야 할 일이 과연 무엇일지 고민스럽지 않을 수 없다.

서정 抒情 lyric

우리들 중 누가 한창 야심만만한 시절, 이 같은 꿈을 꾸어보지 않은 자가 있겠습니까? 리듬과 각운이 없으면서도 충분히 음악적이며, 영혼의 서정적 움직임과 상념의 물결침과 의식의 경련에 걸맞을 만큼 충분히 유연하면서 동시에 거친 어떤 詩的 산문의 기적의 꿈을 말이오.

(보들레르, 「아르젠느 우세에게」)

서정 양식과 서정시

서정, 서사, 극으로 문학을 나누는 관습은 다분히 자아와 세계가 맺는 관계를 염두에 두고 있다. 독자나 관객에게 전달하는 내용이 무엇인지, 누가 내용을 전달하는 지를 분류의 중요한 기준으로 삼는다. 서사가 세계의 모습을 서술자의 체험과 관찰에 의해 표현하는 것과 달리 서정은 자아와 자아 안에 들어온 세계의 모습을 화자의 목소리를 통해 들려주는 양식이다. 이들과 달리 극에서는 전달자의 모습이 보이는 않는다. 서정 양식에서 세계는 자아와 분리되지 않으며, 주관과 객관의 구분은 사라진다. 개인을 전면적으로 드러내기 때문에 말하는 이와 글쓴이의 구분이 무의미해지는 경우가 많다.

현재 가장 널리 창작되고 있는 서정 양식은 서정시이다. 서정시는 원래 노래의 가사에서 비롯되었는데 지금은 개인의 감정을 드러내는 짧은 시를 의미한다. 현재 '시'라고 부르는 것은 대부분 서정시를 의미하지만, 엄격히 말해 '시'는 운문의 형식을 이르는 말이어서 서정과 바로 연결되지는 않는다. 서사시, 극시라고 할 때는 운문 형식으로 된 서사와 극을 가리킨다.

소설이나 수필과 같이 산문으로 된 양식에서도 서정을 찾아볼 수 있다. 글쓴이가 드러내고자 하는 바, 화자의 태도가 서정에 가깝다면 그것을 서정이라 부르지 말아야 할 이유는 없다. 「메밀꽃 필 무렵」이나 「소나기」와 같은 소설을 읽고 독자들은 세계에 대한 이해를 높이기보다 작품 속 인물이나 배경이 만들어내는 정서에 '감염'되는 느낌을 받곤 한다. 이런 소설의 작가 역시 현실을 사실적으로 보여주려 하기보다는 작품을 통해 특별한 정서적 효과를 만들어내고자 한다.

서정 양식이 전달하는 내용은 개인의 감상과 경험에서 비롯된 감정이다. 감상과 경험을 통해 세계를 만나고 이를 통해 독자에게 공감을 불러일으켜, 결국 정서를 끌어내는 것이 서정의 요체이다. 그러나 화자의 감정을 전하는 데는 여러 가지 복잡한 장치가 필요하기도 하다. 개인과 개인이 감정을 공유하는 일은 그리 쉬운 것이 아니기 때문이다. 감정을 감정대로 그대로 전달해서는 공감을 얻어내기가 쉽지 않다. 감정을 겉으로 드러내기보다 감정을 끌어낼 수 있는 대상이나 경험을 매개로 사용했을 때 오히려 전달의 효과를 높일 수 있다. 비유, 이미지, 객관적 상관물 등 비평에서 자주 사용되는 용어들은 이러한 장치를 일반화하여 부르는 이름이다.

현재 서정을 대표하는 양식이 서정시라고 보면 서정 양식의 특징을 이해하기 위해서는 서정시의 특징을 살펴보아야 한다. 서정시는 낭만적 충동과 긴밀히 연결되어 있다. 객관과의 합일의 순간이나 감정의 고양을 걸러지지 않은 상태로 표현하는 데서 낭만적 충동의 전형을 볼 수 있는데, 자연의 아름다움, 삶의 환희와 절망, 인생의 아쉬움과 후회, 사랑의 기쁨과 슬픔 등은 자주 다루어지는 감정들이다. 서정시는 이러한 감정의 언어를 직접 혹은 간접적으로 드러내는데, 때문에 개인이 최대한 강조된다는 느낌을 주게 된다.

서정시에서 감정의 직설적 표현은 미덕이자 동시에 악덕이다. 감정의 동의를 얻을 수 있다면 독자에게 큰 감동을 줄 수 있지만, 그렇지 못할 경우는 공감 자체를 얻어내기도 어렵기 때문이다. 감정이 앞섰을 때는 시가 사물과 세계의 특징을 정확하게 전달해 주지 못할 수도 있다. 최근에는 감정을 직접적으로 드러내는 말을 줄이고, 감정을 전달해 줄 적절한 이미지를 구성하거나 비유를 찾는 편이 효과적이라는 견해가 우세하다.

감정보다는 사유 자체에 자극을 주는 시들을 서정시 영역에 포함시켜야 할 것인지는 논란이 많다. 그러나 사유에 자극을 주는 방식이 감정의 움직임을 통해서이고, 전달되는 내용 역시 감정과 관계된다면 그것을 서정시로 보지 못할 이유는 없다. 형식이 기존의 것을 따르지 않고, 질서를 파괴하는 경우가 있더라도 이는 크게 달라지지 않는다. 넓은 의미에서 간접화의 방식으로 이해할 수 있다.

우리 서정시의 역사는 남아 있는 기록으로도 천오백 년이 넘는다. 하지만 지금 널리 읽히고 있는 현대시의 역사는 백년이 넘지 않는다. 짧은 기간이지만 근대 이후의 서정시는 많은 변화를 겪었다. 현실의 변화에 많은 영향을 받았고, 시대에 따라 다양한 경향의 시들이 유행하였다. 유파별로 시를 일별하여 보는 관점은 이러한 경향을 파악하는데 유리하다.

다루고 있는 주제에 따라 시의 경향을 나누어 보는 방법도 있다. 시에서 자아와 세계가 맺는 관계를 세분화하는 방법이다. 이런 관점에서 보면 서정시는 자아와 세계의 합일에 중심이 놓인 시, 자아의 고민에 중심이 놓인 시, 세계를 향한 자아의 목소리에 중심이 놓인 시로 나눌 수 있다.

이상의 분류에 따라 몇 편의 시를 살펴보기로 하자.

자연에 대한 감각

동양에서는 한시나 하이쿠를 통해 익숙하지만 서구의 시에서는 모더니즘, 이미지즘 등의 용어로 '새로움'이 강조된 시 경향이 있다. 자연의 풍경이나 이미지를 감각적 인상을 통해 선명히 드러내고 그러한 인상을 통해 자연과 자아의 합일된 모습을 보여주는 시이다. 우리도 한시의 전통을 가지고 있어 이러한 시에 비교적 익숙한 편이다. 또, 이런 시는 감정이나 표현의 절제를 지향하고 자연과 인간의 조화를 추구한다는 점에서 동양 산수화의 전통을 떠올리게도 한다.

이미지는 운율이나 비유와 더불어 시의 고유한 특징을 만들어내는 매우 중요한 요소이다. 이미지는 심상(心象)으로 번역되는데, 마음속에 그려지는 인상이라는 뜻으로 이해할 수 있다. 운율이 시를 노래에 가깝게 만든다면 이미지는 시를 그림에 가깝게 만든다. 비유가 언어를 통해 의미와 상상력의 확장을 꾀한다면 이미지는 대상을 감각적으로 간취하여 새로운 느낌을 만들어낸다.

다음 시는 자연을 간취해내는 '감각'이 매우 뛰어난 작품이다.

돌에
그늘이 차고,

따로 몰리는
소소리 바람.

앞 섰거니 하야
꼬리 치날리여 세우고,

종종 다리 깟칠한

山새 걸음거리.

여울 지어
수척한 흰 물살,

갈가리
손가락 펴고.

멎은 듯
새삼 듣는 비ㅅ낯

붉은 닢 닢
소란히 밟고 간다.[46]

위 시는 비오는 봄날 냇가의 풍경을 그리고 있다. 풍경 자체는 새로울 것도 신기할 것도 없지만 시인은 눈에 보이는 장면 하나하나를 무심히 넘기지 않고 감각적 언어로 고유한 느낌을 만들어 독자에게 전달해 준다. 화자가 감각한 자연물은 각각 돌, 바람, 산새, 물살, 비, 나뭇잎이다. 이들은 냇가에서 흔히 볼 수 있는 사물들로 일상에서는 자연을 구성하는 소품들 정도로 큰 주목을 끌지 못한다.

이 시의 장점은 화자가 각각의 자연물에 감각의 촉수를 대고 느낌을 구체적으로 표현하고 있다는 데 있다. 우선 돌을 본 화자의 감각은 '차다'이다. 화자가 표현한 대상이 양지 바른 곳에서 말라 있는 돌이 아니라 그늘에 놓여 있는 젖은 돌이라는 것을 알 수 있다. 때마침 부는 바람은 소소리 바람이다. 이 바람으로 인해 현재의 시간이 이른 봄임을 알 수 있다. 그늘이 찬데 바람 역시 차고, 그 바람은 가끔씩 따로

---

46) 정지용, 「비」, 『정지용전집』1, 민음사, 1991, 146쪽.

몰려서 불고 있다. 기꺼이 맞게 되는 기분 좋은 바람은 아니다.

이 서늘한 풍경 안에 새 한 마리가 등장하여 종종거리며 달려간다. 콩콩거리며 달려가는 새의 모습에서는 유난히 다리가 두드러진다. 화자는 그 다리의 모습을 까칠하다고 묘사했는데, 까칠한 이유는 날씨 때문이거나 황급히 서두르는 모습 때문일 것이다. 이어서 물살을 수척하다고 묘사한 것에 비추어 까칠한 모습은 수척함과 연관되어 있을 가능성이 크다. 여울을 지어 물이 퍼지는 모습을 손가락을 편다고 표현한 것도 감각적으로 느껴진다.

보통 봄비가 그렇듯이 화자가 본 봄비도 오다 그치다를 반복하는 모양이어서 멎었던 비가 다시 내리기 시작한다. '비ㅅ낯'이라는 표현은 봄비의 모양을 표현하기에 매우 적당하다. 허공을 가득 매우는 소란스러운 비가 아니라 빗줄기 하나하나가 눈에 보이는, 관찰 가능한 빗방울의 느낌을 살리고 있다. 그래도 조용한 풍경을 가르는 비는 잎을 흔들어 소란스러운 소리를 만들어 낸다. 여기서 빗방울이 밟는 자리는 앞서 새가 까칠한 다리고 밟고 지나간 자리를 연상하게 한다. 시의 흐름에 따라 새는 등장했다 사라지고 비오는 냇가의 풍경만이 남지만 왠지 그 흔적이 완전히 사라진 것처럼 느껴지지는 않는다. 독자는 풍경을 눈으로 본 것을 넘어서서 감각적으로 함께 경험하였기 때문이다.

「비」는 시인이 시의 전면에 등장해 자신의 감정을 드러내고 있는 작품은 아니다. 하지만 독자는 시인이 감각한 자연을 통해 새로운 세계를 경험하게 된다.

다음 시에서도 우리는 산수화 같은 풍경 한 편을 만날 수 있다.

골짝에는 흔히
流星이 묻힌다.

黃昏에
누리가 소란히 싸히기도 하고,

꽃도
귀양 사는 곳,

절터ㅅ드랬는데
바람도 모히지 않고

山그림자도 설핏하면
사슴이 일어나 등을 넘어간다.[47]

「구성동(九城洞)」은 앞서 본 「비」와 유사하면서도 한층 정적인 느낌을 주는 시이다. 황혼이 내리고 있는 골짜기의 풍경을 과장된 수사 없이 담백하게 묘사하고 있다. 그러나 담백하게 느껴지는 묘사에서 일상적 감각을 넘어 자연의 근본에 다가가는 시인의 뛰어난 감수성이 느껴진다. 언어가 자연과 자아를 매개하면서 동시에 일상에서 느끼는 자연 이상을 일깨워주는 경우라 할 수 있다. 이런 일깨움은 복잡하고 상세한 설명이나 수사를 통해 이루어지는 것이 아니라 단순한 감각의 언어와 자연이 적절하게 만났을 때 이루어진다.

골짜기는 '유성이 묻힌다'고 할 만큼 멀고 깊은 곳에 있다. 화자는 유성을 가까이서 본 사람이 없다는 점에 착안하여 골짜기와 세속과의 거리를 표현했다. 구성동의 고적함이 어디에서 오는 지를 짐작할 수 있는 부분이기도 하다. 다음 연에서는 시의 시간적 배경을 알 수 있는데, 화자는 석양녘을 황혼에 세상이 쌓인다고 표현하였다. 이는 황혼에 물든 세상이 황혼 때문에 달라져 보이거나 황혼이 세상의 구체적

---

47) 정지용, 「九城洞」, 같은 책, 138쪽.

인 모습을 압도할 만큼 아름다울 때 쓸 수 있는 말이다. '소란히' 쌓인다는 말도 평범하지는 않다. 황혼 무렵의 골짜기 풍경에서 소란함을 느끼기는 쉽지 않다. 화자는 황혼이 조용히 한 곳에 내린 것이 아니라 시야를 가득 채우고 남을 만큼 골짜기 곳곳을, 색색으로 갑자기 물들이고 있음을 나타내기 위해 '소란히'라는 단어를 사용하였다.

골짜기는 세상과 너무도 멀리 떨어져 있기에 "꽃도 /귀양 사는 곳"이고, '바람도 모이지 않'는 곳이다. 여기서 '귀양'은 단순히 거리만이 아니라 외로움이나, 곤란한 처지까지 떠올리게 한다. '바람도' 모이지 않는다는 표현은 단순히 바람도 멈춘 조용한 풍경 이상을 말하고 있다. 골짜기에 가장 많이 찾아오는 손님이 아마 바람일 터, 그마저 오지 않는 시간이라면 적막이 절정에 달한 때일 것이다. 화자는 예전에 골짜기가 '절터'였다고 하여 고요에 쇠락의 느낌을 더해준다. 골짜기에 어둠이 더욱 깊어지면 사슴마저 재를 넘어 집으로 돌아가고 구성동은 정말로 아무 것도 없는 풍경으로 남는다.

이상 '자연'을 감각적으로 표현한 시 두 편을 살펴보았다. 시각적인 이미지를 이용해 독자에게 한 편의 아름다운 그림을 제공해 준다는 공통점을 발견할 수 있었다. 이런 종류의 시는 언어와 자연의 관계를 통해 일상적인 느낌 이상을 보여줄 때 감동을 준다. 그러나 구체적인 삶이 빠져 있다는 점은 이런 시들이 가지고 있는 가장 큰 단점이다. 공간부터 생활을 떠난 한적하고 고요한 곳으로 제한되어 있고, 일이나 노동과 같은 일상적 행위도 생략되어 있다. 자연을 신비화하는 듯한 느낌을 주는 것도 문제로 지적할 수 있다. 인간이 빠진 자연에서 얻는 의미는 제한적일 수밖에 없다는 비판이 가능하기 때문이다. 물론 비판을 받는다고 감각적인 시가 가진 긍정적 의미가 사라지는 것은 아니다. 또, 시가 독자의 모든 요구를 만족시키는 일은 어차피 가능하지 않다.

고뇌와 감상

기원에서부터 서정시는 주관의 감정을 드러내는 기능을 해왔다. 자신의 삶을 솔직하고 절박하게 드러낸 시들은 자연과의 일치나 조화를 강조하지 않는다. 그 속에서 살아가는 사람들의 감정이 시의 주제가된다. '나' 또는 화자의 감정이 시 전체의 분위기를 끌어가는 셈이다. 이런 시들은 하나의 그림을 보여주려 하기보다 하나의 감정을 독자의 가슴 속에 남기려 한다. 감정의 내용에 따라 환희와 기쁨, 희망과같은 긍정적 감정을 담은 시들과 고독이나 슬픔과 같은 부정적 감정을 담은 시들로 나눌 수 있을 것이다. 전자는 주관과 객관의 갈등 없는 일치에서 비롯되는 경우가 많고, 후자는 세계의 압력에 눌려 자신을 마음대로 펴지 못해 작아지고 궁지에 몰린 심정을 표현하는 경우가 많다. 고도로 조직화되고 개인의 위치가 날로 작아지고 있는 현대사회에서 개인과 세계의 조화를 '기쁘게' 노래하는 시를 찾는 일은 그리 쉽지 않다. 현대를 살아가는 사람들에게는 절망과 좌절, 슬픔과 고독 등의 감정이 잘 어울리고 익숙하다고 할 수 있다.

다음은 이러한 고독과 절망을 절절하게 노래한 시이다.

사랑을 잃고 나는 쓰네

잘 있거라, 짧았던 밤들아
창 밖을 떠돌던 겨울안개들아
아무것도 모르던 촛불들아, 잘 있거라
공포를 기다리던 흰 종이들아
망설임을 대신하던 눈물들아
잘 있거라, 더 이상 내 것이 아닌 열망들아

장님처럼 나 이제 더듬거리며 문을 잠그네
가엾은 내 사랑 빈집에 갇혔네[48]

전체 세 연으로 이루어진 위 시는 잃고 싶지 않은 것들과 이별해야
하는 화자의 절망을 노래하고 있다. 관찰자의 시선을 취했던 앞의 시
들과 달리 화자가 '나'를 직접 내세우고 있어 주관적인 감상이 두드러
진다는 느낌을 준다. 첫째 연과 셋째 연이 짧고 둘째 연이 긴데, 둘째
연이 '-아'의 각운을 살리고 있는데 비해 첫째, 셋째 연은 각운 '-에'
로 마무리된다. 내용에서도 둘째 연은 다른 연과 구분되는데, 첫째 연
에서 '-쓰네'라고 했던 내용들이 둘째 연이 되고, 셋째 연은 다시 '-쓰
네'로 마무리 된다.

위와 같은 짜임 때문에 「빈집」은 첫째 연과 셋째 연을 함께 살펴보
는 것이 좋다. 첫째 연은 시 전체의 내용을 담고 있는 것 같으면서도
구체적으로 필요한 정보를 제공해주지는 않는다. 사랑을 잃었다고 하
는데, 그 사랑이 무엇인지 그것을 어떻게 잃었는지 말해주지 않기 때
문이다. 반대로 독자들은 첫 행을 시의 주제로 이해할 수도 있다. 잃
어버린 사랑이 주제인 시에 익숙한 사람이라면 더욱 그럴 수 있다. 이
런 저런 생각에 다음의 내용이 궁금해지기도 한다. 어떤 식으로 읽든
첫 행은 다소 도발적이라 할 수 있다.

셋째 연은 다시 사랑에 대해 이야기하며 시를 정리하는 부분이다.
첫째 연에서는 사랑을 잃었다고 했는데, 여기서는 화자가 사랑을 가
둔 것으로 이야기한다. 물론 가두는 행위가 기꺼워 보이지는 않는다.
'장님처럼', '더듬거리며' 문을 잠근다고 했으므로 그것이 마지못해 혹
은 서툴게 하는 행동임을 알 수 있다. 그러고는 사랑에 대해 가엾다고
말하기까지 한다. 겉으로 드러난 표현과 달리 화자는 스스로 사랑을

---

48) 기형도, 「빈집」, 『입 속의 검은 잎』, 문학과지성사, 1989, 77쪽.

빈집에 가두고도 버렸다고 느끼지 않고 잃었다고 느낀다. 이는 가두는 일이 어쩔 수 없었을 때나 가능한 생각이다. 그 답은 둘째 연을 통해 짐작해 볼 수밖에 없다.

둘째 연은 가두었든 잃었든 '사랑'의 내용을 구체적으로 보여주고 있다. 이 시가 독자에게 감동을 주는 이유는 여기서 다루고 있는 잃어버린 사랑에 대해 많은 사람들이 공감할 수 있기 때문이다. 고민으로 밤을 새웠던 경험을 한두 번이라도 가지고 있는 사람들은 특히 공감의 정도가 클 것이다. 그 고민의 내용이 구체적으로 드러나지는 않지만, 그 시간들과의 이별을 반복해 말하고 있다. 그것을 나열하면 '짧았던 밤들', '창 밖을 떠돌던 겨울 안개들', '촛불들', '공포를 기다리던 흰 종이', '망설임을 대신하던 눈물', '내 것이 아닌 눈물' 들이다. 모두 구체적인 인물이나 사건을 지시하는 말들이 아니어서 독자 나름의 상상이 필요하다.

그러나 그 상상이 그리 멀리 갈 필요는 없다. 상상보다는 기억이 더 어울리는 말이 될 지도 모르겠다. 밤이 짧았던 이유는 긴 밤으로도 해결할 수 없는 문제가 많았기 때문일 터이고, 그런 시간에야 창밖의 겨울 안개를 만날 수 있었을 것이다. 촛불도 마찬가지이다. 화자는 이것들에게 '잘 있거라'라고 이별의 인사를 한다. 이어 화자는 공포의 말들을 적곤 하던 흰 종이들이나 망설임의 눈물들, 그리고 열망들로부터 벗어나려 한다. 여기서 문제는 이별의 대상들이 나름대로 가치 있는 경험들이라는 점이다. 실제적인 면에서 도움이 되는지는 모르겠지만 이것들은 자신의 모습을 순수하게 확인할 수 있었던 젊은 시절의 경험들이었다. 불순한 다른 무엇이 개입하지 않은 시간이기도 하다. 그래서 '더 이상 내 것이 아닌 열망'에서는 왠지 처연함이 느껴진다. 놓치지 말아야 할 것을 놓쳐버린 듯한 안타까운 느낌도 전달된다.

이렇게 볼 때 시간들과의 이별은 단순히 특별한 날들과의 이별이 아니다. 그러한 시간을 가질 수 있었던 젊음과의 이별, 아름다웠던 과거와의 이별을 모두 포함한다. 어른이 되어서든 세상과 타협하기 위해서든 화자는 사랑을 잃은 것이 아니라 스스로 그것을 '빈집'에 가두어 버린 것이다. 다시는 젊은 날의 고민을 돌아보지 않겠다고 결심하며 성인이 되는 슬픈 의식을 치르고 있는 셈이다.

열무 삼십 단을 이고
시장에 간 우리 엄마
안 오시네, 해는 시든 지 오래
나는 찬밥처럼 방에 담겨
아무리 천천히 숙제를 해도
엄마 안 오시네, 배춧잎 같은 발소리 타박타박
안 들리네, 어둡고 무서워
금 간 창틈으로 고요히 빗소리
빈방에 혼자 엎드려 훌쩍거리던

아주 먼 옛날
지금도 내 눈시울을 뜨겁게 하는
그 시절, 내 유년의 윗목[49)]

시는 소설과 달리 시간의 흐름에 의지하지 않는다. 대부분의 시간은 현재라는 평면이다. 과거를 회상한다고 해도 시에서 표현하고자 하는 것은 과거의 사건이나 경험이 아니라 그것을 통해 환기된 현재의 감상이다. 「엄마 걱정」에서 화자는 빈 방에서 어머니를 기다리던 어린 시절의 감정을 되살려 새삼스러운 감상에 빠진다.
이 시의 매력은 어린 시절의 느낌을 표현한 재미있는 시어들에 있

49) 기형도, 「엄마 걱정」, 같은 책, 127쪽.

다. 화자는 어머니를 기다리는 시간을 "해는 시든 지 오래", "아무리 천천히 숙제를 해도 /엄마 안 오시네" 두 행으로 표현하고 있다. 식물도 아닌 해가 시들리는 없고, 시든 것은 기다리다 지친 아이일 것이다.(사실 아이도 시들지는 않는다.) 긴 시간을 견디기 위해 아이는 천천히 숙제를 하지만 그래도 엄마는 오시지 않는다. 숙제를 천천히 하는 아이의 모습이나 심정을 쉽게 떠올릴 수 있다. 이는 시들다는 말과 연관되기도 하는데, 기다림에 지쳐버린 아이의 모습은 '찬밥처럼 방에 담겨' 있다고 표현된다. 독자는 '찬밥'이라는 시어를 통해 아이의 모습과 함께 어머니가 아랫목에 묻어두고 갔을법한 실제 찬밥을 연관시킬 수도 있다. 이어 어머니는 오지 않고 비까지 내리던 날 밤 어둡고 무서워 빈 방에서 훌쩍거리던 기억이 직설적으로 표현되어 있다.

확실히 고독과 슬픔은 기쁨이나 환희보다 서정시에서 자주 만날 수 있는 감정이다. 전자가 후자에 비해 개인적인 성격이 강하다는 데도 그 이유가 있을 것이다. 그 때문인지 전자가 감정의 절실함을 표현하거나 독자의 공감을 끌어내기에 유리해 보인다.

고독이나 슬픔을 아름답게 노래한 시인으로 백석을 빼놓을 수 없다. 그의 시에서는 감정이 감상적인 몇몇 단어를 통해서 전달되는 것이 아니라 구체적인 서사를 통해 이야기처럼 전달된다.

또 문 밖에 나가지두 않구 자리에 누워서,
머리에 손깍지베개를 하고 굴기도 하면서,
나는 내 슬픔이며 어리석음이며를 소처럼 연하여 쌔김질하는 것이었다.
내 가슴이 꽉 메어 올 적이며,
내 눈에 뜨거운 것이 핑 괴일 적이며,
또 내 스스로 화끈 낯이 붉도록 부끄러울 적이며,
나는 내 슬픔과 어리석음에 눌리어 죽을 수밖에 없는 것을 느끼는 것이

었다.[50)]

그리고 이번에는 나를 위로하는 듯이 나를 울력하는 듯이
눈질을 하며 주먹질을 하며 이런 글자들이 지나간다
—하늘이 이 세상을 내일 적에 그가 가장 귀해하고 사랑하는 것들은 모두
가난하고 외롭고 높고 쓸쓸하니 그리고 언제나 넘치는 사랑과 슬픔 속
에 살도록 만드신 것이다
초생달과 바구지꽃과 짝새와 당나귀가 그러하듯이
그리고 또 '프랑시쓰 쨈'과 도연명(陶淵明)과 '라이넬 마리아 릴케'가 그
러하듯이[51)]

전체 내용으로 볼 때 두 시 모두 절망에서 희망으로 변화하는 화자
의 심리적 과정을 보여준다. 첫째 시 인용이 '슬픔과 어리석음에 눌리
어 죽음 수밖에 없'을 만큼 후회의 감정이 두드러지는 부분이라면, 아
래 인용은 '외롭고 높고 쓸쓸한' 자신의 처지를 자각하고 삶에 대한
새로운 희망을 발견하는 부분이다. 무엇보다 심리를 드러내는 표현들
이 인상적인데 '슬픔이며 어리석음이며를 소처럼 연하여 쌔김질'한다
거나, '가난하고 외롭고 높고 쓸쓸하니'라는 식의 단어 연결이 시 읽는
재미를 더해준다.

슬픔, 고독, 절망 등은 일상에서도 자주 접할 수 있는 감정이지만
절제되지 않을 경우 추상적으로 느껴지는 감정이기도 하다. 물론 감
정의 과잉이나 직접적 표현이 독자들에게 강한 공감을 주는 경우도
없지 않다. 시인 박인환의 시들은 감상이 넘친다는 지적에도 불구하
고 많은 독자를 가지고 있고, 시대적 정서를 잘 표현했다는 긍정적 평
가도 받는다. 그의 시 「목마와 숙녀」는 상황을 구체적으로 이해하기는

---

50) 백석, 「남신의주유동박씨봉방」, 『원본백석시집』, 문학동네, 2007, 169쪽.
51) 백석, 「흰 바람벽이 있어」, 같은 책, 152쪽.

어렵지만 말하고자 하는 대략의 느낌에는 공감할 수 있는 시이다. 단, 앞서 살펴본 시들과 비교하여 이런 시들에서 감동의 개인차가 크게 나타나는 것도 사실이다.

세계에 맞서는 목소리

풍경 묘사와 개인의 감상이 두드러지는 시가 서정시의 주류를 형성하고 있지만, 우리 시사에는 세계를 향한 개인의 의지가 분명하게 드러나는 시들도 있다. 여기서 말하는 의지 역시 결국은 감상의 일종이거나 거기에서 비롯된 것이지만, 수동적인 감동을 넘어 세계에 대한 변화 욕망을 드러낸다는 점에서는 앞의 시들과 구분할 필요가 있다. 즉, 슬프다, 외롭다 등의 감정에서 멈추지 않고 그러한 감정을 겪고 난 이후의 생각을 분명하게 표현하는 시들이다.

의지는 현실에 대한 인식과 밀접한 관련이 있다. 세계에 맞서는 생각이나 미래에 대한 다짐이 의지의 중심을 이루기 때문이다. 이때 현실을 보는 눈은 당연히 부정적이 되기 쉽다. 개인을 억압하는 현실이거나 개인의 개입을 필요로 하는 현실이란 결코 바람직한 것이 아니기 때문이다. 그래도 여전히 세계의 크기가 개인의 그것을 압도하고 있음도 간과할 수 없다. 의지를 다지는 목소리가 간절함을 넘어 처절하게 들리는 이유가 여기에 있다.

여기서는 이육사와 김수영의 시를 살펴보자.

푸른 하늘에 닿을 듯이
세월에 불타고 우뚝 남아 서서
차라리 봄도 꽃피진 말아라.

낡은 거미집 휘두르고
끝없는 꿈길에 혼자 설레이는
마음은 아예 뉘우침 아니라.

검은 그림자 쓸쓸하면
마침내 호수 속 깊이 거꾸러져
차마 바람도 흔들진 못해라.[52]

 이 시는 각 연의 종결을 '꽃피진 말아라', '뉘우침 아니라', '흔들진
못해라'로 맺고 있어 화자의 강한 의지가 직접적으로 드러난다. 하나
의 문장으로 이루어진 각 연은 '교목'의 모습을 표현하고 있으며 화자
는 교목에 자신의 의지를 투사한다. 첫째 연에서 교목은 '우뚝 남아'
서 있다. 하늘에 닿을 듯이 크고 세월마저 견디어 내서 당당하다. 어
느 정도 초월적인 이미지마저 가지고 있어 화자는 '차라리 봄도 꽃피
진 말아라'라고 한다. 계절에 따라 꽃이 피고 낙엽이 지는 것이 나무
의 생리이겠으나 교목의 당당함은 그것마저 넘어설 것 같은 느낌을
준다. 현실과 연관 지어 생각할 때 교목의 모습은 화자가 기대하는 인
간의 모습이기도 하다. 화자는 교목에서 현재의 상황을 넘어서는 인
간의 의지를 보고자 한다.
 현실을 초월한 듯 초연한 교목의 모습은 둘째 연에서도 이어진다.
'낡은 거미집 휘두르고' 있는 모습은 결코 긍정적이거나 아름답지는
않다. 그래도 교목은 전혀 뉘우치지 않는다. '검은 그림자 쓸쓸하면'은
세월에 불타고 거미집 휘두르던 시간의 계속이며 절정이라 할 수 있
다. 현실에 좌우되지 않고 초연하게 견디어 왔지만 교목은 셋째 연에
이르러 '호수 속 깊이 거꾸러'지는 선택을 한다. 선 채로 견디기에는
밖에서 가해지는 압력이 너무나 강하기 때문이다. 그러나 거꾸러짐이

52) 이육사, 「喬木」, 『이육사 전집』, 깊은샘, 2004, 34쪽.

곧 패배는 아니다. 스스로 거꾸러짐으로 인해 교목은 꺾일지언정 흔들리지는 않는 강직한 모습을 끝까지 유지할 수 있기 때문이다.

대상에 성질을 부여하는 주체가 화자라는 점을 생각할 때 교목의 이러한 의지는 곧 화자의 의지라고 할 수 있다. 각 연에 사용된 단어들에서도 그런 의지를 느낄 수 있다. '차라리', '아예', '차마'와 같은 부사들에서는 단호함이 느껴진다. '우뚝', '마침내' 역시 그렇다. 유사한 형식으로 반복되는 연의 질서는 의지의 단아함과 강고함을 느끼게 한다. 다른 생각이 끼어들 틈이 없어 보인다. 시인은 쉽게 세파에 흔들리지 않고 현실과 타협하지 않겠다는 자기 의지를 교목에 의지하여 드러내고 있는 셈이다.

잘 알려져 있듯이 이육사는 다른 시에서도 냉혹한 현실에 결코 의지를 꺾지 않는 강한 정신을 노래했다. 「절정」에서 시인은 "한발 재겨 디딜 곳조차 없다"고 현실 상황을 인식한 후 "겨울은 강철로 된 무지갠가 보다."라는 역설의 언어로 현실을 넘어선다. 「광야」에서 현실은 "지금 눈 내리고 /매화 향기 홀로 아득하"다고 표현된다. 암담함의 끝이 보이지 않는 듯한 현실 속에서도 시인은 긴 호흡으로 역사를 사고하여 "다시 천고(千古)의 뒤에 /백마(白馬) 타고 오는 초인(超人)이 있어 /이 광야에서 목놓아 부르게 하리라"고 다짐한다. 시인의 개인사와 시대 상황을 비추어 보면 그의 의지가 얼마나 강한 것이었는지 짐작할 수 있는 바, 육사 시들이 가진 진정성과 설득력이 거기서 비롯된다고 할 수 있다.

눈은 살아있다
떨어진 눈은 살아있다
마당 위에 떨어진 눈은 살아있다
기침을 하자

젊은 詩人이여 기침을 하자
눈 위에 대고 기침을 하자
눈더러 보라고 마음놓고 마음놓고
기침을 하자

눈은 살아있다
죽음을 잊어버린 靈魂과 肉體를 위하여
눈은 새벽이 지나도록 살아있다

기침을 하자
젊은 詩人이여 기침을 하자
눈을 바라보며
밤새도록 고인 가슴의 가래라도
마음껏 뱉자[53]

　　김수영의 「눈」은 '눈은 살아있다'와 '기침을 하자'의 반복을 통해 주술적인 효과를 거두고 있는 시이다. 화자가 내세우는 주장이 구체적으로 잡히지 않아 추상적이라는 느낌을 주지만 형식이 갖는 특징으로 인해 의지만큼은 강하게 전달된다. 시의 메시지를 간추려보면, 눈을 향해 가슴 속의 무언가를 뱉어내자는 시인들을 향한 주장 정도가 될 것이다. '눈'이나 '기침'과 같은 단어의 의미가 분명하게 드러나 있지 않기에 이 시는 여러 가지 상상을 가능하게 한다. 시인이 등장하므로 시나 문학을 하는 태도에 대한 주장으로 읽을 수 있고, 세상의 허위를 깨드리는 목소리를 내자는 주장으로 읽을 수도 있다. 이 시의 주제는 '기침을 하자'의 반복이 멈춘 3연에서 읽을 수 있다. 맥락 상 눈이 살아있는 이유 혹은 의미에 해당하는 부분이다. 눈을 향해 기침을 하

---

53) 김수영, 「눈」, 『김수영전집』1, 민음사, 1988, 97쪽.

라는 의미는 곧 "죽음을 잊어버린 영혼(靈魂)과 육체(肉體)를 위하여" 기다리고 있는 눈에게 그것(영혼과 육체)을 뱉어내자는 말이 된다. 그렇다면 기침을 하자는 말이 시인을 향한 것이든 다른 누구를 향한 것이든 죽음을 잊어버린 영혼과 육체를 갖자는 의미라는 점이 분명해진다. 「눈」을 통해 화자는 살아있는 목소리, 살아있는 이성과 감정을 갖자고 주장하는 셈이다.

시대에 맞서는 시인의 의지는 소위 민중시라고 불리는 현실 참여적 시들에서 쉽게 찾아볼 수 있다. 엄혹한 현실을 견뎌야 했고 또 그 현실을 바르게 고쳐야 한다고 생각한 시인들에게 시는 자신의 의지를 다지고 그것을 독자들과 공유하는 매개였다. 어떤 시인은 자신의 경험을 구체적으로 표현함으로써, 어떤 시인은 노골적으로 자신의 주장을 내세움으로써 현실에 참여하려 하였다. 지금은 많은 사람들에게 공감을 주지 못하지만 시가 창작될 당시 민중시는 다른 어느 작품보다 독자들에게 감동을 주었고 그들의 마음을 움직였다. 시와 현실 상황이 자연스럽게 연결되면서 현실을 향한 시인의 의지가 높은 가치를 발했다. 시의 언어가 현실과 관련을 가지고 있다는 점을 생각할 때, 이는 그리 새삼스러운 일도 아니다.

서정의 방향

주관과 객관의 합일을 지향하는 서정시가 근대에도 유용할 것인가에 대해서는 의견이 분분하다. 하지만 주도적인 문학 양식으로 존재할 것이냐의 문제를 빼면 여전히 서정시는 존재하고 앞으로도 계속 창작될 것임에 틀림이 없다. 앞서 살핀 시들을 바탕으로 현재 서정시가 존재하는 방식을 정리하면 다음 몇 가지로 정리할 수 있다.

서정시는 세계와 만나는 언어의 문제에 지속적으로 관심을 기울이고 있다. 언어를 통해 세계를 이해하려는 의지, 감각을 통해 세계를 전유하고자 하는 꿈이 여전히 유용하기 때문이다. 서정시가 예전처럼 세계와 자아의 합일을 지향하지는 않겠지만, 언어와 세계가 일치하지 않음으로 해서 발생하는 새로운 의미를 개발하는 데 서정시는 힘을 쏟고 있다. 이는 언어의 창조성을 최대한 살리는 방향이며 세계와 자아의 관계를 새롭게 규정하는 작업이기도 하다.

자아의 성찰 문제는 시의 오래된 주제이다. 이는 섣부른 합일을 시도하기 보다는 자신을 솔직히 드러내는 경향으로, 시인과 독자 사이의 직접적 감정 전달을 시도한다. 시를 쓰게 되는 첫 번째 이유인 낭만적 충동이 솔직하게 드러나는 셈인데, 인간의 원초적 감정에 충실하다는 면에서 긴 생명력을 가질 것으로 보인다. 물론, 감정이 과잉되거나 매개가 부족할 경우 공감을 끌어내지 못할 가능성이 있고, 자칫 통속적인 감정에 그칠 위험도 있다.

세계에 대한 개인의 발언은 점차 약화되어 왔다. 삶의 모습이 다양해지면서 정서의 공감을 통해 상대방을 설득하는 방법이 갖는 한계도 분명해졌다. 그러나 시가 가지고 있는 폭발력이 완전히 소진되었다고 확신하기도 어렵다. 다른 양식에 비해 시는 변화에 대한 적응력이 뛰어나다. 언제 다시 시가 시대의 사명을 자임하게 될지 아무도 알 수 없다.

서사 敍事 narration

소설은 근세의 시초부터 줄곧, 그리고 충실히 인간을 따라다니고 있다. 후
설이 서구 정신의 요체로 간주한 '앎에의 열정'이 이제 소설을 사로잡아 소
설로 하여금 인간의 구체적인 삶을 살피게 하고 그것을 '존재의 망각'으로
부터 보호하게 하는 것이다. 그리하여 '삶의 세계'를 영원한 빛 아래 간직하
게 하는 것이다. 이제껏 알려져 있지 않은 존재의 부분을 찾아내지 않는 소
설은 부도덕한 소설이다.

(밀란 쿤데라, 『소설의 기술』)

이야기로 가득한 세상

서사는 일반적으로 이야기라고 부르는 다양한 양식을 포함한다. 우리
가 일상에서 접하게 되는 이야기의 종류는 매우 다양하다. 굳이 소설
이나 전기에 한정하지 않더라도 인간의 모든 활동에는 이야기가 포함
되어 있게 마련이다. 언어·문자 활동은 물론 일상적·비일상적 인간 행
동의 전후를 엮어도 모두 이야기가 될 수 있다. 다르게 보면 이야기는
세계에 객관적으로 존재하는 것이 아니라 인간이 세계를 인식하는 방
법의 하나라고 할 수 있다.

영화나 연극, 무용 등의 예술에서도 이야기를 발견할 수 있다. 각각
의 예술이 고유한 양식적 특징을 가지고 있지만 그것을 이해하는 기
본적이고 손쉬운 방법은 이야기를 이해하는 일이다. 자신보다 앞서
영화를 관람한 친구에게 영화 내용을 물으면 그 친구는 영화의 줄거
리를 먼저 들려줄지 모른다. 연극을 관람할 때 중심 이야기를 파악하
지 못한다면 연극을 이해하는 데 큰 어려움을 겪게 된다. 크리스마스

때마다 연례행사처럼 공연되는 〈호두까기 인형〉이나 〈백조의 호수〉는 무용이 가장 중요한 부분을 차지하지만 '이야기'로도 잘 알려져 있다.

문학으로 좁혀도 이야기의 편재성은 쉽게 확인할 수 있다. 희곡이나 시는 소설과 함께 지배적인 문학 양식인데 그것을 읽는 독자들은 무의식중에 이야기를 구성하게 된다. 희곡에서는 스토리 라인이, 시에서는 시적 정황이 이야기에 해당한다. 서정시에는 시간의 진행이 없는 것이 일반적이지만 시를 읽는 독자들은 정황과 함께 이야기를 구성하기도 한다. 일기나 반성문 등의 수필 양식들은 보통 시간 순서에 따라 중요한 기억을 나열한다. 시나리오를 쓰기 전후에는 콘티를 짜는데 콘티는 대화나 지시문으로 이루어진 대본의 줄거리 요약이라고 할 수 있다.

이야기에서 절대적으로 중요한 요소는 시간이다. 공간 이동이 현재처럼 자유롭지 않은 시절에는 시간에 대한 인식이 인류의 삶에서 특별히 중요한 의미를 가지고 있었다. 해가 떠서 해가 지는 짧은 시간의 분절에서 시작하여 계절의 변화와 같은 비교적 긴 시간의 변화, 그보다 더 길게는 한 사람이 태어나 죽게 되는 시간의 흐름까지 인간들은 시간의 변화와 함께 달라지는 세계와 인간을 직접 느끼면서 살았다. 시간은 삶의 리듬이었고, 모든 인과의 기본 요소였다고 할 수 있다.

시간으로 세계를 인식한다는 증거는 균등한 시간을 비균질적(非均質的)으로 이해하는 인간의 능력 혹은 습성에서 확인할 수 있다. 59번째 생일과 60번째 생일 사이에는 1년의 차이밖에 없지만 두 생일이 갖는 의미에는 커다란 차이가 있다. 19살과 20살의 실질적인 차이에 비해 사회적인 대우는 이상하리만큼 크다는 것을 우리는 알고 있다. 이 밖에도 작은 시간의 차이에 큰 의미를 부여하는 일은 우리 주위에서 흔하게 발견할 수 있다. 이처럼 자연의 시간은 균질적이지만 그것을 인식하는 인간의 감각은 균질적이기 않다. 인간은 시계처럼 균일하게 나누어진 시간을 느끼지 못한다. 인간에게 시간은 매우 심리적인 영역이기도 하다.

이야기는 실제 시간과 시간을 인식하는 감각 사이의 거리에서 발생한다. 균질적인 시간을 분절해서 인식할 수 있는 인간의 능력은 끊임없이 이야기를 만들어 낸다. 시간에 대한 이러한 인식은 긴 시간 동안 벌어진 일을 짧게 정리할 수도, 짧은 시간 동안 벌어진 일을 길게 나열할 수도 있게 한다. 이를 통해 인간은 현재의 사건이 바로 앞 시간에 벌어졌던 일의 결과가 아니라는 사실을 알 수 있게 되고, 같은 시간에 벌어지는 일들도 나름의 질서에 맞추어 정리할 수 있게 된다.

시간을 이야기의 뼈대라고 한다면 그 뼈대를 둘러싼 살과 피는 인물과 사건이라고 할 수 있다. 옛 이야기의 '옛날 옛날에'나 '조선 숙종 때' 등이 시간에 해당한다면 '어느 나무꾼이'나 '홍길동이라는 아이가 있었는데'는 인물에 해당하고 "나무를 하다 우연히 포수에게 쫓기는 사슴을 만나게 되었다."나 "재주는 뛰어나지만 서자로 태어나 아버지를 아버지라 부르지 못하였다."는 사건에 해당한다. 여기에 다음에 벌어지는 일이 이어지면 하나의 이야기가 된다.

인물과 사건은 이야기의 종류에 따라 다른 모습으로 나타난다. 비극과 희극, 로망스를 예로 들 수 있다. 비극적 이야기는 영웅, 또는 영웅에 가까운 고귀한 인물의 몰락을 다룬다. 몰락을 유발하게 되는 요인은 주로 운명의 힘이나 성격적 결함이다. 반대로 희극은 신분으로나 지적으로 평균 이하의 인물이 보통 이상의 성취를 이루는 이야기인데, 그 과정에서 웃음이 따르기도 한다. 상승의 계기에는 우연 등의 비합리적인 이유가 개입하기도 한다. 로망스는 왕자나 공주와 같이 높은 신분의 인물이 사악한 존재에 의해 온갖 고난을 겪다가 결국 행복한 결말을 맺는 이야기를 말한다.

서사가 서정이나 극과 구분되는 대표적인 특징은 서술자가 존재한다는 점이다. 서술자는 이야기를 독자나 청자에게 전달해주는 사람이다. 서정시는 화자가 자신의 감정을 독자에게 들려줄 뿐 무언가 벌어진 일을 전달해주는 양식은 아니다. 극은 특별이 설명해주는 전달자 없이 독자나 관객에게 상황이 직접 전달되는 양식이다. 서술자는 객관적으로 이야기를 전달해 주기도 하지만, 스스로 이야기를 변형하거나 생략하기도 한다. 인물과 사건이 이야기를 이루는 중요한 요소라고 했지만 서술자는 실제 이야기의 '맛'을 살려주는 역할을 한다.

근대의 서사

근대 서사를 대표하는 양식은 소설이다. 소설은 일정한 이야기 형식을 갖추고 있는 허구로 된 문학을 이르는 말이다. 허구로 되었다는 말은 실제 벌어진 일은 아니지만 실제보다 더욱 그럴듯하게 꾸며낸 이야기라는 뜻이다. 소설의 이야기는 현실을 살아가는 사람들을 연상하게 하는 인물들과 현실에서 벌어짐직한 사건들로 복잡하게 얽혀 전개된다. 현실처럼 느껴지는 꾸며낸 이야기를 통해 소설은 삶의 성격과 다양성을 보여주고, 인간에 대한 이해나 감동적인 에피소드를 독자에게 전달해준다.

소설을 의미하는 단어인 Novel은 새로운 이야기라는 의미를 담고 있다. 넓은 의미의 Novel은 장편소설, 중편소설, 단편소설을 포함하고 있지만, 좁은 의미의 Novel은 장편소설을 말한다. 동양에서 소설이라는 말이 가장 먼저 쓰인 책은 중국의 『장자』이다. 우리나라의 경우 고려 말 이규보가 쓴 『백운소설』이란 책명에서 '소설'이라는 말이 처음 사용되었다. 동양에서 쓰인 소설이란 용어는 현재와는 다른 개념이었으며, 심지어 단일한 개념으로 사용되지도 않았다. 조선시대에는 소설의 유사명칭으로 패설(稗說), 소록(小錄), 잡기(雜記) 등의 용어가 사용되었다. 조선시대 소설은 유교 경전 등에 비해 좋지 않은 글로 여겨져, 지배층에게는 그리 환영받는 글이 아니었다.

이전 이야기와 '근대 소설' 또는 '현대 소설'이라고 부르는 새롭게 만들어진 이야기 양식 사이에는 여러 가지 차이가 있다. 다른 문학 양식과 마찬가지로 소설의 내용과 형식은 그 소설이 만들어진 시대의 특성을 그대로 반영하고 있기 때문이다. 소설이 만들어진 사회적 특성을 간단히 정의 내리기는 불가능하겠지만 경제적으로는 자본주의, 정치적으로는 공화주의, 사회적으로는 개인주의를 소설을 탄생하게 한 가장 중요한 환경으로 꼽을 수 있다.

> 소설은 이러한 개인주의자의 혁신적인 새 지침을 최대한도로 반영하는 문학 형식이다. 예전의 문학 형식들은 주로 진리의 검증을 전통적인 시행방식과 일치시켰던 그들 문화의 일반적인 경향을 반영하였다. 예를 들어 고전문학과 문예부흥기의 서사시들은 과거의 역사나 우화에 근거를 두고 있었으며 작가가 이를 취급하는 공과는 주로 이 장르 안에서 용인된 모델들로부터 뽑아낸 문학적 데커럼literary decorum이란 견해에 따라 판단되었다. 이러한 문학적 전통주의는 소설에 의해서 처음이자 가장 강력하게 도전을 받았는데 소설의 주된 판단기준은 항상 독특하고 그러므로 새로운 개인적 경험의 진실이었다. 따라서 소설은 지난 몇 세기 동안 독창성과 새로운 것에 유례없는 가치를 부여했던 문화를 논리적이며 문학적으로 전달하는 매개물이었다.[54]

예문의 내용은 전통과의 결별과 개인주의가 현대 소설의 탄생을 가져 왔다는 말로 정리할 수 있다. 위 글에 의하면 소설은 "개인주의자

---

54) 이안 왓트, 『소설의 발생』, 열린책들, 1988, 22쪽.

의 혁신적인 새 지침을 최대한도로 반영하는 문학 형식"이다. 또 "소설의 주된 판단기준은 항상 독특하고 그러므로 새로운 개인적 경험의 진실"이다. 말하자면 '개인주의'이다. 현재의 사고방식으로는 전혀 새로울 것이 없는 소설의 이러한 특징은 과거의 문학과 비교해 볼 때 획기적인 변화였다고 할 수 있다.

서구에서 소설과 비교할 수 있는 이야기 양식이 고대 서사시와 중세 로망스라면 우리 문학에서는 고전 소설이 여기에 해당한다. 그렇다면 고전 소설과의 비교를 통해 변화의 정도를 짐작해 보자.

그리 멀리 갈 것도 없이 판소리계 소설들을 예로 들어도 비교는 어렵지 않다. 『심청전』의 주인공 심청이나 『춘향전』의 주인공 춘향이 지키려고 한 가치는 중세의 윤리 덕목인 효와 절개였다. 그들은 자신이 지켜야 하는 윤리 덕목 때문에 여러 가지 어려움을 겪지만 결코 신념이 흔들리거나 행동에 주저하는 법이 없다. 그들에게 있어 지켜야 할 덕목은 너무나도 확실한 것이었고, 그것을 지키지 않고 얻을 수 있는 어떤 가치도 세상에는 존재하지 않는다고 생각하였다. 말하자면 선택의 폭이 너무 좁았던 셈이고, 선택이 불러일으킬 결과는 너무나 분명하였던 셈이다. 그러나 이러한 윤리적 행동이 심청과 춘향 자신의 입장에서 고민되고 선택된 것이라고 볼 수는 없다. 효나 절개는 그들이 만든 가치가 아니었지만 그들에게는 받아들이느냐 받아들이지 않느냐의 선택만이 놓여 있었다.

이렇게 보면 춘향과 심청이 지키려 한 가치들은 개인이 배제된 사회적 가치들이었다고 할 수 있다. 위의 예문에서 말한 "진리의 검증을 전통적인 시행방식과 일치시켰던 그들 문화의 일반적인 경향"이 의미하는 바가 곧 이것이다. 개인의 행동이 정당한지 아닌지를 판단하는 기준은 '전통' 혹은 '시대 윤리' 등의 집단적이고 추상적인 것에 한정되어 있었다. 「콩쥐팥쥐」에서 콩쥐가 미련하리만큼 계모의 구박을 견

여내는 힘도 여기에 있었고, 흥부와 놀부의 관계 역시 이런 구도에서
설명된다. 고전 소설의 마무리가 대부분 권선징악(勸善懲惡)인 이유
도 여기에서 찾을 수 있다. 동시대의 윤리를 착실히 따르는 사람이 이
를 수 있는 길은 마땅히 가장 바람직한 결과로 이어져야 했다. 사람들
에게 나아갈 방향을 제시해주는 대로 이끌린 사람의 마지막이 불행이
라면 공통의 가치는 아무런 힘도 발휘하지 못할 것이기 때문이다.

그리스 서사시도 이와 크게 다르지 않다. 신들과 인간의 관계라든
지 인간이 처한 어쩔 수 없는 운명은 개인의 '성격'보다 훨씬 더 중요
한 의미를 갖는다. 비록 인간을 많이 닮아 있지만 신들과 인간의 관계
는 역전될 수 없는 것이고 신들의 실수는 인간의 운명을 바꾸어 놓기
도 한다. 영웅들의 삶에 가려진 '미천한' 이들의 삶은 전혀 중요하지
않고, 거론의 가치도 없다. 오디세우스는 죄 없는 많은 사람들을 죽이
고도 아무런 문제도 없었지만 신 앞에 거만했다는 이유로 20년 동안
고향에 돌아가지 못하고 바다를 떠돌았다. 이런 황당한 상황은 현재
로서는 만화나 무협지에서나 볼 수 있는 것인지 모른다. 그러나 신과
인간의 관계를 진지하게 받아들였던 시대의 사람들에게 신화는 비록
진실인지는 알 수 없지만 모두가 받아들여야 할, 또는 그 사실을 믿고
살아가는 것이 크게 도움이 된다고 생각했던 이야기였다.

보통 사람들의 일상생활에 대한 소설의 진지한 관심은 두 가지 중요한
일반적인 조건들에 의존하고 있는 것 같다. 사회는 모든 개인이 그 사회
의 진지한 문학의 적절한 주체로서 고려되기에 충분하도록 모든 개인
의 가치를 존중해야 한다. 또 보통 사실들 가운데에는, 다른 보통 사람
들, 즉 소설 독자들이 관심의 대상이 되기 위해서 그들에 대한 상세한 설
명을 할 수 있도록 충분히 다양한 믿음과 행동이 존재해야만 한다. 소설
의 존재를 위한 이 조건들 중 그 어느 것도 아주 최근까지 대단히 폭넓
게 획득된 것 같지는 않다. 그것은 이 조건들 둘 다 '개인주의'라는 용어

로 표시된 방대하고 복잡한 상호 의존적 요인들에 의해 성격 지워진 사회의 발생에 의존하고 있기 때문이다.[55]

앞의 예문에 이어지는 위의 글 역시 소설의 발생 조건을 정리해 보여준다. "보통 사람들의 일상생활에 대한 소설의 진지한 관심"이라는 구절은 '개인주의'가 소설 속에서 발현되는 양상을 말한다. 사회의 공통된 가치를 추종하는 것이 아니라 모든 개인의 가치를 존중하는 분위기 속에서 소설이 탄생했다는 말이다. "다른 보통 사람들, 즉 소설 독자들이 관심의 대상이 되기 위해서 그들에 대한 상세한 설명을 할 수 있도록 충분히 다양한 믿음과 행동이 존재해야만 한다."는 지적은 소설의 형식과 관계된 말이다. 개인을 둘러싼 이야기가 다른 사람들에게 관심을 끌 수 있는 것이어야만 한다는 조건은 엄격하든 느슨하든 지켜져야 한다고 주장한다.

근대 사회에서 개인은 사회와 정면으로 부딪쳐야 하고 그 부딪침은 어떤 식으로든 마찰을 낳게 된다. 사회와의 마찰은 개인의 좌절로 끝나는 것이 보통이다. 근대는 동시대의 윤리를 따르면 그것이 당연히 편안한 삶을 찾는 것이었고, 그 길을 따라가면 다른 고민이 필요하지 않았던 고전의 시대는 분명 아니다. 나와 타인을 묶어줄 끈은 매우 미약하고, 그것마저 확인할 수 없는 것이 근대인의 사정인 셈이다.

이처럼 소설은 공통된 윤리가 없다는 점, 적어도 현재가 그것이 이상적으로 실현되는 사회는 아니라는 생각을 전제하고 출발한다. 여기에는 철없이 세계와 대결하려다 실패하는 개인이 있고, 깊은 좌절 때문에 안으로만 침잠하여 사회와의 정상적인 관계를 도모해보지도 못하는 개인도 있다. 어떤 인물들은 그런 자신의 처지를 자각하지 못하고 끝내 미망 속에서 헤어나지 못한다. 그런 인물이 탄생한 것이 근대

55) 같은 책, 79쪽.

라면 그런 인물이 이야기의 주인으로 자리 잡은 것이 근대 소설이라 할 수 있다.

시간의 운용

일반적으로 이야기는 시간의 순서를 따라 기술된다. 역사가 그렇듯이 앞선 시간을 먼저 기술하고 나중 일어난 일을 후에 기술하는 것이 보통의 이야기 구성 방법이다. 동양의 전(傳)은 대표적으로 시간 순서에 따른 기술 방법을 따르고 있는 글이다. 넓게 보면 현대 소설에서도 시간 순서가 완전히 깨지는 예는 많지 않다.

민담이나 동화의 이야기 방식은 가장 단순한 시간의 운용을 보여준다. 사건과 인물은 긴밀하게 연관되어 있어서 현재의 사건이 일어나고 있는 현장과 다른 시간, 다른 공간은 좀처럼 이야기 안으로 들어오지 못한다. 「해님 달님」이라는 전래 동화를 생각해보자. 떡을 이고 오던 어머니는 고개를 넘을 때마다 호랑이를 만나서 떡을 빼앗긴다. 고개를 넘는 과정은 생략되어 있고 호랑이를 만나는 부분이 주로 기술된다. 어머니를 잡아먹은 호랑이는 오누이가 기다리고 있는 오두막으로 온다. 오누이는 호랑이를 어머니로 알고 문을 열어주지만 오빠의 기지로 목숨을 건진다. 궁지에 몰린 오누이는 하늘에서 내려온 동아줄을 타고 올라가지만 호랑이는 썩은 동아줄을 타고 오르다 그만 떨어져 죽고 만다. 이야기는 시간의 순서를 비교적 충실히 따르고 있으며, 초점이 되는 인물이 처한 상황만이 서술된다. 같은 시간에 일어나는 다른 사건은 전혀 기술되지 않는다. 동화나 설화는 다른 생각이 끼어 들 틈 없이 교훈적으로 전개되는 이야기, 하나의 시간 외에 다른 시간이 끼어 들 틈이 없는 이야기를 대표한다.

그러나 시간 순서대로 사건을 기술하는 데에는 근본적인 한계가 있다. 현실의 시간과 텍스트의 시간이 일치하기 어렵다는 근본적인 한계가 있고, 텍스트에서 흐르는 시간은 어쩔 수 없이 단선적(單線的)인데 비해 실제 이야기에서 진행되는 시간은 다선적(多線的)이라는 문제가 있다. 따라서 소설 속의 시간 순서가 실제 벌어진 일의 순서와 일치하기는 쉽지 않다. 하나의 사건이나 인물만으로 전개되는 이야기가 드문 만큼 단일한 시간 순서를 지키는 이야기도 찾기 어렵다.

물론 소설에서 시간이 단선적으로 구성되지 않는 것이 단순히 이야기가 갖는 한계 때문만은 아니다. 소설은 시간의 조직을 통해 이야기의 효과를 극대화하려 노력하기도 한다. 즉, 시간의 뒤섞임은 많은 소설에서 이야기의 재미를 높이는 데 기여한다.

추리 소설은 이전에 일어났던 사건을 현재의 관점에서 재구성하는 방법을 선호한다. 포우의 소설들, '셜록 홈즈'시리즈나 '루팡'시리즈는 일어난 사건을 추리해내는 과정 자체를 즐기기 위한 소설이다. 이들 소설이 시간 순서를 따라 처음에 벌어진 사건을 제시해주고 이야기를 전개한다면 서사의 긴장이 많이 떨어질 것이다. 액자 소설은 두 가지 시간을 함께 드러내는 형식을 취한다. 중요한 사건이 하나 있고 그 사건을 돌아보거나 평가하는 다른 시간이 존재하는 것이 액자 소설의 기본 구도이다. 같은 시간에 벌어지는 사건을 다른 관점으로 대비시켜 그려내는 방법도 있다. 하나의 사건을 두 서술자가 다른 입장에서 서술하는 소설이다. 실제 시간이 아닌 의식의 흐름으로 기술되는 소설은 현실의 시간과 전혀 무관한 텍스트 시간을 갖게 된다.

이러한 시간의 운용을 문학 용어로는 플롯plot이라고 한다. 플롯이 중요하게 사용된 최초 문헌은 아리스토텔레스의 『시학』이다. 아리스토텔레스는 비극의 구조와 인물을 분석하면서 '구조' 또는 '구조의 모방'에 해당하는 용어로 플롯이라는 단어를 사용했는데, 현재는 비단

비극 뿐 아니라 소설을 비롯한 모든 서사에 이 용어를 적용해 사용하게 되었다. 이 책을 직접 인용하면 다음과 같다.

> 시초는 그 자신 필연적으로 다른 것 다음에 오는 것이 아니고, 그것 다음에 다른 것이 존재하거나 생성되는 성질의 것이다. 반대로 종말은 그 자신 필연적으로 또는 대개 다른 것 다음에 존재하고, 그것 다음에는 다른 것은 아무 것도 존재하지 않는 성질의 것이다. 중간은 그 자신 다른 것 다음에 존재하고, 또 그것 다음에 다른 것이 존재하는 것이다.
>
> 그러므로 플롯을 훌륭하게 구성하려면 아무 데서나 시작하거나 끝내서는 안 되고, 앞에서 말한 원칙을 따르지 않으면 안 된다. 또한 아름다운 것은 생물이든, 여러 부분으로 구성되어 있는 사물이든 간에, 그 여러 부분의 배열에 있어 일정한 질서를 가지고 있어야 할 뿐 아니라, 일정한 크기를 가지고 있지 않으면 안 된다. 왜냐하면 아름다움은 크기와 질서 속에 있기 때문이다.[56]

위 글은 이야기를 어디에서 시작하고 어디에서 끝내야 하는가에 대한 기본적인 관점을 보여준다. '시초'의 의미는 다른 전제 없이도 이야기가 진행될 수 있어야 하는 데 있고, '종말' 이후에는 다른 이야기가 필요하지 않아야 한다는 것이다. 이는 이야기의 질서라고 할 수 있는데, 질서와 함께 위 글에서 강조하고 있는 것은 크기이다. 여기서 크기는 단순히 길다 짧다는 의미보다는 이야기의 전체성을 말한다고 할수 있다. 변화 없이 흘러가는 이야기가 아니라 이야기 안에 고저의 흐름을 가지고 있어야 크기가 확보된다고 할 수 있기 때문이다.

현대 소설을 대상으로 한 플롯 논의의 고전은 E. M 포스터의 『소설의 이해』이다. 포스터는 다음과 같이 서사와 플롯을 구분하였다.

---

56) 아리스토텔레스, 『시학』, 문예출판사, 1989, 52-53쪽.

우리는 이야기를 시간의 연속에 따라 정리된 사건의 서술이라고 정의한
바 있다. 플롯 역시 사건의 서술이지만 인과 관계를 강조하는 서술이다.
"왕이 죽자 왕비도 죽었다" 이것은 이야기이다. "왕이 죽자 슬픔을 못
이겨 왕비도 죽었다" 이것은 플롯이다. 시간의 연속은 보존되고 있지만
인과감(因果感)이 거기에 그림자를 드리우고 있다. 또 "왕비가 죽었다.
사인을 아는 사람은 아무도 없더니 왕이 죽은 슬픔 때문이라는 것이 밝
혀졌다." 이것은 신비를 안고 있는 플롯이며 고도의 발전이 가능한 형식
이다. 이것은 시간의 연속을 유보하고 가능한 데까지 이야기를 떠나 멀
리 이동한다. 왕비의 죽음을 생각해 보라. 이것이 이야기에 나오면 "그리
고 나서는?" 하고 의문을 갖는다. 이것이 플롯에 나오면 "이유는?" 하고
이유를 댄다. 이것이 소설이 갖는 두 가지 형상 사이에 근본적인 차이점
이다.[57)]

포스터는 사건의 서술과 플롯을 명확하게 구분하고 있다. 시간의
연속에 따라 정리한 이야기를 서술이라고 부르고, 인과 관계를 강조
하는 이야기를 플롯이라고 하였다. 인과 관계에도 여러 층이 있다고
보고, 단순히 이유를 설명해 주는 경우와 이후의 발전이 가능한 경우
를 나누고 있다. 신비를 가지고 있는 플롯이라는 말이 그것이다. 포스
터는 플롯을 주어진 사건을 어떻게 조직하느냐의 문제로 생각했다.
그러나 현대 소설론에서는 인과에 대한 포스터 식의 관점을 철저하
게 따르지는 않는다. 시간의 진행 자체를 자연스러운 인과로 보는 경
우가 있고, 인과성이 없는 듯한 사건의 나열이 '현대성'에 맞는다고 생
각하는 작가들도 많다. 이는 이야기에 대한 인식이 시대마다 다를 수
있다는 전제에서 보면 그리 이해하지 못할 일도 아니다. 형식 논리학
의 법칙을 따르지 않는 한 인과성이라는 것도 시대 정서의 산물일 수
있기 때문이다. 플롯을 단순히 사건의 조직으로 볼 수 없는 것도 이런

---

57) E.M.포스터, 『소설의 이해』, 문예출판사, 1990, 96쪽.

점 때문이다. 무엇을 어떻게 조직하느냐의 문제는 소설 내부의 문제이지만 동시에 현실과 소설의 관계 문제일 수도 있다.

인물과 사건

여타의 이야기와 같이 소설은 인물과 사건이라는 기본적인 요소로 이루어져 있다. 인물의 성격은 다양할 수 있고, 사건의 내용 역시 수없이 다양하겠지만 인물이나 사건이 빠진 이야기는 존재하기 어렵다. 이야기들-신화, 전설, 비극, 로만스 등-은 모두 인물이 겪은 사건을 기술하는 내용으로 이루어져 있다. 표면에 드러나는 이야기만을 이해하자고 들자면 인물과 사건을 이해하는 것이 소설 읽기의 처음이자 끝이 될 수 있다.

소설은 이전 이야기들에 비해 인물과 사건의 구체성 · 보편성이 중시되는 양식이다. 작가와 독자 그리고 인물들의 관계는 이전 어느 시대의 이야기보다 평등하고, 사건이 벌어지는 공간은 일상 주변으로 가까워졌다. 일반인으로는 상상할 수 없는 영웅적 인물이 등장하거나, 현실에서 벌어지기 어려운 방향으로 사건이 흘러가지는 않는다. 그렇지 않은 경우가 특별한 예로 여겨질 만큼 소설의 인물과 사건은 '현재'의 '다수 독자'와 관련되어 있다. 단편소설은 적은 수의 인물들이 겪게 되는 비교적 짧은 시간의 사건을 다루고, 장편소설은 다수 인물 또는 몇 세대의 인물들이 벌이는 복잡 다양한 사건을 다룬다고 할 수 있다.

소설에 등장하는 인물은 기본적으로 모두 개성을 가지고 있다. 현실에 똑 같은 인물이 없듯이 소설 속에서도 같은 성격의 인물을 찾기는 어렵다. 유사한 성격을 등장시켜 익숙함이 주는 효과를 노릴 수도 있지만 소설의 작가들은 개성적인 인물을 창조해내기를 희망한다. 대중소설에서는 익숙한 인물을 변형시켜 독자들의 편안한 독서를 돕는다. 이는 소설의 특징이라기보다는 대중 문학의 특징에 가깝다고 할 수 있다. 마치 장르영화처럼 대중 소설은 독자의 기대를 크게 벗어나지 않는다.

우리가 흔히 소설에서 인물이라고 말하는 것은 실제로 인물의 성격이다. 소설에서 유형을 나누는 것은 같은 성격의 인물을 찾는 것이라기보다는 유사한 역할을 하는 인물을 찾는다는 말에 가깝다. 따라서 인물의 유형은 다분히 상대적인 의미를 갖는다. 상대되는 자리에 있는 인물과 비교될 때 인물의 성격적 특징이 분명해지는 경우가 많기 때문이다. 그러므로 인물의 유형을 나누는 것은 소설 전체를 이해하기 위한 하나의 방법이 될 수 있다.

소설 속 인물의 성격을 이해하기 위해서는 인물의 행동과 생각을 모두 살펴야 한다. 일반적으로 소설에는 여러 명의 인물이 등장한다. 그 중에서 소설을 이끌어 나가는 인물은 한 명, 또는 소수로 한정된다. 보통 인물의 유형을 나눈다고 할 때는 등장하는 모든 사람들을 다 루겠다는 의미는 아니다. 어느 정도 비중 있게 다루어지거나 소설 외적으로 의미가 있는 인물들의 성격을 분류하고 분석하게 된다.

소설 속 인물의 차이를 알아보기 위해 「감자」의 주인공 복녀와 『광장』의 주인공 이명준을 비교해 보자.

김동인의 단편소설 「감자」의 주인공 복녀는 가난하지만 정직한 농가에서 자란 처녀였다. 20살이나 많은 동네 홀아비에게 팔려 가난하고 비참하게 살던 복녀는 '기자묘 솔밭' 송충이 잡는 일에 나가게 되고 거기서 일을 하지 않고도 돈을 버는 방법을 알게 된다. 이후 복녀는 비슷한 방법으로 입에 풀칠이나마 하며 살아간다. 가을에는 왕서방네 밭에서 감자를 훔치다가 들켜 다시 몸을 팔게 된다. 왕서방 덕으로 이럭저럭 지내던 어느 날 왕서방이 다른 아낙과 관계한다는 사실을 안 복녀는 낫을 들고 왕서방에 대드는데 오히려 낫에 찔려 죽게 된다.

복녀는 평범한 농민의 딸로 태어나 윤리적인 타락을 계속하다가 결국 불의의 죽음을 맞게 되는 인물이다. 그녀는 사건을 겪기는 하지만 깊이 생각하는 인물은 아니다. 열다섯에 맞이한 결혼은 그렇다손 치더라도, 송충이 감독과의 관계라든지 이후 생계를 유지하는 방법에서 복녀의 '생각'은 작품에 거의 드러나지 않는다. 처한 상황에 맞추어 그때그때 살아갈 뿐 자기 삶에 대해 고민하는 모습을 찾아보기는 어렵다. 비록 가난 때문에 호구가 급해서 그렇다고 생각할 수는 있지만 복녀에게는 자의식이라는 것이 없어 보인다. 복녀는 작가가 지시하는 대로 움직이는 인형에 불과할 뿐, 자신의 의지대로 움직이는 인물이라고 보기는 어렵다. 복녀는 매우 평면적인 인물이기도 하다. 자신의 의지에 의해 살아간다거나 자신의 행동에 대해 반성하는 일도 없다. 주위의 조건이 주어지는 대로 살아가기 때문에 성격을 드러낼 기회가 없으며 주어진 운명의 길을 따라가는 듯한 인상을 준다.

복녀와 비교할 때 『광장』의 주인공 이명준은 사고하는 인물이고 입체적인 인물이다. 그는 해방 후 남으로 탈출해 온, 고아나 다름없는 철학도이다. 그는 아버지가 '일급 빨갱이'라는 이유로 경찰서를 드나들면서 민족의 비극을 피부로 깨닫는다. 남한에서 그의 생활은 안일과 권태 속에서 헤어나지 못하고 있었다. 이를 극복하고 인간적 확증을 얻기 위해 그는 월북을 감행한다. 그러나 북에도 그가 찾는 광장은 없었다. 오직 퇴색한 구호와 기계주의적 관료제도만 있을 뿐이었다. 한국전쟁에서 포로가 된 그는 포로 석방에서 남도 북도 아닌 중립국을 택한다. 남과 북 모두에서 크게 절망을 경험한 그는 마지막으로 새로운 희망을 찾아 떠나고 싶었던 것이다. 그러나 중립국으로 가는 배

위에서 그는 투신자살을 한다. 끝없는 좌절과 뚜렷한 전망을 발견할 수 없었던 그의 한없는 절망감이 이러한 결과를 초래했다 할 수 있다.

주인공 이명준의 행위는 대부분 의도의 좌절이다. 그는 철학도라는 이름에 어울리게 자신의 존재와 자신이 처한 상황에 대해 끝없이 고민한다. 바람직하다고 생각하는 사회의 모습을 머리에 그리고 그것을 현실에서 찾아가려 노력한다. 제목 '광장'은 그가 찾고자 하는 이상적인 사회를 말한다. 그곳은 사람들 사이의 소통이 합리적으로 이루어지는 사회, 개인이 좁은 자기 안에 갇혀 있지 않아도 되는 사회이다. 그러나 이 소설은 남북의 실제 모습이 어떠한지 그런 사회의 부정적인 모습에 주인공이 어떻게 대응해 나가는지에 대해서는 자세하게 보여주지 않는다. 이명준의 이러한 생각이 실현되지 못하고 좌절되는 과정 자체가 이 소설의 서사라 할 수 있다. 이명준은 어떤 행동을 하든 그 행동에 대한 자의식이 넘쳐흐르고 무심한 마음으로 행동하는 법이 없는 인물이다. 중립국의 선택과 이어지는 자살은 그 절망의 극적인 표현이라 할 수 있다.

이명준은 현실에 충실하기도 하고 충실했던 그 현실을 회의하기도 하는 복잡한 인물이다. 그는 남쪽에서는 북쪽을 선망하는 듯 하다가 북에 가서는 그 현실을 다시 견디지 못한다. 중립국을 희망하고 결국 그곳에 이르기도 전에 자살하고 마는 점 역시 쉽게 이해하기 어려운 선택이다. 이명준은 현실의 절망을 여인을 통해 구원받으려 한다. 쉽게 체제를 선택할 수 있는 결단성을 가지고 있으면서도 작품 내내 우유부단함을 유지한다. 이러한 면모들이 이명준의 성격을 입체적으로 만든다. 이명준이라는 인물은 소설을 덮고 나서도 여전히 '문제적'으로 남는다.

서술자의 위치

어떤 이야기든지 이야기가 만들어지고 소통되기 위해서는 이야기를 풀어내는 역할을 맡은 이가 필요하다. 모든 사건을 동시에 전달할 수 없는 바에야 누군가는 중요하지 않은 것과 중요한 것을 구분해야 하고, 먼저 일어난 일과 나중에 일어난 일도 구분해야 한다. 그것이 정해지면 어떻게 전달해야 하는가도 정해야 한다. 앞의 이야기를 먼저 할 것인지 현재에 가까운 이야기를 먼저 할 것인지, 아니면 그런 순서를 무시하는 것이 바람직할지도 판단해야 한다. 직접화법을 써야 할지, 간접화법을 써야 할지, 결과를 먼저 말하고 사건을 말해주는 것이 좋은지, 사건의 전개에 따라 자연스럽게 결과가 드러나게 하는 것이 좋은지도 선택해야 한다.

일상적인 소통의 문제에서 시작하여 독자에게 감동을 전달하는 데 기여하는 부분까지 복잡하게 고려하다 보면 누가 이야기를 전달하는지, 어떻게 이야기를 전달하는지는 매우 중요한 문제임을 알 수 있다. 최근 서구의 소설 이론에서 가장 활발히 논의된 분야를 찾자면 아마도 시점, 서술자 연구가 될 것이다. 소설의 구조가 점차 복잡해지면서 자연스럽게 연구의 필요성이 제기된 데도 이유가 있지만, 서술자가 차지하는 비중이 그만큼 커진 것도 중요한 이유이다.

특정한 사건이 벌어졌을 때 서술자는 사건에 가까이 있을 수도 있고, 사건에서 멀리 떨어져 있을 수도 있다. 서술자는 사건을 관찰하지 못하고 남의 이야기를 전해 듣고 그것을 전달할 수도 있다. 또, 직접 겪은 사건의 경험을 이야기할 수도 있다. 사건을 직접 겪은 서술자라면 사건 발생 당시의 정황을 자세히 말해 줄 수 있고, 이야기를 통해 사건을 접한 서술자라면 사건을 실감나게 묘사하기는 어렵겠지만 사건의 의미나 배경 등에 대해서는 깊이 있게 이야기할 수 있다. 이런 몇 가지 경우로만 생각해 보아도 서술자의 역할은 소설의 성격 자체를 규정할 만큼 중요하다고 할 수 있다.

중등교육을 통해 배우는 서술자·시점 이론에서 가장 익숙한 분류는 1인칭과 3인칭을 나누는 방식이다. 이것을 다시 1인칭 주인공과 관찰자로 나누고 3인칭 관찰자와 3인칭 전지적 시점으로 나누면 4개의 시점이 만들어진다. 이 분류는 서술자가 어느 위치에서 이야기하고 있느냐를 기준으로 삼는다. '나'에 해당하는 서술자가 등장할 경우와 소설에 등장하지 않는 서술자가 이야기를 풀어갈 경우를 나누고 그를 다시 주인공이 되어 이야기하는지 주인공을 관찰하며 이야기하는지, 단순한 관찰자인지 정황을 모두 알 수 있는 서술자인지에 의해 나눈 분류이다.

서술자의 분류는 위에서처럼 네 가지로 나누는 것이 가장 일반적이다. 그러나 명칭에는 이견이 많은데, 1인칭과 3인칭으로 시점을 구분하는 기준은 '나'와 '너'가 이야기하는 대상에 해당하는 3인칭이 시점으로 존재한다는 점 때문에 문제가 된다. 이를 구분하기 위해 프랑스의 비평가 제라르 쥬네트는 동종서술homodiegetic과 이종서술heterodiegetic로 나눌 것을 제안한 바 있다. 굳이 말하자면 동종서술은 1인칭에 해당하는 것으로, 인물이기도 한 서술자의 서술이다. 이종서술은 3인칭에 해당하는 것으로 인물이 아닌 서술자의 서술이다. 동종서술자가 자신이 기술하는 이야기의 중심인물로 기능하는 경우를 자종서술autodiegetic이라 하여 특별하게 분류하기도 한다.

쥬네트는 초점화라는 개념으로 서술 양상을 분류하기도 하였다. 서술자 분류가 누가 말하는가의 문제였다면 초점화는 누가 보는가의 문제라고 할 수 있다. 말하는 자와 보는 자를 구분할 수 있다면, 이들이 일치하지 않을 수 있다는 말이 되는데, 그중 우리가 주목해야 할 개념은 내적 초점화이다. 내적 초점화는 서술자가 작중 인물의 시각에 의지해 서술할 때 사용하는 말이다. 이때 서술자는 인물이 알고 생각하고 느끼는 내용에 한정하여 서술하게 된다. 내적 초점화가 소설 전체에 지배적으로 쓰이는 경우는 많지 않지만, 여러 소설에서 자주 발견할 수 있다. 인물이 고민에 빠졌다거나 인물이 대상을 관찰할 때 특히 자주 사용된다.

다음은 일인칭 주인공 시점의 예이다.

> 나는 입맛을 쩍쩍 다시고 폈던 책을 덮으며 후- 한숨을 내쉬었다.
> 봄은 벌써 반이나 지났건마는 이슬을 실은 듯한 밤기운이 방구석으로부터 슬금슬금 기어나와 사람에게 안기고 비가 오는 까닭인지 밤은 아직 깊지 않건만 인적조차 끊어지고 온 천지가 빈 듯이 고요한데 투닥투닥 떨어지는 빗소리가 한없는 구슬픈 생각을 자아낸다.
> "빌어먹을 것 되는 대로 되어라."
> 나는 점점 견딜 수 없어 두 손으로 흩어진 머리카락을 쓰다듬어 올리며 중얼거려 보았다. 이 말이 더욱 처량한 생각을 일으킨다. 나는 또 한번, "후-" 한숨을 내쉬며 왼팔을 베고 책상에 쓰러지며 눈을 감았다.[58]

「빈처」는 가난한 소설가와 그의 아내가 겪는 생활의 어려움, 어려움에도 불구하고 하루하루 이어가는 일상의 세밀한 모습을 그려낸 1920년대 작품이다. 위 예문은 경제적 무능으로 생활을 정상적으로 꾸려나가지 못하는 주인공의 심리가 절실하게 묘사된 부분이다. 짧은 예문이지만 여기에 포함된 주인공의 심리 변화를 주의 깊게 살펴보면 그리 단순한 내용이 아님을 알 수 있다. 먼저 작가는 아내가 무엇인가 '전당국'에 맡길 물건이 없을까 살림을 뒤지는 소리를 듣고 잠시 생각에 빠진다. 일단 주인공은 한숨을 쉰다. 이어 빗소리에 구슬픈 생각을 하고 '되는대로 되라'고 신경질적으로 중얼거린 후 그러고 있는 자신

---

58) 현진건, 「빈처」, 『한국소설문학대계』7, 동아출판사, 1995, 463쪽.

이 더욱 처량해짐을 느낀다. 그 생각에 이어져 다시 한숨을 쉬고 눈을 감으며 책상에 쓰러진다. 이런 일련의 감정 변화는 '나' 자신에 의해 서술됨으로서 효과를 더한다고 할 수 있다. 감정의 절실함이 독자에게 효과적으로 전달되기 때문이다.

다음은 3인칭 객관적 서술이 두드러지는 헤밍웨이의 「살인청부업자The Killers」이다.

> "그렇다면 햄과 계란을 주게나"
> 일이라고 불리운 사나이가 이렇게 말했다. 그는 중산모를 쓰고 있었고 단추로 가슴을 여민 검은 외투를 걸치고 있었다. 얼굴은 작고 창백했으며 입은 굳게 닫혀 있었다. 그리고 실크 목도리를 두르고 장갑까지 끼고 있었다.
> "나는 베이컨과 계란"
> 다른 사나이도 주문을 했다. 그의 체구는 알의 체구와 거의 비슷했다. 그의 얼굴은 알의 얼굴과는 딴판이었으나 옷차림은 똑같았다. 두 사람이 입고 있는 외투는 몸에 꼭 끼는 것처럼 보였다. 두 사나이는 카운터 위에다 팔꿈치를 괴고 허리를 숙여 사에가 앞으로 기울어지게 앉아 있었다.[59]

위 예문에서는 작품 안에서 직접 말을 하고 있는 두 사람이 누군가에 의해 철저하게 관찰되고 있다. 서술자는 두 사람의 이름도 모르는 채 관찰을 시작한다. 두 사람은 '일이라 불리운 사내'나 '다른 사나이'로 표현된다. 관찰자는 '일'을 부르는 소리를 들었기에 한 사나이가 '일'이라는 이름을 가졌음을 알게 되었지만, 다른 사내의 이름은 아직 모르고 있다. 두 사람의 말 뒤에 이어지는 인물 묘사에도 서술자의 위

---

59) 어네스트 헤밍웨이, 「살인청부업자」, 『소설의 분석』, 현암사, 1993, 377쪽에서 재인용.

치는 흔들리지 않는다. 서술자는 두 사람의 겉 모습과 동작만을 전달해 줄 뿐이다. 관찰자가 알기 어려운 인물의 생각이나 의도 등은 전혀 드러나지 않는다.

다음은 3인칭 전지적 작가 시점이 드러나는 예이다.

칠성이 말대로 강청댁은 질투가 강한 여자였다. 한평생을 사람 기리는 것이 무엇인지, 일 속에 파묻혀 사는 농촌 아낙들, 그중에서 과부라든가 내외간의 정분이 없는 여자들에게 야릇한 심화를 일게 하는, 그런 만큼 용이는 잘난 남자였고, 그 잘난 남자를 지아비로 삼은 강청댁은 불행할 수밖에 없는 여자였다. 질투는 이 여자에게 있어 영원한 업화(業火)였으며 사나이의 발목을 묶어둘 만한 핏줄 하나가 없었다는 것도 불붙는 질투에 기름이었던 성싶다. 강청댁은 여자라면 모조리 용이를 노리는 요물쯤으로 생각했었고 병적인 적개심 때문에 마을에서도 외로운 존재가 되어 있었다.[60]

『토지』의 흥미로운 에피소드인 용이와 월선댁의 사랑과 강청댁의 질투가 서술되기 시작하는 부분이다. 인용문은 용이의 아내인 강청댁에 대한 설명인데, 눈으로 볼 수 있는 객관적인 정보의 전달이 아니라 대부분 서술자의 논평으로 이루어져 있다. 강청댁이 어떤 여자인지를 묘사를 통해 보여주기보다는 서술자의 판단에 의해 전해준다고 할 수 있다. 위 서술을 통해 그의 남편 용이가 어떤 남자인지도 대충 짐작할 수 있다. 강청댁이 마을에서 외로운 위치에 있는 이유도 그녀의 질투심 때문이라고 설명하고 있다. 그녀의 불행은 어쩔 수 없는 것으로 평가되는데 이 역시 구체적인 사건과 성격이 아닌 서술자의 설명에 의해 이루어진다.

마지막으로 인물에 의한 초점화가 이루어지고 있는 예이다.

---

60) 박경리, 『토지』 1권, 지식산업사, 1988, 71쪽.

여자는, 여자는 확실히 어여뻤다. 그는, 혹은, 구보가 어여쁘다고 생각하여온 온갖 여인들보다는 좀더 어여뻤을지도 모른다. 그뿐 아니다. 남자가 같이 '까루피스'를 먹자고 권하는 것을 물리치고, 한 접시의 아이스크림을 지망(志望)할 수 있도록 여자는 총명하였다.

문득, 구보는, 그러한 여자가 왜 그 자를 사랑하러 드나, 또는 그 자의 사랑을 용납하러 드는 것인지 하고 그런 것을 괴이하게 여겨본다.[……][61]

박태원의 「소설가 구보씨의 일일」은 작품 전체가 두 개의 시선으로 이루어진 독특한 작품이다. 서술자는 전지적 관찰자이지만 그가 서술하는 내용은 대부분이 구보의 시선과 마음을 통해 걸러져 표현된다. 즉 서술자는 구보의 하루를 추적하면서 구보가 지나는 길과 사람들을 서술하는데 어느 때는 구보를 밖에서 관찰하지만 어느 때는 구보와 같은 시선으로 세상을 보기도 한다. 말하자면 서술자는 구보의 등 뒤에 붙어 구보를 보지만 구보가 보는 세상도 함께 보고 있는 셈이다. 내적 초점화가 한 인물에게 일관되게 관철된 예라 할 수 있다.

다시 말하지만, 서사에서 전달자가 중요한 이유는 서술자에 따라 이야기의 효과가 달라지기 때문이다. 그런데, 의외로 한 편의 소설에 일관된 하나의 서술자가 사용되는 일은 그리 많지 않다. 이야기의 전달을 효과적으로 하기 위해서 작가들은 필요에 따라 다른 서술자를 내세우곤 한다. 이는 이야기의 전달을 효과적으로 만드는 긍정적 효과와 함께 이야기를 산만하게 만드는 부정적 효과를 함께 가지고 있다. [62]

---

61) 박태원, 「소설가 구보씨의 일일」, 『소설가 구보씨의 일일』, 기민사, 1987, 191쪽.
62) 이번 장의 내용은 졸저 『현대소설의 이론』(박이정, 2003)에서 서사의 특징을 설명한 부분을 발췌해 정리한 것이다.

희곡 戱曲drama

극은 회화나 대화의 모방mimesis이다. 그리고 회화의 수사법은 분명히 매우 유동적인 것이 되지 않으면 안 된다. 그것은 긴 대사로부터 두 사람 이상이 교대로 하는 대사에까지 미친다. 그리고 그 수사법에는, 화자의 성격과 언어의 리듬을 표현하면서, 동시에 이것들을 그 때의 상황과 다른 화자들의 기분에 맞추어야 하는, 이중의 어려움이 있다.

(N.프라이, 『비평의 해부』)

극 양식의 성격

희곡은 연극을 상연하기 위한 기초가 되는 대본이다. 희곡은 언어로 구성되어 있고 일관된 이야기 구조를 가지며 인물을 통해 내용이 전달된다는 점에서 여타 문학과 유사한 특징을 가지고 있다. 그러나 소설이나 시와 같은 문학 양식과 달리 희곡은 상연을 목적으로 하기 때문에 무대 조건의 제약을 받는다. 희곡은 상연 가능한 조건과 상연에서의 효과를 생각해야 한다. 전통적 의미에서 희곡은 연극을 위한 설계도라 할 수 있다.

대부분의 극작가들은 활자로 읽히기 위해 희곡을 쓰기보다 연극으로 상연되는 것을 전제로 작품을 쓴다. 따라서 희곡을 읽는 것만으로는 무대 위에서 연극을 볼 때의 감동을 그대로 느낄 수 없다. 하지만 창조적으로 희곡을 읽는다면 실제 공연이 보여주기 어려운 부분까지 찾아 감상할 수도 있다. 훌륭한 독자는 연출자가 만든 연극이 아니라 스스로 상상한 연극을 머릿속에서 만들어 내기도 한다. 이것이 희곡을 읽을 때 독자에게 요구되는 연극적 상상력이다.

물론 연극과 무관하게 문학작품으로 유통되는 희곡이 없지는 않다. 상연을 목적으로 하지 않고 쓰인 '레제드라마'가 있고, 희곡 자체의 독자적인 문학성을 인정받은 수많은 작품들이 있다. 레제드라마에 대해서는 논쟁이 남아 있는 것 같지만, 셰익스피어나 베케트의 희곡은 어떤 소설이나 시와 비교해도 많은 발행부수를 유지하고 있다. 이오네스코나 체홉, 고골의 희곡도 그에 못지않다. 이런 작품들은 연극을 위해 존재하는 대본이라는 말이 무색할 정도로 좋은 문학으로 높이 평가 받는다.

소설과 마찬가지로 희곡의 기본 뼈대는 이야기이다. 희곡이 시나 소설과 분명히 구분되는 점은 화자나 서술자가 없이 인물들의 행동을 통해 이야기가 펼쳐진다는 데 있다. 소설이나 시에는 독자에게 이야기나 감정을 전달해주는 누군가가 있게 마련이다. 따라서 사건이나 감정은 누군가에 의해 일차적으로 정리되고 걸러진 상태로 전달된다. 그러나 희곡에서는 인물의 대사나 행동을 통해서 이야기나 감정의 흐름이 표현된다. 독자는 서술자나 화자의 도움 없이 중요한 행동과 중요하지 않은 행동, 의미 있는 대사나 의미 없는 대사를 가려내는 일을 온전히 떠맡아야 한다.

서술자가 없기 때문에 희곡의 이야기는 훨씬 더 조직적으로 구성되어야 한다. 앞의 사건과 뒤에 벌어진 사건이 어떻게 연관되는지, 사건과 인물의 성격이 어떤 관계에 있는지가 희곡 안에서 잘 표현되어야 한다. 또 중요한 사건이 벌어지기 전에는 그것을 암시하는 부분이 있어야 하며 절정을 지난 사건은 무리 없이 마무리되어 미진함이 없어야 한다. 이런 특성 때문에 희곡은 전체 속에서 부분을, 부분을 모아 전체를 이해해야 하는, 독자의 부담이 상대적으로 큰 양식이라 할 수 있다.

연극과 마찬가지로 희곡의 기본 단위는 '장면'이다. 장면은 연속체로서 '막'을 구성하고, 막은 서로 단락을 짓고 연계를 지어 하나의 작품이 된다. 희곡은 장면과 장면의 연속인 동시에 긴장의 연속이라고 할 수 있다. 긴장은 갈등에서 비롯되는데, 갈등은 인물의 행동에서 유발된다. 희곡은 고뇌하는 개인을 표현하기도 하지만 주로 인물과 인물의 관계를 다루며 관계 속에서 만들어지는 갈등의 탄생과 소멸을 다룬다.

다음 예문을 통해 희곡의 특징을 구체적으로 확인해 보자.

햄릿 : 불쌍한 유령!

유령 : 동정할 것 없다. 자, 내 얘기나 잘 들어 봐라.

햄릿 : 말해라, 들어보자.

유령 : 들으면 원수를 갚으렷다.

햄릿 : 뭐?

유령 : 나는 네 아비의 혼령이다. 밤이면 한동안 나타나고 낮에는 지옥에 갇혀서, 생전에 저지른 악행이 불에 타 씻길 때까지 단식을 해야 하는 내 운명. 황천의 비밀은 말할 수 없다만, 말하면 단 한 마디로 네 영혼은 고통을 받고, 젊은 피는 얼어붙으며, 두 눈알은 유성처럼 눈구멍에서 튀어나오고, 가닥가닥 얽어매진 네 곱슬 머리털도 풀리어서 고슴도치의 침 같은 털 모양 곤두서리라. 그러나 저승의 비밀을 인간의 귀에 전할 수는 없다. 들어 봐라, 오, 들어 봐! 일찍이 네 아비를 사랑해 보았거들랑-

햄릿 : 아이고 하느님!

유령 : 그 비열 무도한 암살을 복수해 다오.

햄릿 : 암살!

유령 : 살인이란 아무리 좋게 봐도 비열한데, 이거야말로 비열하고 무도 무참한 대죄악.

햄릿 : 어서 내용을 알려다오, 사랑의 사념처럼 재빨리 원수를 갚으러 날아가겠으니.

유령 : 그래야지. 이래도 일어서지 않는다면 저승을 흐르는 망세천(忘世

川) 둑에 자라서 그저 썩고 마는 갈대보다도 더 둔한 인간이다. 들어 봐라, 햄릿아, 정원에서 잠들어 있었을 때 나는 독사에게 물려 죽었다고 세상에 알려지고, 이 나라 백성들은 그 조작된 사인에 감쪽같이 속고들 있다만, 여봐라, 실은 네 아비를 죽인 그 독사가 지금 왕관을 쓰고 있다.

햄릿 : 아, 어쩐지 그런 예감이 들더라! 역시 숙부가?

유령 : 그렇다, 저 음탕하게 불륜을 일삼는 짐승보다 못한 놈, 요술 같은 지혜와 음험한 재주를 가지고 간사하게 농락하여, 그렇게도 정숙한 체해 보이던 왕비의 마음을 꾀어 그 수치스런 음란의 자리로 이끌었다. 아, 이 무슨 배신이냐! 백년가약의 맹세대로 한결같이 사랑해 온 남편의 사랑을 배반하고, 천품이 나와는 비교도 안 되는 비열한 위인하고 배가 맞다니.[이후 생략][63]

햄릿의 죽은 아버지가 유령으로 나타나 자신이 죽게 된 사연을 아들에게 들려주는 장면이다. 유령은 지금의 왕이 자신을 죽이고 햄릿의 어머니까지 차지했다는 사실을 햄릿에게 알려준다. 이때 유령이 전해주는 내용은 자신의 억울한 죽음에 대한 사연인 동시에 희곡 전체의 사건이 벌어지게 되는 원인이다. 아버지의 죽음은 햄릿을 고민에 빠뜨리고 결국은 왕국의 여러 사람을 죽음으로 끌고 간다. 희곡에서는 이런 중요한 이야기를 들려주는 역할을 서술자가 아니라 인물이 담당한다.

서사를 전달해주는 역할을 인물이 담당하게 되면 전달하는 내용도 조리 있게 정리되지 않는다. 인물은 객관적으로 시간 순서에 따라 사건을 자세히 말해주기 보다는 상대방의 반응에 맞추어 필요한 내용을 전달해 줄 수밖에 없다. 위의 유령도 자신이 죽게 된 사연을 조리 있게 이야기하지 않는다. 구체적인 사연은 예문이 끝난 다음에야 이야기된다. 죽게 된 사연보다는 듣고 나서는 원수를 갚아야 한다는 말을

---

63) 셰익스피어, 「햄릿」, 『셰익스피어전집』, 을유서적, 1995, 803쪽.

먼저 한다든지, "살인이란 아무리 좋게 봐도 비열한데"라고 자신의 판단이나 감정을 먼저 말한다. 범인이 누군지 말하기도 전에 유령은 "그 비열 무도한 암살을 복수해 다오."라고 복수에 대해 먼저 이야기한다. 그런데 인물에 의해 이야기가 전달되다 보니 독자나 관객은 서사의 진위를 쉽게 판단할 수 없다. 유령은 자신을 살인한 자를 "저 음탕하게 불륜을 일삼는 짐승보다 못한 놈"이라고 말하지만 그러한 평가가 과연 객관적인 지는 이후의 전개를 통해서만 확인될 수 있다.

위 예문은 햄릿이 유령을 처음 만나는 '장면'이다. 희곡은 굳이 위 장면에 이어 바로 햄릿의 다음 행동이나 유령의 다음 행동을 보여주지는 않는다. 시간과 공간의 이동을 통한 새로운 장면을 보여줄 수도 있다. 구조상 위 장면은 이후 벌어질 사건을 짐작하게 해 주는 발단에 해당한다. 이후 이야기는 햄릿이 아버지의 원수를 어떻게 갚을 것인지가 중심에 놓일 수밖에 없다. 이어지는 사건들은 비록 다양한 인물의 다양한 사연으로 채워지지만 서사의 중심이라 할 수 있는 아버지의 죽음과 관련된 햄릿의 복수에서 크게 벗어나지 않는다.

비극에서 현대극까지

희곡의 역사는 연극의 역사만큼 오래되었다. 그러나 그것이 문자로 기록되고 하나의 양식으로 확립된 지는 그리 오래 되지 않았다. 특히 동양 연희는 희곡을 갖지 못한 경우가 많다. 우리나라도 다양한 연희 전통을 가지고 있지만, 희곡이 고유한 문학 양식으로 발달하지는 않았다. 대표적인 연희인 가면극, 인형극, 판소리, 그림자 연극 등은 따로 문자로 정리된 희곡을 두지 않고, 구비문학 형식으로 전승되어 왔다. 물론 최근에 와서 채록을 통해 연희 대본을 정리하고 있지만 그것이 예전의 모습을 완전하게 보여준다고 하기는 어렵다.

서구 연극의 뿌리는 그리스 연극으로 보는 것이 통례이다. 그리스 연극은 디오니소스를 모시는 종교의식에서 시작되었다. 아테네에서는 매년 봄에 국가 행사로 제전을 치렀는데, 거기에서 연극이 공연되었다고 한다. 처음에는 코러스라고 불리는 합창단이 중요한 역할을 했으나 점차 배우가 등장, 연극적 요소의 비중이 높아졌다. 현재까지 당시 대본이 남아있는데, 비극으로는 아이스킬로스·소포클레스·에우리피데스 등 3명의 작품이 남아 있다. 희극도 남아 있는데, 아리스토파네스를 대표적인 희극 작가로 꼽는다. 비극과 희극 모두 무대장치가 없는 야외극장에서 배우가 가면을 쓴 상태로 공연하였다.

전통적인 연극은 결말의 좋고 나쁨에 따라 희극, 비극, 희비극으로 분류된다. 희극은 가벼운 분위기 속에서 인간성의 결점이나 사회적 문제를 유쾌하게 드러내는 연극이다. 대개 결말은 사건의 원만한 해결로 마무리된다. 흔히 말하는 해피엔드는 희극에 적당한 결말이다. 희극은 단순히 유쾌한 기분을 드러내는 데 그치지 않고, 기지나 풍자, 해학의 수법으로 세태를 꼬집기도 한다.

셰익스피어의 대표적인 희극이라고 할 수 있는 「십이야」를 통해 희극의 이야기 전개에 대해 알아보자.

쌍둥이 남매 세바스찬과 바이올라는 배가 난파되어 일리리아 해안에서 갈라진다. 무사히 상륙한 바이올라는 세바스찬으로 남장을 하고 오시노 공작의 하인으로 들어간다. 오시노 공작은 올리비아라는 여인을 연모하나 그녀는 공작의 청혼을 거절한다. 오빠의 죽음을 슬퍼한 올리비아는 7년 동안 아무도 사랑하지 않겠다고 결심했기 때문이다. 세바스찬으로 변장한 바이올라는 공작을 사랑하게 되는데, 그런 사실을 모르는 공작은 바이올라를 올리비아에게 보내 청혼을 계속한다. 이 심부름은 바이올라에게는 무척 괴로운 일이다. 그런데 난처하게도 올리비아는 세바스챤으로 남장한 바이올라를 사랑하게 된다. 바이올라는 올리비아의 사랑을 거부한다. 익사한 것으로 생각되었던 바이올라의 오빠 세바스챤은 안토니오란 선장의 구조로 목숨을 건져 선장과 더불어 일리리아에 온다. 실제 세바스챤이 살아 돌아옴으로 인해 올리비아는 세바스챤을 사랑할 수 있게 되고, 바이올라와 오시노도 사랑으로 맺어지게 된다.

복잡하게 얽힌 남녀의 사랑 문제가 어지럽게 나열되지만, 결국은 모두가 만족할만한 해결을 보게 되는 이야기이다. 오시노 공작과 올리비아는 각각 자신의 사랑을 찾게 되고, 주변 사람들의 오해도 모두 풀리게 된다. 최초에 등장한 쌍둥이 남매 역시 난파라는 위험을 거쳐 진정한 사랑을 찾게 된다.

이에 비해 비극은 주인공의 죽음이나 패배를 주요 내용으로 하는 이야기 전개로 독자들에게 비장미를 통한 감정의 정화를 느끼게 한다. 고전극에서는 운명과 맞서는 인간의 장엄한 패배를 주로 다루며 현대극에서는 사업의 실패, 사랑의 파탄, 주인공의 죽음 등을 주로 다룬다. 고전극에서 비극의 원인이 인간의 운명 등이었다면 근대극에서 비극의 원인은 인물의 성격적 결함이나 사회의 부조리라고 할 수 있다.

앞서 살펴 본 「햄릿」을 통해 비극의 이야기 전개를 알아보자.

덴마크 엘시노어 성에 밤마다 선왕의 유령이 나타난다. 왕자 햄릿은 유령을 만나 선왕의 죽음이 숙부에 의한 독살이었음을 알게 된다. 그 이후 햄릿은 미친 사람으로 가장하여 사건의 진실을 캐고 복수를 위해 그 일을 암시한 장면을 넣어 연극을 한다. 연극을 보던 왕은 당황하며 서둘러 밖으로 나간다. 왕은 분노를 느끼며 햄릿을 영국으로 보낼 결정을 하지만 한편으로는 자신의 죄책감에 휩싸여 어찌할 바를 모르며 괴로워한다. 왕에게 복수하기로 마음먹은 햄릿은 애인 오필이어의 아버지 폴로니어스를 왕으로 오인하고 칼로 찔러 죽인다. 왕은 그 사실을 듣고 달려온 오필리어의 오빠인 레어티즈를 이용하여 햄릿과의 검술 경기를 유도한다. 오필리어는 아버지의 죽음으로 인해 실성해버리고 레어티즈 또한 자신의 아버지인 폴로니어스를 위해 복수를 생각한다. 레어티즈는 독이 묻은 검을 들고 경기를 하고 왕은 햄릿을 위해 독을 탄 술을 준비한다. 시합이 시작되고 대결을 하던 중에 클로디어스가 햄릿을 주려고 준비해 둔 독주를 우연히 왕비가 마시게 된다. 왕비가 죽고, 햄릿과 레어티즈 역시 바뀐 칼에 서로 찔려 서서히 죽어간다. 햄릿은 마지막 힘을 다해 자신이 들고 있는 독이 묻은 칼로 왕을 찔러 복수를 완료한다. 햄릿은 충실하고도 절친한 호레이쇼가 자신도 따라 죽으려고 독주를 마시려 하는 것을 말리며, 지금까지 이야기를 세상에 알려달라는 부탁을 하고 눈을 감는다.

「햄릿」이 「십이야」와 분명하게 다른 부분은 결말이다. 「햄릿」에서는 중요한 인물들이 모두 죽음을 맞이하게 된다. 평화로운 가족과 온전한 인간성이 모두 깨져가는 과정을 다룬 것이라 할 수 있다. 햄릿을 비롯한 인물들이 대부분 왕족이라는 비교적 높은 신분의 인물들이라는 점도 눈에 띈다. 주인공 햄릿은 비극의 핵심에 있다고 할 수 있는데, 그가 비극으로 떨어지는 이유는 우유부단한 성격 때문이다. 아버지와 자신의 원수를 갚겠다는 생각을 하면서도 결단을 내리지 못하기 때문에 극은 더욱 복잡해진다.

희비극은 비극과 희극이 혼합된 연극을 말한다. 대체로 처음에는 주인공이 부당하게 불행을 겪지만 작품의 전환점에 이르러 다시 희극적인 상태로 회복되어 행복을 찾게 되는 전개를 보이는 연극이다. 희비극은 한 편의 극에 웃음과 눈물이 교차하게 된다.

서구의 근대 연극은 시민 사회의 형성기인 18세기에 이르러 비극과 희극의 고전적인 틀에서 벗어난 새로운 양식을 개척하기 시작하였다. 고전적인 의미의 비극이나 희극의 어느 쪽도 아닌 이 새로운 양식을 특히 드라마라 부른다. 이후, 연극은 이 새로운 양식을 중심으로 발전하게 되면서 마침내 근대극의 꽃을 피웠다. 그 최초의 단계가 18세기 말부터 19세기 전반에 걸친 낭만주의이고, 19세기 후반에는 사실주의가 그 뒤를 이었다. 사실주의는 한편으로 자연주의에 의해 극단화되는 동시에 다른 한편으로는 그 반동으로 상징주의를 낳게 되었다. 근대극이 완성된 것은 시민사회가 이미 해체기에 들어선 19세기 말 입센, 스트린드베리, 쇼, 체호프를 비롯한 여러 극작가들의 희곡이 출현하면서이다.

새로운 연극들

일반적으로 연극은 감정의 동화를 통해 관객에게 감동을 주는 것을 목적으로 한다. 그러나 서사극은 연극과 관객의 거리 두기를 시도한 연극이다. 서사극은 독일의 브레히트와 피스카토르가 1920년대에 시작한 새로운 연극운동에서 시작되었다. 종래의 연극이 플롯을 중심으로 원인과 결과의 관계를 밝히는 구조로 이루어진 것이었다면, 서사극은 플롯을 거부하고 서사, 즉 에피소드의 제시를 통해 관람자 스스로가 극적 진실을 판단하도록 하는 변증법적 양식이라 할 수 있다.

브레히트가 서사극을 구상한 목적은 무대 위에서 인간의 도덕 문제와 현대의 사회현실을 재현하여 관객의 지성을 자극하려는 데 있었다. 그는 무대 위 사건에 대한 관객의 감정적인 반응을 지연 또는 차단하고자 했으며 관객이 등장인물과의 감정이입을 통하여 연기에 사로잡히는 경향을 방해하고자 했다. 이러한 의도를 관철시키기 위해 그는 '소외효과'를 사용하였다. 소외효과란 극으로부터 관객을 멀어지게 하고, 관객들이 극중 연기를 보고 있다는 사실을 환기시킬 수 있게끔 고안된 기법들을 말한다. 브레히트는 이를 통해 관객들로 하여금 주제를 심사숙고하게 하여, 그 주제에 대해 지적인 판단을 내리도록 유도하였다.

서사극에서 해설자는 매우 중요하다. 서술자가 에피소드를 제고하고 사태를 적절하게 논평하며 연극을 압축시키는 역할을 담당하기 때문이다. 그런데, 최근에는 아리스토텔레스식의 플롯 연극이 완전한 감정이입을 만들어낼 수 없는 것처럼, 서사극도 관객들이 서사에 감정적으로 몰입하는 것을 완전히 차단할 수 있다고 보지는 않는다. 서사극의 의미는 새로운 형식의 시도라는 면과 함께, 복잡한 사회에서 관객의 관찰력과 판단력을 확대시켜 연극의 사회적 교육성을 증진시켰다는 점에서 찾을 수 있다. 서사극은 세계 각 지역마다 조금 다른 식으로 변용되어 공연되고 있다.

부조리극 역시 전통 연극에 반하는 연극이라 할 수 있다. 부조리극은 이치에 맞지 아니하는 극작품이라는 의미로, 1950년대 미국이나 유럽에서 활발히 활동한 일군의 극작가들의 작품에 붙인 이름이다. 구성이나 성격 묘사가 불합리하고 기이하며, 인간 실존의 환상과 몽상적 세계를 묘사하는 작품들이다. 부조리극은 초현실주의 등 모더니즘 수법을 빌어 부조리를 재현하고 그 재현된 부조리에 나름의 이미지를 부여하고자 하였다. 일반적인 유파들처럼 특정한 형태의 운동이 있었던 것은 아니나 대체로 비슷한 시기 활동했던 새뮤얼 베케트, 외젠 이오네스코, 장 주네, 아르튀르 아다모프, 해럴드 핀터 등의 극작가들이 가지고 있던 연극에 대한 입장을 아우른다.

부조리극은 연극의 관례를 무시하고 새로운 형식을 보여줬다는 점에서 매우 충격적으로 받아들여졌다. 또, 20세기 중반의 관심사를 적절하게 표현하여 인기를 끌기도 하였다. 부조리극은 1960년대 중반 이후 다소 쇠퇴하게 되지만, 그 영향까지 사라진 것은 아니다. 부조리극은 한 걸음 더 나아간 전위극에 영감을 불어넣었으며, 부조리극의 형식적 실험은 연극의 본류로 흡수되었다. 즉, 부조리극의 특징은 이제 연극의 일반적 특징의 하나로 수용된 상태이다.

부조리극을 대표하는 작품으로 베케트의 「고도를 기다리며En Attendant Godot」와 이오네스코의 「대머리 여가수La Cantatrice Chauve」를 꼽을 수 있다. 1953년 처음 상연된 베케트의 희곡 「고도를 기다리며」에는 일관된 줄거리가 없다. 굳이 극의 내용을 정리하면 두 사람의 끝없는 기다림이라고 할 수 있다. 뜨내기로 분장하고 나오는 두 명의 정처 없는 남자는 날마다 누군가를 기다리면서도 기다리는 사람이 누구인지 또는 무엇인지, 아울러 기다리는 것이 과연 올 것인가에 대해서는 아무런 확신도 갖고 있지 않다. 그러면서도 기다림은 계속된다. 이를 통해서 이 극은 처음도 끝도 없는 순환성을 부각시킨다. 언어는 뒤죽박죽인 경우가 많으며, 진부한 상투어와 말장난과 반복어, 문맥과는 무관한 이야기들이 넘쳐난다.

이오네스코의 희곡 「대머리 여가수」의 등장인물들은 자리에 앉아 누구나 아는 상투적인 얘기를 반복해서 말하지만 그 이야기는 아무런 의미도 갖지 않는다. 이를 통해서 이 극은 언어로 하는 의사소통의 한계를 드러낸다. 우스꽝스럽고 무의미한 행동과 말의 조합 때문에 표면적으로는 희극적으로 보이지만, 이야기의 기저에는 형이상학적인 비탄의 감정이 놓여 있다.

우리나라의 근대 연극은 서구 연극의 수입과 함께 시작되었다고 할 수 있는데, 신파극은 근대 연극사 초기에 특수하게 나타난 양식이다. 일제 강점기 유행했던 신파극은 일본의 신파극에 한국적 특수성이 가미된 한국적 멜로드라마라고 할 수 있다. 신파극의 특성은 통속 소설의 그것과 유사한데, 우연적인 사건의 전개, 과도한 정서의 분출, 선악의 이분법을 대표적인 예로 꼽을 수 있다. 신파극은 사회적·역사적 맥락이 없이 대중 취향에 영합할 때가 많으며, 신파극의 등장인물은 멜로드라마처럼 성격과 행위의 주체성을 결여한 채 줄거리 구조에 종속되어 있다. 가장 널리 알려진 신파극은 일본신파극의 번안이자 한국 최초의 신파극인 〈장한몽〉이다. 이 극의 주인공 이수일과 심순애는 지금도 널리 알려진 이름이다. 1930년대에 공연된 임선규의 〈사랑에 속고 돈에 울고〉 역시 잘 알려진 신파극이다.

희곡과 시나리오

시나리오는 영화를 만들기 위해 사용하는 대본을 말한다. 시나리오라는 말은 이탈리아어인데, 지금은 많은 나라에서 시나리오 대신 스크린플레이라는 명칭을 사용한다. 일본과 우리나라에서는 여전히 이 용어를 사용하고 있다.

시나리오와 희곡은 대본의 형식도 다르지만, 실제 구현되었을 때 둘의 차이가 더 분명해진다. 연극이 설치된 무대에서 배우의 직접 연기로 관객과 만나는 데 비해 영화나 텔레비전·라디오 드라마는 제작 후 편집의 과정을 겪게 된다. 따라서 시나리오는 희곡에 비해 배경이나 등장인물의 제약을 적게 받는다. 촬영 순서와 상영 순거가 다를 수 있다는 점에서도 영화는 연극과 다르다. 영화는 현실에서 볼 수 없는 사물이나 상황을 만들어내기도 한다.

연극이 직접 공연으로 현장성이 강조되는 데 비해 영화는 한 번 편집한 필름을 무제한으로 상영할 수 있다는 특징이 있다. 또 영화는 필름 복사를 통해 여러 곳에서 동시에 같은 내용을 볼 수 있는데 비해 연극은 훈련된 연기자에 의해 공연된다고 하더라도 '똑 같은' 공연은 불가능하다. 또 같은 배우가 하루에 공연할 수 있는 횟수에도 한계가 있다. 연극은 영화처럼 아침부터 밤늦게까지 공연을 반복할 수는 없다. 연극이 비교적 긴 막을 단위로 하는 것에 비해 영화는 매우 짧은 신을 기본 단위로 한다.

시나리오는 해설, 지시문, 대사, 장면 표시 등으로 구성된다. 해설은 장소, 시간, 배경 등 촬영을 위한 기본적인 정보를 제공한다. 지시문은 촬영 및 연기에 대한 구체적인 지시를 담은 글로 인물의 동작이나 표정에서 음향이나 음악, 조명까지 영화 제작 전반에 걸친 내용을 지시한다. 대사는 등장인물이 주고받는 말이다. 희곡과 달리 시나리오는 내레이션을 자주 사용한다. 내레이션은 화면 밖에서 화면 안의 상황을 설명해주는 소리로 청취자나 시청자가 알아야 할 사항을 설명해주는 역할을 한다. 때로는 등장인물이 내레이터가 되기도 하는데 이때는 인물의 내면 심리가 주로 드러난다.

영화를 위한 대본만이 아니라 방송 드라마를 위한 대본도 시나리오라고 부른다. 텔레비전 드라마, 라디오 드라마는 영화와 유사한 면이 있지만 여러 면에서 다르기도 하다. 영화와 텔레비전은 화면 크기나 음향 전달의 효과 면에서 같지 않고, 라디오 드라마는 영상을 전달할 수 없다는 점에서 다른 매체의 드라마와 구분된다. 영화가 큰 화면을 많은 수의 관객이 집중하여 본다는 특성이 있는데 비해 텔레비전 드라마는 적은 수의 인원이 편안한 자세로 다소 집중력이 떨어진 상태에서 본다는 특성이 있다. 화면의 질이나 음향의 질에서도 큰 차이가 있다. 라디오 드라마는 모든 것을 소리로 전달해야 한다는 점에서 제약이 더 많다고 할 수 있다.

영화의 역사가 그리 오래되지 않은 것처럼 시나리오의 역사도 다른 문학 양식에 비해 매우 짧다. 영화의 초창기에는 시나리오의 독창성이 인정되지 않았다. 그 당시에는 영화가 치밀한 계획이나 구성에 의해 연출되거나 제작되지 않고, 즉흥적으로 촬영되고 편집되었기 때문이다. 처음에 시나리오라는 극의 줄거리와 배우의 역할 등을 표시한 메모를 일컫는 말이었다. 또 초기 영화가 움직이는 영상을 담아내는 자체에 의미를 두었고, 극영화보다는 다큐멘터리영화 중심으로 발전하였다는 점도 시나리오의 가치를 부각시키기 어렵게 했다.

그러나 영화의 기술이 발달하면서 영화의 줄거리도 계산적이고 합리적이어야 한다는 생각이 일반화되었다. 이에 따라 시나리오가 갖는 영화제작의 기본 설계도로서의 기능과 중요성이 새삼스럽게 인식되지 않을 수 없었다. 무성 영화 시대 말기인 1920년대 후반에는 시나리오와 그 작가의 비중이 커지기 시작하였다. 이후 유성 영화 시대가 개막되면서 음성의 효과가 위력을 발휘하게 되자, 시나리오는 더욱 중요한 영화의 요소가 되었다.

시나리오의 형식은 작가에 따라서 또는 나라에 따라서 다소의 차이가 있어 일정한 규칙을 말하기는 어렵다. 배우의 동작 하나하나를 상세하게 지시해주는 시나리오가 있는 반면, 영화의 중요한 흐름을 설명해주고 세세한 부분에 대한 설명을 생략하는 시나리오도 있다. 한 사람이 창작한 시나리오가 있는가 하면, 여러 사람이 역할에 맞추어 공동 작업으로 만드는 시나리오도 있다. 독립 영화는 감독이 직접 시나리오를 쓰는 경우가 많고, 블랙버스터 영화는 공동 작업으로 시나리오를 만드는 경우가 많다.

시나리오는 제작 과정과 의도에 따라 오리지널 시나리오와 레제 시나리오, 각색 시나리오로 나뉜다. 오리지널 시나리오는 문학작품으로부터 창작의 영감을 얻지 않고 오로지 제작된 영화를 위해 순수하게 창작된 시나리오를 이르는 말이다. 레제 시나리오는 제작을 목적으로 하지 않고 읽을 것을 전제로 창작된 시나리오를 말한다. 각색 시나리오는 이미 존재하는 문학 작품 등을 참고하여 쓴 시나리오를 말한다.

각색이란, 어떤 매체에서 다른 매체로 내용을 옮기는 것을 뜻하거나 기성의 예술 형태를 다른 예술의 방식으로 작업하여 재생산하는 것을 말한다. 영화에서 각색의 대상이 되는 가장 일반적인 양식은 소설이다. 소설은 기본적으로 탄탄한 서사를 가지고 있어서, 영화감독이나 시나리오 작가들이 가장 선호하는 각색 대상이 된다. 희곡은 그 자체로 극적 상황을 가지고 있기 때문에 중요한 각색의 대상이 된다. 만화나, 오페라, 뮤지컬, 퍼포먼스 등의 공연예술도 영화로 제작될 때가 많다. 요즈음에는 텔레비전 드라마를 영화로, 영화를 텔레비전 드라마로 바꾸는 예를 어렵지 않게 볼 수 있다. 각색은 전문 시나리오 작가나 감독에 의해 이루어지지만, 때로는 원작자가 각색에 참여하기도 한다.

종합예술로서의 영화

희곡과 시나리오가 다르듯 연극과 영화는 여러 면에서 다르다. 흔히 영화를 종합예술이라고 부르는데, 영화가 다양한 영역을 포함하고 있을 뿐 아니라 다양한 방법으로 관객에게 영향을 주기 때문에 붙여진 말이다. 영화에서 관객을 감동시키는 세 가지 요소로는 극적 요소와 시각적 요소, 그리고 청각적 요소를 꼽을 수 있다.

영화의 극적 요소는 이야기를 통해 구현된다. 영화의 극적 요소는 귀납적으로 구성된다. 구체적인 사건들이 모여 전체적인 이야기를 만든다는 점에서 그렇고, 잘 짜인 플롯을 갖추고 있어야 한다는 점에서 그렇다. 영화는 연극에 비해 연속성이 떨어질 수 있으므로 일관성의 유지가 더 요구된다. 극적인 효과라는 면에서 영화는 연극의 그것과 공통되는 요소가 많다. 많은 영화가 내레이션보다는 배우의 연기에 의지하고 있다는 면에서 그렇고, 관객의 집중력을 유지할 수 있는 상연 시간의 제약을 받는다는 점에서도 그렇다.

연극과 마찬가지로 인물의 성격화는 영화에서도 매우 중요하다. 인물의 분명한 성격은 영화의 서사를 이해하는데 도움을 줄 뿐 아니라 관객이 영화를 편하게 볼 수 있도록 도와주기도 한다. 영화는 외형적인 성격화를 많이 시도하는데, 용모, 의상, 신체조건, 목소리, 동작 등을 통해 성격을 드러내곤 한다. 대사나 행위에 의한 성격화도 많이 이루어지는데, 단어의 선택이나 강제, 음조 등은 주인공의 성격을 보여주는 데 매우 중요하다. 물론 사건과 관련하여 인물의 성격이 자연스럽게 드러나게 되는 것이 일반적이다.

시각적 요소는 영화에서 가장 중요한 위치를 차지한다. 영화는 화면에 영상을 비추는 양식으로 발전하였기 때문에 흔히 빛의 예술이라고 부른다. 굳이 영화가 무성영화에서 시작되었다는 점 때문만이 아니라 시각적 요소는 영화의 기본적인 의사소통 수단이라고 볼 수 있다. 정지한 장면을 빠르게 연속시켜 움직이는 것처럼 보이게 하는 기술이 영화를 낳게 했지만, 장면이 연출해내는 하나하나의 이미지는 영화만이 줄 수 있는 감동을 만들어낸다. 물론 극적인 요소와 청각적 요소가 더해질 때 그 효과는 더욱 커진다.

상징은 시각적 요소와 극적 요소가 합쳐질 때 주로 발생한다. 영화에서 상징은 다른 어떤 것을 대신해 표현해주거나 수용자가 무엇을 연상하도록 자극하는 장치를 말한다. 보편적 상징은 주어진 문화권 내의 모든 사람이 이해하거나 연상할 수 있는 상징으로 어떤 관념을 효과적으로 전달하는 데 사용한다. 흔하게 볼 수 있는 십자가, 까마귀, 박쥐 등의 상징이 여기에 해당한다. 까마귀나 박쥐는 불길한 운명 등 부정적인 이미지를 가지고 있는 동물이다. 이에 비해 십자가는 종교 또는 종교의 역설로 사용된다.

영화는 작품의 내적 맥락에 따라 기능할 수 있는 상징을 만들어내기도 한다. 이를 상징의 창조라고 부른다. 예를 들어 일지매의 매화는 자주 반복되어 사용됨으로서 고유한 상징적 의미를 가지게 된다. 영화는 특수한 시청각의 강조를 통해 상징을 만들기도 한다. 비정상적인 촬영 각도, 정지화면, 조명효과, 음악과 음향 등이 반복되면 하나의 상징이 될 수 있다.

시각적 효과를 나타내기 위해 영화에서는 다양한 카메라 기법을 사용하기도 한다. 연극과 달리 영화는 카메라가 선택한 시점에 의해 선택된 장면만이 화면에 펼쳐지기 때문에 카메라는 곧 관객이 대상을 볼 수 있는 유일한 창이 된다. 카메라는 다양한 방법으로 관객의 관심을 집중시킬 수 있다. 관객들은 일반적으로 작고 먼 쪽보다 크고 가까운 쪽에, 어두운 부분보다 선명하게 보이는 부분에 집중하게 된다. 움직임이 배경이라면 조금 다르지만 일반적으로 고정된 대상보다는 움직이는 대상이 관심을 끈다. 카메라는 관객의 이러한 관심을 유도하고 조절할 수 있다.

영화를 촬영할 때는 카메라를 고정시켜놓고 인물이나 대상이 움직이는 것이 일반적이다. 그러한 고정된 신을 편집하여 이미지의 중첩을 시도하는 것이 영화의 일반적인 기법이다. 그러나 때에 따라서는 카메라의 움직임을 통해 연속동작을 유지하기도 한다. 자주 사용되는 방법으로 수평이동과 수직이동이 있다. 이들은 각각 고정된 카메라를 수평panning과 수직tilting으로 움직이는 기술이다. 포위해 몰려드는 기마병들을 찍거나 목표물을 따라 총구를 돌리듯 대상을 찍을 때 카메라를 움직이는 방법이 수평이동에 해당한다. 수직이동은, 예를 들면, 활주해오는 비행기나 인물이 빌딩을 오르는 장면을 찍을 때 사용하는 방법이다. 또, 줌 렌즈를 이용하여 피사체가 움직이는 것 같은 착각을 일으킬 수도 있다. 이동촬영은 카메라가 직접 움직이며 피사체를 담는 방법이다. 보통 이동 차량이나 레일, 크레인 등을 이용한다.

위의 일반적인 촬영 외에 특별히 사용하는 카메라 기법을 특수 촬영이라고 부른다. 특수 촬영의 종류는 거의 무한하고 필요에 따라 새롭게 만들어낼 수 있다. 우선 들고 찍기는 진동 화면을 통해 주관적 시점을 표현하거나 리얼리티 효과를 거둘 수 있는 촬영이다. 격투, 폭동, 추격 장면 등에 쓰인다. 촬영 각도에 변화를 주어 특별한 효과를 거두는 방법도 있다. 대표적으로 앙각 화면과 부감 화면의 효과를 들 수 있는데, 앙각 화면은 인물의 눈높이보다 아래에 위치한 카메라를 사용하는 방법으로 어린이의 시선으로 어른을 볼 때 등에 사용한다. 대상이 크게 보여 권위적인 느낌을 주기도 한다. 앙각과 반대 시각을 유지해주는 부감 화면은 위에서 내려 보는 듯한 효과를 내는데, 피사체를 위축시키거나 중요성을 감소시킨다. 색채 필터와 산광 필터를 사용하는 경우도 있다. 예를 들어 황색 필터는 푸른 하늘을 어둡게 흰 구름 선명하게 보여준다. 또, 적색 필터는 전체 화면 느낌을 낭만적으로 만들고 따뜻한 느낌을 준다. 어안 렌즈와 같은 특수 렌즈를 사용하면 정상적인 리얼리티를 왜곡하는 효과를 거둘 수 있다. 촬영 속도를 조절하면 느린 것을 빠르게 빠른 것을 느리게 보여줄 수도 있다. 정지 화면은 주의 집중을 통해 정상적인 영상의 흐름에 충격을 줄 수 있다.

영화에서는 음악과 음향의 청각적 요소 역시 중시된다. 영화가 주로 시각적 이미지에 의지하는 것이 사실이지만, 순수한 시각 이미지보다는 청각적 이미지를 복합적으로 사용할 때 강한 인상을 줄 수 있기 때문이다. 특히 서정적인 느낌, 긴박한 느낌, 공포의 느낌을 자아내는 데는 청각적 효과가 크게 기여한다. 고요한 밤 풍경 속에 들리는 외마디 비명이나, 악당의 출현을 앞두고 천천히 반복되는 북 소리는 관객의 집중력을 최고도로 높일 수 있다. 빈 복도에 올리는 발자국 소리는 사실의 그것보다 크고 압도적이다.

최근 영화에서 음악의 역할은 거의 절대적이라 할 수 있다. 영화 음악은 영화 전체의 분위기를 압축적으로 느끼게 해줄 뿐 아니라 장면을 오랫동안 기억할 수 있게 해준다. 영화 음악은 영화를 위해 새롭게 만든 경우와 기존 음악을 영화에 맞게 사용한 경우로 나눌 수 있다. 영화의 성공은 음악의 성공으로 이어지고, 반대로 음악의 성공은 영화의 성공으로 이어지곤 한다. 뮤지컬을 영화로 제작하게 되면 영화에서 음악이 차지하는 비중이 거의 절대적이 된다. 성공한 영화의 O·S·T 앨범이 잘 팔리는 이유는 영화의 감동이 음악을 통해 되살아나는 일이 많기 때문이다.

비평 批評 criticism

창작이나 예술작품은 그 자체를 목적으로 하고 있으며, 비평은 그 정의상으로 보아 그 자체 밖의 것을 목적으로 하고 있다는 것은 당연한 일일 것이다. 그러므로 비평을 창작 속으로 융합시키고 있는 것처럼 창작을 비평 속으로 융합시킬 수는 없다. 비평적 활동은 예술가의 노력에 의해서 창작과 결합된 하나의 형태를 이루게 됨으로써 최고의, 그리고 진정한 성과를 얻게 되는 것이다.

(T.S. 엘리어트, 「비평의 기능」)

감상과 비평

감상(感想)은 마음에 느끼어 일어나는 생각이다. 대상이 무엇이든 감정의 움직임이 일으킨 마음의 변화라고 할 수 있다. 그것은 굳이 슬픔이나 기쁨과 같이 분명한 감정으로 나타날 필요는 없다. 소설을 읽고 인물이 '나쁘다'고 생각했다거나 시를 읽고 풍경이 '아름답다'고 생각했다면 그것을 감상이라고 말할 수 있다.

감상은 굳이 책만을 통해 느끼는 것도 아니다. 우리는 영화를 보거나 텔레비전 드라마를 보면서도 감상을 느낀다. 흔히 감동적이라거나 인상적이라는 표현을 쓰는데 이들 역시 감상과 연결되어 있다. 굳이 나누자면 감상은 이성적인 활동이라기보다는 감성적인 활동이라고 할 수 있다. 감상은 이치를 따려 논리적으로 생각하고 판단한 결과가 아니라 대상에 대한 감각적 직관에 가깝다.

사람들이 감상에 대해 이야기를 나눈다고 할 때는 대상에 대한 느낌을 공유하거나 서로 다른 느낌을 확인한다는 의미를 포함한다. 그런데 감상에 대해 이야기할 때 사람들은 자신이 느낀 감상의 정수만을 간단히 전달하고 말지는 않는다. 자신의 감상에 대해 적당한 이유를 붙이곤 한다. 말하자면 왜 그런 느낌이 들었는가를 설명하려고 한다. 다른 사람의 감상에 공감하거나 공감하지 않는다는 반응을 보일 때도 사람들은 자신의 느낌을 유일한 근거로 내세우지는 않는다. 상대방이 설명한 '느낌의 이유'에 대해 나름대로 다른 이유를 들어 반응하게 된다. 이때 느낌이 감상에 가깝다면 '느낌의 이유'는 비평에 가깝다고 할 수 있다.

혹자는 비평이 주관적인 느낌을 설명하기 위한 작업에 국한되지 않는다고 말한다. 그들은 대상이 문학이나 예술과 같은 분야일 경우는 그래도 개인의 감상이 존중되는 편이지만 비평의 대상이 사회문제 등으로 넓어진다면 비평은 다수가 받아들일 수 있는 나름의 논리를 가지고 있어야 한다고 말한다. 이들은 비평이 대상을 객관적으로 설명하는 작업이라고 생각한다. 그러나 이때도 대상에 대한 객관적인 설명이 어디까지 가능한지는 여전히 의문이다. 주관이 개입하지 않는 객관적 설명이 가능하다는 생각에 오히려 문제가 있어 보인다. 대상을 느끼거나 이해(理解)하는 데는 다분히 주관의 이해(利害)가 개입한다고 보는 것이 더 타당한 관점이다.

객관을 가장한 이성이 사실은 도구적인 이성에 불과하다는 사실은 이제 널리 알려져 있다. 문학이나 예술에 한정되던 감성을 문학·예술 영역 밖으로 넓히는 것이 바람직하다는 생각이 현대 사상의 흐름이다. 사물화에 맞서 인정(認定)을 강조하는 비판이론이나 도구적 이성이 아닌 심미적 이성을 강조하는 사상이 모두 여기에 동의한다. 감성은 감상을 통한 훈련으로 계발되고 발전된다. 올바른 판단을 하고 세상을 따뜻하게 바라보는 방법은 이성을 통해 대상을 '냉정히' 대하는 데 있지 않고, 감상을 통해 감성을 기르고 거기에 따라 대상을 비

평하는 데 있다. 이는 문학과 예술이 갖는 매우 중요한 가치라고 할
수 있다.

감상의 논리화

이번에는 문학 작품을 비평하는 방법에 대해 알아보자. 앞서 말했듯
여기서 비평이란 감상의 내용이나 이유를 구체적으로 설명하는 작업
이다. 세 편의 작품을 살펴 볼 것인데, '슬픔'과 관련된 정서를 공통적
으로 느낄 수 있는 작품들이다. 그 슬픔의 감상이 어떤 과정을 통해
마음에 그려지게 되는지가 우리의 관심이다.

> 가난하다고 해서 외로움을 모르겠는가
> 너와 헤어져 돌아오는
> 눈 쌓인 골목길에 새파랗게 달빛이 쏟아지는데.
> 가난하다고 해서 두려움이 없겠는가.
> 두 점을 치는 소리
> 방범대원의 호각소리 메밀묵 사려 소리에
> 눈을 뜨면 멀리 육중한 기계 굴러가는 소리.
> 가난하다고 해서 그리움을 버렸겠는가
> 어머님 보고 싶소 수없이 뇌어보지만
> 집 뒤 감나무에 까치밥으로 하나 남았을
> 새빨간 감 바람소리도 그려보지만.
> 가난하다고 해서 사랑을 모르겠는가
> 내 볼에 와 닿던 네 입술의 뜨거움
> 사랑한다고 사랑한다고 속삭이던 네 숨결
> 돌아서는 내 등 뒤에 터지던 네 울음.
> 가난하다고 해서 왜 모르겠는가

가난하기 때문에 이것들을
이 모든 것들을 버려야 한다는 것을.⁶⁴⁾

  그리 어렵지 않은 시로, 가난 때문에 '이 모든 것들'을 버려야 하는
화자의 안타까운 심정을 읽을 수 있는 작품이다. 가난하다는 단어가
여러 번 반복되고, '버리다'와 '모르다'가 감정 섞인 말투로 이어지고
있기 때문이다. 모르거나 버려야 하는 것들이 외로움, 괴로움, 그리움,
사랑이라는 것까지 발견하게 되면 안타까운 감정은 더욱 커진다. 이
런 감정에 직접 호소하는 듯한 말들만 이해해도 이 시를 감상하는데
큰 어려움이 없다고 할 수 있다. 또, 언젠가 버리기 싫은 것을 버려야
했거나 알고 싶은 것을 애써 모른 척 했던 경험이 있다면 이 시의 감
동은 더욱 커지게 된다.
  여기서 시의 정황을 더 구체적으로 알아볼 수도 있다. 화자의 처지
를 더 확인하거나, 모르거나 버려야 하는 이유를 아는 일도 중요하다.
'눈 쌓인 골목길', '두 점을 치는 소리'라는 말로 보아 시간은 한겨울
새벽이다. 일 년 중 가장 추운 때를 생각해도 좋겠다. 화자는 공장에
서 노동을 하는 젊은이이다. 제목에 '이웃의 한 젊은이를 위하여'라는
부제가 붙어 있기도 하지만, '육중한 기계 굴러가는 소리', '어머님 보
고 싶소'라는 표현을 통해서도 이를 알 수 있다. 어머니가 계신 고향
집의 감나무를 생각하는 것으로 보아, 화자가 고향을 떠나 도시에 와
있다는 사실도 짐작하기 어렵지 않다.
  화자의 여러 감정 중 가장 부각되는 것은 아무래도 사랑이다. 외로
움, 두려움, 그리움의 감정이 차례로 나오고 그 끝에 사랑의 감정이
등장하는 것으로 보아 화자가 가장 안타까워하거나 절실해 하는 감정

---

64) 신경림, 「가난한 사랑노래-이웃의 한 젊은이를 위하여」, 『여름날』, 미래사, 1991,
112쪽.

이 '사랑'임을 알 수 있다. 시의 장면이 '너와 헤어져 돌아오는' 새벽길이라는 점도 기억해 둘 필요가 있다. 그 헤어짐이 가진 무게는 '내 등 뒤에 터지던 네 울음'을 통해 짐작할 수 있는데, 단순히 하루의 만남을 마친 정도라면 헤어짐을 등 뒤에서 '터지는' 울음으로 표현하지는 않았을 터이다. '네 입술의 뜨거움', '속삭이던 네 숨결'은 가난하다고 해도 잘 알고 있는 '사랑'이다.

그런데 화자는 '이 모든 것들을 버려야 한다'고 말한다. 버려야 하는 이유는 '가난' 때문이다. 여기서 가난은 단순히 물질적 빈곤 이상을 말한다. 앞서 살펴본 한 겨울의 새벽 두 시, 그리고 눈을 뜨면 들리는 기계 돌아가는 소리는 현실에 대한 화자의 어떤 '활동'을 짐작하게 한다. 그 일이 무엇이든 외로움, 두려움, 그리움, 사랑을 모두 뒤로 하고 해야 하는 일이라면 독자들은 청년의 활동에 저절로 숙연해 질 수밖에 없다.

가난 때문에 모든 것들을 버려야 하는 화자의 안타까운 심정이라는 이 시의 감상은 크게 달라진 것이 없지만 왜 그런 감상을 하게 되었는지는 분석을 통해 확실해진다. 자세히 들여다보면 작품의 세부만이 잘 보이는 것이 아니라 감상의 이유까지 선명해진다. 비평은 감상의 이유를 설명해주는 역할 외에 감상의 질을 높여 주기도 한다. 막연하게 느껴지는 감정을 분명하게 해주는 역할을 할 뿐 아니라 미처 감지하지 못하고 넘어간 부분에서 새로운 느낌을 얻을 수 있도록 도와준다. 자기감정을 명확하게 알지 못하고, 작품이 이해하기 어렵다고 느끼는 사람들에게 비평은 좋은 안내자의 역할도 할 수 있다.

감상을 표현하는 방법

감상은 주로 정서적인 반응으로 나타나는데, 정서적 반응은 구체적이기 보다 막연할 때가 많다. 슬프다, 기쁘다, 우울하다, 흐뭇하다 등등의 감정이 대표적이다. 작품은 이러한 추상적인 감정을 구체적인 경험을 통해 보여주려 한다. 그래서 '어떤 종류'의 슬픔인지, '어떻게 표현된' 슬픔인지를 살피는 일이 비평에서는 매우 중요하다.

소설 한 편과 영화 한 편을 통해 슬픔이 어떻게 드러나는지 더 살펴보자.

중국 소설 『허삼관 매혈기』는 제목대로 피를 팔면서 살아온 주인공 허삼관의 반생을 다룬다. 허삼관은 피를 판 돈으로 허옥란과 결혼한다. 하지만, 이미 허옥란은 하소용과 사귀는 중이다. 허삼관은 허옥란과 결혼하여 일락, 이락, 삼락 형제를 두었다. 일락은 커가면서 동네 사람 하소용을 닮아간다. 이에 허삼관은 구 년 동안 키워온 일락을 하소용에게 보내지만 하소용은 발뺌을 한다. 어쩔 수 없이 아들을 거두어들인 허삼관은 전과 달리 일락을 다른 아들들과 차별하여 대한다. 허삼관은 자신이 일락이 아버지가 아니라고 책임을 부정하지만 일락에게 문제가 생기면 끝내 피를 팔아 사태를 해결하곤 한다.

일락에 대한 허삼관의 '애매한' 애정은 계속된다. 하소용이 교통사고를 당했을 때 하소용의 아들이 그를 아버지라 부르면 병이 낫는다고 하지만 일락은 여러 사람의 설득에도 불구하고 하소용을 아버지라 부르지 않는다. 아버지 허삼관의 명령만이 효과가 있었다. 이 사건으로 허삼관과 허일락의 갈등은 모두 사라지게 된다. 이밖에도 아이들을 키우면서 허삼관은 여러 번 피를 뽑아 위기를 넘긴다. 일락이 상해에서 간염에 걸려 입원했을 때, 허삼관은 일락의 치료비를 얻기 위해 상해까지 가는 길에 4번이나 피를 판다. 한번 피를 팔고 세 달 동안은 피를 팔면 안 되는데 말이다. 결국 중간에 한번은 정신을 잃고 쓰러지기도 한다. 많은 시간이 지나 아이들은 모두 크고 허삼관은 늙었다. 항상 먹던 돼지간볶음과 황주가 먹고 싶어 허삼관은 피를 팔러 병원에 가지만 너무 늙어 피가 적당하지 않다고 매혈을 거절당한다. 이에 허삼관은 평생을 팔아온 피를 자신을 위해서는 팔 수 없다며 눈물을 흘린다.

이 소설을 처음 읽었을 때의 감상은 꽤 복잡하다. 허삼관의 생애가 안쓰럽다는 생각이 들지만, 나름대로 한 가계를 잘 꾸려나간 그의 생애가 실패했다는 생각은 들지 않는다. 끝없이 이어지는 힘든 순간들을 보면서 마음이 무거워지다가도 사건이 진행되는 과정에서는 실소가 터질 때도 있다. 허삼관이 좋은 아버지인가 아닌가, 사려 깊은 사람인가 아닌가도 쉽게 판단하기 어렵다. 허옥란과의 관계나 일락과의 관계도 일관성이 없어 보여 이해하기가 쉽지 않다. 작가가 허삼관을 어떻게 보고 있는지도 잘 드러나지 않는다.

몇 가지 중요한 소재를 통해 이 소설에 대해 좀 더 생각해 보자. 일단 피를 팔아서 목돈을 마련한다는 소재가 예사롭지 않다. 직장을 가지고 있으면서도 최소한의 생활을 빼고는 아무것도 할 수 없기에 허삼관에게 피를 파는 일은 생활을 유지하기 위한 매우 중요한 '행사'가 된다. 처음에는 친구를 따라 우연히 피를 팔게 되지만 이후에는 과도하다싶을 만큼 자주 피를 판다. 그런데 어찌 보면 처절하게 보일 수있는 매혈이 소설 속에서는 아무렇지도 않은 일처럼 다루어진다. 매혈이 허삼관 한 사람의 문제가 아니기 때문이다. 또, 매혈의 결과가 더 비참한 결과로 이어지지 않고, 일을 해결하는 데 긍정적으로 기여하기 때문이다. 독자들은 매혈에서 파탄을 예상하게 되는데, 이 소설은 그 예상을 보기 좋게 깬다.

허삼관의 삶을 통해 중국 현대사에 대해서도 생각하게 된다. 문화

혁명을 다루고 있는 부분은 이 소설에서 가장 우울한 색조를 띤다. 일
락과 이락이 군대 등으로 흩어지는 일 등도 시대 현실을 생각하게 한
다. 피를 팔아야만 생활을 유지할 수 있는 평범한 사람들의 모습을 통
해 근대 중국의 발전 뒤에 가려진 어두운 뒷모습을 발견할 수도 있다.

무엇보다도 정서적 반응을 일으키는 소재는 아버지 허삼관과 아들
일락의 관계이다. 허삼관이 피를 파는 가장 큰 이유는 가족들에게 특
별한 음식을 제공하기 위해서이다. 가족이 피를 나눈 사람들이라는
점과 피를 팔아 가족을 부양한다는 사실은 묘한 느낌을 준다. 그런 의
미에서 일락에게만 음식을 제공하지 않는 장면은 매우 흥미롭다. 자
신의 자식이 아니기 때문에 피를 팔아 음식을 줄 수 없다는 논리이다.
물론 허삼관은 가출했다 돌아온 일락에게 국수를 사 먹이기는 한다.
허삼관은 자신의 아이가 아니라는 주변 소문이 더 신경 쓰였을 수도
있다. 지붕에 올라가 하소용의 이름을 부르라고 했을 때, 일락이 끝까
지 거부하는 모습을 보고서야 허삼관은 마음을 완전히 연다. 가장 심
각하게 전개되는 부분은 일락을 위해 무리하게 허삼관이 피를 파는
장면이다. 결국 아무런 성과도 거두지 못하지만, 허삼관은 일락을 구
하기 위해 자신이 할 수 있는 유일한 방법인 피 팔기를 '열심히' 한다.

이상에서 본 바와 같이 똑똑하지도 않고 특별히 착하다고 말하기도
어려운 허삼관에게 독자들이 감동하는 이유는 그가 헌신적인 아버지
의 모습을 보여주기 때문이다. 자기가 할 수 있는 모든 것을 하지만,
어리석은 모습도 그대로 드러내는 인물이 허삼관이다.

슬픔을 다루는 이 소설의 문체는 매우 담담하다. 벌어지고 있는 사
실은 심각한데도 불구하고 그를 전달하는 글에는 감정이 묻어 있지
않다. 이러한 문체는 인물들이 가진 특성과 매우 긴밀하게 연관되어
있다. 인물들은 사고하는 유형이 아니라서 그들은 하나의 문제에 대
해 오랫동안 고민하지 않는다. 이들은 약은 도시인들에게는 없어진

순진함을 여전히 가지고 있다. 관계를 재고 이익을 계산하는 영악한 모습이 이들에게는 없다. 이들이 우습고 어리석어 보이는 것도 이러한 성격 때문이다. 인물들의 이러한 성격은 독자들에게 슬픔과 흐뭇함이 공존하는 묘한 느낌을 만들어낸다.

이탈리아 영화 〈인생은 아름다워〉는 제목이 주는 느낌과는 다르게 매우 슬픈 영화이다. 배경은 파시즘이 맹위를 떨치던 1930년대 말 이후 이탈리아이다. 유태인 귀도는 운명처럼 초등학교 교사인 도라를 만난다. 도라에겐 약혼자가 있지만 그 사랑을 운명이라고 생각한 귀도는 그녀와 함께 마을에서 도망친다. 귀도의 순수하고 맑은 인생관과 꾸밈없는 유머에 이끌렸던 도라는 그와 결혼하여 아들 조슈아를 얻는다. 행복하게 살던 그들은 유태인 말살 정책에 따라 수용소에 끌려간다. 도라는 유태인이 아니지만 남편과 아들을 위해 그들의 뒤를 따른다. 귀도는 수용소의 비인간적인 현실을 아들 조슈아에게 알려주기 싫어, 수용소 현실이 실은 하나의 게임이라고 아들에게 말한다. 귀도는 자신들이 특별히 선발된 사람이라며 게임에서 이기면 상으로 진짜 탱크를 받게 된다고 설명한다. 어린 조슈아는 아버지의 말을 믿고 게임을 즐긴다. 두 사람은 아슬아슬한 위기를 셀 수도 없이 여러 번 넘기며 독일 패망 직전까지 살아남는다. 그러나 혼란의 와중에서 탈출을 시도하던 귀도는 아들이 보는 앞에서 독일군에게 끌려가 끝내 사살 당하고 만다. 게임이 끝나지 않았다고 생각한 죠수아는 하루를 꼬박 나무 궤짝에 숨어서 날이 밝기를 기다린다. 그리고 그 다음날, 아무도 남아 있지 않고 정적만이 가득한 수용소의 광장에는 조슈아만이 혼자 서 있다. 사방을 두리번거리는 조슈아 앞으로 요란한 소리를 내며 탱크가 다가온다. 연합군에 의해 이탈리아가 해방되었고, 조슈아는 격리되어 있던 어머니를 만난다.

제 2차 세계대전과 유대인 격리 수용이라는 역사를 다루고 있는 심각한 영화이지만, 관객들은 시대 현실 자체보다 그러한 시대를 살아가는 사람들의 모습에 관심을 갖게 된다. 겉으로 드러난 현실은 비극적이라 할 수 있지만, 절망 앞에서도 아들을 위해 웃음을 잃지 않는 아버지 귀도의 모습은 너무나 따뜻하게 느껴진다. 관객들은 아들에게는 현실의 고통이나 아픔을 느끼지 않도록 해주기 위해 온갖 고통을 감수하는 그의 모습에서 지극한 '부성'을 느끼게 된다. 힘들어도 결코 힘든 표정을 지을 수 없고 언제나 유쾌한 표정으로 아들을 대해야 했지만, 그는 이런 상황을 끝까지 잘 견뎌낸다.

귀도가 독일군에게 끌려가는 장면은 영화 전체에서 압권이다. 그는 몇 분 후의 죽음을 알면서도 자신을 보고 있는 아들을 향해 우스운 표정을 짓고 병정놀이 할 때와 같은 과장된 걸음으로 처형 장소로 걸어 간다. 귀도의 마지막 모습은 슬픔을 감추려 하기에 더욱 슬픔을 느끼게 만든다. 관객들마저 정말 죽으러 가는 길이 맞는지 의심할 정도이다. 이후 들리는 총소리는 관객들의 현실감을 되살리며, 동시에 관객에게 새로운 충격을 준다.

아버지의 이러한 노력에 동의하고 조슈아를 속이는 데 동조해준 동료 수용자들의 모습 역시 아름답게 느껴진다. 현실적으로 가능한 일인지 알 수 없지만 그들은 모두 귀도를 도와주면서, 그를 통해 함께 절망에서 벗어나려 한다. 이들의 모습은 자기만 생각하는 이탈리아군 장군과 대비된다. 상황이 어렵게 되기 전부터 이탈리아군 장군은 귀도와 아는 사이였다. 그런 장군이 수용소의 귀도를 만나 알은 체를 한다. 관객들은 자연스럽게 귀도의 운명에 대해 희망적으로 생각하게 된다. 그러나 그가 귀도를 반가워한 이유는 귀도의 체스 실력 때문이었음이 이내 밝혀진다. 장교는 자신이 동료들과 두고 있는 체스를 위해 귀도를 필요로 하지만 그의 목숨에는 전혀 관심이 없다.

〈인생은 아름다워〉는 슬픔을 어떻게 표현해야 더욱 슬퍼지는 지를 보여준 영화라 할 수 있다. 제목이 주는 역설도 오랫동안 기억에 남는다. 이 영화의 결말은 결코 아름답다고 보기 어렵다. 그런데도 관객들은 영화 속에서 아름다운 인생을 보기도 한다. 어려움 속에서 무언가를 지키려 노력하는 사람들의 모습이 아름답기 때문이다. 아내와 아들에 대한 귀도의 사랑이나 가족을 위해 수용소에 들어가는 아내의 삶이 특히 그렇다. 귀도 가족을 위해 어려움을 숨기고 게임에 임해주는 수용소 사람들도 아름답다. 결과적으로 그런 사람들이 모여 사는 인생을 아름답다고 말해도 크게 틀린 말은 아니다.

감상을 만드는 구조

문학 작품 속에 담겨 있는 의미를 밝혀내는 일은 비평의 중요한 역할 중 하나이다. 작품 속의 의미는 작품 외적인 의미와의 연관 아래에서 밝혀지기도 하지만, 작품의 구조 자체가 의미를 보여주기도 한다. 감상에 효과를 주면서 유사하게 나타나는 구조들을 개념화하여 나타내는 용어들이 있다. 대표적인 예로 아이러니, 패러독스, 알레고리, 풍자, 해학 등을 들 수 있다.

　사전적으로 아이러니는 문자적 의미에 감추어져 있거나 그와 반대되는 의미를 나타내는 어법을 이르거나, 극적 상황에서 예상되는 것과 실제로 일어나는 것이 일치하지 않는 현상을 이른다. 그러나 넓은 의미의 아이러니는 의도와 결과가 어긋나거나, 모순된 두 가지 명제가 동시에 존재하는 상황을 가리키기도 한다. 우리는 평생 가족을 위해 피를 팔아온 허삼관이 정작 자신을 위해 피를 팔고자 할 때는 피를 팔 수 없게 된 상황을 아이러니라 부를 수 있다. 허삼관과 일락의 관계도 역시 아이러니로 설명할 수 있다. 출생과 관련된 소문 때문에 둘의 관계는 어색하게 출발하지만 그 어색함 때문에 서로는 많은 갈등을 겪게 되고, 결국은 그것이 서로를 더 이해하고 사랑하게 만든다. 〈인생은 아름다워〉에서는 수용소의 상황에서 아이러니를 찾을 수 있다. 가족에 대한 귀도의 사랑이 가장 아름답게 드러나는 곳이 가장 괴로운 상황에서라는 설정이 관객에게는 아이러니로 다가온다.

「가난한 사랑노래」 역시 아이러니를 담고 있다. 시는 가난하기에 사랑이 가장 절실함에도 불구하고 가난하기에 결국 사랑을 포기해야 하는 상황을 보여주고 있다. 시에서는 "가난하기 때문에 이것들을 /이 모든 것들을 버려야 한다는 것"이 가장 중요한 문제 상황이다. 실제로 가난한 사람들에게는 여러 가지 의미에서 사랑이 필요하다. 그런데 이런 일반적인 생각을 뒤집어 본다고 해도 틀린 말은 아니다. 현실에 발 디디기 어렵고, 당장의 시간을 견디기가 쉽지 않은 상황에서 사랑은 우선순위에서 밀려날 수밖에 없다. 관점이나 상황에 따라 사랑은 사치스러운 감정일 수 있기 때문이다. 추억이나 외로움, 괴로움과 같은 감정도 마찬가지이다. 이 모든 것들을 가난하기 때문에 버려야 한다는 상황은 인정하기 어렵지만 사실일 수도 있는 하나의 아이러니이다.

아이러니는 단순한 기교나 장치에 그치지 않고, 삶의 진면목을 보여주는 데 기여한다. 특히 현대인들의 삶은 아이러니의 연속이라고 해도 지나치지 않다. 원인과 결과가 일치하지 않는 일이 비일비재할 뿐 아니라, 모순되는 상황이 현실로 버젓이 존재하는 일이 많기 때문이다. 당위와 실재 사이의 모순도 쉽게 발견할 수 있다. 우리 주변에서는 노력이나 실력에 관계없이 의외의 결과가 나오고, 그 결과가 자연스러운 일로 받아들여지는 경우를 어렵지 않게 볼 수 있다. 도덕적으로는 도저히 가까워질 수 없는 사이이지만 순간의 이익을 위해 같은 편이 되어버리는 인간 군상을 찾는 일도 그리 어렵지 않다. 윤리와

법의 어긋남이라든지, 개인과 집단의 어긋남도 아이러니를 만들어낸다.

역설로 번역하는 패러독스는 외관상 자기모순을 담고 있는 진술을 의미한다. 역설은 언어의 비일상적인 쓰임을 통해 독자에게 낯설음의 충격을 주고, 새로운 의미를 경험하게 만든다. 앞서 본 영화 〈인생은 아름다워〉는 좋은 예가 된다. 영화에서 주인공 귀도는 처참한 죽음을 맞게 된다. 유대인이라는 이유로 수용소에 갇히고, 아들을 두고 허무하게 생을 마감하기 때문이다. 영화의 이런 스토리를 보고 인생을 아름답다고 생각하기는 쉽지 않다. 그런데 실제 영화에서 '아름다움'이 전혀 없는 것은 아니다. 아름다움을 어떤 기준에서 보느냐에 따라 다르기는 하겠지만, 귀도가 보여준 '부성'이나 그의 가족이 보여준 '가족애'는 우리 인생을 아름답게 하는 무엇임에 틀림이 없다. 영화를 본 감상에도 슬픔이나 안타까움 못지않게 생의 아름다운 한 장면을 보았다는 뿌듯함이 함께 한다. 따라서 이 영화의 제목은 영화 내용과 어긋나면서도 어찌 보면 잘 어울린다고 할 수 있다.

아이러니가 서사에서 자주 사용되는 개념이라면 역설은 시에서 많이 사용되는 개념이다. 시에서 역설은 시어와 시어 사이에 긴장을 주는 방법으로 진실과 오류를 동시에 담아내어 새로운 의미를 만들어내거나, 언어의 일반적 의미를 미묘하게 변주시키는 효과를 거둔다. 뉴크리티시즘에서는 "시의 언어는 역설의 언어"라고까지 말한다. 역설은 '소리 없는 아우성', '고독한 군중'과 같이 두 단어의 연속을 통해 나타나고, '죽어도 아니 눈물 흘리오리다.'와 같은 문장으로 나타나기도 한다.

알레고리는 우의(寓意), 풍유(諷諭)로 번역되는데 인물, 행위, 배경 등이 일차적 의미와 이차적 의미를 모두 가지도록 고안된 이야기이다. 전형적인 예로 『이솝우화』를 들 수 있는데, 『이솝우화』는 일차적으로 동물 이야기이지만 이차적으로는 인간 세상을 압축해 놓은 이야기로 볼 수 있다. 알레고리는 상징과 비교할 수 있는데, 논자에 따라 각각의 범위와 쓰임을 다르게 보기도 한다. 낭만주의에서는 알레고리가 일대 일의 비교를 상징주의가 일대 다의 비교를 만들어낸다고 하여 상징의 효과를 높이 보았다. 이에 비해 벤야민은 텍스트에 신화적이고 역사적인 배경을 설정한다는 의미에서 알레고리가 상징보다 중요하다고 보았다. 그는 상징은 알레고리에 비해 일시적이라는 관점을 취했다. 알레고리가 상징에 비해 교훈성을 띠는 경향이 많다는 점도 눈에 띄는 차이이다.

보다 쉽게 발견할 수 있는 구조로 풍자가 있다. 풍자는 사회 또는 개인의 악덕·모순·어리석음·결점 따위를 비판하는 방법으로, 진지한 태도보다는 웃음을 자아내는 여러 가지 방법을 이르는 말이다. 풍자는 공격과 개선이라는 의도를 가지고 있지만 서술이나 독서 과정에서는 통쾌함이라는 정서적 효과를 거두기도 한다. 이때 공격받는 대상은 지적·도덕적으로 공격하는 쪽보다 열등한 경우가 많다. 비판의 대상이 시대착오적인 인물, 금전을 추구하는 속물, 도덕적 타락자, 이율배반의 권력자와 같이 확실한 '악'을 가지고 있을 때 풍자는 단순히 악의적으로 공격하고 있다는 인상에서 벗어날 수 있다.

웃음을 유발한다는 점에서는 풍자와 비슷하지만 공격성이 약하고, 인간에 대한 긍정적 시선으로 선의의 웃음을 유발하는 문학을 해학이라 한다. 유머와 위트와 유사하지만 언어적 표현에 국한되지 않고 문학의 성격에 관계된다는 점에서 더 큰 개념으로 이해할 수 있다. 앞서 살핀 개념들과는 달리 해학은 한국 문학의 특성을 잘 반영한다. 서민층이 향유하던 고전 문학에서 자주 볼 수 있는 해학에는 권위나 기성의 가치관을 희극적 상황을 통해 비판해 보고 웃음을 통해 상황에서 벗어나고자 하는 욕망이 담겨 있었다. 이후 근대 문학에서도 해학은 서민들의 고통스러운 삶을 보여주고 그것을 따뜻한 인간성과 웃음으로 극복하는 방법으로 사용되었다.

시에서는 '객관적 상관물'이라는 개념을 사용하기도 한다. 엘리엇이 사용한 이후로 자주 사용되는 말인데, 그는 시에서는 표현하고자 하는 정서를 그대로 나타낼 수 없으며 이를 표현하기 위해서는 사물, 상황, 사건을 빌어야 한다고 주장한다. 이때 동원된 사물, 상황, 사건을 객관적 상관물이라고 부를 수 있으며, 이들은 때로 이미지나 상징으로 나타나기도 한다.

서사에서는 '담론'이라는 개념을 자주 사용한다. 담론은 특정한 시점에서 인간의 언어행위를 규제하는 모든 관계를 포괄한다. 즉, 텍스트의 의미 자체를 넘어 텍스트가 소통되고 이해되는 과정까지 서사의 범위를 확대한 개념이다. 세계에 대한 인간의 관계는 언어를 통해 형성되기 때문에 포괄적인 의미의 담론은 인간의 모든 언어행위와 이를 통해 이루어지는 모든 관계를 포괄한다. 그러나 서사학에서 담론은 서술 또는 텍스트의 언어를 가리키는 좁은 의미로 사용되기도 한다.

비평의 여러 관점

비평의 역사는 비평의 역할에 대한 다양한 관점을 보여준다. 한쪽 끝에는 비평은 문학의 숨겨진 의미를 찾아내어 독자들에게 친절하게 알려주는 역할을 해야 한다는 생각이 있다. 반대쪽에는 비평은 문학이 사회의 질서와 도덕에 기여할 수 있도록 교양과 교훈을 제공해 주어야 한다는 생각이 존재한다. 이러한 차이는 단순히 비평의 역할을 넘어 문학이란 무엇인가라는 질문으로까지 나아가게 된다. 전자의 경우가 문학을 독자적인 예술로 생각하려는 경향이 강하다면, 후자의 경우는 교양과 교육의 수단으로 문학의 역할을 강조하려는 의지가 강하다고 할 수 있다.

　문학의 공리적 기능 또는 교훈적 기능을 강조하는 관점은 그 역사가 매우 오래 되었다. 로마 시대의 호리티우스는 "시인의 소원은 가르치는 일 또는 쾌락을 주는 일, 또는 둘을 겸하는 일"이라고 말했다. 이때 강조되는 쪽은 쾌락보다 교훈이었다고 한다. 그보다 앞선 시기에 루크레티우스라는 사람은 당의설(唐衣說)을 주장했다고 한다. "의사가 어린애들에게 쑥 탕을 먹이려고 할 때 그릇의 바깥쪽에 달콤한 꿀물을 칠한다. 그러면 철없는 아이는 입술에 속아서 쓰디쓴 약을 마신다. 어린애는 꿀물에 속았다 할지라도 아무 해를 받지 않고 도리어 그런 수단으로 말미암아 건강을 회복하게 된다."[65]고 하였다. 동양에서도 문학은 교화와 계몽의 기능을 가지고 있는 것으로 여겨졌다. 동아시아 문학의 주류를 이룬 유교의 공리주의적 문학관은 그 대표적인 예라 할 수 있다. 계몽주의 문학과 선전문학 역시 문학의 공리적 기능 또는 교훈적 기능을 강조한 예에 속한다.

　문학의 사회적 기능이나 도덕적 영향 등에 무게를 두는 비평 경향은 지금도 어렵지 않게 발견할 수 있다. 『삼국지』가 청소년들에게 나쁜 영향을 준다는 생각이나, 『자유부인』을 두고 벌어진 재판 등은 그 대표적인 예라고 할 수 있다. 구체적인 예를 들지 않더라도 작품에 '유익한'이나 '해로운'이라는 수식어를 붙이는 경우는 대부분 교훈적인 관점을 전제하고 있다고 볼 수 있다.

　노골적으로 교훈적 기능을 내세우지는 않더라도 문학이 현실적 삶과 연관되어 있어야 한다는 관점은 여전히 유용하다. 다음은 비평에 대한 한 보수주의자의 생각이다.

---

65) 신춘호 외, 『문학이란 무엇인가』, 집문당, 1995, 18쪽에서 재인용.

"주의 깊게 생각해볼 때 모든 문학의 목표는 다름 아니라 삶의 비평이다."라고 나는 말한 바 있다. 그리고 분명 그러하다. 산문으로 되었든 운문으로 되었든 우리의 모든 발언의 주된 목표는 분명 삶의 비평이다.[……]시에서는 삶의 비평이 시적 진실 및 시적 아름다움의 법칙에 적절하게 이루어져야 한다. 최고의 시인들에서 드러나는바 내용과 소재의 진실성과 진지성, 어법과 양식의 적절성과 완벽함이 시적 진실 및 시적 아름다움의 법칙에 맞게 행해진 삶의 비평을 구성하는 것이다. 그리고 이런 조건이 충족되었는지 그렇지 못한지를 인식하는 법을 배우는 것은 바로 이 시인들의 작품을 알고 느낌으로써이다.[66]

'삶의 비평'이라고 명명한 아놀드의 비평은 문학의 모든 발언이 삶과 연관되어 있어야 한다고 주장한다. 특히 '내용과 소재의 진실성과 진지성'의 요구는 단순히 문학이 문학 안에 갇혀서는 안 되고 현실적 삶의 가치와 연관되어야 한다는 점을 강조한 것으로 보인다. 이어지는 '시적 진실 및 시적 아름다움의 법칙'도 단순히 문학 안에서 자족적으로 완성되는 성질이 아니라, 삶과의 연관성 안에서 인식될 수 있는 무엇이다. 또, 시인들의 작품을 알고 느끼는 과정이 삶의 비평을 구성하는 조건을 인식하는 법을 배우는 일이라고도 말한다. 위에서 아놀드가 말한 시를 문학으로 바꾸어 읽어도 큰 무리는 없다.

문학의 사회적 의미 또는 가치를 염두에 둔 비평이 있는가 하면 문학 외적인 가치 평가를 철저하게 배격하고자 하는 비평 경향도 있다. 문학을 내적으로 완벽한 체계를 갖춘 예술품으로 보고 미학적 차원에서 사고하는 경향이다. 이들에게 있어 비평의 임무는 문학 외적인 요인을 작품 안으로 들여오는 것이 아니라 문학 내적인 요소들을 꼼꼼하게 읽어내는 데 있다. 영국과 미국을 중심으로 넓게 퍼졌던 뉴크리티스즘이 이러한 경향을 대표한다고 할 수 있다.

----

66) 윤지관, 『근대사회의 교양과 비평』, 창작과비평사, 1995, 221쪽에서 재인용.

뉴크리티시즘 비평가들은 작품을 분석하고 평가함에 있어 작품 창작 당시의 사회 상황이나 작품이 독자에게 미치는 심리적, 도덕적 영향에 대해서는 관심을 갖지 않았다. 양식이나 주제에 대한 평가도 최소화하려 노력하였다. 이들은 작품의 언어 조직에 관심을 기울였다. 이들은 '자세히 읽기'를 통해 작품의 형식과 내용의 복합적인 상관관계와 애매성을 정치하게 분석하는 방법을 지향하였다. 어떠한 작품이든 본질적인 성분은 언어와 언어의 작용이라는 층위에 존재한다고 주장하고, 비평에서 중요한 것은 인물, 사상, 구성이 아니라 단어, 이미지, 상징이라 하였다.

다음은 마크 쇼러의 「발견으로서의 기법」에서 인용한 글로 뉴크리티시즘의 비평 태도를 잘 보여준다.

현대비평은 내용만으로써는 예술이 아닌 경험밖에 운위될 수 없고, 성취된 내용, 즉 형식이 개입되어야만 예술 작품으로서의 예술 작품(비평가들이 쓰는 표현대로)이 거론될 수 있다는 것을 보여 주었다. 내용 혹은 경험과, 성취된 내용 혹은 예술 사이의 차이가 바로 기법이다.

따라서 기법에 대한 논의는 거의 모든 것을 포괄하고 있다. 왜냐하면 기법을 통해서 작가는 그의 소재인 경험을 다루게 마련이기 때문이다. 기법은 주제를 발견하고 탐구하며 발전시키는 한편, 그 의미를 전달하고, 최종적으로 평가까지 내리는 유일한 수단이다. 이렇게 볼 때, 어떤 기법은 다른 기법보다 더 예리한 도구를 가지고 보다 많은 것을 발견해 낼 수 있고, 또 소재를 가장 엄격하게 기법적으로 조사할 수 있는 작가가 가장 만족스런 내용을 담은 작품, 가장 충일하고 반향이 큰 작품, 의미가 확산되어 가는 작품, 최대의 의미를 지닌 작품을 창작할 수 있다는 말이 된다.[67]

67) 마크 쇼러, 「발견으로서의 기법」, 『20세기 문예비평』, 까치, 1984, 126쪽에서 재인용.

위 글은 내용과 형식을 나누고 '내용만으로써는 예술이 아닌 경험'만을 전달할 수 있을 뿐이고, 예술이 되기 위해서는 형식이 개입되어야 한다고 주장한다. 문학을 예술로 만들어주는 것이 기법이라고 한다. 이를 '내용 혹은 경험과, 성취된 내용 혹은 예술 사이의 차이가 바로 기법'이라는 말로 설명한다. 경험이 날것이라면 그것이 예술로 되기 위해서는 필연적으로 어떤 기법에 의한 가공 혹은 중계가 필요하며, 그렇다면 비평의 역할은 그 기법을 발견하고 이해하는 것이 된다. 위에서 말한 '최종적으로 평가까지 내리는 유일한 수단'의 의미가 여기에 있다고 할 수 있다. 실제 비평에서도 뉴크리티시즘은 '역설', '은유', '상징', '신화', '운율' 등을 가장 중요하게 다룬다.

문학에서 언어를 강조한 비평으로 러시아 형식주의를 빼놓을 수 없다. 초기 형식주의는 전통적인 문학 이론에서 중요하게 생각하던 '영감', '상상력', '천재' 등의 개념을 헛된 것이라 여기고, 독특한 문학성이란 작가나 독자의 정신 속에 있는 것이 아니라 작품 자체 속에 있다는 관점을 견지하였다. 이들은 문학작품과 그 구성 요소들을 강조하고, 문학 연구의 자율성을 주장하였다. 미학이나 철학, 사회학 등 다른 학문의 영향을 배제하고 예술적 형식에 관심을 보였다. 형식주의는 시적 언어의 특징을 미학적으로 설명하려고 했던 운동이라고 할 수 있다.

다음은 형식주의의 대표적인 이론인 '낯설게 하기'에 대한 설명이다.

'일상적'인 것과 구별된 이미지의 시적 사용은 '독특한 의미론적 교체 peculiar semantic shift'와 묘사된 대상을 전혀 다른 차원의 현실로 이동시키는 데 그 본질이 있다. 습관적인 것은 '낯설게 만들어야 하며' 그것은 마치 처음 보는 것처럼 표현되어야 한다. 시적 예술의 근본적인 임무는 다음과 같이 수행-성취된다. 시인의 '짓이겨지고 완곡하게 표현된 담론'은 우리들에게 세계에 대한 신선하고 천진난만한 비전을 부활시켜 준다. '뒤틀리고, 주도면밀하게 훼방당한 형식'이 인식하는 주체와 인식되는 객체 사이에 인위적인 장애물들을 삽입시키기 때문에, 습관적인 연상 작용과 자동적인 반응의 고리가 끊어지게 된다. 그래서 우리는 단순히 사물들을 인지하는recognizing 대신에 그것들을 볼see 수 있게 된다.[68]

대표적인 형식주의 이론가 슈클로브스키는 '문학적 재료를 정리하고 처리하는 방법'이 시를 결정짓는다고 주장했다. 일상 언어가 간단해지려는 경향을 가지고 있고 그 언어행위가 습관화되고 자동화되려는 반면에 시적 언어는 단순해지기를 거부하고 그 언어행위가 습관적으로 이루어지는 것을 배격한다고 생각했다. 낯설게 하기는 이러한 생각이 이론화 된 것이라 할 수 있다.

위 글의 내용은 일상적인 것들에 전혀 새로운 차원의 현실을 부여하는 것이 시적 이미지의 사용이라는 정도로 정리할 수 있다. 일상적인 언어는 습관적인 인식으로 이어질 수 있는데, 시는 주체와 객체 사이에 인위적인 장애물을 두어 인식과 연상의 자동적인 연결을 끊어놓는다는 것이다. '낯설게 하기'는 시적 효과인 동시에 '시적 예술의 근본적인 임무'라고 한다.

---

68) 빅토르 어얼리치, 『러시아 형식주의』, 문학과지성사, 1983, 99쪽.

비평의 딜레마

문학 비평은 사회적으로 매우 중요할 뿐 아니라 문학을 발전시키데 빠져서는 안 되는 분야이다. 그럼에도 불구하고 비평과 관련하여서는 해결하기 쉽지 않은 몇 가지 질문이 있다. 비평이 문학인가 아닌가는 가장 많이 받는 질문이다. 두 번째로 많이 받는 질문은 작품을 감상하면 되는 일이지 굳이 비평이라는 과정을 거칠 필요가 있느냐 하는 것이다. 비평이 창작에 도움을 줄 수 있느냐 하는 문제를 제기하는 사람들도 많다.

비평은 굳이 문학과 관련되어 사용되는 단어는 아니다. 음악, 미술을 대상으로 하는 예술 비평, 정치나 사회 문제들을 다루는 시사 비평 등도 '비평'에 해당하기 때문이다. 그렇다면 문학 비평은 단지 대상이 문학일 뿐 비평이라는 일반적 범주 안에 포함될 터, 그것을 문학 활동으로 볼 근거는 매우 약하다고 할 수 있다. 오히려 문학 비평은 문학 연구나 문학사와 더 밀접한 관계를 가진다고 보는 것이 타당하다. 물론 문학의 영역을 넓게 볼 경우 문학적 성격을 띤, 수필에 가까운 비평이 가능하기는 하다. 최근에는 흔하지 않지만 아포리즘이나 감상문처럼 느껴지는 비평도 엄연히 존재한다.

두 번째 질문에 대해서도 비평의 답은 옹색하다. 직업적인 비평가가 아니라 해도 비평을 통해 문학에 대한 감수성을 키우고 문학을 더욱 풍요롭게 영위할 수 있다는 정도로 답할 수는 있다. 비평의 중요한 기능은 감성을 훈련시키는 데 있다. 비평은 감상을 논리적으로 설명하는 데에서 출발한다고 했다. 직업적인 행위로서의 비평이 아니라면 감상이 차지하는 비중은 더욱 크다고 할 수 있다. 그런데 감상은 개인의 타고난 감각에 따라 큰 편차를 보일 수 있다. 문학을 느낄 수 있는 감수성은 매우 주관적인 것일 뿐 아니라 계발 여하에 따라 수준이 다양하게 나타날 수 있다. 그런데 계발은 노력 없이 이루어지는 것이 아니다. 비평은 감수성을 계발하는 데 중요한 역할을 한다.

비평과 창작의 관계를 어떻게 보느냐는 문학이란 무엇인가라는 보다 더 근본적인 문제와 관련된다. 단적으로 문학에서 천재나 영감을 중시할 때와 사회의 반영이라는 입장을 유지할 때가 다를 것이기 때문이다. 창작의 입장에서 비평은 가장 고급스러운 의사소통이라고 볼 수 있다. 반대로 비평은 가장 교묘한 의도의 왜곡이 될 수도 있다. 비평은 창작과 다른 입장을 가질 수 있다. 굳이 창작에 도움을 주기 위해 비평 행위를 하는 것은 아니라고 말할 수도 있다. 비평가가 자신의 생각을 펼치기 위해 창작은 하나의 텍스트에 불과하다는 입장도 가능하다. 반대로 창작에 도움을 주기 위해 동료의 입장에서 비평에 참여하는 비평가도 있을 것이다.

이상의 답은 매우 수세적이라는 느낌을 준다. 당연히, 비평에게 주어진 질문에 수세적으로 답할 필요는 없다. 보다 적극적으로 대응한다면 굳이 비평이 문학이어야 할 필요가 없다고 말하면 된다. 문학 안에 갇히지 않고 주변 영역과의 통합적 사고를 통해 문학 뿐 아니라 그와 관련된 인문학 전반으로 사고 폭을 넓힐 수 있다면 비평이 문학인가 아닌가의 문제는 매우 유치한 질문이 될 수 있다. 문학 밖으로 시각을 돌리고 그것을 통해 다시 문학을 들여다 볼 수 있다면 그 역시 의미 있는 일이라 할 수 있다. 본격적으로 이를 고민하고 실천하는 경향 또는 학문을 '이론'이라 부른다.

이론 理論theory

소쉬르와 비트켄슈타인에서 현대 문학이론에 이르는 20세기의 '언어혁명'
의 고유한 특징은 의미가 단지 언어 속에 '표현되'거나 '반영되'는 어떤 것
이 아니라 실제로 언어에 의해서 생산되는 것이라는 인식이다. 우리가 의미
혹은 경험을 가진 다음에 그것들을 말로써 감싸는 것이 아니라 애초에 그것
들을 담은 언어가 있었기 때문에만 우리는 그것들을 소유할 수가 있다는 말
이다. 나아가 여기서 시사 받을 수 있는 사실은 우리가 개인적으로 겪는 경
험은 그 근본이 사회적이라는 것이다.

(테리 이글턴, 『문학이론입문』)

이론의 공통점

비평은 굳이 문학 작품만을 대상으로 하지는 않는다. 읽기의 대상이
인쇄매체에 한정되지 않듯이 비평은 인간이 생활에서 만날 수 있는
모든 텍스트를 대상으로 한다. 미술, 음악, 무용, 사진 등 문화 영역으
로 폭을 좁힐 필요도 없다. 정치·사회·경제 영역 어디에도 비평은 존
재한다. 굳이 문학 비평이라는 용어를 사용하지 않는다면 비평은 사
회와 인간의 삶 전체에 걸쳐 있는 일반적인 행위가 된다.

비평과 이론은 텍스트를 다루는 범위에 따라 일단 나눌 수 있다. 이
론이란 구체적 텍스트들의 원리를 귀납해 얻어낸 추상적인 논리 체계
를 말한다. 사회 이론, 정치 이론, 경제 이론이라고 부를 때 이론은 현
실에 기반하고 현실의 원리를 밝혀내는 작업이다. 문학 이론 역시 작
품과 비평을 통해 추출해낸 요소들을 정리해낸 결과물이다. 아리스토
텔레스의 『시학』이나 G.루카치의 『소설의 이론』을 이론이라고 부르

는 데는 큰 무리가 없어 보인다.

그런데 문학 이론은 굳이 문학으로 한정하기 어려운 면이 있다. 문학 이론은 문학과 관련된 제반 관련 학문에 광범위하게 걸쳐 있다. 『소설의 이론』만 보아도 그렇다. G.루카치의 아름다운 이 책은 이상과 삶이 일치하던 희랍 시절과 자아와 세계가 어긋날 수밖에 없는 자본주의 사회를 대비하면서 시작한다. 서론에서 저자가 밝히고 있듯이 이 책에는 1차 세계대전 전후의 세계 상황에 대한 지속적인 불안, 헤겔 철학의 영향 등이 강하게 녹아 있다. 책의 주제 역시 소설의 구조를 이론적으로 밝히는 데 그치지 않고, 자본주의 사회의 성격이나 문학 형식의 변화에 대한 폭 넓은 관심과 이어진다. 『소설의 이론』은 소설에 대해 이야기하고 있지만 소설이 아니라 문화와 심리, 정치와 경제 문제를 포함하고 있는 책이다.

이론은 여러 분야를 넘나드는 체계를 가지고 있고 여러 학문에 영향을 미친다. 이러한 이론의 다학제적 성격은 문학이 가진 특성과 무관하지 않다. 문학이 인간의 삶을 구체적으로 다루면서도 궁극적으로는 그 총체성을 담아내는 양식이기 때문에 그 안에는 감정과 이성, 도덕과 신념, 계급과 이데올로기 등 상상할 수 있는 모든 인간 활동이 포함될 수 있다. 학문으로는 철학과 역사, 심리학과 사회학, 정치와 경제를 아우를 수 있다. 이론은 문학 안에 포함된 '문학적' 요소만이 아니라 다양한 '문학외적' 요소들에 관심을 기울이고 그 모두를 아울러 설명할 수 있는 방법을 찾는다. 따라서 이론은 구체적 현상을 설명하는 데 그치지 않고 세계를 보는 새로운 관점을 제공한다.

20세기 중반 이후에 나타난 중요 문학 이론들은 다음과 같은 공통점을 가지고 있다.

이론은 상식적인 개념에 대한 호전적인 비판일 뿐만 아니라, 우리가 '상식'으로 받아들이고 있는 것이 사실은 역사적인 구성물이며, 이론이라고 생각할 수조차 없을 정도로 우리에게 너무나 자연스러운 것처럼 되어 버린 특별한 이론임을 보여 주려고 하는 것이다. 상식에 대한 비판과 대안적인 개념에 대한 탐구로서, 이론은 문학연구의 가장 기본적인 전제나 가정을 심문하는 것이며, 당연한 것으로 간주되었던 것을 흔들어 놓는 것이다. 의미란 무엇인가, 저자란 무엇인가, 독서란 무엇인가, 쓰거나 읽거나 행동하는 주체 혹은 '나'는 무엇인가, 텍스트는 자신이 만들어져 나온 상황과 어떤 관계에 있는가라는 상식적인 문제에 의문을 제기하는 것이 이론이다.[69]

이론은 기존 관념을 의심하는 데서 출발한다. 이론은 현재 다수의 사람들이 당연하게 받아들이고 있는 생각들이 사실은 과거의 이론에 의해 구성된 것이라고 본다. 당연한 것으로 간주되는 생각들을 흔들어 그것을 대신할 대안적인 개념을 찾는 작업이 이론이 해야 하는 일이다. 새로운 이론을 세우기 위해서는 현재에 대한 의심과 질문이 필요한데 그 질문의 범위는 매우 넓고 깊이는 본질에 닿는다. 따라서 이론은 분석적이고 사변적인 경향을 띠기 쉽다. 이론은 사고에 대한 사고이면서 동시에 반성적인 사고이다.

현대 문학 이론은 일반적으로 다음과 같은 공통된 인식을 가지고 있다. 첫째, 성적 정체성, 개인적 자아 그리고 문학의 개념 등과 같이 우리 존재가 본래부터 '타고난 것들'로 여기기 십상인 많은 관념들이란 사실은 영원불멸할 본질이 아니라 매우 유동적이고 불안정한 것이다. 그것들은 '사회적으로 구성되는' 것이다. 둘째, 일반적으로 모든 사고와 탐구는 기존 이데올로기의 영향을 받을 수밖에 없으며, 그에 의해서 결정된다고 해도 무방하다. 그러므로 공평무사한 탐구라는 개념은 성립될 수 없다. 셋째, 모든 실재는 언어를 통하여 구축되며 저

---

69) 조너선 컬러, 『문학이론』, 동문선, 1999, 15쪽.

혼자 그저 바위처럼 버티고 있는 존재는 없다. 모든 것은 언어로 이루어진 구조물이다. 넷째, 문학 작품 속의 의미는 결코 그 누구도 의심할 수 없는 영월불변의 대상이 아니라, 늘 정처 없이 떠도는 다면적이고 모호한 것이다. 다섯째, 이론가들은 보편성을 내세우는 그 어떤 개념도 믿지 않는다. 예를 들어 시대와 상황을 초월하여 절대적인 존재 가치를 지닌 '고전'이 존재한다는 생각에 반대한다.[70]

그렇다면 이론이 가진 장점은 무엇인가? 이론은 우리에게 사물을 이해하는 방법을 제공해 주고, 그것을 문학이나 다른 담론적인 실천에 이용할 수 있는 길을 열어준다. 고정된 시각에서 벗어나 새롭고 독특한 시선으로 사물을 볼 수 있는 기회를 제공해 주기도 한다. 무엇보다도 이론은 철학이나 사회학 등 현대 학문의 흐름을 반영한 것이며 문학작품의 경향을 제대로 설명할 수 있는 방법이다. 앞서 말한 바와 같이 이론은 구체적인 실체 없이 연역적으로 주어진 것이 아니라 구체적인 작품이나 사회 현상을 종합하고 추상화한 결과로 나타난 것이기 때문이다.

이론은 몇몇 기본적인 원칙을 공유하고 있지만, 각각 나름의 고유한 지적 기반을 가지고 있기도 하다. 마르크스주의와 정신분석은 독자적인 이론일 뿐 아니라 여타 이론에 막대한 영향을 준 이론이다. 포스트식민주의는 둘의 영향이 잘 드러나는 이론이다. 주로 프랑스를 중심으로 발전한 구조주의와 포스트구조주의는 오랫동안 유용한 이론으로서의 지위를 유지하고 있다. 모더니즘의 뒤를 이은 포스트모더니즘은 파편화된 현대의 본질에 주목한다. 페미니즘 비평을 비롯해 성적 소수자들의 입장에 서는 퀴어 이론도 20세기 후반부터 크게 주목받고 있다.

다음에서는 현대이론에서 광범위하게 수용하고 있는 마르크스주의

---

70) 피터 베리, 『현대문학이론입문』, 시유시, 2001.

와 정신분석에 대해 알아보고 이어 포스트라는 접두어가 붙은 이론들에 대해 살펴본다.

마르크스주의

마르크스주의는 마르크스와 엥겔스의 철학과 역사 사상, 경제와 사회 이론을 통합적으로 칭하는 말이다. 마르크스는 다양한 영역에 걸쳐 방대한 저작을 남겼다. 저작들에는 오랜 준비 끝에 체계를 갖추어 출간된 것도 있지만 시대적 요구에 부응해 쓴 시류적인 글들도 많았다. 엥겔스도 마찬가지이다. 그들의 함께 쓴 것으로 알려진 「공산당 선언」만 해도 현재는 역사적인 문서가 되었지만 1848년이라는 유럽의 상황을 생각하지 않고는 이해하기 어려운 글이다. 마르크스와 엥겔스의 저작들이 역사적인 글임에는 틀림이 없지만 시대의 요구에 선구적으로 답한 글이라는 점을 잊어서는 안 된다.

마르크스주의는 이후에 많은 이론가 · 실천가들에 의해 다양하게 발전하였다. 사회주의 혁명이 최초로 성공한 러시아에는 많은 마르크스주의자들이 있었다. 레닌주의는 사회주의 러시아의 특성을 반영한 마르크스주의이다. 트로츠키나 스탈린의 사상도 넓게는 마르크스주의의 범주 안에 포함될 수 있다. 이탈리아 공산당을 만든 그람시도 매우 잘 알려진 마르크스주의자이다. 로자 룩셈부르크나 브레히트, 알뛰세르 등도 마르크스주의 이론 · 실천가들이다.

마르크스의 사상 체계는 크게 세 분야로 나뉜다. 각각은 변증법적 유물론이라 불리는 철학, 사적 유물론이라고 불리는 역사학, 정치경제학이라고 불리는 경제학이다. 세 분야는 서로 고립되어 있는 것이 아니라 서로를 받쳐주며 하나의 통합된 체계를 이룬다. 마르크스주의가 혁명적이라 불리는 이유는 세 분야 모두 자본주의 사회의 모순을 분석하는 데 탁월한 방법을 제공해 주기 때문이다. 이를 바탕으로 마르크스주의는 자본주의 시대의 도래와 발전을 설명하고, 몰락을 예견하기까지 한다.

변증법적 유물론은 정신에 대한 물질의 선차성을 강조한다. 이는 유럽 철학에서 큰 흐름을 형성하고 있는 관념론에 대한 반대라고 할 수 있다. 이데아를 강조했던 플라톤에서 칸트나 헤겔에 이르는 근대 철학에 이르기까지 관념론 철학은 실재 세계 너머의 존재나 실재를 움직이는 정신에 대해 관심을 가졌다. 헤겔의 절대정신이나 종교의 신이 관념론의 궁극적인 답이 된다. 유물론의 입장에서 보면 이러한 철학은 현실에 발을 디디고 살면서 보이지 않는 허공에 관심은 두는 것과 다르지 않았다.

변증법은 세계를 정태적으로 파악하지 않고 변화와 운동에 주목하여 바라보는 관점이다. 끊임없이 움직이는 세계는 기존의 것에 반하는 새로운 것의 출현을 낳게 되고, 그 대립물의 통일이 또 새로운 운동의 시작이 된다는 생각이다. 정과 반과 합의 과정이 반복된다는 말인데, 헤겔에게 있어 변증법적 운동은 절대 정신을 향하고 있었지만 마르크스주의는 물질적 운동의 궁극적 방향에 대해서는 쉽게 규정하지 않는다.

사적 유물론에서 설명하는 역사 발전 과정은 변증법의 모델을 충실히 따르고 있다. 마르크스주의는 역사를 추동하는 가장 강력한 힘은 생산력과 생산관계의 모순에서 온다고 주장한다. 사적 유물론에 따르면 생산력 수준에 맞는 생산관계가 유지될 경우 사회는 비교적 안정되지만, 생산관계가 생산력 발달의 질곡이 될 경우 사회는 큰 변화를 겪게 된다. 그 변화의 결과 새로운 생산관계가 만들어지는데 이때는 생산력의 발달이 가속을 받게 된다고 본다. 생산관계를 규정하는 결정적인 요인은 생산수단을 누가 소유하느냐이다. 생산수단은 토지, 건물, 도구, 기계와 같이 생산 과정에서 물질적 조건으로 사용되는 수단 일체를 말한다.

마르크스주의에서 말하는 역사의 발전 단계는 원시공산제 사회, 고대노예제 사회, 중세봉건제 사회, 자본주의 사회, 사회주의 사회 순서이다. 생산력이 매우 낮았던 원시공산제 사회에서 사람들은 생산수단을 공동 소유했으며 생산물 역시 공동 소유했다고 한다. 이 시기의 생산력은 잉여노동을 만들어낼 만큼 충분히 발달하지 못했다. 이후 생산력의 발달은 일하지 않고도 잉여노동을 착취하여 호화롭게 살 수 있는 조건을 만들어내었다. 이 시기에 이르면 노동하는 사람과 노동하지 않는 사람이 나누어지게 된다. 노예와 주인의 구분이 그것인데, 이는 인류 최초의 계급 구분이기도 하다.

그런데 노예제는 생산력의 발달에도 불구하고 충분한 잉여노동의 생산을 가져오지 못했다. 생산관계가 생산력 발달의 질곡이 되어서이다. 이때 새롭게 나타난 봉건제는 노예 노동에서 농노 노동으로의 변화를 의미한다. 농노는 노예처럼 철저하게 주인에게 예속되어 있지는 않았지만, 여전히 주종관계로 영주에 묶여있는 존재였다. 자본주의 사회에 오면 중세의 농노들은 노동자로 변한다. 새로운 사회에서는 경제외적 강제가 가능했던 신분의 차별은 사라지지만 하루라도 노동력을 팔지 않으면 살 수 없는 가혹한 조건의 생산관계가 만들어진다. 노동자들은 토지에서 쫓겨나 공장으로 몰린 사람들로, 많은 잉여노동에도 불구하고 자신의 노동에서 소외되고 마는 사람들이다. '한줌'밖에 안 되는 자본가들의 독점으로 인해 대다수의 노동자가 착취를 당하는 사회가 자본주의 사회이다.

마르크스주의에서는 자본주의의 이러한 모순을 해결한 사회가 사회주의 사회라고 한다. 사회주의 사회는 주인-영주-자본가로 이어져 온 생산 수단의 소유권이 노동자들에게 넘어온 단계를 말한다. 자본가들의 이익을 대변하는 기존 국가를 무너뜨리고 노동자들이 생산 수단 및 국가를 소유하게 된 사회이다. 사회주의 사회는 생산력이 충분히 발달된 사회이기에 지나친 경쟁이나 과도한 노동이 사라진 사회이기도 하다. 착취가 없어져 많은 사람이 충분히 여유와 부를 누릴 수 있는 사회라고도 한다.[71]

후기 마르크스는 자신이 살고 있는 자본주의 사회에 대한 경제학적 분석에 집중하였는데 그 결과가 『자본』으로 집약되었다. 전체 3부로 구성되어 있는 『자본』은 상품으로 시작해 가치문제, 노동문제, 지대와 이윤 문제 등 광범위한 주제를 다루고 있는 책이다. 이 책은 기본적으로 비판보다 분석에 치중하고 있지만 그 결과는 자본주의의 비밀을 '폭로'하는 데까지 나가게 된다. 또 『자본』은 경제 외적인 문제와도 연결되는데 가치에 대한 분석은 인간 소외의 원인을 보여주고 노동 문제는 자본주의 사회의 착취 구조를 밝히는 데 기여한다. 마르크스에 따르면 자본주의 사회에서 인간은 교환가치를 가진 노동력이라는 상품을 판매해야 하고, 생산 과정에는 하나의 생산 수단으로 참여하게 된다. 그러나 실제 잉여가치를 생산할 수 있는 유일한 생산 수단인 인간의 노동력은 잉여노동을 착취하는 자본가의 배를 불리는 데 이용되고 만다.

마르크스주의 비평은 마르크스주의를 문학에 적용시키려 한다. 작품 안에서 토대와 상부구조의 관계를 살피는 작업이나, 계급의식이나 이데올로기를 분석하는 작업은 마르크스주의 비평에서 가장 흔히 볼

71) 마르크스가 본 자본주의의 모습은 지금 우리가 보는 자본주의의 모습과 많이 달랐다. 흔히 야경국가로 불리는 19세기 자본주의 사회에는 공공성이나 국가의 역할이 최소화되어 노동 조건이나 복지에 대한 고려가 거의 없었다. 자본에게 아무런 제약도 가해지지 않던 시대이다. 당시의 현실과 비교해 보면 지금의 자본주의는 '사회주의적' 요소가 많이 침투해 있는 상태라 할 수 있다.

수 있는 예이다. 분석 대상은 작품 속 상황이나 인물일 수도 있고, 작품이 창작된 배경이나 작가일 수도 있다. 작품의 내용이나 현실에 일차적인 관심을 기울이는 경향이 있으며 구조나 형식에 주목할 때도 그것을 낳은 사회적 조건에 관심을 갖는다.

마르크스주의에서는 사회구조를 토대와 상부구조로 나누는데, 토대는 사회를 떠받들고 있는 물질적 하부구조를 말한다. 이에 비해 상부구조는 물질적 하부구조 아래 만들어진 인간의 정신적 활동 일체를 이르는 말이다. 정치, 문화, 예술 영역 등이 상부구조를 구성하는데, 문학 역시 상부구조에 속한다. 상부구조는 하부구조에 의해 영향을 받는다는 것이 마르크스주의의 일관된 생각이다.

계급의식 또는 이데올로기에 대한 비판은 토대와 상부구조의 관계를 중시하는 입장에서는 자연스러운 비평 주제이다. 작가의 계급의식과 이데올로기는 작품의 표층보다는 심층을 들여다 볼 때 잘 드러나게 마련이다. 그렇다고 마르크스주의 비평이 작가의 계급적 기반과 작품의 성취를 단순하게 동일시하지는 않는다. 문학이 가진 자율성을 인정하고, 문학 고유의 힘이 작가의 의지를 넘어설 수도 있다고 본다. 이는 예술에도 적용할 수 있는 관점이다. 문학이나 예술이 경제적인 힘으로부터 어느 정도 독립성을 지닌다는 견해를 상대적 자율성이라 부른다. 또, 하부구조와 같은 단 하나의 요인에 의해 곧장 어떤 결과를 낳는 것이 아니라 여러 원인이 상호 작용하여 결과를 만들어낸다는 이론을 중층결정론이라 부른다. 마르크스주의 비평은 예술의 상대적 자율성과 중층 결정론을 인정하는 쪽으로 변화해왔다.

자본주의 사회의 인간 소외 문제는 마르크스주의 비평의 단골 주제이다. 자본주의 사회는 인간을 개별화하고 고립시키는데, 마르크스주의 비평은 이러한 현실을 드러내는 작품에 대해 특별히 관심을 갖는다. 소외는 우연히 발생하는 것이 아니라 사회가 가진 구조적 모순 때문에 발생한다는 점, 소외는 특별한 사람이 아닌 누구에게나 나타날 수 있다는 점을 강조한다. 또, 소외의 해결은 개인의 노력이나 마음가짐으로 가능한 것이 아니라 구조적 모순을 해소해야 가능하다고 본다.

마르크스주의자들은 작가를 자신의 '천재성'과 창조적인 상상력으로 '영감에 의지하여' 독창적이고 시대를 초월하는 작품을 만들어내는 자율적인 개인이 아니라, 자신의 의사와 관계없이 사회적 환경에 끊임없이 영향을 받는 존재라고 생각한다. 작가 뿐 아니라 문학의 역사적 양식의 속성도 그것이 만들어진 사회적 시기와 연결시킨다. 그들은 문학작품을 해석할 때 그것이 '소비되었던' 시대의 사회적 배경을 중요하게 생각한다.

마르크스 문학 이론이 극단화 된 예를 사회주의 리얼리즘에서 찾을 수 있다. 사회주의 리얼리즘은 옛 소련에서 문학작품을 평가하는 유일한 기준으로 수립한 문학창작의 이론 및 방법이었다. 사회주의 리얼리즘의 중요한 주제는 계급 없는 사회의 건설이다. 작가는 이러한 사회를 건설하는 과정을 긍정적으로 그리고, 낙관적 전망을 제공해 주어야 한다는 것이 사회주의 리얼리즘의 대원칙이다. 온갖 난관에 부딪쳐도 그것을 적극적이고 긍정적으로 헤쳐 나가는 고상하고 이상화된 인물을 사회주의 리얼리즘에서는 전형적이라 평가한다. 사회주의 리얼리즘에서는 노동자 계급의 세계관이 얼마나 잘 드러났는가, 예술창작의 철학적 바탕으로서의 유물론이 얼마나 잘 구현되었는가, 노동자 계급의 당파성이 얼마나 잘 표현되었는가, 등의 기준으로 작품을 평가하였다. 결과적으로 사회주의 리얼리즘은 문학을 도식화시켰다는 비판을 받았으며 마르크스주의에 대한 광범위한 오해를 불러왔다.

정신분석

정신분석은 무의식의 발견에 기초하여 지그문트 프로이트가 창설한 학문이다. 프로이트의 정신분석은 무의식을 탐구하는 방법임과 동시에 신경증을 치료하는 방법이었다. 심리학의 새로운 분야인 정신분석은 하나의 이론임과 동시에 임상적 관찰에 관한 보고이다. 또 정신분석적 연구와 치료 방법에 의해 발견되는 정신작용에 대한 이론을 말하기도 한다.

프로이트의 가장 큰 기여는 무의식이 우리 삶에 결정적인 영향을 미친다는 점을 발견했다는 데 있다. 무의식은 의식 너머에 존재하는 정신의 일부로 표면적으로 잘 드러나지는 않지만 실제 우리 행동에 강력한 영향을 미친다. 사람들은 해결되지 않은 갈등, 이룰 수 없는 욕망, 지나간 마음의 상처 따위를 잊어버리거나 무시하려 노력한다. 그러나 이것들은 사라지는 것이 아니라 의식의 세계에서 쫓겨나 무의식의 세계로 떠밀려 들어가게 된다. 이를 '억압'이라고 부른다. 억압된 소재는 때로 한층 거대한 것으로 고양되고 고상한 것으로 위장되기도 하는데, 이를 승화라 부른다.

무의식의 존재를 확인할 수 있는 좋은 재료가 꿈이다. 꿈은 무의식이 의식으로 변화하는 과정을 확인할 수 있는 곳이기도 하다. 꿈에서 실제 사건이나 욕망들이 이미지로 전화되는 과정을 꿈-작업이라고 부르는데 이는 다시 치환과 압축으로 나눌 수 있다. 치환은 드러내고자 하는 내용이 언어의 유사성과 상징적 연관 때문에 다른 것으로 대치되어 나타나는 현상이다. 압축은 여러 가지 사건이나 사람이 꿈속에서 하나의 이미지로 결합되어 나타나는 현상이다. 치환과 압축의 과정은 문학적 표현의 과정과 매우 유사하다.

후기의 프로이트는 의식과 무의식으로 나누던 정신을 이드, 자아,

초자아의 세 부분을 나누었다. 이드가 무의식에 해당한다면 자아는 개인의 의식, 초자아는 개인의 의식을 규제하는 양심으로 볼 수 있다.

이드는 원시적인 육체적 본능, 특히 성욕 및 공격성과 관련된 심리적 내용과 태어날 때부터 나타나는 모든 심리적 요소를 포함한다. 이드는 특별한 구조를 가지고 있지 않고, 논리와 이성으로 설명되지 않기 때문에 상호 모순되는 충동을 동시에 가질 수 있다. 이드는 전적으로 쾌락이나 고통의 원리에 따라 기능하며, 그 충동은 즉각적인 충족을 추구하거나 타협적 충족에 만족한다. 다소 부정적인 인상을 주기도 하는 이드는 사람들에게 보편적으로 존재하며 정신의 발달과 지속적 작용을 위한 에너지를 제공한다.

자아는 '자기' 또는 '나'로 경험되며 지각을 통해 외부세계와 접촉하는 인간성격의 일부분이다. 자아는 성격을 실행하는 기능을 하며 이드와 초자아의 통합자이며 외부세계와 내부세계의 통합자이다. 자아는 기억 속에 남아 있는 과거의 사건과 현재의 행위 그리고 기대와 상상 속에 나타나는 미래의 행위와 관련된 개인적 준거를 제공한다. 개인이 지속적으로 발달함에 따라 자아는 더욱 분화되며 초자아의 발달을 낳는다. 초자아는 부모와 사회의 기준을 통합함으로써 본능의 억제와 충동의 통제를 가능하게 해준다. 그러므로 자아가 지각하는 도덕적 기준은 성격의 일부가 된다. 성격의 성장과 성숙 과정에는 필수적으로 갈등이 대두된다. 자아는 이때 방어기제-해결할 수 없는 문제들에 대해 타협적인 해결책을 이끌어내는 정신적 과정-를 구축함으로써 초자아와 이드를 매개한다.

초자아는 이드와 자아보다 늦게 발달하며 보통 '양심'으로 알려진 금지·비난·억제의 체계와 '자아 이상'으로 알려진 일련의 관념을 포함한다. 초자아는 가족과 주변사회의 전통을 흡수하고 사회구조를 위협하는 성충동과 공격충동을 통제하는 데 주로 이바지한다. 초자아는 부분적으로는 의식적이고 부분적으로는 무의식적 · 원시적 · 비합리적이기 때문에 자아보다는 외부세계에 대한 반응이 덜한 편이며 주변상황과 관계없이 일정한 기준을 유지하는 경향이 있다.

프로이트 정신분석은 비평가들에게 큰 관심의 대상이었다. 무의식은 직접적으로 분명하게 말해주는 대신에 이미지, 상징, 은유를 통해 자신을 보여주는데, 이는 시, 소설, 희곡과 같은 문학도 마찬가지이기 때문이다. 문학 또한 세계와 인간에 대해 직접적이고 명시적으로 진술하는 것이 아니라, 이미지, 상징, 은유 등을 통해 간접적으로 보여준다. 이는 넓게 보아 작품의 표층적 의미와 심층적 의미를 구분하는 문학이 의식과 무의식을 구분하는 정신분석과 매우 닮아 있음을 의미한다. 작품이 '실제로' 무엇을 이야기하고 있는지 알기 위해 심층을 뒤지듯이 정신분석도 의식이 무엇을 말하는지 알아내기 위해 무의식에서 답을 구하려 한다.

프로이트 정신분석에서 가장 널리 알려진 용어는 오이디푸스 콤플렉스이다. 이는 이성 부모에 대한 성적 접촉 욕구나 동성 부모에 대한 경쟁의식을 가리키는 말로 아이의 정상적인 발달과정에서 매우 중요한 단계를 구성한다. 프로이트는 오이디푸스 콤플렉스를 약 3~5세 아동들의 특징으로 보았다. 그는 보통 아동이 자기 자신을 동성 부모와 동일시하고 자기의 성적 본능을 억제하게 되었을 때 이 단계가 마무리된다고 했다. 부모와의 이전 관계가 비교적 순탄했다면 이 단계는 조화롭게 지나간다. 그러나 심리적 상처가 있어 그것이 노이로제로 변한다면 성인이 되어서도 비슷한 반응을 보일 수 있다. 성인의 의식 있는 정신을 지배하는 초자아도 오이디푸스 콤플렉스를 극복하는 과정에 그 근거를 두고 있다. 프로이트는 오이디푸스 콤플렉스에 대한 반작용을 인간정신의 가장 중요한 사회적 성취라고 생각했다.

오이디푸스 콤플렉스로 문학 작품을 읽어 낸 대표적인 예가 셰익스피어의 「햄릿」에 대한 분석이다. 햄릿의 아버지는 유령으로 나타나 자신을 죽이고 자신의 아내와 결혼한 동생을 죽여 달라고 햄릿에게 말한다. 복수에는 큰 어려움이 없어 보이지만 햄릿은 작품이 결말에 이를 때까지 숙부에 대한 복수를 미룬다. 이해하기 어려운 햄릿의 행동에 대해 정신분석은 햄릿도 동일한 범죄를 저지르고 싶어 하는 죄인이었기에 이 범죄에 대해 복수할 수 없었다고 말한다. 그 역시 자신의 어머니에 대한 억압된 성적 욕망과 자신의 아버지를 제거하고 싶은 욕망을 가지고 있었으며, 삼촌은 그 욕망을 대신 실행에 옮긴 사람이라는 해석이다. 정신분석은 햄릿의 욕망이 복수를 어렵게 만들고 결국 작품을 파국으로 이끄는 원인이 된다고 해석한다.

정신분석은 이러한 관점에서 동화를 읽어내기도 한다. 잘 알려진 「빨간 모자」를 보자. 소녀는 숲에서 가장 눈에 띄는 색인 빨간 색 모자를 쓰고 있다. 빨간 색은 성을 의미하는데, 여기서는 소녀의 육체적 성숙과 정신적 미성숙을 나타낸다고 할 수 있다. 늑대는 연약한 여자를 상대로 자기 욕심을 채우는 성인 남자를 떠오르게 한다. 나쁜 아버지의 상징이기도 하다. 소녀는 아버지에게 유혹 받고 싶어 하며 또 아버지를 유혹한다. 늑대는 소녀를 유혹하고 싶어 하고 소녀는 늑대를 따라 침대에 들어간다. 늑대와 달리 사냥꾼은 좋은 아버지를 상징한다. 배를 가르고 나오는 장면에서 출생이나 재탄생을 떠올리는 일은 그리 어렵지 않다.

영국 동화 「잭과 콩나무」도 오이디푸스 관점에서 읽힌다. 중심 이야기는 아들이 거인을 처치하는 내용인데, 이는 잭이 마음속의 아버지를 이겨내는 과정으로 볼 수 있다. 동화에는 아들이 콩나무를 자르려고 도끼를 달라고 하는데 어머니가 머뭇거리는 장면이 있다. 이는 동화에 나오는 거인이 아버지를 의미한다는 증거라고 한다.

오이디푸스 콤플렉스와 관련하여 가족 로맨스 역시 분석의 중요한 개념이 된다. 어린이는 자라면서 부모 한쪽 또는 양쪽 모두가 친 부모가 아니라고 상상한다. 말 못할 사정이 있어 자신의 부모가 뒤바뀌었지만 자신은 지금의 집안보다 고귀한 가문에서 태어났을 것이라는 생각이다. 아이들은 자신이 업둥이 아니면 사생아라고 상상하게 된다. 이는 오이디푸스 콤플렉스 때문에 너무 괴로워하는 것을 막기 위한 방법으로 정신이 고안해낸 생각이다. 동화 속에 계모가 자주 등장하는 이유도 가족 로맨스로 쉽게 설명할 수 있다.

라캉은 프로이트 이후 큰 영향을 미친 정신분석 이론가이다. 그는 무의식은 언어와 같은 구조를 지니고 있다고 보았다. 그는 기의와 기표가 끊임없이 미끄러진다고 생각하고, 기표들이 다른 기표들과 연관될 때 언어는 외부세계의 실재로부터 분리되어 하나의 독립된 영역이 된다고 하였다. 그는 프로이트 작업에서 드러나는 언어적 측면을 강조하였는데, 프로이트의 압축과 치환이라는 개념은 언어학자 로만 야콥슨의 은유와 환유라는 개념과 일치한다고 하였다. 또, 라캉은 무의식의 중요성을 부각하려 하였고, 인간이 의식 안으로 들어가는 메커니즘을 설명하려 하였다. 그의 설명에 따르면 아이는 자아와 타자의 구분이 없는 상상계를 거쳐 거울 단계에 접어들게 된다. 거울 단계는 아이가 거울 속의 모습을 자신과 동일한 것으로 인식하기 시작하는 단계이다. 이 단계에서 아이는 언어체계 속으로 편입하게 된다. 언어는 현존하지 않는 것에 이름을 붙이고 그것을 언어적 기호로 대체한다. 이 단계는 금지와 억압과 함께 사회화가 시작되는 단계로 아버지 상과 관계 있다. 아이가 발을 들여놓는 이 단계를 라캉은 상징계라고 부른다. 문학 비평에서 라캉 이론은 텍스트 자체의 무의식을 찾아내거나 텍스트를 결핍, 욕망과 같은 넓은 개념으로 읽어낸다.

포스트 이론

현대 문학 이론의 시작은 양차 세계대전 이후로 잡는 것이 보통이다. 1차 세계 대전 이전까지는 19세기의 정신이 비교적 살아있었지만, 두 차례의 세계 대전은 인간의 비극적 체험의 극한 상황을 보여주었다. 시민 사회의 불안과 경제공황, 사회주의라는 새로운 실험과 전체주의의 발흥이 이 시기를 특징짓는다고 할 수 있다.

구조주의, 모더니즘, 식민주의는 2차 대전 이후에도 유력한 이론으로 자리 잡고 있었다. 하지만 구조주의의 이론을 제공한 소쉬르나 레비스트로스는 말할 것도 없고 19세기 후반부터 유력한 흐름을 형성하던 모더니즘은 모두 '오래된' 느낌을 준다. 식민주의 역시 산업혁명 이후 2차 대전 이전까지의 제국주의 시대 산물로 알려져 있다. 이들은 문학과 관련이 있지만 문학에 한정되지 않는다는 점에서 유사하다.

1960년대 이후에는 이전의 이론들을 새로운 인식론에 맞추어 다르게 해석하는 흐름이 일어났다. 이들은 모두 '포스트'라는 이름을 앞에 붙이고 있으며 마르크스주의나 정신분석의 영향을 강하게 받았다. 주로 유럽 대륙을 중심으로 포스트 이론들이 발달했는데, 특히 프랑스는 포스트 이론의 중심지로 부상하게 된다.

구조주의structuralism는 텍스트와 그것이 속해 있는 좀 더 큰 구조 사이의 관계에 관심을 기울인다. 특정 문학 양식과 작품 사이의 관계나 텍스트 상호간에 그물처럼 얽혀 있는 관계들, 텍스트 밑바탕에 깔려 있는 보편적인 서사구조의 모델을 찾고, 되풀이되는 패턴이나 모티프 등을 읽어낸다. 문학 뿐 아니라 문화 전반에서 기호나 코드를 찾아 전체 구조를 파악하려 한다. 구조주의자들에게는 고대 그리스 신화에서부터 세제 상표에 이르기까지 모든 것이 '기호의 체계'가 된다.

포스트구조주의post-structuralism는 구조주의의 한계를 깨달은 구조주의자들에 의해 시작되어 20세기 후반 문학과 학문에 지대한 영향을 끼쳤다. 포스트구조주의는 철학을 바탕에 깔고 있는데, 특히 '해체'와 긴밀히 연결되어 있다. 포스트구조주의는 '텍스트의 잠재의식'을 드러내기 위해서 텍스트를 '거꾸로' 읽는다. 포스트구조주의자들은 텍스트의 잠재의식에는 텍스트의 의미들이 겉으로 드러나는 의미와는 정반대되는 모습으로 담겨 있다고 본다. 그들은 텍스트의 일관성이 아니라 분열을 보여주려 하고, 변화와 단절을 찾아내려 한다. 억압된 것을 찾아내고 질서 정연함을 흐트러뜨려 텍스트를 자유롭게 만들고자 한다. 포스트구조주의는 관습적인 사고와 체제를 전복시키고, 기존질서를 불안하게 하며, 양극을 피해 무한히 새로운 가능성을 추구하는 특징을 갖고 있다.

탈식민주의post-colonialism는 피식민지 안에 녹아있는 식민주의의 관점을 밝혀내고 식민화되기 이전의 전통을 불러내거나 창조하고, 근대와 현대라는 이름으로 강요되는 서구적인 것에 저항한다. 또, 서구를 정상으로 다른 지역을 모자란 것으로 보는 오래된 관점을 거부하고 역사적으로 식민적 관점이 어떻게 관철되어 왔는지를 밝혀낸다. 타자의 시선을 자신의 것으로 삼았던 지난 시대의 문제를 비판적으로 거론하고 극복하려 한다. 때문에 탈식민주의 가장 큰 성과는 보편주의라는 이데올로기에 타격을 입혔다는 데 있다. 사이드의『오리엔탈리즘』,『문화와 제국주의』와 파농의『검은 피부 하얀 가면』,『대지의 저주받은 아이들』과 같은 책들은 탈식민주의를 관심의 대상으로 만드는 데 크게 기여하였다.

비평이론으로서 탈식민주의는 서구의 문학작품을 정전의 지위로 신격화하는 보편주의를 거부하는 데서 출발한다. 문학 속에 다른 문화들이 어떤 모습으로 재현되고 있는지, 문학이 식민주의나 제국주의와 관련된 문제들에 어떻게 침묵해왔는가를 밝힌다. 탈식민주의 비평이 내세우는 것은 잡종성과 문화적 다양성이다. 궁극적으로 탈식민주의 비평은 문학에만 적용될 수 있는 제한된 관점을 넘어서, 주변성, 다양성 그리고 '타자성의 인식'이야말로 에너지와 변화의 원천이라고 보는 시각을 이끌어내려 한다.

모더니즘modernism은 19세기에서 20세기로 넘어오면서 가장 지대한 영향을 미친 문화 현상이다. 문학 뿐 아니라 예술, 건축 등 모든 문화 영역에 걸쳐 모더니즘이 침투하지 않은 곳이 없다고 해도 과언이 아니다. 따라서 모더니즘에 대한 정의나 그것이 나타나는 양상 역시 다양하다. 모더니즘은 가장 넓게는 모더니티에 대한 반응이라고 정의할 수 있다. 근대가 만들어내는 온갖 긍정과 부정의 모습에 미학적으로 반응하는 다양한 경향을 모더니즘이라는 이름으로 아우르곤 한다. 일반적으로 모더니즘은 엘리트적이고 지적인 경향을 띤다고 할 수 있다. 모더니즘 안에는 온갖 사조나 유행이 포함될 수 있다. 현재까지도 모더니즘은 마무리되었다고 보기 어렵다.

포스트모더니즘post-modernism은 20세기 후반, 테크놀로지의 발달로 인해 구세대를 대표했던 모더니즘적 세계관이 더 이상 유효하지 않다는 인식과 더불어 시작되었다. 파편화된 현실에 통일성과 총체성과 질서를 부여하려고 노력했던 모더니즘과는 달리, 포스트모더니즘은 현실의 파편성과 비결정성과 불확실성을 그대로 받아들였다. 문화에 있어 다양성과 탈 중심화를 추구하고 문화의 경계를 광범위하게 허물었다. 포스트모더니스트들은 중심과 주변, 지배 문화와 피지배 문화에 대한 새로운 관계를 설정하려 하고 귀족문화와 대중문화의 벽도 인정하지 않았다. 그 결과 경직된 문화보다는 잡종과 퓨전 문화를 환영하게 되었다.

경계를 허무는 포스트모더니즘의 속성은 모든 양식과 매체 사이의 경계소멸과 혼합을 초래했다. 문학의 경우, 그러한 현상은 모든 텍스트들이 내적으로 상호 연결되어 있다는 소위 '상호 텍스트성' 이론을 만들어내었으며, 비평과 창작의 경계가 소멸된 '메타픽션'이나 '메타 비평'의 등장을 촉진시켰다. 보르헤스, 토머스 핀천, 바르트, 존 바스 같은 작가들의 소설은 그것이 현실인지 허구인지, 또는 역사인지 자서전인지, 아니면 소설인지 비평인지 확연한 구별되지 않는다. 관습적인 소설에 대한 유희, 원작에 대한 패러디, 저자와 작중인물의 대화, 기승전결을 따르지 않는 구성 등도 포스트모더니즘 문학의 특징이라 할 수 있다.

포스트모더니즘 비평은 이전의 문학 작품에서 포스트모더니즘적 주제, 경향, 태도를 찾아내고 거기에 함축된 의미를 탐색한다. 패러디, 혼성모방, 인유와 같이 문학에서 소위 '상호 텍스트적 요소'가 잘 드러난 작품, '실재의 실종'이라는 개념이 잘 살아 있다고 평가되는 작품들을 집중 조명하려 한다. 고급문화와 저급 문화의 구분에 의문을 제기하고, 이 둘을 뒤 섞은 혼성 텍스트들에 관심을 기울인다. 비평의 영역을 문학보다 문화 전반으로 확대하려는 경향을 띠기도 한다. 실재와 허구가 구별되지 않는 현실, 파편화가 지배하는 사회 등은 이들의 비평 대상으로 자주 등장한다.

포스트모더니즘의 패러디나 혼성모방은 실제 작품에서 널리 사용되고 있다. 대중적으로 크게 성공한 소설『장미의 이름』은 이전의 수많은 텍스트를 참고하고 있는 작품이다. 이 소설의 주요 인물은 코난 도일의 셜록 홈즈를 연상하게 하는 버스커빌의 수도사 윌리엄과 왓슨을 떠올리게 하는 아드소, 그리고 아르헨티나 소설가 보르헤스의 이름을 딴 호르헤 수도사이다. 이 소설은 이전의 작품들에서 필요한 문구를 따온 것으로도 유명하다. 유심히 읽은 독자는 셰익스피어, 토마스 만, 엘리어트, 보르헤스의 작품들을 연상하게 하는 부분을 소설 곳곳에서 찾을 수 있다. 이 외에도『장미의 이름』안에는 저자 에코가 읽은 다양한 분야의 텍스트가 들어와 있다.

이러한 작품 경향은 미국 포스트모더니즘 작가들에게서도 나타난다. 존 바스의 『연초도매상』은 1708년 에비니저 쿡이 쓴 동명의 시를 핵심적인 상호 텍스트로 삼고 있는 소설이다. 쿡의 시는 유럽으로부터 신대륙으로 온 초기 개척자들의 순진성을 폭로하는 작품이다. 광고에 속아 많은 사람들이 약속의 땅에 왔지만 실제로 신대륙에 존재하는 빈약함과 위험을 발견하게 된다는 것이 시의 주요 내용이다. 반대로 『연초도매상』은 신대륙에서 구대륙으로 가는 인물을 그린다. 이 소설은 재산을 모으기 위해서가 아니라 소비하기 위해 구대륙으로 가는 주인공을 통해 미국을 탈신비화한다. 『49호 작품의 경매』나 『중력의 무지개』를 쓴 토마스 핀천 역시 패러디와 혼성 모방을 자주 사용한다.

제도 制度 system

문학과 문학 제도

함의가 큰 개념들이 모두 그렇기는 하지만 문학에 대해 정의 내리는 일은 매우 어려운 작업에 속한다. 문학에 대한 정의는 느낌이나 생각, 혹은 사건의 기록에 불과한 문자의 집합을 특별한 무엇으로 받아들이게 만드는 미학적 특징을 논리적으로 설명하는 일이다. 미학이 철학과 매우 가까운 학문이라고 보면 문학에 대한 정의는 철학의 영역에 속하는 지도 모른다. 미에 대한 생각이 시대와 지역에 따라 다르다는 것을 알고 있다면 문학의 정의는 문화사와 함께 논의해야 한다고 생각할 수도 있다.

그러나 실제로 일상에서 문학 작품을 감상하는 데는 이러한 복잡한 질문이 필요하지 않다. 굳이 '골치 아픈' 질문을 하지 않는다 뿐이지, 대부분의 문학 감상자들은 무엇이 문학인지에 대해서 나름의 정의를 가지고 있다. 좋은 문학은 대략 어떤 모양이고 좋지 않은 문학은 대략 어떤 모양인지에 대해서도 일정한 생각들을 가지고 있다. 이런 생각이 단순히 주관적 차원에 머문다고 말할 수도 없다. 많은 사람들이 실제로 비슷한 감식안을 가지고 있는 경우를 자주 볼 수 있기 때문이다.

그렇다면 다음과 같은 질문을 해 볼 수 있다. 이처럼 사람들이 문학에 대한 생각을 공유하고 있는 이유는 무엇인가? 문학과 관련된 제반 지식이나 감각을 만들어내는 데는 무엇이, 어떤 역할을 하는가? 질문을 더 만들어 보면 다음과 같이 물을 수도 있다. 문학에 대한 우리의 지식과 감성은 어디에서 얻은 것인가? 문학은 어떤 과정을 통해 생산되고 유통되는가? 창작하는 사람들은 어떤 절차를 통해 자기 생각을 표현하는가? 소비자들이 서점에서 책을 고르는 기준은 무엇인가?

이러한 질문들은 모두 문학 제도와 관련되어 있다. 여기서 문학 제도는 문학에 대한 관념이나 문학 자체를 제외한 주변의 제반 조건을 총칭하는 말이다. 우리는 문학 제도를 문학 작품이라는 구체적 실체에 의해 이차적으로 만들어지는 것으로 생각해서는 안 된다. 문학의 범주를 다루면서 이야기했듯이 문학에 대한 생각은 선험적으로 주어진 것이 아니라 특별한 과정을 통해 구성된 것이다. 문학 제도도 크게 다르지 않다. 문학이라 부를 만한 무엇이 이미 있어서 제도가 만들어지는 것이 아니라 제도에 의해 문학이라는 실체가 정리되고 규정된다고 볼 수 있다.

문학에 대한 생각을 만들어내는 것은 다양한 매체이다. 잡지, 신문, 방송 등에서 거론하는 문학이 곧 문학, 나아가 좋은 문학으로 받아들여지는 것이 보통이다. 학교 역시 문학에 대한 일반인들의 사고를 결정하는 중요한 역할을 한다. 특별한 계기가 주어지지 않는다면 사람들은 어린 시절 학교에서 의무 교육으로 배운 문학에 대한 기억을 평생 가지고 산다. 감수성이 예민한 시절에 학교에서 배운 문학이 문학에 대한 모든 지식이 될 가능성이 크다.

전문적인 문인으로 대우 받고 새롭게 문인으로 진입하는 방법 역시 문학 제도의 차원에서 이야기할 수 있다. 문학이 유통되고 소비되는 과정 역시 중요한 제도이다. 문학상이라는 제도도 빼놓을 수 없다. 누구로부터 부여된 것인지는 확인하기 어렵지만 문학상은 권위로 존재하고 그 권위는 때로 특별한 목적을 위해 봉사하기도 한다. 교과서는 문학상보다 더 큰 권위를 가지고 있는 제도이다. 전국의 중등학생을 대상으로 치르는 시험에 등장한 문학 작품 역시 문학에 대한 사람들의 생각에 영향을 미친다. 이런 과정을 통해 부각된 작품은 정전이라는 이름으로 자연스럽게 새로운 독자를 만나게 되고, 좋은 문학의 지위를 오래 유지하게 된다.

매체와 문학

문학에 대한 일반인들의 생각은 연구자들의 논문이나 비평가들의 서평에 의해 좌우되지 않는다. 문학을 전공하는 교수들의 견해나 출판사 편집인들의 안내에 의해 결정되는 것은 더욱 아니다. 보통 사람들이 아는 문학은 방송국 프로듀서나 신문사 문화부장, 대형 출판사 마케팅팀들에 의해 결정된다. 전공자가 아닌 대부분의 사람들은 문학에 대한 학문적·비평적 논의를 접할 수 있는 기회를 갖지 못한다. 또, 그들이 굳이 문학을 진지하게 받아들여야 할 이유도 없다. 그들은 문학의 본질에 대해 고민하기보다는 쉽게 접할 수 있는 문학을 받아들이기만 하면 된다. 다시 말해 사람들은 다양한-접하기 쉬운-매체를 통해 문학을 접하게 되고 그를 통해 문학에 대한 지식을 얻게 된다.

　매체의 발달은 문학의 유통·소비와 직접 연관된다. 대중 매체의 특성상 신간 서적을 소개하는 방송 프로그램이나 화제나 문제의 책을 소개하는 프로그램은 놀라운 파급력을 갖는다. 오락 프로그램이나 드라마와는 비교할 수 없겠지만, 방송에서 화제가 된 책은 서점으로 인터넷으로 퍼지며 화제의 강도를 키운다. 일반 대중들에게는 책을 선택하는 기준을 제공해 주기도 한다. 일 년에 몇 권 정도의 책을 읽을까 말까한 사람들에게 화제가 되는 책은 곧 선택하고 싶은 책이 된다. 신문 문예면도 마찬가지이다. 방송보다 문학의 비중이 크고 때로 깊이 있는 글이 실리기도 하지만 작가나 작품의 소개를 통해 대중들의 소비를 이끌어간다는 점에서는 신문 역시 방송과 다르지 않다.

최근에는 인터넷 서점이 유통과 소비를 이끌고 있다. 요즘 독자들은 예전처럼 동네 서점에서 주인 아저씨에게 좋은 책을 추천 받거나 도서관의 대출 순위를 확인하는 번거로운 일을 하지 않는다. 화려하게 팝업으로 뜨는 책에 관심을 가지고, 저자 사인회와 같은 행사를 주의 깊게 본다. 인터넷 서점에서는 화면 곳곳에서 좋은 책에 대한 추천의 글을 발견할 수 있다. 여러 기관에서 선정한 필독서 목록이나 언론에서 화제가 된 책의 목록도 어렵지 않게 찾을 수 있다.

매체의 영향력은 베스트셀러가 만들어지는 과정을 통해 쉽게 확인할 수 있다. 처음에 소문을 얻는 일이 어렵기는 하지만, 일단 목록에 오르기만 하면 베스트셀러는 기하급수적으로 판매 부수가 늘어난다. 판매 부수가 문학성이나 흥미와 무관할 때도 이런 추세는 달라지지 않는다. 여기에는 두 가지 이유가 있다고 생각하는데, 독자들이 '유명'해지기 전에는 책에 대한 정보를 알기 어렵다는 점과 잘 팔리는 책에는 무언가 장점이 있으리라는 막연한 기대를 갖는다는 점이 그것이다.

책을 소개하는 매체들이 문학의 소비에 미치는 영향이 크다는 점을 인정하더라도 그것이 문학에 대한 사람들의 생각에 어떤 영향을 미치는지는 객관적으로 증명하기 어렵다. 단지 독서 체험이 갖는 힘을 상기할 수밖에 없다. 개인에게 문학은 지금까지 읽은 문학 작품을 통해 형성된 잠정적인 정의인 경우가 많다. 감동을 받거나 가치가 있다고 생각하는 작품들에 대한 경험이 모여 문학 혹은 좋은 문학에 대한 상을 결정하게 된다. 따라서 소비가 많이 되는 책이 갖는 영향력을 무시할 수는 없다.

매체가 단순히 소비자들의 의식에만 영향을 미치는 것은 아니다. 매체의 변화가 문학 양식 자체의 변화를 가져온 예도 적지 않다. 인쇄매체의 발달이 문학에 가져온 변화는 다른 무엇과 비교해도 가장 크고 근본적이었다고 할 수 있다. 인쇄매체가 발달하기 전에 문학은 '기억'에 의존해야 했다. 기억을 쉽게 하기 위해 초기의 문학은 반복과 리듬이 있는 운문으로 발달할 수밖에 없었다. 그것이 개인의 서정을 다룬 것이든, 이야기를 전달하는 양식이든, 배우들의 연기를 전제하는 극이든 문학의 언어는 운문을 기본으로 하였다. 운문의 역사는 문학의 역사 대부분의 시기를 차지하고 있다. 영화의 소재로도 널리 알려진 호메로스의 서사시 『일리아드』와 『오디세이』는 긴 문장이 모두 운문으로 되어 있다.

문자가 보급되고 나서도 대중들에게 산문이 널리 유통된 것은 비교적 최근의 일이다. 문서를 대량으로 복사할 수 없던 시절 문학은 장황한 설명이나 세세한 묘사보다는 압축적이고 인상적인 표현을 선호하였다. 그러한 문장이 갖는 해석의 어려움은 문자를 '소유'할 수 있는 능력을 가진 일부 사람들이 해결할 문제였다. 따라서 문학이 굳이 쉬운 표현을 써야할 만큼 '친절'할 필요도 없었다. 그 시절의 문학이 가진 문학성도 이러한 유통과 소비, 담당 계층과 무관하지 않았다. 그들에게 대중적이라는 말은 문학성과 배치되는 개념이 되기 쉬웠다.

매체가 현재처럼 발달하기 전 일반 대중들의 문학적 관심은 독서를 통해 해결될 수 없었다. 문자 해독 능력의 부족과 서적의 가격이 갖는 부담은 문학을 여전히 '소리'로 감상할 수밖에 없도록 만들었다. 본격적인 근대가 시작되기 전 동양에는 세책가라는 직업이 있었고, 전문적으로 책을 읽어주는 사람이 있었다. 서양의 사정도 크게 다르지는 않았다고 한다.

매체와 권력

매체와 대중이 긴밀하게 연관되기 시작한 것은 소설의 탄생부터라고 할 수 있다. 소설이 유행하기 시작했을 때 책 한권의 값은 서민들 가계에 부담을 줄 만큼 충분히 높은 편이었다. 보통 사람들이 발 빠르게 신간 서적을 구입하거나 많은 책을 소유하기는 현실적으로 어려웠다. 이런 여건에도 불구하고 유럽에서 소설의 소비를 촉진한 것은 몇몇 제도였다. 이안 왓트에 의하면 영국에서는 시민들의 문학 욕구가 커지자 이동도서관이 유행했다고 한다. 책을 빌려주고 대여료를 받는 지금의 책대여소 정도의 기능을 하는 곳이 생겼고, 이를 통해 소설의 보급이 빠르게 이루어졌다고 한다. 물론 소설을 소비할 수 있는 사회적 분위기가 성숙되어 있기는 했지만 이동도서관이라는 '제도'의 역할도 무시할 수는 없었다고 한다.

소설의 확산과 관련하여서는 신문의 역할이 매우 컸다. 신문이라는 제도가 시민 사회를 전제로 하는 것이기는 하지만 소설을 통해 신문은 더 많은 시민들을 고객으로 끌어안을 수 있게 되었다. 소설가들 역시 신문이라는 지면을 확보함으로써 안정된 수입과 활동의 공간을 동시에 보장받을 수 있게 되었다. 연재라는 제도는 소설의 형식과 내용에도 큰 영향을 미쳤다. 다음 연재분에 대한 궁금증을 유발하는 기술이라든지 한 회 안에서 이야기를 마무리하는 기술을 대표적인 예로 들 수 있겠다. 프랑스 소설의 발전에서 신문의 역할은 오래전부터 강조되어 왔다. 발자크, 빅토르 위고, 으젠느 쉬와 같은 작가들은 동시대

신문 소설을 놓고 경쟁하던 이들이었다.

우리 문학의 경우도 소설이 대중적으로 인기를 끌고 나름대로 문화를 이끌던 시기는 신문 연재소설이 활발히 창작되던 시기이다. 1930년대 신문에는 세 편의 연재소설이 실리는 때가 많았다. 그 때는 단편소설도 연재의 형식으로 신문에 분재되곤 했다. 1970년대도 연재소설의 시대라 부를 수 있다. 황석영, 최인호, 김주영, 조해일, 박범신, 문순태 등의 작가들은 신문 연재 장편 소설을 통해 성가를 높였다.

신문 못지않게 중요한 매체가 잡지이다. 문학 작품이 실리는 잡지는 종합지와 순수 문예지로 나눌 수 있는데, 신문이 대중 취향을 따르는 경향이 농후했다면 잡지는 나름대로 자기 문학의 색깔을 드러낼 수 있는 매체였다. 우리 문학사에서 『사상계』나 『창작과 비평』과 같은 잡지는 순수 문예지가 아니었음에도 문학 영역에 많은 영향을 끼쳤다. 『문예』나 『현대문학』과 같은 문예지는 '순수' 문학을 추구한 잡지들이다. 잡지는 보통 편집진에 의해 꾸며지는데 편집진은 전체적인 잡지의 방향을 정하고 어떤 작품을 실을지를 선택한다. 잡지의 성격은 곧 잡지에 관여하는 편집진의 색깔이라고 말할 수 있다.

매체의 문제는 자본의 문제, 권력의 문제와 연결된다. 자본에게 있어 문학은 교환가치를 가진 상품이다. 따라서 문학은 자신의 상품 가치를 보여주어야 한다. 이는 근대문학, 특히 소설이 문학의 중심에 선 이후에는 매우 자연스러운 현상이 되었다. 여기서 매체의 중요한 역할이 하나 부각되는데, 특히 잡지는 문학의 상품 가치를 높이는 역할을 담당하게 된다. 서평이나 비평 논쟁 등은 원하든 원하지 않든 문학의 상품성을 높이는 데 기여하게 된다. 교환가치를 높여주는 그러한 노력들은 자본에 의해 선택될 가능성이 크다.

물론 자본의 논리는 그리 단순하지 않다. 대중 취향을 무조건 추수하는 것은 현재의 자본에게는 유리할지 모르지만 미래의 자본을 위해서는 꼭 바람직한 것만은 아니다. 미래의 자본까지 염두에 둘 때 매체를 통한 이윤의 생산이 안정적으로 이루어질 수 있다. 현재의 이윤을 따져 보다도 이러한 원칙은 크게 달라지지 않는다. 문학에서 대중성이라는 것이 꼭 대중의 현재 취향을 추수하는 데 그치는 것은 아니기 때문이다. 새로움은 물론 난해함까지도 때에 따라 대중적인 성공을 가져다 줄 수 있다.

자본의 입장이 아닌 문학의 입장에서 매체는 권력으로 보일 수 있다. 원칙적으로 작가들은 생계를 위해 매체에 글을 실어야 한다. 베스트셀러가 그렇듯이 필명을 얻은 작가는 자본에게 안정된 수입을 보장해준다. 반대로 이름을 얻지 못한 작가들은 자신의 글이 자본에게 어떤 이익을 줄 수 있는지 증명할 길이 없다. 그런데 그것을 증명하기 위해서는 매체를 통해 자신을 먼저 드러내야 한다. 신인들의 경우 자신을 증명하기 위한 한두 번의 기회를 얻는 일조차 쉽지 않은 것이 현실이라면, 그들에게 매체는 권력으로 보일 것임에 틀림이 없다.

이런 이유로 매체를 장악하여 그에 따른 문단 권력을 얻게 되는 사례를 어렵지 않게 볼 수 있다. 한국문학사에서 문예지의 역사는 권력투쟁의 역사라고 해도 좋을 정도이다. 『문예』라는 잡지를 주관하던 조연현은 잡지를 맡기 전에는 이름 없는 비평가에 불과했다. 그러나 『문예』를 주관하고 이어 『현대문학』의 주간이 되면서 그의 문단 내 위치는 확연히 달라졌다. 작품을 싣고 신인을 등단시키고 문학상까지 수여하는 문예지의 중심에 선 사람을 대하는 문단의 태도는 남다를 수밖에 없었다. 『현대문학』과 생각을 달리하는 문인들이 『자유문학』이라는 잡지를 통해 뭉쳤던 사실은 잘 알려져 있다. 또, 〈문협〉에서 권력을 상실한 김동리가 『월간문학』과 『한국문학』을 창간하여 자신의 입지를 유지하려 했던 사실도 매우 잘 알려져 있다. 『사상계』, 『창작과비평』, 『문학과지성』과 같은 잡지의 관계자들은 그들이 원했든 원하지 않았든 잡지를 통해 문단 권력을 나누어가졌음을 부정하기 어렵다.

잡지와 같은 논리로 출판 역시 중요한 권력이 된다. 한 번 유명세를 탄 출판사는 그것 자체로 권위를 얻게 된다. 유명세는 상업적 출판의 성공으로 얻을 수 있고, 좋은 책의 출판으로도 얻을 수 있다. 기획력, 주요 필자 등을 종합할 때 프랑스의 갈리마르, 일본의 이와나미 문고, 영국의 캠브리지나 옥스퍼드 출판부는 좋은 출판사에 속한다.

유력한 출판사에서 책을 출간하고자 하는 열망은 출판사에게 권력을 실어주는 결정적 이유가 된다. 이러한 이유 때문에 반대로 유력 출판사를 피하고자 하는 작가들도 없지 않다. 부르디외는 군소 출판사에서 시집을 출간한 보들레르를 예로 들면서 현재의 자본을 포기하고 상징권력을 얻은 과정을 소개하였다. 보들레르는 자기 문학이 가진 성격에 맞추어 스스로 메이저가 아님을 드러냄으로서 미래에 다가올 자본을 겨냥하고 있었다는 것이다. 물론, 역설적으로 보면 보들레르도 당시의 출판 권력을 의식하고 있었다는 말이 된다.

매체의 권력을 자본과의 연관만으로 설명하는 데는 무리가 따를지 모른다. 잡지 등이 애초에 직접적인 자본의 논리로만 만들어지거나 하지는 않는다. 주장하는 방향이 분명하고 그 방향을 유지하고 표방하기 위한 노력을 경주하는 잡지도 없지 않다. 동인지나 에꼴을 지향하는 잡지를 상상해도 좋다. 그러나 출발이 그렇더라도 매체가 한번 사회에 나오고 나면 상품과 상품이 얽힌 관계 속에서 권력관계에 개입하게 되고, 이러한 관계는 문학에 어떻게든 영향을 미치게 된다.

문단과 등단 제도

문학인이 직업으로 자리 잡은 시기는 생각보다 그리 오래 되지 않았다. 교환가치로서 문학이 등장한 것이 근대 이후라고 보면 직업으로서의 작가가 등장한 시기도 그때쯤으로 보는 것이 적당하겠다. 광대와 예인 같은 사람들에 비길만한 전문 문학인은 근대 이후에 탄생하였다.

입으로 전해지던 문학은 창작자가 누구인지 알기 어려웠고 전해지는 과정에서 원형을 유지하기도 어려웠다. 또, 많은 문학이 한 사람에 의해 창작되기보다는 여러 사람의 공동 참여에 의해 창작되곤 하였다. 노동이나 제식과 연관된 문학은 더욱 그러하였다. 문자로 기록하기 시작한 이후에도 문학은 자기만의 영역을 확고히 구축하고 있었다고 보기 어렵다. 사람들은 문학을 철학과 역사 등 주변 분야와 구분하기 보다는 학문이나 교양이라는 넓은 영역 안에 포함시키곤 하였다. 문자 향유 층이 한정되어 있던 관계로 지배층의 문학과 피지배층의 문학이 구분되는 양상도 볼 수 있었다.

문학 작품을 시장에 내놓고 다른 가치들과 교환하기 위해서는 문학과 문학인들에게도 나름의 자격이 필요하게 되었다. 문학인들은 누군가를 전문 문학인으로 인정하는 제도와 문학을 시장 안에 유통시켜주는 제도의 승인을 얻어야 했다. 후자가 앞서 살펴 본 매체의 문제와 관련된다면 전자는 등단 제도와 관련된다.

사실 문학 활동을 하는데 굳이 타인의 인정을 받을 필요는 없다. 제도를 필요로 하는 사람만이 제도 안으로의 편입을 원한다. 등단을 희망하는 사람이 많을 때는 밖에서 안으로 들어오는 절차를 만들 필요가 있는데 그것이 등단 제도이다. 기존 문단의 입장에서는 자신들의 희소성이나 권익을 옹호하기 위해서는 제도를 까다롭게 만드는 것이 좋고, 세력을 만들기 위해서는 새로운 문인들을 많이 만들 필요가 있다. 여하튼 기왕의 제도 안으로 편입하는 일은 제도를 새로 만드는 일보다 한결 쉽다.

문인이 되는 과정은 매체와 깊은 연관을 가지고 있다. 매체를 통해 대중에게 공표되어야 비로소 문인으로 인정을 받게 되기 때문이다. 초기에는 공식적인 등단 절차 없이 문학 작품을 발표하고 문인으로 인정받은 것이 확실하다. 책을 출간하거나 신문 잡지에 글을 쓰는 데 정해진 절차가 있었던 것 같지도 않다. 몇 사람이 자본을 모아 책을 펴내거나, 여유 있는 사람의 후원으로 글을 발표하는 경우도 많았다. 우리 문학사의 1920년대 동인지 문단은 그렇게 형성되었다.

매체가 어느 정도 자리를 잡아가면서 문인이 되기 위한 절차가 자리 잡는데, 잡지의 추천과 신문의 신춘문예가 대표적인 예이다. 지금도 이어지고 있는 두 제도의 공통점은 기존의 문인들이 새롭게 문인이 되고자 하는 사람들의 자격을 심사한다는 데 있다. 추천제는 신춘문예에 비해 인맥이 크게 작용할 수 있다. 신춘문예는 공정성을 내세우지만 문학에 경쟁을 도입했다는 점에서 부정적인 평가를 받기도 한다. 신춘문예를 통과한 사람들은 경쟁을 뚫고 '실력'으로 문인이 되었다는 자부심을 갖게 되지만, 신춘문예 자체는 일회성의 행사에 그치는 수가 많다.

현상 공모를 통해 문인이 되는 길도 있다. 각종 신인상 제도는 큰 상금과 함께 문인으로의 대우를 보장해준다. 신춘문예보다는 상업적인 성격이 농후하며 대중적으로 많이 읽히는 장편 소설이나 시나리오 등이 공모의 대상이 된다. 잡지사 등 매체를 가지고 있는 곳에서 주로 시행하지만 법인에 의한 공모도 볼 수 있다. 현상 공모는 신춘문예의 경쟁 시스템을 그대로 적용하는 제도이다. 심사를 통해 등수가 정해지고 등수에 따라 상금이 정해진다는 점에서 문학 외의 공모들과도 유사하다.

등단 제도는 기본적으로 문단의 재생산 기능을 담당한다. 지속적으로 문학이 이어지는 사회를 만들고, 문학의 질적 수준을 유지하기 위한 방법이라 할 수 있다. 그러나 이러한 재생산은 다양성을 용납하지 않는 부작용을 낳기도 한다. 보통 재생산을 담당하는 층은 문단의 원로나 영향력이 큰 문인들이다. 그들의 시각에 의해 선택되는 작품들은 기존의 틀에서 크게 벗어나기 어렵다. 또 그러한 심사자를 의식한다면 창작에 스스로 검열이 생길 수 있다. 때문에 재생산이 유사한 경향의 문학을 확산하는 결과를 낳는 것도 이상한 일은 아니다. 심사자가 갖는 권력에 대해서도 앞서와 유사한 관점을 적용할 수 있다.

문단에 대해 살펴보았는데 실제로 문단은 구체적인 실체를 가지고 있는 조직이라고 보기 어렵다. 등단의 과정이 쉽지 않을 수는 있지만 문인이 되었다는 것이 별 의미를 갖지 않는 수도 있다. 활발하게 활동하는 문인들에게 문단은 별 의미가 없다. 오히려 문단은 지속적인 활동을 하지 않는 사람들의 입지를 유지해주는 역할을 해주기도 한다. 문단에서는 한 두 번의 작품 활동으로 평생 문인이라는 이름을 달고 있는 사람들을 쉽게 볼 수 있다. 이처럼 세력으로서의 문단과 문학 활동의 주체로서의 문단이 합치하지 않을 수도 있다.

각종 시상 제도는 중요한 권력이며, 권력을 만들어내는 제도이다. 신인상 외에 기성 문인들을 대상으로 수여하는 상은 작품이나 작가에게 권위를 부여해준다. 시상은 보통 작품을 대상으로 하는 경우와 문인을 대상으로 하는 경우로 나뉘는데, 양쪽 모두 활발히 활동하고 있는 사람들에게 주어지는 것이 보통이다. 시상 제도에 권위를 부여하는 하나의 방법으로 문학상에 유명한 문인의 이름을 붙이기도 한다. 이상, 김유정, 황순원, 김수영, 서정주 문학상 등은 작고한 문인들의 이름으로 주어지는 대표적인 상이다. 이런 상에는 많은 상금이 따르는 것이 보통이며, 특별히 편집된 책으로 결과가 출간되기도 한다. 일부 문학상은 상업적 의도와 수상자 선정이 연관되어 있지 않은가 하는 의심을 사기도 한다. 문학상 역시 기왕에 수상했던 문인들이나 원로들에 의해 결정된다는 점에서 등단과는 다른 의미의 재생산 제도에 속한다고 볼 수 있다.

교육과 정전

문학에 대한 관념을 심어주는 데 매체 못지않게 중요한 제도는 학교 교육이다. 의무교육 기간 중 학생들은 국어 교육을 받게 된다. 국어 교육은 언어 교육을 기본으로 하지만 언어 교육을 위해 학생들에게 다양한 텍스트를 제공한다. 이때 문학 텍스트는 언어를 아름답게 표현하고 국민 정서를 적절히 담아 낸 텍스트로 중요하게 다루어진다. 학교에서 배운 문학에 대한 인상은 이후 큰 수정 없이 평생 이어지기 쉽다.

매체가 갖는 영향력이 아무리 크다고 해도 문학과 관계된 매체에 한정하면 그것을 접하는 사람들은 그리 많지 않다. 더우기 어린 시절부터 문학 관련 매체를 접할 기회는 흔하지 않다. 그에 비해 학교에서의 문학 교육은 어린 나이에 무차별적으로 이루어진다는 점에서 더욱 광범위한 영향력을 갖는다. 대부분의 '국민'들은 문학에 대한 구체적인 상이 없는 상태에서 동시나 동요를 배우게 되고, 단편 소설 역시 교과서를 통해 처음 만나게 된다. 희곡이나 시나리오를 읽을 기회는 학교를 졸업하고 나면 좀처럼 찾아오지 않는다.

물론 학생들은 어린 시절부터 다양한 글을 만나기는 한다. 하지만 자유로운 선택에 의해 이루어지는 독서와 의무로 주어지는 독서에는 적지 않은 차이가 있다. 학교나 교과서가 갖는 권위를 문학 작품이 고스란히 넘겨받게 되기 때문이다. 교과서에 실린 작품은 여러 작품, 여러 책 중에 하나가 아니라 수많은 것 중에서 선발된 명작이라는 생각이 은연중에 학생들의 독서에도 작용하게 된다. 결정적으로 교과서의 문학은 시험의 대상이기도 하다. 문학 시험은 여러 가지 부정적 효과에도 불구하고 작품에 대한 인상을 각인시키는 데는 가장 효과적인 수단이다.

교과서에 실린 작품은 누군가에 의해 선택된 것일 뿐, 실린 모든 작품이 객관적으로 우수하다든지 탁월한 미학적 완결성을 갖추고 있다고 볼 수는 없다. 현재의 제도적 장치에 의해 적당한 작품이 선별되었을 뿐이다. 교과서에 실리는 작품은 교과서에 실리기에 적당한 소재와 주제를 가지고 있어야 하고 편찬자들의 기호에도 맞아야 한다. 아무리 훌륭한 작품이라도 교육적 가치가 없다거나, 논란의 소지가 있을 경우 교과서에 실리기 어렵다. 또, 교육 과정상 필요한 내용 요소에 맞지 않으면 어떤 작품도 교과서 안에서 자리를 잡기 어렵다.

역사적으로 볼 때 교과서의 문학 작품이 가진 편향성이 문제된 적이 많았다. 역사, 도덕, 국어 교과서가 국가 이념을 재생산하는 수단으로 사용되던 국정 교과서 시절에는 작품 선정시 작품의 소재나 주제는 물론 작가의 이념성까지 고려의 대상이 되었다. 국가의 정체성은 물론 정권의 정당성을 교육을 통해 강요하려고 했던 사람들에게 교과서는 매우 중요한 수단으로 활용되었다. 여러 작품 중 탈정치적 경향의 작품이나 친정부적 성향의 작가가 쓴 작품이 우선 고려대상이 되었으리라는 사실은 쉽게 짐작할 수 있다.

교과서의 작품 선정에는 문단 상황에 따라 작품의 선택과 배제가 이루어지기도 한다. 특정 문단 세력이 국가와 좋은 관계를 유지하고 있을 때 그들의 입장이 교과서에 많이 반영되곤 하였다. 이런 상황에서는 작품의 문학적 수준은 물론 이념적 색채가 논란의 대상이 되곤 한다. 중등 교육에서 검정 제도가 널리 사용되는 현재는 예전에 비해 많은 부분에 자율권이 주어져 있는 것이 사실이다. 하지만 여전히 국가 정책의 방향을 담은 교육 과정이 갖는 힘은 무시할 수 없다. 국정 교과서 정도의 획일성을 띠고 있지는 않지만 교과서의 방향을 정하고 그것을 인정해주는 주체는 아직까지 국가이기 때문이다.

교과서는 문학작품의 고전을 만드는 데 중요한 역할을 한다. 오랫동안 읽히고 앞으로도 읽힐 가치가 있다고 평가되는 글이 고전이라면 교과서만큼 고전 자체를 보여주는 매체도 없다. 교과서가 정전의 의미를 가지고 있다 보니 그 안에 실린 작품은 자연스럽게 고전이 된다. 또, 교과서에 실린 작품은 한두 해 만에 쉽게 바뀌지 않는다는 특성이 있다. 교과서를 바꾸는 일도 번거로울 뿐 아니라 한 번 교과서에 실린 작품은 새로운 작품이 안기 쉬운 '위험성'을 이미 피해간 것이어서 지속적으로 활용되기 쉽다. 권위 있는 텍스트에 지속적으로 실리는 글이 고전이 되는 것은 어찌 보면 당연하다. 제도로서의 교과서가 문학에 미치는 막강한 힘은 아무리 강조해도 넘침이 없다.

지금까지 살펴본 교과서는 초 · 중등 과정에 해당한다. 대학에서는 공통된 교과서를 사용하지 않으며 '교양'으로서의 문학이 특별히 강조되지도 않는다. 그러나 고전의 생산이라는 관점에서는 대학의 역할 역시 작지 않다. 대학이 추천하는 교양 도서 목록은 대학생을 위한 목록임에도 불구하고 일반인들의 독서에도 중요한 자료로 활용된다. 심지어 중고등학생에게 필독서로 추천되기도 한다. 사회의 최고 교양 수준을 대표한다는 대학의 권위가 추천 도서의 권위로 옮겨온 것이라 할 수 있다.

정전화가 바람직한 문학, 좋은 문학을 세우는 과정이라면 반대 방향의 운동으로 검열이 있다. 검열은 특정한 세력에 의해 바람직하지 않은 작품, 좋지 않은 작품을 가려내는 것을 말한다. 좋은 문학을 판단하는 객관적인 기준이 존재하지 않기에 검열의 기준 역시 객관적일 수는 없다. 검열하는 주체의 주관이 강하게 작용할 수밖에 없어서 여러 가지 문제를 낳기도 했다. 우리나라는 정권의 이데올로기를 선전하고 반대의 논리에 족쇄를 채우기 위한 제도로 검열을 활용해온 부끄러운 역사를 가지고 있다. 문학 외적 기준을 적용하여 문학을 재단하려는 경향은 다양한 방식으로 반복적으로 이루어져 왔다. 현재 공식적인 검열 제도는 사라졌지만 비공식적 경로나 여론을 통한 검열까지 완전히 사라졌다고 보기는 어렵다.

문학사와 문학 연구

대학 역시 문학 생산의 중요한 제도이다. 대학은 세계 문학으로서의 문학이 아니라 국민 문학으로서의 문학을 전공하는 학과를 두고 있다. 이는 보통 사람들이 문학을 어떻게 분류하고 어떤 관점에서 보아야 하는지를 지시한다. 이러한 제도 안에서는 문학이 민족적 특성이나 고유한 역사를 반영하는 국민 문학의 이상을 발휘하기는 쉬워도, 보편적 인간성에 대한 탐구를 시도하기는 어렵다. 각각의 국민 문학이 상호 소통하는 데도 어느 정도 한계를 가질 수밖에 없다.

대학에서 문학을 교육하고 문학을 전공하는 학과가 생기면서 문학 전문가들이 양산되기 시작하였다. 대학에서는 문학을 감상하는 방법과 함께 문학 지식을 가르친다. 문학 지식은 그 유용성의 유무와 상관없이 일반인과 전문가의 구분을 낳고 구분은 권위와 이어지게 된다. 대학의 문학 전문자들이 늘면서 대중적인 문학과 대학에서 소비되는 문학이 구분되는 현상이 벌어지게 되었다. 전문가들은 재미있는 문학보다 가치 있는 문학을 선호하는데, 이는 일반 독자들을 좋은 문학으로 안내하는 역할을 하는 동시에 그들을 문학에서 멀어지게 하는 역할도 한다.

대학에서의 문학은 감상의 대상임과 동시에 분석의 대상이다. 분석은 작품 내적인 요소에 한정될 수도 있고 작품 외적인 환경을 포함할 수도 있다. 어느 쪽이든 작품에 겉으로 드러난 요소보다는 쉽게 발견하기 어려운 심층적 의미의 발견을 목표로 한다. 분석이 효과적으로 이루어지기 위해서는 작품 자체가 어느 정도 복합적인 구조를 가지고 있어야 한다. 쉽게 이해되고 단순한 의미만을 가진 작품은 선호하는 분석 대상이 되기 어렵다. 반대로 대중들은 그러한 작품을 선호하는 경향이 있다.

대학에서 문학을 보는 관점은 그대로 고전을 선정하는 관점이 된다. 고전은 시대를 넘어 읽을 만한 가치가 있는 작품인데, 그러한 작품을 읽고 연구하는 일은 대학의 몫이기 때문이다. 대학은 초·중등 교육에 사용하는 교과서를 만드는 일에도 깊이 관여한다. 대학의 구성원이 실무에 참여하는 경우도 있지만 더 근본적으로는 교육과 관련된 정책을 입안하는 과정에서 대학이 중요한 역할을 한다. 대학과 매체도 떼어 생각할 수 없다. 대학의 구성원이 출판이나 방송에 관여하는 예는 아주 흔하다. 대학의 권위를 이용하는 매체와 매체를 통해 자기 의지를 펴려는 전문가가 서로 만날 때가 많기 때문이다. 대중들은 대학 출판부 역시 크게 신뢰하는 경향이 있다.

문학 연구는 문학을 문학 밖으로 연결하는 역할을 하기도 한다. 문학 안에 포함된 다양한 요소들이 분석 대상이 되면서 문학 연구는 철학과 역사, 심리학과 사회학을 아우르는 넓은 영역을 포함하게 되었다. 문학 내적인 분석을 넘어 통합적인 분석 방법이 고안되면서 대중과 문학 연구의 거리는 더욱 벌어졌다. 소수만이 이해할 수 있는 글이

늘고 문학 연구 간의 소통도 점점 어려워지고 있다.

　문학 연구의 결과는 문학사로 모아진다. 문학사는 작품과 비평, 시대를 아우르는 광범위한 체계화를 시도한다. 공시적인 계열화와 통시적인 계통화를 동시에 진행하기 때문에 문학 작품이 가진 다양한 의미가 복합적으로 고려된다. 전 시기와의 단절이나 영향 관계 역시 중요한 기술 내용이 된다. 이런 기술을 통해 문학사는 자연스럽게 현재에도 의미 있는 문학을 선별해내는 작업을 하는 셈이다. 일반적인 역사 기술이 그렇듯이 문학사 역시 가치 있는 '사건'의 기록이므로 문학사에 언급된 문학은 자연스럽게 고전의 반열에 오르게 된다. 문학사는 문학 전문가가 되기 위해 꼭 배워야 하는 교과이기도 하다. 전문가들에게 각인된 문학사는 교과서나 다양한 매체를 통해 다시 일반에게 전해지고, 문학의 재생산 과정에 영향을 미치게 된다.

감명 感銘 impression

어떤 문학 작품이 그 기능을 발휘하는 데 있어 성공할 때에는 쾌락과 효용
이라는 두 개의 '특색'은 공존할 뿐만 아니라 합쳐져 있어야 할 것이다. 문
학이 주는 쾌락은 존재할 수 있는 여러 쾌락 중의 그 하나가 아니라, 한층
더 고상한 종류의 활동의 쾌락, 즉 이해관계를 떠난 명상이기 때문에 '한층
더 고상한 쾌락'이라고 우리들은 주장할 필요가 있다.

(르네 웰렉/오스틴 웨렌. 『문학의 이론』)

문학과 감동

애초에 문학에 대한 관심을 갖게 하는 힘은 어디서 오는가? 문학이
다른 양식과 달리 우리에게 감동을 주는 이유는 무엇인가? 이는 문학
의 특수성과 관계되는 질문임과 동시에 문학의 존재 이유를 묻는 질
문이기도 하다. 사람들을 문학으로 이끄는 힘은 크게 낭만적 충동과
사실적 충동으로 나눌 수 있다. 대상을 향해 느끼는 감성적 반응이 낭
만적 정신과 관계된다면 대상을 이성적으로 이해하려는 의지가 사실
적 정신과 부합한다.

그러나 이 둘을 별개의 것으로 생각할 이유는 없다. 인간과 세계에
대한 관심을 담는다는 점에서 낭만적 정신과 사실적 정신은 서로 만
나는 경우가 많다. 단지 낭만적 정신이 감정적이고 주관적인 경향이
있다면 사실적 정신은 이성적이고 객관적이고자 하는 성향이 강할 뿐
이다. 이 둘은 인간이 가지고 있는 특성의 한쪽 면을 강조하고 있다고
볼 수도 있다. 사람은 누구나 자신을 표현하고자 하는 욕망과 세계를
이해하고자 하는 욕망을 동시에 가지고 있기 때문이다.

문학으로 이끄는 힘은 문학이 주는 즐거움과 연결된다. 직접적으로 경제적 도움을 주지 않는 문학을 굳이 가까이 하는 이유는 그것이 어떤 식으로든 즐거움을 주기 때문이다. 앞서의 분류를 따른다면 이때 문학의 즐거움은 감성적인 즐거움과 이지적인 즐거움으로 구분할 수 있다.

문학을 통해 우리는 기뻐지거나 슬퍼지거나 흥이 나거나 우울해진다. 문학 작품을 읽고 아름다움에 도취된다거나 추악한 인물에 대한 인상으로 불쾌한 감정에 빠진다거나 하는 일도 자주 경험한다. 이들 모두는 문학을 통해 얻을 수 있는 감성적인 즐거움이다. 이때 즐거움은 명랑한 감정 상태나 행복한 감정의 충만 만을 의미하는 것은 아니다. 감정의 고양 상태 자체를 즐거움으로 표현할 수 있다.

이에 비해 이지적인 즐거움은 인간과 세계에 대해 알아 가는 데서 오는 즐거움이다. 소설에서 자신과 유사하거나 전혀 다른 인물들의 모습을 발견했을 때 독자들은 그들에게 '관심'을 보이게 되는데, 그 관심이 막연한 호기심에서 그치지 않고 '깨달음'으로 발전하게 될 때 문학을 대하는 즐거움은 커진다. 문학은 모두가 알고 있는 일을 다루는 것 같지만 누구도 쉽게 알기 어려울 정도로 섬세한 생의 이면을 보여주기 때문이다.

물론 감성적인 즐거움과 이지적인 즐거움을 확실하게 구분하기는 쉽지 않다. 둘은 동시에 나타나거나 경계 없이 넘나들기도 한다. 이러한 즐거움을 느끼는 과정을 감동이라 부르고 그 인상이나 결과를 감명이라 한다. 따라서 감동은 문학의 존재 이유이기도 하다. 문학은 감동을 통해 인간과 세계를 이해하게 해주고 삶의 의미나 가치를 깨닫게 해준다.

마음도 한자리에 못 앉아 있는 마음일 때,

친구의 서러운 사랑 이야기를
가을 햇볕으로나 동무삼아 따라가면,
어느새 등성이에 이르러 눈물나고나.

제삿날 큰집에 모이는 불빛도 불빛이지만,
해질녘 울음이 타는 가을江을 보것네.

저것봐, 저것봐,
네보담도 내보담도
그 기쁜 첫사랑 산골 물소리가 사라지고
그 다음 사랑 끝에 생긴 울음까지 녹아나고
이제는 미칠 일 하나로 바다에 다와 가는
소리죽은 가을江을 처음 보것네.[72]

    시인은 산등성이에 올라 가을 풍경을 보고 느낀 감정을 표현하고
있다. 자연의 아름다움을 보고 느낀 화자의 감상을 나타낸 시로 이해
하면 큰 무리가 없다. 이 시를 읽은 많은 독자들은 화자가 본 풍경을
자신이 본 듯 느끼고, 화자의 감정에도 공감하게 된다. 화자는 비유와
이미지 등을 동원하여 독자의 동의를 이끌어 내려 노력한다.
    논리적으로 설명하기 어려운 감정이나 상황을 표현한 시어들은 독
자의 동의를 이끌어내는 데 큰 도움을 준다. '마음도 한자리에 못 앉
아 있는 마음', '해질녘 울음이 타는 가을江', '소리죽은 가을江'과 같
은 시어들은 유사한 경험을 한 사람들의 정서를 환기시키기에 충분
하다. 석양이 길게 늘어지는 가을 강의 풍경을 '울음이 타는 강', '소리
죽은 강'으로 표현하고 해질녘의 아름다움을 격정이 다하여 고요를
느끼게 하는 원숙한 삶과 연관시키고 있다.
    그런데 이 시에서 가을 강의 풍경은 단순히 시각적 아름다움만으로

72) 박재삼, 「울음이 타는 가을江」, 『울음이 타는 가을江』, 미래사, 1991, 19쪽.

의미를 다하지 않는다. '마음도 한자리 못 앉아 있는 마음'과 '친구의 서러운 사랑 이야기'를 따라 산을 오른 후 보게 된 삶에 대한 깨달음 역시 중요한 의미를 갖는다. 격정으로 흔들리는 '너'나 '나'와 달리 이미 '첫사랑 산골 물소리'를 벗어나 '눈물'까지 녹여버린 가을 강의 아름다움은 보는 이들에게 무언의 메시지를 던져준다. 이 시의 화자는 자신의 마음과 친구의 마음 모두를 감당할 수 없는 상태에서 출발했지만, 자연의 아름다운 풍경에서 깨달은 바에 의해 자기 마음을 어떻게 다스려야 할지 알게 된다. 화자는 격정 뒤에 오는 고요를 통해 현재의 격정을 객관적으로 바라볼 수 있는 여유를 찾게 된 셈이다. 감성적인 데서 오는 감동이 크지만 이지적인 데서 오는 감동이 없다고 말할 수는 없는 시이다.

이 시가 주는 감동은 언어의 절묘한 사용에서 올 수도 있고, 생에 대한 깨달음에서 올 수도 있다. 어떤 쪽이든 문학을 통해 느낀 감동은 사람들의 마음속에 오랫동안 남는다. 유사한 경험을 했던 사람들에게는 기억을 불러내는 장치가 되고, 시를 통해 새로운 경험을 하게 된 사람들에게는 신선한 정서적 충격을 준다. 문학을 통해 감동을 받게 되면 사람들은 감정의 변화를 겪게 되고, 문학을 통한 감정의 변화는 세상을 따뜻한 눈으로 볼 수 있게 해준다. 세상을 잘 이해할 수 있게 도와주기도 한다.

문학과 휴머니즘

우리가 사는 사회는 자기 이익을 챙기기 위한 경쟁으로 나와 남이 분명히 구분되는 곳이다. 비난이 난무하고 소홀한 결정이 넘쳐나기도 한다. 많은 사람들이 자신의 이익과 무관하다면 굳이 타인을 이해하려 노력하지 않는다. 인간의 가치는 상품의 가치 이상도 이하도 아니다. 이런 사회에서 문학은 인간에 대한 이해를 높이는 데 기여해야 한다. 인간에 대한 이해는 인간을 둘러싼 환경에 대한 이해와 분리될 수 없다. 이러한 이해를 가능하게 하는 것이 문학이 주는 감동이다. 감동의 순간 사람들은 나와 남의 구분을 잊게 되고 이해타산에서 자유로워진다.

실제로 문학을 제외한 어디에서도 우리는 타자를 진정으로 이해하는 기회를 갖지 못한다. 우리는 주변에서 흔히 볼 수 있는 일상인들의 삶에 대해 특별히 관심을 갖지 않는다. 특히 그들의 존재가 미미하면 할수록 우리의 관심 역시 적어진다. 문학만이 그들에 대한 우리의 관심을 불러낼 수 있다.

문학이 경험의 폭을 넓힌다는 의미는 타인의 경험을 자신을 것으로 수용한다는 말과 다르지 않다. 버스나 지하철의 파업으로 나를 불편하게 하는 노동자들을 이해하기 위해서는 파업과 관련된 사회과학적 학습도 필요하겠지만 그들의 처지나 입장에서 생각할 수 있는 자세를 갖는 것이 무엇보다 중요하다. 왜 나를 불편하게 하는가를 묻기보다 왜 그들은 어렵게 파업을 택했나를 물을 수 있는 감각이 문학을 통해 발달할 수 있다. 친구를 괴롭히지 말아야 하는 이유를 아무리 설명하더라도 본인이 당하는 사람의 처지를 이해하지 못한다면 불량학생의 나쁜 습관을 고치기는 쉽지 않다.

수많은 타자들이 모이면 사회가 된다. 문학을 통해 사회의 갈등을 이해하는 방식도 배울 수 있다. 보이지 않는 조직이나 관계보다는 인간과 인간 중심으로 사회를 바라볼 수 있게 되기 때문이다. 문학은 인간이 만들어낸 어떤 것도 인간 자체보다는 중요하지 않다는 사실을 보여주기도 한다. 문학이 그릇된 인간성 못지않게 억압적인 사회를 비판하는 이유가 여기에 있다.

우리는 문학을 통해 궁극적으로 다음을 인정하게 된다.

사회 내의 모든 것은 특별히 영리하거나 흥미롭지 않은, 교육을 받지 않은, 성공하지 못하거나 성공하도록 운명 지어지지 않은, 즉 실제로 결코 특별하지 않은 보통 사람들의 이익을 위해 존재한다. 사회의 모든 것들은, 출생, 결혼, 사망의 기록 속에서만 개인으로 존재하며 언제나 이웃들의 바깥에서 역사에 등장하는 사람들을 위해 존재한다. 살 만한 가치가 있는 사회는 모두 부자, 영리한 사람, 예외적인 사람들에게 공간과 전망을 제공해야 하지만, 그 사회는 그러한 사람들을 위한 사회가 아니라 보통 사람들을 위해 계획된 사회이다. 세계는 우리의 개인적 이익을 위해 만들어져 있지 않고, 우리는 우리의 개인적 이익을 위한 세계 속에 있지도 않다. 개인적 이익의 추구가 자신의 목표라고 주장하는 세계는, 좋은 세계가 아니고 계속 유지되어서도 안 될 사회이다.[73]

문학의 가치, 문학이 우리 삶에 기여하는 바는 인문학 일반이 사회에 기여하는 바와 크게 다르지 않다. 단지 접근하는 방법이 다를 뿐이다. 문학은 감동, 감동을 통한 감명으로 접근한다. 인문학이 최고의 가치로 삼는 것은 휴머니즘이다. 인간에 대한 올바른 이해와 애정으로 풀이할 수 있는 휴머니즘은 근대 이래 인간의 오래된 이념이자 꿈이다. 두말 할 필요 없이 타인에 대한 이해와 인정은 휴머니즘의 첫 걸음이다.

휴머니즘은 구체적이고 당파적이다. 인간 모두를 위한 사회라는 꿈을 포기해서는 안 되겠지만 그것이 막연한 외침에 그치지 않기 위해서는 그런 사회로 나가기 위해 어떻게 해야 할 것인가에도 관심을 가져야 한다. 인문학 안에서 문학은 "개인적 이익의 추구가 자신의 목표라고 주장하는 세계는, 좋은 세계가 아니고 계속 유지되어서도 안 될

---

73) 에릭 홉스봄, 『역사론』, 민음사, 1997, 30쪽.

사회"라고 주장할 수 있어야 한다. 또, 문학은 "특별히 영리하거나 흥미롭지 않은, 교육을 받지 않은, 성공하지 못하거나 성공하도록 운명지어지지 않은, 즉 실제로 결코 특별하지 않은 보통 사람들의 이익"에 관심을 가져야 한다. 이런 관심에 이르는 길에 수많은 감명이 놓여 있다는 사실을 문학은 잊어서는 안 된다.